भारत की अंतरिक्ष यात्रा

भारत की अंतरिक्ष यात्रा

आदित्य अवस्थी

नीलकंठ प्रकाशन
दरियागंज नई दिल्ली-110002

I.S.B.N. 978-93-95145-18-3

मूल्य	:	395.00
संस्करण	:	2022
प्रकाशक	:	नीलकंठ प्रकाशन 4760-61, 23, अंसारी रोड़, दरियागंज नई दिल्ली-110002
शब्द-संयोजक	:	शोभा कम्प्यूटर्स, दिल्ली
मुद्रक	:	विशाल प्रिंटर्स, दिल्ली-110032

Bharat Ki Antariksh Yatra by Aditya Awasthi

भारत की अंतरिक्ष यात्रा

आदित्य अवस्थी

नीलकंठ प्रकाशन
दरियागंज नई दिल्ली–110002

I.S.B.N. 978-93-95145-18-3

मूल्य	:	395.00
संस्करण	:	2022
प्रकाशक	:	नीलकंठ प्रकाशन 4760-61, 23, अंसारी रोड़, दरियागंज नई दिल्ली-110002
शब्द-संयोजक	:	शोभा कम्प्यूटर्स, दिल्ली
मुद्रक	:	विशाल प्रिंटर्स, दिल्ली-110032

Bharat Ki Antariksh Yatra by Aditya Awasthi

भूमिका

चन्द्रयान–1 की सफलता के बाद भारत विश्व में अंतरिक्ष अनुसंधान के क्षेत्र में एक और भी प्रमुख देश के रूप में उभरा है। करीब चार दशकों की इस अनुसंधान यात्रा में भारत ने अनेक चुनौतियों का सामना किया। अनेक उतार–चढ़ाव देखे। उसे कई बार आशातीत सफलताएं मिलीं। कई बार असफलताएं भी हाथ लगीं। एक दौर वह भी था जब भारत अपने अनुसंधान कार्यों के लिए उपग्रहों के निर्माण से उनके प्रक्षेपण और संचालन से जानकारियां प्राप्त करने और उसके विश्लेषण तक के लिए दूसरे देशों पर निर्भर था। अब वह इस स्थिति में पहुंच गया है जहां वह दूसरों को ये सभी सुविधाएं उपलब्ध करा रहा है। भारत अंतरिक्ष अनुसंधान के रास्ते पर उस समय चल पड़ा था जब कि उसने लंबी गुलामी के बाद आजादी हासिल की ही थी। उसे आर्थिक और अन्य चुनौतियों का सामना करना पड़ रहा था। एक ओर गरीबी और भुखमरी की स्थिति थी। विकास के रास्ते पर चल कर देशवासियों को मूल सुविधाएं उपलब्ध कराने को प्राथमिकता दी जानी थी। रोटी, कपड़ा और मकान जैसी मूल आवश्यकताओं की पूर्ति सुनिश्चित कराए जाने को पहले अवसर देना था। करोड़ों भारतीयों के हाथों को काम देना था। वहीं यह भी सुनिश्चित करना था कि कही देश वैज्ञानिक विकास के रास्तों पर दूसरों से पिछड़ न जाए। भारत चाहता था कि वैज्ञानिक अनुसंधान का लाभ आम आदमी तक पहुचे। वैज्ञानिक अनुसंधान उसके विकास का भागीदार बने। इसके लिए वैज्ञानिक अनुसंधान भी जरूरी था। सीमित संसाधनों का कहां और कैसे इस्तेमाल किया जाए, नीति निर्धारकों के लिए यह चुनौती लगातार बनी रहती थी। उस समय के राजनीतिक नेतृत्व ने भीषण गरीबी के उस दौर में भी वैज्ञानिक अनुसंधान और विशेष रूप से अंतरिक्ष अनुसंधान को प्राथमिकना देने का फैसला किया। यह फैसला करते समय इस बात को प्राथमिकता दी गई कि इसका लाभ देश और देशवासियों के समग्र विकास के लिए हो न कि दूसरे देशों की तरह जो कि अंतरिक्ष अनुसंधान का उपयोग सैनिक कार्यों के लिए

कर रहे थे। इस क्षेत्र में वे एक–दूसरे से आगे बढ़ जाने और दूसरे को पीछे छोड़ देने के लिए लगातार प्रयास कर रहे थे।

साझेदारी का दौर

भारत के अंतरिक्ष अनुसंधान के शुरुआती दौर में दुनिया के विकसित देशों ने भारत के साथ साझेदारी का रास्ता अपनाया। यह वह दौर था जब कि दुनिया दो प्रमुख गुटों में बंटी हुई थी। एक गुट का नेतृत्व अमेरिका कर रहा था तो दूसरे की कमान उस समय के सोवियत संघ के हाथों में थी। ये दोनों देश लगातार अपना–अपना प्रभाव क्षेत्र बढ़ाने और दूसरे को कमजोर करने के काम में लगे हुए थे। वैज्ञानिक अनुसंधान का उपयोग मुख्य रूप से इसी कार्य के लिए किया जा रहा था। ऐसे–ऐसे हथियार बनाए जा रहे थे जो कि दूसरों को पूरी तरह से समाप्त कर देने के लिए ही थे। दूसरे विश्वयुद्ध की समाप्ति के तब तक चंद ही वर्ष तो हुए थे। गुटों में बंटी दुनिया के इन देशों ने अपने–अपने तरीके से नए आजाद हुए भारत को अपने गुट में शामिल करने के लिए राजी करने का प्रयास किया। भारत दुनिया को मानवता को दो गुटों में बांट देने और उसे बढ़ाने के प्रयासों का भागीदार बनने को तैयार नहीं हुआ। उसने गुटनिरपेक्षता की नीति पर चलने का रास्ता अपनाया। वह तीसरी दुनिया और विकासशील देशों को अपने रास्ते पर लाने का प्रयास करने लगा और उनका नेतृत्व संभालने लगा। विश्व शांति और सह–अस्तित्त्व की बात करने लगा। एक स्वतंत्र रास्ते पर चलने का प्रयास करने लगा। महाशक्तियों और उनके समर्थकों को यह बात पसंद नहीं आई। भारत वैज्ञानिक और अंतरिक्ष अनुसंधान के क्षेत्र में तब तक दूसरों पर निर्भर था। उनके लिए एक बाजार था। तब तक उसे सहयोग मिलता रहा क्योंकि इस अनुसंधान के रास्ते में भारत द्वारा किया जाने वाला खर्च उनके लिए नियमित आय थी। जब वह स्वदेशी के रास्ते पर चलने लगा, अपने उपग्रहों और रॉकेटों का विकास करने लगा, अपने लिए आवश्यक क्षेत्रों में अनुसंधान और विकास को महत्त्व देने लगा तो पश्चिमी देशों को लगने लगा कि उनका बाजार समाप्त हो जाएगा। यही नहीं, जब भारत विश्व बाजार में उनके लिए एक प्रतियोगी बनने लगेगा तो उसके रास्ते में बाधाएं खड़ी करने का एक नया दौर शुरू हुआ।

परमाणु परीक्षण और असहयोग का दौर

1974 में भारत ने परमाणु उर्जा के शांतिपूर्ण उपयोग के लिए राजस्थान के

पोखरण में पहला परमाणु विस्फोट किया। इसकी आवाज दुनिया के विकसित देशों की राजधानियों में पहुंची तो भारत के वैज्ञानिक अनुसंधान के रास्ते में रोड़े अटकाने के सिलसिले ने और जोर पकड़ा। अमेरिका के नेतृत्व में पश्चिमी देशों ने भारत को आधुनिक तकनीक देने पर रोक लगाने जैसी नीतियां अपनाईं। ये नीतियां कई दशकों तक जारी रहीं और आज भी जारी हैं। 1998 में पोखरण परीक्षण के बाद नियंत्रणों का एक नया दौर शुरू हुआ। भारत–अमेरिकी परमाणु समझौते के बाद भी यह सिलसिला जारी है। आज भी देश के विज्ञान और विकास के अनेक केन्द्रों को ऐसी सूचियों में डाल कर रखा जा रहा है जहां कि उन्हें आधुनिकतम तकनीक के आयात करने की इजाजत नहीं दी जाती है। यह अपने किस्म की अलग रंगभेदी नीति है। भारत पर बार–बार इस बात के लिए दबाव डाला जाता है कि वह भेदभावपूर्ण अंतर्राष्ट्रीय नीतियों और समझौतों पर हस्ताक्षर करे। साझा सुरक्षा के समझौतों में शामिल हो। भारत के तेज गति से आर्थिक विकास और अमेरिका की नीतियों के चलते पूरी दुनिया में आई आर्थिक मंदी के बाद से इसमें बदलाव के संकेत देखे जा सकते है। भारत की बढती आर्थिक ताकत और उसके एक सशक्त देश के रूप में उभरने के बाद अब नियंत्रणों को कम करने की दिशा में प्रगति हो रही है। 2010 के अंत में अमेरिकी राष्ट्रपति बराक ओबामा के भारत दौरे तक इनमें से कुछ नियंत्रणों को समाप्त करने के लिए कदम उठाए जा रहे हैं। विश्वव्यापी आर्थिक मंदी के दौर में भी तेज आर्थिक विकास ने दुनिया में भारत के प्रति बदल रहे नज़रिए ने इसमें महत्त्वपूर्ण योगदान किया है।

विकास के राह में रोड़े

भारत को वैज्ञानिक और अनुसंधान के इस रास्ते पर आगे बढ़ने से रोकने के लिए अनेक प्रयास किये गए। उन्हें कभी अपेक्षित सफलता नहीं मिल पाई। भारत किस प्रकार यह भूल सकता हैं कि एक समय अमेरिका ने भारत के परम्परागत सहयोगी सोवियत रूस पर इस बात के लिए दबाव डाला था कि वह भारी–भरकम रॉकेटों में इस्तेमाल करने के लिए खरीदे जाने वाले क्रायोजेनिक इंजन की सप्लाई न करे। सोवियत संघ इन इंजनों की सप्लाई के लिए भारत के साथ समझौता कर चुका था। भारत ने इस पर आने वाली लागत का भुगतान भी कर दिया था। एक समय में सोवियत संघ इस दबाव में आ भी गया था। इससे भारत के रॉकेट विज्ञान के क्षेत्र में तीव्र विकास के रास्ते में बाधा जरूर आई थी। सीमित संसाधनों के बावजूद

भारतीय वैज्ञानिकों और इंजीनियरों ने कभी हार नहीं मानी। अपने प्रयास लगातार जारी रखे। उच्च तकनीक के आयात पर प्रतिबंध के कारण अपने संसाधनों से विकसित किये जा रहे अंतरिक्ष अनुसंधान के परीक्षणों में उसे अनेक बार सफलता मिली। कई बार असफलताएं भी हाथ लगीं लेकिन भारत अपने मार्ग से कभी भटका नहीं। 'एकला चलो रे' के अपने रास्ते पर चलता रहा। इसका परिणाम यह हुआ है कि आज अंतरिक्ष अनुसंधान के क्षेत्र में भारत की धाक है। वह अपने उपग्रहों का निर्माण करने से लेकर, अपने रॉकेटों से उन्हें अंतरिक्ष तक पहुंचाने और पृथ्वी की कक्षा में स्थापित कर पाने में स्वयं सक्षम है। उसमें इस बात की कूवत है कि वह अपने रॉकेटों का अपनी धरती से नियंत्रण कर सके, उन्हें आदेश दे सके, उनसे आवश्यक जानकारियां हासिल कर सके। उन जानकारियों का विश्लेषण करके उनका अपने लिए इस्तेमाल कर सके। मांग और आवश्यकता के अनुसार उन्हें दूसरे देशों को उपलब्ध करा सके। आज विकासशील देश ही नहीं, दुनिया के विकसित देश भी भारत की इन उपलब्धियों का लोहा मान रहे हैं। भारत के साथ अंतरिक्ष अनुसंधान के क्षेत्र में भागीदार बनने का तैयार हैं। अंतरिक्ष अनुसंधान के क्षेत्र में आज भारत पश्चिमी देशों को उनके ही बाजार में चुनौती दे पाने की स्थिति में है। उनसे कम दरों पर बेहतर सेवाएं उपलब्ध कराने को तैयार हैं और उपलब्ध करा रहा है।

साइकिल के कैरियर और बैलगाड़ी से अंतरिक्ष तक

साइकिल के कैरियर पर पहले उपग्रह का कोन प्रक्षेपण स्थल तक पहुंचाने और बैलगाड़ी पर रख कर पहले उपग्रह को ले जाकर रॉकेट में स्थापित करने वाले भारत ने चन्द्रयान–प्रथम तक की यात्रा कैसे पूरी की, यह पुस्तक इसी यात्रा की कहानी सुनाती है। चन्द्रयान–1 की सफलता के बाद भारत अंतरिक्ष अनुसंधान के क्षेत्र के 'बिग–लीग' में शामिल हो गया है। आने वाले वर्षों में वह अपने देशवासियों को अपने ही संसाधनों से अंतरिक्ष और फिर चांद की सतह पर पहुंचाने की तैयारी में है। वह मंगल और सूर्य के अध्ययन के लिए तैयारी कर रहा है। चांद के आगे जहां और भी हैं, के बारे में जानने के लिए बेचैन है। इसके लिए प्रयोगशालाओं और विज्ञान केन्द्रों, विश्वविद्यालयों और देशी–विदेशी कंपनियों के कार्यालयों में काम रह रहा है। भारत और दुनिया के अन्य देशों में अंतरिक्ष अनुसंधान के क्षेत्र में किये जा रहे कार्यों में मुख्य अंतर यह रहा कि अन्य देशों ने जहां सैनिक उद्देश्यों के लिए इस तकनीक के इस्तेमाल को प्राथमिकता दी वहीं भारत ने अपनी सामाजिक और विकास की

आवश्यकताओं की पूर्ति के लिए इसका इस्तेमाल किया। आज भारत अपने अंतरिक्ष अनुसंधान से उपलब्ध जानकारियों का उपयोग देशवासियों की समस्याओं के समाधान में, देश के समग्र विकास में कर रहा है। भारत आज सूचना क्रांति के दौर से गुजर रहा है। अंतरिक्ष क्षेत्र में किये गए अनुसंधान और विकास ने इस क्रांति का लाभ आम लोगों तक पहुंचाने में बेहद महत्त्वपूर्ण भूमिका निभाई है। इसी अनुसंधान का एक परिणाम यह हुआ है कि भारत टेलीफोन और दूरसंचार के क्षेत्र में दुनिया में सबसे अधिक तेजी से विकास कर पाने में सफल हुआ है। आज भारत दुनिया के बैक ऑफिस के रूप में काम कर पा रहा है। इसके पीछे अंतरिक्ष अनुसंधान के क्षेत्र में किया गया काम ही तो है। देश का सर्विस सेक्टर आज न केवल दुनिया की मदद कर रहा है बल्कि देश के समग्र आर्थिक विकास में महत्त्वपूर्ण योगदान कर पा रहा है तो इसके पीछे वैज्ञानिक अनुसंधान और विकास की महत्त्वपूर्ण भूमिका है।

अंतरिक्ष अनुसंधान का विकास में योगदान

देश की प्राकृतिक सम्पदा के अनुसंधान, विकास, दोहन तथा संरक्षण में इस क्षेत्र के अनुभवों का लाभ पहुंच रहा है। देश की सीमाओं की रक्षा करने में उपग्रहों से उपलब्ध जानकारियों का प्रभावशाली तरीके से उपयोग किया जा रहा है। विकास के इस दौर में भी भारत की अर्थव्यवस्था के लिए कृषि क्षेत्र की महत्त्वपूर्ण भूमिका है। दो–तिहाई खेती अभी भी मानसून पर निर्भर है। मानसून के अध्ययन और उसके बारे में जानकारी उपलब्ध कराने में अंतरिक्ष अनुसंधान का क्षेत्र महत्त्वपूर्ण भूमिका निभा रहा है। भारत ने अंतरिक्ष अनुसंधान के लिए दुनिया के देशों के साथ सहयोग को स्वीकार तो किया लेकिन स्वदेशी संसाधनों और तकनीक का विकास कर के इस क्षेत्र में आत्मनिर्भरता हासिल करने को सर्वोच्च प्राथमिकता दी। भारतीय वैज्ञानिकों ने पिछले दशकों में बेहद चुनौतीपूर्ण परिस्थितियों में काम किया। अपनी योग्यता 'क्षमता' कड़ी मेहनत और सतत प्रयासों के बाद इस यात्रा को इस मोड़ तक पहुंचाने में सफल हुए। इस रास्ते में उन्हें कई बार असफलताएं हाथ लगीं। अनेक योजनाएं समय से पूरी नहीं हो पाईं। अभियान असफल हो गए लेकिन इन परिस्थितियों से उन्होंने कभी हार नहीं मानी। हर असफलता को एक चुनौती के रूप में, एक अवसर के रूप में देखा। असफलता को सफलता में बदलने के लिए लगातार काम करते रहे।

यह पुस्तक युवा भारत की उस पीढ़ी के लिए लिखी गई है जिसे आने वाले

समय में भारत की अंतरिक्ष यात्रा को आगे बढ़ाने की, उसे नई बुलंदियों पर पहुंचाने की जिम्मेदारी संभालनी हैं। यह पुस्तक उन पाठकों के लिए उपयोगी साबित होगी जो अंतरिक्ष अनुसंधान और विकास के क्षेत्र में रुचि रखते हैं। इसके बारे में व्यापक रूप से जानना, समझना चाहते हैं। यह पुस्तक यह भी बताने का प्रयास करती है कि भारत में ज्ञान–विज्ञान और अध्ययन की कितनी और कैसी पुरानी परम्पराएं रही हैं। यह कहना सही नहीं है कि वैज्ञानिक अनुसंधान और विकास पूरी तरह पश्चिम से ही भारत में आया। इस पुस्तक में इस बात पर भी नज़र डालने का प्रयास किया गया है कि कैसे प्राचीन भारत में ऋषियों, मुनियों और मनीषियों ने ब्रह्मांड अंतरिक्ष और ग्रहों–उपग्रहों के बारे में अध्ययन किये। कैसे वह ज्ञान अगली पीढियों के लिए सुरक्षित रखा गया। कैसे उसे अगली पीढ़ियों को सौंपा गया। इस ज्ञान को कैसे आने वाली पीढियों तक कैसे पहुंचाया गया। इस पुस्तक में यह भी जानने–समझने का प्रयास किया गया है कि कैसे एक समय ऐसा आया कि विश्वगुरु भारत आधुनिक वैज्ञानिक अनुसंधान के दौर में पिछड़ गया। ऐसा कैसे मान लिया गया कि वैज्ञानिक सोच और अनुसंधान पश्चिमी सभ्यता और संस्कृति में जन्मे और विकसित हुए। वहां से भारत में आए। इस पुस्तक में यह बताने का भी प्रयास किया गया है कि आधुनिक काल में मनुष्य ने कैसे अंतरिक्ष यात्रा का सपना देखा। कैसे उसे पूरा करने का प्रयास किया। कैसे चूहों, बंदरों, कुत्तों और अन्य प्राणियों ने मानव की इस यात्रा को नेतृत्व किया। आगे बढ़कर मानव के लिए रास्ता बनाया। कैसे टेलिस्कोपों, गुब्बारों, विमानों, रॉकेटों, उपग्रहों, अंतरिक्ष स्टेशनों और शटलों का इस्तेमाल कर के यह यात्रा आगे बढ़ती रही। यह यात्रा आज यहां तक आ पहुंची है कि मानव अंतरिक्ष और दूसरे ग्रहों पर अपनी बस्तियां बसाने का सपना देख रहा है। कैसे उन ग्रहों पर उपलब्ध संसाधनों का धरती पर अपने विकास के लिए इस्तेमाल करने के विकास तलाश रहा है।

आवश्यकता अतीत और भविष्य में सामंजस्य की

आज़ाद भारत ने अपने अतीत और विश्व में हो रही प्रगति से प्रेरणा लेकर आधुनिक वैज्ञानिकों ने विश्व में अपने लिए जगह बनाई। भारत ने किन परिस्थितियों में असीम अंतरिक्ष की यह यात्रा शुरू की। उसके सामने कैसी–कैसी चुनौतियां आईं। उसने कैसे उन पर विजय हासिल की। कैसे वहां तक पहुंचा जहां आज दुनिया में उसकी धाक मानी जाती है। आने वाले समय में भारतीय वैज्ञानिकों के अंतरिक्ष में

लक्ष्य क्या हैं? उन्हें पाने के लिए वे क्या कर रहे हैं? अंतरिक्ष अनुसंधान और विकास का यह क्षेत्र आने वाले समय में देश में विज्ञान और प्रौद्योगिकी के विकास के अवसर तो उपलब्ध कराएगा ही, इसमें रोजगार के अवसर भी बढ़ते जाएंगे। इसकी मांग को पूरा करने के लिए अंतरिक्ष विज्ञान के क्षेत्र में काम करने वाले विशेषज्ञों की आवश्यकता बढ़ेगी। इसलिए अंतरिक्ष अनुसंधान के विभिन्न क्षेत्रों में अध्ययन–अध्यापन की भी आवश्यकता होगी। शिक्षित–प्रशिक्षित वैज्ञानिकों की आवश्यकता होगी। इस पुस्तक के बारे मे जानकारी जुटाने, लेखन और वर्तमान रूप तक पहुचाने में महाराजा अग्रसेन इन्सटिट्यूट ऑफ टेक्नालॉजी के एप्लाइड साइंस विभाग की श्रीमती नम्रता शर्मा, डॉ. शिप्रा भारद्वाज, और श्री राकेश चौरसिया सान्ध्य टाइम्स में मेरे सहयोगी रहे श्री महेश दर्पण और श्री दिनेश सिंह तथा मनीमंत्रा की पूजा मेहरोत्रा ने महत्त्वपूर्ण योगदान किया। उनके प्रति धन्यवाद ज्ञापित करना मैं अपना कर्तव्य समझता हूं।

महाराजा अग्रसेन टेक्निकल एजूकेशन सोसायटी के अध्यक्ष डॉ. नंद किशोर गर्ग और महाराजा अग्रसेन इंस्टीट्यूट ऑफ मैनेजमेंट स्टडीज के डायरेक्टर जनरल डॉ. एन. के. कक्कड़ ने प्राचीन भारत में वैज्ञानिक क्षेत्रों में किए गए अनुसंधान और विकास और उसकी आधुनिक काल में सामयिकता के बारे में अपना विशिष्ट विश्लेषण देकर इस पुस्तक को अधिक उपयोगी बनाने में उल्लेखनीय योगदान किया।

विषय-सूची

चंदा मामा दूर के

अपने देश में तो नवजात शिशु का अंतरिक्ष और ग्रहों–उपग्रहों से पहला परिचय तो पालने में ही हो जाता है। मां, मौसी और बुआ अथवा दादी या नानी मां बच्चे को लोरी सुनाते हुए अकसर चंदा मामा से उसका परिचय कराती हैं। शायद ही कोई दुधमुंहा बच्चा ऐसा होगा जिसने 'चंदा मामा दूर के, पुए पकाते बूर के, आप खाएं थाली में, मुन्ने को दें प्याली में, प्याली गई टूट, मुन्ना गया रूठ। लाएंगे नई–नई प्यालियाँ बजा–बजा के तालियाँ मुन्ने को मनाएंगे, हम दूध–मलाई खाएंगे।' इस विशाल देश की विभिन्न भाषाओं और बोलियों में इस तरह की लोरियां सुनाई जाती हैं। उनके नाम और शब्द अलग–अलग भले ही हों लेकिन पृथ्वी के इस नजदीकी उपग्रह से उसका संबंध जरूर है। अभी मां को ही ठीक से पहचान पाने वाला शिशु मामा के बारे में जानने–समझने लगता है। उस उम्र में वह क्या समझ पाता है और क्या नहीं, यह तो वह बता नही पाता लेकिन वह अपने मामा से एक जाना–अनजाना संबंध जरूर बना लेता लगता है। उसकी खुली और अधखुली आंखें कभी मां की ओर, कभी मामा की ओर होती हैं। गोद में आकर यह लोरी सुनते ही वह रोना भूल कर वह मुस्कुराने लगता है। फिर एक बार नींद की दुनिया में चला जाता है। कई बार तो घर के आंगन के पालने में लेटे हुए कहीं बहुत दूर चांद को देख कर यूं ही मुस्कुराता रहता है जैसे कि इस दूर–दराज के ग्रह से उसका कोई बहुत निकट का ही रिश्ता हो।

मामा के घर जाएंगे

अब वह दिन बहुत दूर नहीं है जब भारत में जन्म लेने वाले बच्चों के मामा दूर के नहीं रह जाएंगे। वे पास के मामा हो जाएंगे। भारत ने उस दिशा में कदम बढ़ाने शुरू कर दिये है जिससे भारत में पैदा होने वाला कोई बच्चा अपने मामा के घर जा सकेगा, उनके आंगन में कदम रखेगा। मामा के आंगन में चहल–कदमी

करते हुए इस बच्चे को भारत ही नहीं, दुनिया भर के बच्चे और बड़े भी देखेंगे। वह सौभाग्यशाली कौन होगा, कब ऐसा किस दिन होगा यह तो भविष्य ही बताएगा लेकिन वह भारतीय होगा। अपनी ही धरती से, अपने देश में बने वाहन में बैठ कर वह चांद पर जाएगा। भारत के वैज्ञानिक देश ही नही, दुनिया के अंतरिक्ष अनुसंधान के क्षेत्र अपना योगदान करते रहे हैं। दूसरे देशों ने भी भारत की इस अंतरिक्ष यात्रा में भागीदारी की है। यह पहला मौका होगा जब भारत अपने संसाधनों से अपनी ही धरती से अपने बेटे–बेटियों में से किसी को चांद पर कदम रखने का अवसर देगा। चंद्रयान–प्रथम के चांद पर दस्तक देने और अपनी धरती से देशी–विदेशी उपग्रहों को बार–बार सफलतापूर्वक अंतरिक्ष में पहुंचाने, उनकी स्थापना और संचालन करने से, देश में विज्ञान और विशेष रूप से अंतरिक्ष और खगोल विज्ञान के क्षेत्र में अध्ययन, अध्यापन और अनुसंधान के क्षेत्र में काम करने के एक नये युग, एक नये दौर की शुरुआत हुई है। चांद के आगे जहां और भी हैं, के बारे में अधिक जानकारी प्राप्त करने और इन विषयों के बारे में जानने–समझने का प्रयास करनेवालों की संख्या बढ़ी है। भारतीय अंतरिक्ष अनुसंधान संस्थान ने चंदा मामा के बारे में सब कुछ जानने–समझने की दिशा में कदम बढ़ाने शुरू कर दिये हैं। देश के वैज्ञानिक और अनुसंधान के क्षेत्र से जुड़े दूसरे संस्थान, विश्वविद्यालय आदि भी विकास के इस मये दौर में भागीदारी कर रहे हैं। चंद्रयान–प्रथम ने भारतीय तिरंगे को चांद की धरती पर पहुंचाकर मामा को उसके भानजे–भांजियों के आने की शुभ सूचना दे भी दी है। चंद्रयान प्रथम की इस यात्रा और उसके द्वारा किये मये परीक्षणों और भेजे गए संदेशों से निकले परिणामों ने इस दिशा में तेजी से आगे बढ़ने का रास्ता दिखाया है। चन्द्रयान–2 और चन्द्रयान–3 को अंतरिक्ष में भेजने की योजनाओं पर काम ने तेजी पकड़ ली है। भारत अब विभिन्न चरणों में अपने किसी निवासी को चांद की सतह पर उतारने के लिए आवश्यक अध्ययनों में जुट गया है। जिस दिन कोई भारतीय मामा के आंगन में पहुंचेगा, वह दिन भारत के लिए एक बेहद सुनहरा, एक बेहद ही खास दिन होगा। इस पर हर भारतीय गर्व करेगा। भारत के वैज्ञानिकों के लिए यह एक बड़ी उपलब्धि ज़रूर होगी।

चंद्रयान-प्रथम के बाद नया जोश, नयी आशा

चंद्रयान प्रथम के सफलतापूर्वक प्रक्षेपण और उसके संचालन तथा अध्ययनों और उससे मिलने वाले परिणामों ने आम लोगों में और विशेषकर बच्चों और युवाओं

में अंतरिक्ष, खगोल विज्ञान, चांद और दूसरे ग्रहों और उससे जुड़े विभिन्न विषयों के बारे में अधिक जानने–समझने की ओर आकर्षित करने में उल्लेखनीय योगदान किया है। अब स्कूलों, कॉलेजों, पुस्तकालयों और कॉफी हाउसों में इस बारे में चर्चा सुनी जा सकती है। रेडियो, टेलीविजन, समाचार पत्र–पत्रिकाओं और इंटरनेट की

साइटों और सायबर स्पेस में चल रहे फोरमों पर इस बारे में होने वाली चर्चाओं में भारतीयों की खासी बड़ी तादाद देखी जा सकती है। आमतौर पर शुष्क और क्लास रूम तक सीमित रहने वाले इन विषयों के बारे में अधिक जानने की इच्छा के संकेत हर ओर देखे जा सकते हैं। इससे स्कूल और कॉलेजों में विज्ञान को एक विषय के रूप में पढ़ने वालों की इच्छा बढ़ती दिख रही है। इस भावना को अधिक आगे बढ़ाने, इसे अधिक उत्साहवर्धक और रोचक बनाने की आवश्यकता है। इस भावना को केवल महानगरों के ही नहीं, छोटे शहरों के स्कूलों, कॉलेजों और दूर–दराज के गांवों के स्कूलों और घरों तक ले जाने की है। दूर संचार और सूचना क्रांति द्वारा उपलब्ध संसाधन इस क्षेत्र में और भी महत्त्वपूर्ण योगदान कर सकते हैं।

वैज्ञानिक विकास की चुनौतियां

इस रास्ते में अनेक चुनौतियां हैं। आर्थिक संसाधन तो हमेशा ऐसे होते हैं

जिनमें मांग और पूर्ति के बीच अंतर रहता ही है। आधारभूत वैज्ञानिक अनुसंधान और विकास के क्षेत्र में विशेषज्ञों और वैज्ञानिकों की कमी एक महत्त्वपूर्ण चुनौती है। इस क्षेत्र में विकास के साथ–साथ यह चुनौती और भी बढ़ने के संकेत हैं। इस कमी का एक प्रमुख कारण है–विज्ञान शिक्षा का तौर–तरीका। इस समय गणित और विज्ञान जैसे विषयों को स्कूली शिक्षा में जिस तरह से पढ़ाया जा रहा हैं, वह बच्चों को काफी हद तक उबाऊ और भयावह लगता है। यही कारण है कि बाल्य काल में हर चीज को जानने की स्वाभाविक रुचि होने के बावजूद गणित और विज्ञान जैसे विषयों में अधिकतर बच्चो की रुचि उत्तरोत्तर कम होती चली जाती है। हालात यहां तक पहुंच गए हैं कि अधिकतर बच्चे गणित और विज्ञान जैसे विषयों को जैसे–तैसे एक अनिवार्य विषय होने के नाते पढ़ते और पास होने की कोशिश करते हैं। जैसे ही उन्हें पहला मौका मिलता है, वे इन विषयों को छोड़कर दूसरे विषयों की पढ़ाई की ओर चल पड़ते हैं। विज्ञान और गणित जैसे विषयों में इस प्रकार की अरुचि के बहुआयामी कुप्रभाव होते हैं। भारत जैसे दुनिया में सबसे तेज़ी से विकसित हो रहे देश के लिए उसके बच्चों में विज्ञान के प्रति रुचि का कम होते जाना कोई अच्छी बात नही है। प्राचीन और परम्परा पर चलने वाले अपने देश में अभी भी अंधविश्वासों को माना और बढ़ावा दिया जाता है। मीडिया का एक बहुत बड़ा वर्ग इस बारे में सही जानकारी उपलब्ध कराने में योगदान करने की बजाय अपने लाभ के लिए इन्हें बढ़ावा देने में सहायता करता दिखायी देता है। इस तरह की सोच के कुपरिणाम अकसर देखने को मिलते रहते हैं। आंतरिक विकास को बढ़ावा देने और हमेशा शास्त्रार्थ के लिए तैयार रहने वाले इस देश में वैज्ञानिक सोच का अपेक्षित विकास नहीं हो पाना इसका एक प्रमुख कारण है। विज्ञान के प्रति बढ़ती अरुचि वैज्ञानिक सोच को न बढ़ने देने के रास्ते में एक प्रमुख बाधा के रूप में सामने आती है। बच्चे आज गणित और विज्ञान नहीं पढ़ेंगे तो कल देश को इंजीनियर, डॉक्टर और वैज्ञानिक कहां मिलेंगे? गणित और विज्ञान पढ़ाने वाले शिक्षक कहां से आएंगे? नये अनुसंधानों और विकास के लिए वैज्ञानिक कहां से आएंगे?

अतीत का अध्ययन ज़रूरी

हमारी शिक्षा प्रणाली की वर्तमान व्यवस्था भी इसे बढ़ावा दे रही है। वर्तमान व्यवस्था में बच्चों को किसी एक राह पर चल कर पढ़ाई करते हुए दूसरी राह पर आने या फिर किसी और रास्ते से आकर विज्ञान पढ़ने का अवसर मिल पाने की

व्यवस्था ही नहीं है। भारत में ब्रह्मांड, अंतरिक्ष और खगोलशास्त्र के अध्ययन की एक लंबी और बहुत पुरानी परम्परा है। अब से करीब 1500 साल पहले एक भारतीय वैज्ञानिक खगोल शास्त्री आर्यभट्ट ने अपने अध्ययन के आधार पर पृथ्वी से चंद्रमा की दूरी नाप डाली थी। यही नहीं, यह तक बताया था कि चांद की सतह ऊबड़–खाबड़ और पथरीली है। आर्यभट्ट ने ऐसा तब किया था जबकि उसके पास आज की तरह के साजो–सामान, संसाधन तथा आधुनिक मशीनें नहीं थीं। लेकिन 21वीं सदी के भारत में अध्ययन–अध्यापन की वह व्यवस्था जिसमें गणित और विज्ञान ही एक साथ पढ़ा जा सकता है। इतिहास, समाजशास्त्र या अर्थशास्त्र पढ़ने वालों को विज्ञान पढ़ने की इजाजत नही है। किसी बच्चे ने एक बार साइंस स्ट्रीम नहीं ली तो फिर उसे इस स्ट्रीम में वापस आने का रास्ता नही दिया जा रहा है। विज्ञान के किसी एक विषय को अन्य ह्यूमेनटीज़ के विषय के साथ नहीं पढ़ा और पढ़ाया जा सकता। इस तरह के वॉटर टाइट जैकेट में विज्ञान पढ़ाने की इस व्यवस्था में बदलाव लाए जाने की आवश्यकता है। पढ़ाई–लिखाई को ज्यादा सीमाओं में बांधने की बजाय इसे विभिन्न विकल्पों के रूप में प्रस्तुत किया जाना चाहिए जिससे पढ़ने वाले अपनी योग्यता और रुचि के अनुसार इसे स्वीकार कर सकें। विषय और सेलेबस इस तरह से बनाने होंगे कि बच्चों को अपनी पढ़ाई मे चुनाव का अधिकार मिल सके, न कि केवल उन्हें वही पढ़ना ही होगा जो विशेषज्ञ पहले से निर्धारित कर दगे। किसी पाठ्यक्रम को एक निश्चित समय मे पढ़ना होगा। इस तरह की व्यवस्थाओं में प्राथमिकता के आधार पर बदलाव लाने की ज़रूरत है। विज्ञान और तकनीक ऐसे विषय हैं जिनमें साल–दर–साल बदलाव होता जाता है लेकिन हमारे पाठ्यक्रमों को सालोंसाल तक बदला नहीं जाता है। उन्हें पढ़ाने वाले इस तेज़ी से बदलते माहौल के साथ अपने को जोड़ पा रहे हैं। सोच के इस तरीके को प्राथमिकता के आधार पर बदला जाना अनिवार्य बन चुका है। शिक्षा के क्षेत्र में सुधार लाने में देरी की हमें भारी कीमत चुकानी होगी।

पढ़ाई के तौर-तरीके बदलना ज़रूरी

दूसरे देशों की तुलना मे अपने देश में स्कूली शिक्षा में अभी भी सरकारी स्कूलों की बहुत महत्त्वपूर्ण भूमिका है। इन स्कूलों में गणित और विज्ञान जैसे विषयों को अभी भी परम्परागत तरीके से ब्लैक बोर्ड पर ही पढ़ाने का प्रयास किया जा रहा है। आधुनिक तकनीक के वहां तक पहुंच पाने और उसके वास्तव मे काम कर पाने के लिए अभी बहुत लंबी दूरी तय की जानी है। यही नहीं, वहां पर इन विषयों को

जिस तरीके से पढ़ाया जाता है उसमें बच्चे विषय की मूल धारणाओं को समझ कर काम में लाने की बजाय उसे रट कर काम चलाने का प्रयास करते दिखाई देते हैं। विज्ञान कहा तो उस ज्ञान को जाता है जो कारण और परिणाम के बीच संबंध बताए। उसके बारे में आगे अध्ययन का अवसर दे लेकिन बच्चे जिस तरह से इन विषयों को पढ़ते और पढ़ाए जाते हैं उसमें कारण और परिणाम के बीच के संबंधों को जानना दूर की कौड़ी ही कहा जा सकता है। वर्तमान स्कूली शिक्षा में विज्ञान को रटंत के रूप में पढ़ना और पढ़ाया जाना सामान्य माना जाता है। स्कूली ही नहीं, कॉलेज के स्तर पर भी विज्ञान के व्यावहारिक अध्ययन के लिए जिस तौर–तरीके की आवश्यकता होती है उसकी उपलब्धि न के बराबर ही कही जा सकती है। पब्लिक कहे जाने वाले प्राइवेट स्कूलों की स्थिति अपेक्षाकृत बेहतर कही जा सकती है लेकिन उन्हें भी आदर्श नही कहा जा सकता है। स्कूली शिक्षा के अवसरों की कुल मांग और पूर्ति के बीच के अंतर को पूरा करने में उनकी भूमिका सीमित ही है। सरकारी स्कूलों में तो विज्ञान की शिक्षा की स्थिति और भी खस्ता है। पहले तो सभी स्कूलो मैं विज्ञान को एक विषय के रूप में पढ़ाया ही नहीं जाता। वहां पढ़ने वालों की तुलना में प्रयोगशालाओं और उनमें उपलब्ध कराए जाने वाले साजो–सामान की उपलब्धता पर्याप्त नहीं होती। विज्ञान पढ़ने वाले बच्चों की कुल संख्या और उपलब्ध संसाधनों के बीच का अंतर इतना ज़्यादा है कि उन्हें इन सुविधाओं का इस्तेमाल करने का अवसर कभी–कभार ही मिल पाता है,। उन पर पर्याप्त अभ्यास का अवसर मिल पाना तो दूर की बात है। बात यहीं तक सीमित नहीं है। इन विषयों को पढ़ाए जाने के पाठ्यक्रम विज्ञान जैसे तेज़ी से बदलते विषयों के लिए बहुत पीछे है। उनमें समय के साथ आवश्यक बदलाव नही हो पा रहे है। इन विषयों को पढ़ाने वाले भी अपने आपको उस तेज़ी से बदल पाने के लिए तैयार नहीं हो पा रहे हैं जितनी कि आवश्यकता है।

अतीत से प्रेरणा लेनी चाहिए

भारत में विज्ञान के अध्ययन और अध्यापन की बहुत पुरानी परम्परा रही है। उपनिवेशवादी नीतियों और ऐतिहासिक कारणों से इस क्षेत्र में हम अपना वह स्थान बरकरार नहीं रख पाये जिसके लिए कभी भारत को दुनिया में जाना जाता था। अब फिर से एक नया दौर शुरू हुआ है। समग्र विकास की तेज गति ने इसके लिए संसाधन भी उपलब्ध कराए हैं। आवश्यकता इन संसाधनों के पूरी तरह इस्तेमाल की है। अभी

उपलब्ध संसाधनों का उस तरह से प्रभावकारी उपयोग नहीं हो पा रहा है जिस प्रकार किया जाना चाहिए। विभिन्न प्रकार की आंतरिक और बाह्य चुनौतियों के बीच भी भारत आज तेजी से विकास के रास्ते पर चल रहा हैं। वैश्वीकरण और उदारीकरण की नीतियों ने इस विकास में महत्त्वपूर्ण भूमिका निभाई है। आवश्यकता इस बात की है कि इसका लाभ उन लोगों तक पहुंचे जो अभी तक इन लाभों से वंचित हैं। एक समय ऐसा था जबकि भारतोय वैज्ञानिक भारत में रह कर काम करने की बजाय विदेशों में जा कर बस जाने और वहीं पर काम करने को ही अपनी उपलब्धि के रूप में देखते थे। हमारी मानसिकता ऐसी बन गई थी कि पश्चिम में मान्यता प्राप्त करने के बाद ही उन्हें अपने देश में मान्यता मिल पाती थी। ब्रेन ड्रेन उस समय के भारत में चर्चा का मुख्य विषय रहता था। ब्रेन ड्रेन एक वास्तविकता थी। वह भी उस दौर में जबकि भारत एक औपनिवेशिक साम्राज्य के चंगुल से आजाद हुआ था। विकास की ओर डगमगाते कदमों से आगे बढ़ने का प्रयास कर रहा था। विदेशी शासकों ने कभी भी भारतीयों को उच्च वैज्ञानिक क्षेत्रों में आगे बढ़ने देने का अवसर नही दिया था। उस दौर में जिन्होंने भी दुनिया के वैज्ञानिक मानचित्र में अपने लिए स्थान बनाने में सफलता हासिल की थी, वे केवल अपनी उच्च तकनीकी योग्यता और क्षमता के बल पर ही वहां तक पहुंच पाए थे। आर्थिक विकास के उस दौर में देश जनता की गाढ़ी कमाई पर लगाए गए टैक्स के पैसे का एक बड़ा हिस्सा इंजीनियरों, डॉक्टरों और वैज्ञानिकों को तैयार करने पर खर्च करता था लेकिन इस रास्ते से आगे बढ़ने का अवसर पाने वाले विशेषज्ञों का एक बड़ा वर्ग अपनों और अपने देश को उसका लाभ देने की बजाय विदेशों में जाकर उसका अधिकतम लाभ प्राप्त करने का प्रयास करता था। इसका परिणाम यह होता था कि भारतीय निवेश का वास्तविक लाभ विदेशों को प्राप्त होता था। हां, इस प्रक्रिया का कुछ लाभ उन्हें भी काम की बेहतर दशाओं, अवसरों तथा सुविधाओं के रूप में ज़रूर प्राप्त होता जाता था।

ब्रेन ड्रेन, अब ब्रेन गेन और ब्रेन बैंक

भारत के तेज़ विकास और बदलतो हुए वैश्विक आर्थिक परिदृश्य के चलते कभी ब्रेन ड्रेन रहा वास्तव में ब्रेन गेन साबित हुआ। अब भारत की तेज विकास की गति इन लोगों को विकास के अधिक अवसर दे पाने की स्थिति में है। पश्चिमी देशों की तुलना में अपने ही देश में अधिक अवसर और चुनौतियां उपलब्ध हैं जो उन्हें घर लौट आने के लिए प्रेरित कर रही हैं। वे अपने ही बिछड़े घर को याद करके

लौटने के रास्ते तलाश रहे हैं और लौट भी रहे हैं। इन अनुभवी अपनों का घर लौटना भारत और भारतीयों के लिए एक अवसर है। इस संसाधन का कैसे बेहतर उपयोग देश के समग्र विकास के लिए हो, इसकी ओर ध्यान दिये जाने की आवश्यकता है। उनमें अपनों के लिए कुछ करने की इच्छा है। आवश्यकता उन्हें सुविधाएं और संसाधन उपलब्ध कराने से ज्यादा काम की बेहतर दशाएं उपलब्ध कराने की है। इन घर लौटने वालों को भी यह सुनिश्चित करना होगा कि वे केवल अवसरों का लाभ उठाने का ही प्रयास न करें बल्कि अपनों के लिए कुछ करने की भावना को भी प्राथमिकता दें। वरना फिर एक बार वही स्थिति उत्पन्न होगी कि जब यह माना जाएगा कि जब देश में विकास के अवसर नहीं थे तो वे अधिक लाभ कमाने की इच्छा से यहां के संसाधनों का उपयोग करके बाहर चले गए थे। अब स्वदेश में लाभ कमाने का अवसर पर मिलने पर यहां आ गए हैं। वे अपने बेहतर अनुभव और ज्ञान का उपयोग करके देश में विज्ञान के विभिन्न क्षेत्रों में आधुनिकतम अनुसंधान और उसके आम लोगों के जीवन में सुधार के क्षेत्रों में योगदान कर के बेहतर योगदान कर पाने की स्थिति में हैं। वे इस क्षेत्र में उपलब्ध अवसरों का उपयोग कर के जहां वे स्वयं भी लाभान्वित हो सकते हैं वहीं अपनों को भी इसमें भागीदार बना सकते हैं।

आर्थिक विकास से अब समग्र विकास की ओर चलें

भारत को विकास के इस स्तर तक पहुंचाने में उन लोगों ने बहुत महत्त्वपूर्ण भूमिका निभायी है जिन्होंने विदेश जाकर बेहतर परिस्थितियों का लाभ उठाने की बजाय अपनों के लिए, अपने देश के लिए चुनौतीपूर्ण परिस्थितियों में काम किया। अपना खून–पसीना बहा कर उन चुनौतीपूर्ण परिस्थितियों का मुकाबला किया। अपने आज को, देश के बेहतर कल के लिए कुर्बान किया। विदेशों में जीवन गुज़ार कर घर लौटे बेटे–बेटियों का तो देश में हमेशा स्वागत ही होगा क्योंकि यह तो यहां की बेहद पुरानी परम्परा हैं। उन्हें भी अपने उन भाई–बहनों की भावनाओं का ध्यान रखना होगा जो इसी मिट्टी में पैदा हुए, पाले–पोसे गए और यहां तक देश को पहुंचाने के लिए जूझते हुए सीमित संसाधनों का बेहतर और बेहतर उपयोग कर के देश को ऊंचाइयों के नए–नए मुकामों तक पहुंचाने में सफल रहे हैं। आज भारत को 'नॉलेज इकोनॉमी' के रूप में जाना जाता है। उसकी गिनती दुनिया के बैक ऑफिस के रूप में होती है। पश्चिमी देशों को भयानक मंदी का सामना करना पड़ रहा है लेकिन दुनिया की अर्थव्यवस्था से सक्रिय रूप से जुड़े होने के बाद भी भारतीय

अर्थव्यवस्था ने विकास की अपनी तेज़ की गति को बनाए रखने में सफलता हासिल की है। इसमें उनका महत्त्वपूर्ण योगदान है जो यहीं के होकर रह गए।

21वीं सदी के भारत में विज्ञान के अध्ययन और अध्यापन के लिए शिक्षकों की कमी दिख रही है। बेसिक रिसर्च के क्षेत्र में वैज्ञानिकों की कमी महसूस की जा रही है। अंतरिक्ष अनुसंधान के क्षेत्र में हमने तेज़ी से कदम बढ़ाए हैं लेकिन योग्यता और क्षमता के बावजूद पश्चिमी दुनिया की तुलना में हम पिछड़ गए हैं। उनके साथ बराबरी करने और आगे निकलने के लिए हमें और भी तेज़ी से आगे बढ़ना होगा। इसके लिए आज बेहतर साधन और सुविधाएं उपलब्ध हैं। इसके लिए हमें नीचे से बदलाव लाने की आवश्यकता होगी। इसके लिए स्कूलों में विज्ञान की शिक्षा–दीक्षा को पर्याप्त महत्त्व दिये जाने की आवश्यकता है। इसे अधिक रोचक और भागीदारीपूर्ण बनाए जाने की आवश्यकता है। आवश्यकता इस बात की है गणित और विज्ञान जैसे विषयों को इस तरह से पढ़ा और पढ़ाया जाए कि वे बच्चों को हौवा न लगें। वह सहजता से इन विषयों को ग्रहण कर सकें। उनको रटने की बजाय जान–समझ कर पढ़ और सीख सकें, हृदयंगम कर सकें। संचार की आधुनिकतम तकनीक और तौर–तरीकों का इस्तेमाल इस दिशा में महत्त्वपूर्ण योगदान कर पाने की स्थिति में है।

प्राचीन भारत में विज्ञान

इसके साथ ही प्राचीन भारत में वैज्ञानिक अध्ययन और अनुसंधान के बारे में भी उन्हें जानकारी दिये जाने की आवश्यकता है। आर्यभट्ट, ब्रह्मगुप्त, भास्कर प्रथम, भास्कर द्वितीय जैसे लेखकों के लेखन से भी उन्हें परिचित कराया जाना चाहिए जिससे वे यह भी जान सकें कि भारतीय विचार में वैज्ञानिक सोच की एक लंबी परम्परा है। सब कुछ पश्चिम से ही आया है, ऐसा भी नहीं है। भारत ने ज्ञान और विज्ञान के क्षेत्र में पश्चिम से बहुत कुछ लिया जरूर है लेकिन दिया भी कम नही हैं। इससे उन्हें वैज्ञानिक अध्ययन के बारे में समग्र और व्यापक दृष्टिकोण प्राप्त करने में मदद मिलेगी। वे अपने पर गर्व कर सकेंगे। उनका आत्मविश्वास बढ़ेगा जो उन्हें और उनके देश दोनों को ही तेज गति से आगे बढ़ने में मददगार होगा।

11 वीं पंचवर्षीय योजना को ज्ञान का अर्धदशक कहा गया है। शिक्षा को मूल अधिकार के रूप में स्वीकार किये जाने के बाद से इसमें और भी मदद मिलने की आशा की जा सकती है। संसाधनों की कमी तो हमेशा रहने वाली है। ऐसा अवसर शायद ही कभी आएगा जबकि मांग के अनुसार संसाधन उपलब्ध होंगे। इसलिए

आवश्यकता इस बात की है कि यह देखा जाए कि उपलब्ध संसाधनों का अधिकतम उपयोग वास्तव में कैसे किया जाए जिससे विज्ञान और गणित के अध्ययन–अध्यापन को लोकप्रिय और अधिक उपयोगी कैसे बनाया जा सके। यह अवसर और चुनौती का समय है जबकि देश में गणित और विज्ञान के अध्ययन को बढ़ावा दिया जाना होगा। उसे लोकप्रिय और उपयोगी बनाया जाना होगा। बच्चों को कैसे इन विषयों के अध्ययन की ओर आकर्षित किया जाए जिससे कि वे आने वाले कल के वैज्ञानिक बन सकें तथा देश के समक्ष आने वाली चुनौतियों का बेहतर मुकाबला कर सकें। भारत को विज्ञान की दुनिया में प्रमुख स्थान पर पहुंचाने में भागीदार बन सकें।

12वीं पंचवर्षीय योजना में इस क्षेत्र को अधिक प्राथमिकता दिए जाने और अतिरिक्त संसाधन उपलब्ध कराने तथा निजी क्षेत्र को अधिक सक्रिय भूमिका निभाने की चर्चा है। आशा की जानी चाहिए कि हम योजना के पूरा होते–होते नालेज कमीशन की सिफारिशों को क्रियान्वित करने के लक्ष्यों को पूरा किया जा सकेगा।

अंतरिक्ष अनुसंधान

अंतरिक्ष अनुसंधान के बारे में जानने के पहले हमें यह जानना होगा कि अंतरिक्ष है क्या? उसके बारे में अनुसंधान की आवश्यकता क्यों पड़ी? अंतरिक्ष सदैव से ही मानव के लिए रहस्यमय रहा है। मानव की अंतरिक्ष के बारे में जानने की इच्छा और प्रयास उतने ही पुराने हैं जितना कि मानव स्वयं। इस प्रकार अंतरिक्ष अनुसंधान और उसके बारे में अध्ययन और ज्ञान–विज्ञान को उतना ही पुराना कहा जा सकता है जितना कि मानव स्वयं। उसने हमेशा यह जानने का प्रयास किया कि यह क्या है ? और इस सवाल का जवाब जानने के लिए उसने अपने–अपने तरीके से यह पता लगाने का प्रयास किया। संभवतः इस सवाल की उत्पत्ति तब हुई होगी जब मानव ने पहली बार सिर उठाकर आकाश की ओर देखा होगा और सोचा होगा यह ऊपर है क्या? भारत में यदि हम अंतरिक्ष अध्ययन की ओर नज़र डालें तो हमें सबसे पहले वैदिक साहित्य में इसके उदाहरण मिलते हैं। वैदिक साहित्य में भारतीय ऋषियों, मनीषियों द्वारा गणित, खगोल, रसायन, भौतिकी, ज्योतिष, चिकित्सा, विमानन, भैषज, अंतरिक्ष विज्ञान क्षेत्रों में महत्त्वपूर्ण योगदान किये जाने के प्रमाण हैं। ग्रह, उपग्रह तथा नक्षत्र आदि के ज्ञान के बारे में जानकारी दुनिया के इस सबसे पुराने साहित्य वेदों में उपलब्ध है। इस बारे में सबसे पहली जानकारियां वेद–वेदांगों में देखने को मिलती हैं। इन्हें दुनिया के सबसे पुराने साहित्य में गिना और माना जाता है। इस आधार पर यह कहा जा सकता है कि अपने देश में अंतरिक्ष और उसके बारे में जानकारियां प्राप्त करने के लिए अनुसंधान की परम्परा बहुत पुरानी है। हमारे प्राचीन ग्रंथों, वेद,वेदांगों, उपनिषदों और संहिताओं में इस तरह की जानकारियां भरी पड़ी हैं जिसके आधार पर एक हद तक यह कहा जा सका है कि पश्चिम के देशों में इस तरह का काम शुरू होने के हजारों वर्ष पहले भारतीय विचारकों, दर्शनशास्त्रियों, ऋषियों, मनीषियों ने ब्रह्माण्ड, आकाश, अंतरिक्ष उसके ग्रहों और उपग्रहों का अध्ययन किया था। यह अध्ययन कैसे किया गया होगा, इसके बारे में भी जानकारियां मिल सकती हैं। आज के वैज्ञानिक दौर में अध्ययन के उन तौर– तरीकों पर कैसे विश्वास

किया जाए, इस पर चर्चा की जा सकती है। उनके अध्ययनों के दौरान उपलब्ध जानकारियां आज के वैज्ञानिक संसाधनों से उपलब्ध जानकारियों के काफी नज़दीक हैं। इसलिए उनके ज्ञान–विज्ञान के अध्ययन पर प्रश्न उठाना ठीक नहीं कहा जा सकता।

वेदों में अंतरिक्ष

उन महर्षियों ने अपने विचारों को संस्कृत में मंत्रों, सूत्रों और श्लोकों के रूप में प्रकट किया। इन विषयों पर पर्याप्त जानकारियां उपलब्ध कराई थीं। मंत्र, मंत्रणा का ही संक्षिप्त रूप माना जाता है। मंत्रणा का अर्थ है–सुझाव या विचार अथवा राय। वे अपने समय की आवश्यकता के अनुसार इन जानकारियों का उपयोग भी किया करते थे। यह समय मानवता के विकास का वह दौर था जबकि मानव प्रकृति पूजक था। वह प्रकृति को देवी–देवताओं के रूप में मानता था। यज्ञ आदि से उन्हें प्रसन्न करना चाहता था जिससे वे उसकी आवश्यकताओं की पूर्ति में मददगार बनें। उस समय इस बात का बेहद महत्त्व था कि यज्ञ कब, कहां और कैसे किया जाए। उस समय के जानकारों के पास इस तरह की जानकारी थी कि यज्ञ के लिए वेदिका कहां पर स्थापित की जाएगी। किस ग्रह की पूजा किस समय, किस नक्षत्र में की जाएगी जिससे कि उससे आवश्यक लक्ष्यों की प्राप्ति की जा सके। उन्हें इस बात का ज्ञान था कि कौन–सा ग्रह पृथ्वी के सन्दर्भ में कब और कहां होगा। उसी आधार पर वे यह निर्धारित करते थे कि कौन–सी पूजा कब की जानी चाहिए। उनके पास आज के वैज्ञानिकों को उपलब्ध आधुनिकतम वैज्ञानिक साज़ो–सामान और संसाधन उपलब्ध नहीं थे। इसलिए उन्हें आज के सन्दर्भों में देखा जाना किसी भी तरह से उचित नहीं कहा जा सकता। अपने समय में इस तरह के विचार और अध्ययन का किया जाना अपने आप में यह प्रमाणित करने के लिए पर्याप्त है कि भारत में वैज्ञानिक सोच की परम्परा बहुत पुरानी है। उस समय के अध्ययन और विचार–विमर्श की भाषा संस्कृत का आज आमतौर पर पर्याप्त ज्ञान नहीं होने के कारण हम इस सारी सामग्री का आधुनिक सन्दर्भों में इस्तेमाल कर पाने की स्थिति में नहीं हैं। यही नहीं, उस बारे में लिखी और बोली गई बहुत सारी सामग्री और ज्ञान अब हमें उपलब्ध नहीं हैं। विकास के दौर में मौखिक परम्परा के कारण इस सामग्री का बहुत–सा हिस्सा विलुप्त हो गया है। इसलिए उसे समग्र रूप से समझ पाने में भी दिक्कतें आ रही हैं। आवश्यकता प्राचीन और अर्वाचीन ज्ञान–विज्ञान के बीच सामंजस्य स्थापित करने की है।

वेद, वेदांग और अंतरिक्ष

संस्कृत में इस्तेमाल किये गए शब्द ब्रह्मांड का अर्थ है–एक बहुत बड़ा अंडा। ग्रहों और उपग्रहों के अंडाकार कक्षा में भ्रमण करने का विचार संभवतः इसी 'ब्रह्मांड' शब्द से आया हैं। आधुनिक वैज्ञानिकों ने 'ब्रह्मांड' को कुछ और तरीके से परिभाषित करने का प्रयास किया है। हमारी पृथ्वी अन्य ग्रहों और सूर्य के साथ मिल कर सौर मंडल बनाती है। ऐसे अनेक सौर मंडलों से मिल कर आकाशगंगा बनती है। हमारे ब्रह्मांड में ऐसी ही अनेक आकाशगंगाएं हैं। हमारा सौर मंडल हमारी आकाशगंगा का 64 करोड़वां हिस्सा है। हमारी पृथ्वी हमारे सौर मंडल का 25 करोड़वां हिस्सा है। इन आंकड़ों के आधार पर हम शायद इस बात का कुछ अंदाजा लगा सकते हैं कि ब्रह्मांड में हमारी स्थिति क्या है। अभी हम इस बारे में कितना जान पाए हैं। अभी कितना कुछ जानना बाकी है। हमारे प्राचीन ऋषियों ने अपने ज्ञान और संसाधनों के आधार पर इस सब को जानने–समझने का प्रयास किया था। उनका विश्लेषण कुछ इस प्रकार से था। इस आकाश को ऋषियों ने तीन भागों में विभक्त किया–पृथ्वी, अंतरिक्ष और द्युलोक। प्रत्यक्षदर्शी होने के कारण ऋषियों के लिए कुछ परोक्ष न था। शुनःशेष ऋषि द्युलोक को देख कर ऋकसंहिता में कहते हैं, 'ये ऊंचे आकाश में स्थित नक्षत्र गण रात्रि को दिखाई देते हैं। दिन में कहीं और चले जाते हैं। आदित्य, सूर्य का पर्यायवाची, के कर्म आश्चर्ययुक्त हैं। वह जिधर होकर चला जाता है, उधर ये नक्षत्र निष्प्रभ हो दिखलाई नही देते हैं और दूसरी ओर चमकने लगते हैं। उसकी किरणों से चन्द्रमा प्रकाशमान होकर रात को उगता है। वरुण, सूर्य का एक और पर्यायवाची, को देख कर वहीं शुनःशेष ऋषि अगले सूक्त में कहते हैं कि जो आदित्य अंतरिक्ष में उड़ती चिड़ियों की गति देखता है, जो समुद्र के मध्य में जाने वाली नौकाओं को देखता हैं अर्थात पृथ्वी और अंतरिक्ष में होने वाली घटनाओं को देखता है, जो नियमपूर्वक होने वाले और अपनी छटा दिखाने वाले बारह महीनों को देखता है, वह उनके साथ उत्पन्न होने वाले मलमास को भी देखता है।' इस प्रकार उन्होंने उस समय में दिन–महीनों आदि में समय को विभाजित करना सीख लिया था। प्रस्कण्व ऋषि ऋग्वेद में कहते हैं कि सारे संसार को प्रकाश देने वाले सूर्य का आगमन होने पर चोरों के समान सारे नक्षत्र रात्रि के साथ चले जाते हैं। अंगिरा के पुत्र कुत्स ऋषि कहते हैं कि यह पूजनीय रश्मियों का आश्चर्यजनक समूह मित्र, वरुण और अग्नि को प्रकाश प्रदान करने वाला आदित्य पृथ्वी अंतरिक्ष और द्युलोक को अपनी रश्मियों से व्याप्त कर रहा है। यह समस्त स्थावर और जंगम जगत का

प्राण है। सूर्य के महत्त्व को वे शायद हमसे ज्यादा समझ पाते थे। हम आज भी सूर्य द्वारा भारत को उपलब्ध कराई जा रही उर्जा के एक बहुत मामूली हिस्से का ही उपयोग कर पा रहे हैं। सौर उर्जा का बेहतर उपयोग हमें सस्ता, सतत और प्रदूषण मुक्त उर्जा के संसाधन उपलब्ध करा सकता है। इससे पर्यावरण प्रदूषण को नियंत्रित करने और ग्लोबल वार्मिंग को कम करने में मदद तो मिलेगी ही, इससे दूर–दराज के उन गांवों को भी उर्जित किया जा सकता है जिन्हें आज हम बिजली उपलब्ध करा पाने में असफल रहे हैं।

ऋग्वेद में अंतरिक्ष चर्चा

ऋग्वेद की एक और ऋचा कहती है कि द्युलोक से परे अर्धस्थान में स्थित आदित्य, पांच ऋतु रूपी पैर वाले तथा द्वादस मास रूपी आकृति वाले, सबके पालक संवत्सर को प्रदान किया है। दूसरी ओर, इन आकाश में अवस्थित अन्य सप्त ऋषियों ने दस–दस वर्ष के छह अरों वाले अर्थात साठ संवत्सर रूपी चक्र में सूर्य को अर्पित किया है। अर्थात साठ संवतस्वरूप चक्रों को लेकर सूर्य आकाश में विराजित हो रहा है। जिस प्रकार बारह महीनों को लेकर सूर्य घूमता है, उसी प्रकार बारह महीनों में चन्द्रमा के बारह चक्कर लगते हैं। संवत्सर में चक्र में साठ बार सूर्य चक्कर लगाता है। 'तैत्रीय अराणयकम' में कहा गया है कि येनेमा विश्वा भुवनानि तस्थुः। तत क्षत्रं बलामोजश्च जातम्। यह सारा संसार सूर्य भगवान के कारण है। उनसे ही सभी को शक्ति और उर्जा प्राप्त होती है। इसी पुस्तक में एक अन्य स्थान पर इस बात का भी उल्लेख मिलता है कि सूर्य पृथ्वी और अन्य ग्रहों को नियंत्रित करता है, आकर्षित करता है। कहीं यह संकेत गुरुत्वाकर्षण के बारे में तो नहीं है। यही नहीं, सूर्य के उत्तरायण और दक्षिणायन होने यानी भूमध्य रेखा के उत्तर की ओर आने और दक्षिण की ओर जाने का भी उन्हें ज्ञान रहा था। इस कारण से ऋतुओं में आने वाले बदलाव पर भी उनकी नज़र थी। इन ग्रंथों में इस बात का उल्लेख मिलता है कि बसंत ग्रीष्म और वर्षा–ये देवों की ऋतुएं है। शरद हेमंत और शिशिर–ये पितरों की ऋतुएं हैं। उन्होंने महीने को चन्द्रमा के चलन के अध्ययन के आधार पर शुक्ल पक्ष और कृष्ण पक्ष में विभक्त कर रखा था। वे शुक्ल पक्ष को देवताओं का पक्ष और कृष्ण पक्ष को पितरों यानी अपने पूर्वजों का पक्ष कहते थे। इस प्रकार यह कहा जा सकता है कि उस समय में ऋषियों को सौर मण्डल, सौर मंडल और उसमें आने वाले ग्रहों के आवागमन के बारे में जानकारियों का अनुमान रहा था। वे सूर्य और चांद की स्थिति

और उनके प्रभावों से परिचित थे। ऋग्वेद में ही चन्द्रमा को पृथ्वी का उपग्रह माने जाने के प्रमाण मिलते हैं।

नक्षत्र विज्ञान–वेदों का अभिन्न अंग

उस समय नक्षत्र विज्ञान को वेदों का एक हिस्सा माना जाता था। भले ही आज हम उसे एक विज्ञान के रूप में विकसित न मानें। यही नहीं, उन्होंने सूर्य और चांद के आवागमन के आधार पर साल के बारह महीनों का नामकरण किया था। सूर्य और चांद के संक्रमण के आधार पर पड़ने वाले नक्षत्रों के नामों के आधार पर महीनों का नामकरण किया गया था। जिस महीने में चांद की पूर्णिमा जिस नक्षत्र के आधार पर होती थी, उसी के आधार पर उस महीने का नाम निर्धारित किया गया। जैसेकि चित्रा नक्षत्र वाले महीने का नाम चैत्र, विशाखा नक्षत्र वाले मास का नाम वैशाख, ज्येष्ठा से ज्येष्ठ, पूर्वाषाढा या उत्तराषाढ़ा वाले मास का नाम आषाढ़, पूर्व भाद्रपद या उत्तर भाद्रपद से भाद्रपद, अश्विनी से आश्विन, कृत्तिका से कार्तिक, मृगशिरा से मार्गशीर्ष और पुष्य से पौष, मघा से माघ और फाल्गुनी से फाल्गुन रखा गया। पूर्णिमा को पूर्वा और उत्तरा में भी विभक्त किया गया था। इसी प्रकार सप्ताह के सात दिनों के नाम सौर मंडल के ग्रहों के नाम पर रखे गए। रवि, चन्द्र, भौम, बुद्ध, गुरु, शुक्र और शनि। उनके लेखन में नक्षत्र मंडल के बीच होकर भ्रमण करने वाले चन्द्र और सूर्य की स्थिति का ही नहीं बल्कि इनके साथ मंगल, बुद्ध, बृहस्पति, शुक्र और शनि नामक पाँच अन्य ग्रहों की गति और स्थिति का अध्ययन किये जाने का भी उल्लेख मिलता है।

वैदिक मंत्र उच्चारण आज भी जारी

इसी प्रकार दुनिया की सबसे पुरानी पुस्तकों में माने जाने वाले 'रिग वेद' में इस बात का उल्लेख मिलता है कि ग्रह इलिप्टिकल यानी अंडाकार रास्ते में विचरित करते हैं। यहां पर यह उल्लेख करना अनुचित नहीं होगा कि वेद चार माने गए है। 'रिग वेद' के अलावा तीन अन्य वेदों के नाम है–यर्जुर, साम और अथर्व। इन चारों वेदों को चार हिस्सों में विभक्त किया गया है। इन्हें संहिता, ब्राहमनस, आरण्यक और उपनिषद कहा जाता है। संहिताओं में वे श्लोक हैं जिनमें देवताओं की प्रार्थना की जाती हैं। इन्हें मंत्र भी कहा जाता है। वैदिक काल में यह माना जाता था कि मंत्र पाठ से देवता पढ़ने वाले की रक्षा के लिए आते हैं। आज यह कहा जा सकता है कि इन मंत्रों के पढ़ने से किस प्रकार कोई देवता किसी भक्त की मदद के लिए आ सकता है। अपने देश में मंत्रों के पाठ और देवताओं के आवाहन की यह परम्परा

आज हज़ारों वर्ष बाद भी वैसी ही चल रही है जैसी कि पहले थी। वेदों में बताए गए मंत्रों के उच्चारण का आज भी उसी तरह से इस्तेमाल किया जा रहा है जैसे कि अतीत में किया जाता था। 'ब्राह्मनस' में यह बताया गया है कि किसी मंत्र को पढ़ते समय किस प्रकार से पूजा–अर्चना आदि की जानी है। घर में होने वाले पूजा–पाठ के दौरान पंडित और आचार्यों को आज भी वैसा ही करते देखा जा सकता है। आरण्यक और उपनिषदों में भारतीय दर्शन और विचारों को अभिव्यक्ति प्रदान की गई है। यह तो हुई वेदों और उपनिषदों की बात। अब हम लौटते हैं अपेक्षाकृत आधुनिक काल में अंतरिक्ष अनुसंधान और विकास के अध्ययन की ओर।

आर्यभट्ट

वैदिक काल के बाद पाँचवीं से बारहवी शताब्दी के बीच आर्यभट्ट, ब्रह्मगुप्त, भास्कर प्रथम और भास्कर द्वितीय द्वारा एस्ट्रोनॉमी के क्षेत्र में महत्त्वपूर्ण योगदान के प्रमाण है। इन चारों लेखकों की पुस्तकों का गहराई से अध्ययन किया जाए तो पश्चिमी देशों से बहुत पहले अंतरिक्ष अनुसंधान के बारे में भारत में किये जा रहे अध्ययनों की जानकारियां मिल सकती हैं। ये पुस्तकें मूलतः संस्कृत भाषा में लिखी गई हैं। आज के संस्कृत न जानने वालो किशोर और युवा पीढ़ी के लिए इनका अध्ययन कर पाना एक समस्या है। आवश्यकता इस बात की है कि इन पुस्तकों और इनमें वर्णित विचारों को हिंदी और अन्य भारतीय भाषाओं में इस तरह से प्रकाशित किया जाए कि यह पीढ़ी उनको जान और समझ–बूझ सके। इन्हें पाठ्यक्रमों में शामिल करने पर भी विचार किया जा सकता है। कुछ हद तक ऐसा किया भी गया है। आर्यभट्ट का कार्यकाल 476– 550 एडी का माना जाता है। आर्यभट्ट मूलतः केरल के रहने वाले थे। वे मगध राज्य के कुसुमपुरा में जा बसे थे। कुसुमपुरा नालंदा विश्वविद्यालय के नजदीक बसा माना जाता है। बिहार सरकार अब देश और दुनिया के इस प्राचीनतम विश्वविद्यालयों में से एक के नाम पर कि विश्व स्तरीय अन्तर्राष्ट्रीय विश्वविद्यालय स्थापित करने की योजना पर काम कर रही है। कुछ विद्वानों की राय है कि आर्यभट्ट नालंदा विश्वविद्यालय में कुलपति के पद पर थे। आर्यभट्ट का लेखन उनकी मुख्यतः दो पुस्तकों– 'आर्यभटिया' और 'आर्यभट्ट सिद्धान्त' में देखने को मिलता है। बाद में आर्यभट्ट के लेखन पर विभिन्न भाषाओं में अनेक विश्लेषण लिखे जाने के भी प्रमाण हैं। आर्यभट्ट ने पाँचवीं शताब्दी में कहा था–'कक्ष्या प्रतिमंडलगा भ्रमंति सर्वे ग्रहा स्वारेण। मन्दोच्च्यादनुलोमं प्रतिलोमचैव शीघ्रोच्चात।'

इसका अर्थ है–मीन प्लेनेट्स अपने आरबिट्स में मूव करते हैं जबकि ट्रयू प्लेनेट्स एसेन्ट्रिक सर्किल्स में मूव करते हैं। आर्यभट्ट ने सूर्यग्रहण की स्थिति के बारे में कहा था कि–'छादयति शशी सूर्य शशिनं महती च भूच्छाया' अर्थात् ग्रहण तब होता है जब चन्द्रमा सूर्य को ढक लेता हैं और पृथ्वी की छाया चन्द्रमा को ढक लेती है।

जगत वह जो घूमता हो

आर्यभट्ट के लेखन में अंकगणित, बीजगणित सहित अनेक प्रकार के महत्त्वपूर्ण विश्लेषण देखने को मिलते है। आर्यभट्ट के योगदान को वैज्ञानिक अध्ययन और गणित के विकास में कितना महत्त्वपूर्ण माना गया होगा इसका अनुमान इस बात से लगाया जा सकता है कि 1975 में जब भारत ने अपना पहला उपग्रह अंतरिक्ष में भेजा तो उसका नाम 'आर्यभट्ट' रखा गया था। इसी प्रकार इंटरनेशनल एस्ट्रोनॉमिकल यूनियन ने इस प्राचीन भारतीय वैज्ञानिक के योगदान को स्वीकार करते हुए चांद के एक क्रेटर का नाम आर्यभट्ट के नाम पर रखने की घोषणा की। इस प्रकार यह कहा जा सकता है कि भारतीय ही नहीं, विश्व के आधुनिक वैज्ञानिक भी आर्यभट्ट के योगदान को स्वीकार करते हैं। आर्यभट्ट के लेखन में इस बात के प्रमाण मिलते हैं कि उनकी स्पष्ट राय थी कि पृथ्वी अपनी धुरी पर घूमती है जबकि अन्य ग्रह स्थिर रहते हैं। अपने समय में इस विचार को बहुत ही विवादास्पद माना गया था। उस समय यह सर्वमान्य सिद्धान्त था कि पृथ्वी स्थिर है। अन्य ग्रह उसके चारों ओर घूमते हैं। पृथ्वी का एक पर्यायवाची है–जगत। संस्कृत भाषा से आए इस शब्द का अर्थ है–वह जो घूमता हो। इस प्रकार भारतीय वैज्ञानिकों की यह राय बेहद पुरानी है जिसमें पृथ्वी को घूमती हुई माना गया था।

ब्रह्मगुप्त

आर्यभट्ट के बाद ब्रह्मगुप्त के लेखन में अंतरिक्ष विज्ञान और गणित के बारे में विस्तृत अध्ययन किये जाने के प्रमाण मिलते हैं। इस अध्ययन का केन्द्र बना आज के मध्यप्रदेश राज्य का–उज्जैन। उस समय उज्जैन को भारत और दुनिया का केन्द्र बिंदु माना जाता है। आज भी वहां बनी प्राचीन ऑब्जरवेटरी को देखने के लिए देश–विदेश के आम लोग ही नहीं, वैज्ञानिक भी आते हैं। ब्रह्मगुप्त ने आर्यभट्ट के काम को आगे ही बढ़ाया। उनकी दो पुस्तकों–'ब्रह्मगुप्त सिद्धान्त' और 'खांड खाद्यका' में ब्रह्मगुप्त के योगदान को आज भी देखा जा सकता हैं। 'ब्रह्मगुप्त सिद्धान्त' ने

वास्तव में आर्यभट्ट के सिद्धान्तों और विचारों को आगे बढ़ाया और विकसित किया गया है। खांड खाद्यका के मुख्य रूप से दो भाग हैं। एक में यह बताया गया है कि आर्यभट्ट के सिद्धान्तों को कैसे इस्तेमाल किया जाए। दूसरे भाग में आर्यभट्ट के सिद्धान्तों से जहां ब्रह्मगुप्त सहमत नहीं दिखते थे उनका उल्लेख मिलता है। ब्रह्मगुप्त की पुस्तकों का अरबी और लैटिन भाषाओं में अनुवाद किया गया। इन पुस्तकों का अल बरूनी ने फारसी में अनुवाद किया था। अल बरूनी का वास्तविक नाम अबू रैहान था। वह सुल्तान महमूद गजनवी के साथ भारत आया था। उनकी अरबी भाषा में लिखी गई पुस्तक 'तहकीक मा लिल हिंद' में भारत की संस्कृति और सभ्यता के बारे में बहुत कुछ लिखा गया है।

अल बरूनी का भारत

अल बरूनी ने अपनी इस विश्व प्रसिद्ध पुस्तक को लिखने के लिए भारतीय साहित्य के अध्ययन को अपना आधार बनाया। अंग्रेजी में इस पुस्तक को 'अल बरूनी का भारत' के नाम से जाना जाता है। इस पुस्तक में उस समय तक के भारत में गणित, भौतिक शास्त्र, रसायन शास्त्र, कॉस्मालॉजी, एस्ट्रोनॉमी, भूगोल, दर्शन, धर्म आदि के बारे में व्यापक जानकारियां उपलब्ध कराई गई है। इस पुस्तक को अंग्रेजी में अल बरूनी का भारत या 'इंडिका' के नाम से पहचाना जाता है। बाद में इस पुस्तक का लैटिन भाषा में अनुवाद किया गया। आगे चल कर यह पुस्तक अंग्रेजी में भी प्रकाशित की गई। अल बरूनी की पुस्तक के लैटिन भाषा में प्रकाशन होने के बाद पहली बार ब्रह्मगुप्त के अध्ययन और लेखन के बारे में पश्चिम के देशों को जानकारी मिली। खांड खाद्यका और कैप्लर के सिद्धान्तों में अनेक समानताएं देखी जा सकती हैं। कैप्लर जर्मनी के खगोल शास्त्री थे। कैप्लर के योगदान की चर्चा हम आगे चल कर करेंगे। उज्जैन स्कूल के ही एक अन्य लेखक भास्कर द्वितीय (कार्यकाल सन् 1145–1185) की पुस्तक 'सिद्धान्त शिरोमणि' में भास्कर प्रथम के सिद्धान्तों की विवेचना की गई है। इस पुस्तक को मुख्य रूप से दो खंडों में विभक्त किया गया है। इनके नाम हैं–गोला अध्याय और गृहगणित। ये पुस्तकें प्राचीन काल में भारत के अंतरिक्ष अनुसंधान के क्षेत्र में महत्त्वपूर्ण योगदान की जानकारी देती हैं।

वराह मिहिर

आर्यभट्ट और ब्रह्म गुप्त के अलावा प्राचीन भारत में अंतरिक्ष अनुसंधान के क्षेत्र में उल्लेखनीय योगदान करने वालों में वराह मिहिर का नाम आता है। वराह मिहिर का

कार्यकाल माना जाता है। वराह मिहिर द्वारा लिखी गई 'बृहत्संहिता' में केतु अर्थात पुच्छल तारों अर्थात् वे तारे जिनके पीछे एक पूंछ जैसी दिखाई देती है, का उल्लेख मिलता है। उन्होंने पुच्छल तारों को दो भागो मे विभक्त किया है। इन्हें शुभकेतु और धूम्रकेतु का नाम दिया। छोटे आकार के देखने में शोभनीय सीधे और श्वेतवर्ण के केतु को जो थोडे ही समय में अस्त हो जाता है, शुभकेतु नाम दिया गया है। इसके विपरीत अशुभदर्शन वाले धूम्रकेतु हैं। इस पुस्तक में हजारों केतुओं और उनके रूपों का उल्लेख मिलता है। उनके कारण पड़ने वाले परिणामों की भी चर्चा की गई है। वराह मिहिर के लेखन में शूटिंग स्टार्स के बारे में जानकारी दी गई है। शूटिंग स्टार्स आज के वैज्ञानिकों के अध्ययन के लिए आकर्षण का विषय बने हुए हैं। इन तारों के पृथ्वी के नज़दीक आने और उनसे आकर टकराने की चर्चा आए दिन होती रहती है। यह विषय कितना लोकप्रिय है, इसका अनुमान इस बात से ही लगाया जा सकता है कि इस पर अनेक चर्चित फिल्में बनाई जा चुकी हैं। इन फिल्मों में इस बात का उल्लेख किया गया है कि किस प्रकार इन तारों के पृथ्वी से टकरा जाने के कारण पृथ्वी के समाप्त हो जाने या पूरी तरह बर्बाद हो जाने की आशंका व्यक्त की गई है कि कैसे इन उल्का पिंडों को पृथ्वी से टकरा जाने से रोकने के लिए उपग्रहों, मिसाइलों आदि का इस्तेमाल किया जा सकता है। पुच्छल तारों के बारे में अध्ययन लगातार जारी है। नये--नये तारों और उनकी विशेषताओं का पता लगाया जा रहा है। वराह मिहिर द्वारा अपनी पुस्तक में दिये गए ब्यौरों वाले पुच्छल तारों जैसे तारों का पता लगाया जा पाना अभी बाकी है। वराह मिहिर ने इन तारों को कैसे देखा और कैसे उनके बारे में जानकारियां जुटाई, यह अभी भी आश्चर्य का विषय कहा जा सकता है।

प्राचीन भारतीय विज्ञान पर अनुसंधान आवश्यक

वेदों और उनकी संहिताओं, पुराणों और अन्य परम्परागत साहित्य में भारतीय ऋषियों, मुनियों और मनीषियों द्वारा अंतरिक्ष के बारे में विभिन्न प्रकार के अध्ययन करने और इन अध्ययनों के परिणामों के आधार पर अपने विचार रखने के अनेक प्रमाण मिलते हैं। इन प्रमाणों के आधार पर यह कहा जा सकता है कि भारत में अंतरिक्ष अनुसंधान की बड़ी पुरानी परम्परा है। यह समस्त जानकारियां मूलतः संस्कृत में है। आवश्यकता इस बात की है कि इन सब जानकारियों को एक स्थान पर एकत्रित किया जाए और वर्तमान संसाधनों के आधार पर उनका विश्लेषण किया जाए। इस जानकारी को आम बोलचाल की भाषा में उपलब्ध कराया जाए जिससे

युवा पीढ़ी अपनी इस परम्परा से अवगत हो सके। यह विषय इतना व्यापक और गंभीर होगा कि उसे इस पुस्तक के दायरे में नहीं लाया जा सकता। इसके लिए एक अलग ही पुस्तक, पुस्तक ही नहीं पुस्तकों की आवश्यकता होगी। संस्कृत भाषा के जानकारों और आधुनिक वैज्ञानिकों के एक समूह के लंबे समय तक काम करने की आवश्यकता होगी। तभी विधिवत यह स्थापित किया जा सकेगा कि पश्चिमी देशों में अंतरिक्ष के बारे में अध्ययन किये जाने और इस ज्ञान के पश्चिम के रास्ते भारत में पहुंचने जैसे तर्कों का जवाब दिया जा सकेगा। यही नहीं, इस प्रकार से उपलब्ध जानकारियों का उपयोग यदि संभव हो तो आधुनिक अनुसंधान के कार्यों में किये जा सकने की संभावना का भी पता लगाया जा सकेगा। विभिन्न विश्वविद्यालयों और अन्य शिक्षण संस्थानों में इस दिशा में प्रयास किये जा रहे हैं।

प्राचीन भारतीय विचारों को वैज्ञानिक कसौटी पर परखा जाए

अब तक ये प्रयास उस स्तर पर नहीं पहुंच सके हैं जहां कि हमारे अतीत के इस महत्त्वपूर्ण पक्ष को आज और आने वाले कल के वैज्ञानिकों और अनुसंधानकर्ताओं तक पहुंचाया जा सका हो। संस्कृत भाषा का ज्ञान न होना इस प्रयास की दिशा में एक बड़ी चुनौती है। हमारे कल को जानने के लिए संस्कृत का ज्ञान और प्रचार–प्रसार के लिए बहुत कुछ किये जाने की आवश्यकता है। इस दिशा में जहां–तहां प्रयास हुए हैं और हो रहे हैं, उन्हें पर्याप्त नहीं कहा जा सकता। आवश्यकता इस बात की है कि इन प्रयासों को और तेज़ और व्यापक बनाया जाए। सूचना, प्रौद्योगिकी और इंटरनेट की उपलब्धता इस दिशा में एक महत्त्वपूर्ण योगदान कर पाने की स्थिति में है। आवश्यकता इस बात की है कि इस माध्यम का और प्रभावकारी उपयोग किया जाए। इस प्रकार का ज्ञान देश–विदेश में रखी पांडुलिपियों में मिल सकता है। भारत में आज भी हजारों–लाखों पांडुलिपियां ऐसी हैं जिनको एकत्रित और संरक्षित किये जाने तथा उनका अध्ययन विश्लेषण किया जाना ज़रूरी है। इससे हमारे अतीत के इस महत्त्वपूर्ण पहलू को समग्र रूप से सामने लाया जा सकेगा।

पश्चिमी देशों में अंतरिक्ष अनुसंधान के इतिहास और विकास पर एक नज़र

इस प्रकार कहा जा सकता है कि भारत में अंतरिक्ष अनुसंधान का नाम हजारों साल पुराना है।

पश्चिमी देशों में अंतरिक्ष के बारे में अध्ययन का सिलसिला 1600 ईस्वी में शुरू हुआ माना जाता है। इन पिछले चार सौ वर्षों में दुनिया में ब्रह्मांड और अंतरिक्ष के बारे में साल दर साल नयी–नयी जानकारियां जुटाई जा चुकी हैं और जुटाई जा रही है। पिछले करीब एक सौ वर्षों मे तो इस क्षेत्र में इतनी प्रगति हुई है उतनी पहले कभी हुई ही नहीं थी। हमारी आकाशगंगा और उसमें स्थित ग्रहों, उपग्रहों और ग्रहों के उपग्रहों का बार–बार लगातार अध्ययन किया जा रहा है। हमारी आकाशगंगा के अलावा नयी–नयी आकाशगंगाओं का पता लगाया जा चुका है। इस बात का भी अध्ययन किया जा रहा है कि किस आकाशगंगा मे कितने ग्रह हैं। उनमें किस प्रकार का वातावरण है या हो सकता हैं। इंसान अब उन ग्रहों और उपग्रहों का पता लगाने में जुटा हुआ है जिनका अभी तक पता नहीं लगाया जा सका है। अंतरिक्ष की असीमित गहराइयो में वहां तक जाने का प्रयास कर रहा है जहां कि पहले कभी कोई पहुंचा ही नहीं है। लगातार इस बात का अध्ययन करने का प्रयास किया जा रहा है कि क्या किसी और ग्रह पर जीवन है, या जीवन जिया जा सकता है? क्या किसी और ग्रह पर किसी और तरह का जीवन है या नहीं। इन उपग्रहों पर जीवन होने और उनके निवासियों के पृथ्वी पर आने के बारे में साल दर साल अध्ययन किये जा रहे हैं। हॉलीवुड की दुनिया में एलियन्स को लेकर बनाई गई फिल्मों की संख्या दर्जनों में है। हर बार एक नये नज़रिये से इसे चित्रित किया जाता है। इस प्रकार की फिल्मों को देखने आने वालों की संख्या करोड़ों में आंकी जाती है। यह अपने आप में इस बात का सबूत है कि मानव आज भी यह जानने का प्रयास कर रहा है कि क्या वहा पर कोई और है? यदि है तो वह कौन है? क्या हम इस ब्रह्मांड में अकेले ही हैं?

अरस्तू के विचार

ग्रीक विचारक अरस्तू कार्यकाल के विचार पश्चिम में विज्ञान के अध्ययन का आधार माने जाते रहे। अरस्तू के विचारों का पश्चिमी दर्शन और विचार पर इतना अधिक प्रभाव रहा कि उसके निधन के करीब पन्द्रह सौ वर्षों तक यही माना जाता रहा कि जो कुछ अरस्तू ने कहा है वही सही और प्रामाणिक है। अरस्तू के विचारों पर सवालिया निशान उठाने वालों को आलोचना का पात्र बनना पड़ा। कलौडियल टॉलेमी ने सन् 139 में लिखा कि अरस्तू के अनुसार पृथ्वी विश्व का केन्द्र है। सूर्य उसके आसपास चक्कर लगाता है। अरस्तू का यह मत कि ग्रह और अन्य सेलेस्टएल बॉडीज़ गोलाई में परिक्रमा करते हैं। उसकी मृत्यु के सैकड़ों साल बाद तक सही माना जाता

रहा। पोलैंड के एस्ट्रोनॉमर कोपरनिकस 1473–1543 की पुस्तक में पहली बार इस सिद्धान्त का उल्लेख मिलता है कि सूर्य स्थिर है। वह पूरे यूनिवर्स का केन्द्र है। सारे ग्रह उसके चारों ओर चक्कर लगाते हैं। कोपरनिकस के इस सिद्धान्त को अंतरिक्ष विज्ञान और उसके अध्ययन के लिए एक आधारभूत विचार माना जाता है। कोपरनिकस की इस सोच का उस समय जम कर विरोध किया गया था। इसे धर्म और परम्परा के खिलाफ माना गया था। कोपरनिकस के विचारों का पुस्तक के रूप में प्रकाशन कोपरनिकस की मृत्यु के बाद किया गया था। इस पुस्तक में प्रकाशित विचारों का भारी विरोध किया गया। अंततः इस पुस्तक को जब्त कर लिया गया था।

गैलीलियो और उसकी दूरबीन

गैलीलियो ने पहली बार अंतरिक्ष के अध्ययन के लिए दूरबीन का आविष्कार किया। दूरबीन से अंतरिक्ष का अध्ययन आज भी उपयोगी बना हुआ है। उसका इस्तेमाल किया जा रहा है। गैलीलियो द्वारा विकसित की गई दूरबीन की तुलना में आधुनिक दूरबीनें बेहद सशक्त हैं। अंतरिक्ष में अधिक दूर तक और अधिक सफाई से देख और अध्ययन करने में सक्षम है। दूरबीनें अब केवल जमीन पर, ऊंचे पहाड़ों पर ही नहीं लगाई गई हैं। उन्हें अंतरिक्ष में ले जाकर भी अध्ययन करने के लिए इस्तेमाल किया जा रहा है। जब गैलीलियो ने पहली बार दूरबीन बनाई और उससे ग्रहों और उपग्रहों का अध्ययन किया तो यह एक अलग ही बात थी। यहीं से अंतरिक्ष और ग्रहों के अध्ययन–अध्यापन के लिए यंत्रों के उपयोग का सिलसिला शुरू हुआ। गैलीलियो ने दूरबीन के इस्तेमाल के बाद अपने अध्ययनों के आधार पर कोपरनिकस के सूर्य के केन्द्र में होने के सिद्धान्त की पुष्टि की। 1546 में डेनमार्क में जन्मे टाइको ब्रूनो ने भी कोपरनिकस के सूर्य के केन्द्र में होने के विचार की पुष्टि की। उसने 750 से भी अधिक तारों की पहचान की। ब्रूनो ने बताया कि अंतरिक्ष में पृथ्वी जैसे अनेक ग्रह हैं। ब्रूनो के इन विचारों की तीखी आलोचना हुई। उसे धर्म और परम्परागत विचारों के खिलाफ माना गया। इन विचारों के लिए ब्रूनो को जेल की सज़ा दी गई। उसे आठ साल तक कैद में रहना पड़ा। वह अपने विचारों पर अडिग रहा। विभिन्न प्रकार के दबावों के बाद भी वह इन्हें बदलने के लिए तैयार नहीं हुआ। अंततः उसे इसका खामियाज़ा भुगतना पड़ा। उसे जिंदा जला देने की सज़ा दी गई और उसे जला कर मार दिया गया। कोपरनिकस और गैलीलियो जैसे वैज्ञानिकों के साथ हुआ इस प्रकार का व्यवहार इस बात को प्रमाणित करने के लिए पर्याप्त है कि मॉर्डन कहे

जाने वाले युग में पश्चिमी देशों में वैज्ञानिक सोच किस प्रकार की थी जबकि प्राचीन भारत में विज्ञान ने किस प्रकार की प्रगति की थी।

कैप्लर और न्यूटन

जर्मनी के खगोल शास्त्री जोहानेस कैप्लर ने 1609 में पहली बार इस विचार को प्रतिपादित किया था कि ग्रह और अन्य सेलेस्टिअल बॉडीज का विचरण का मार्ग एलिप्श्यिल अंडाकार है। केप्लर ब्रूनो का सहयोगी रहा। केप्लर ने खगोल शास्त्र का गहराई से अध्ययन किया। ग्रहों की स्थिति और उनकी गति और चलने के मार्गों के नक्शे तैयार किये। ब्रूनो की ही तरह केप्लर को भी धर्म शास्त्रों का विरोधी करार दिया गया। उसे अपनी जान बचाने के लिए बार–बार भागना पड़ा। गरीबी और बीमारी का सामना करने के लिए मजबूर होना पड़ा। अंततः एक धर्मशाला में छिप कर रहते हुए उसकी मौत हो गई। इससे यह भी पता चलता है कि अंतरिक्ष के बारे में अध्ययन करने वाले इन पायनियर्स को किस प्रकार की चुनौतियों और समस्याओं का सामना करने के लिए मजबूर होना पड़ा था। ब्रिटेन के वैज्ञानिक एस्टॉनॉमर सर आइजक न्यूटन की तीन खंडों की पुस्तक 'फिलॉस्फी नेचुरलिस प्रिंसिपिया' का प्रकाशन 5 जुलाई 1687 को हुआ। इस पुस्तक में न्यूटन के थ्री लॉ ऑफ मोशन और यूनीवर्सल ग्रेविटेशन का उल्लेख मिलता है। इसमें केपलर के प्लेनेट्स के मोशन के बारे में नियम का डिराइवेशन भी किया गया था। इस पुस्तक को विज्ञान के क्षेत्र में किये गए लेखन में सबसे महत्त्वपूर्ण माना जाता है। इसके साथ जैसे–जैसे विज्ञान के क्षेत्र में प्रगति होती गई, नए–नए संसाधन विकसित होते गए। उनका अंतरिक्ष अनुसंधान के क्षेत्र में उपयोग बढ़ता गया। साथ ही इस बारे में नयी–नयी जानकारियां जुटाई जाती रहीं। उनका भावी अनुसंधान के लिए उपयोग किया जाता रहा। 1903 में सोवियत रॉकेट साइन्सटिस्ट कॉन्सटेंटिन सिलोवस्की की पुस्तक 'द एक्सप्लोरेशन ऑफ कॉसमिक स्पेस बाई मीन्स ऑफ रिएकशन डिवाइसेस' प्रकाशित हुई। इस पुस्तक में दी गई जानकारियों से इस बात का पता चलता है कि सिद्धान्त के रूप में अंतरिक्ष अनुसंधान संभव है।

अंतरिक्ष क्या है

आधुनिक वैज्ञानिकों ने अपने–अपने तरीके से अंतरिक्ष को परिभाषित करने का प्रयास किया है। जिस परिभाषा के बारे में सभी वैज्ञानिक लगभग एकमत हैं उसके अनुसार भौतिक रूप से अंतरिक्ष वह क्षेत्र है जहां पृथ्वी का वायुमंडल समाप्त हो जाता

है। अंतरिक्ष की यह सीमा पृथ्वी से एक हज़ार से दो हज़ार किलोमीटर के बीच की दूरी के बाद मानी जाती है। इस ऊंचाई पर पृथ्वी का दबाव लगभग समाप्त हो जाता है। इसे निर्वात की स्थिति माना जाता है। यहां पर अंतरिक्ष और आकाश में अंतर भी समझ लेने की आवश्यकता होगी। आकाश पूरे ब्रह्मांड का सूचक है जिसमें पृथ्वी भी सम्मिलित हैं जबकि अंतरिक्ष का अर्थ पृथ्वी को छोड़ कर सभी स्थान से है। वस्तुतः अंतरिक्ष वहां शुरू होता है जहां पृथ्वी का वातावरण समाप्त हो जाता है। अंतरिक्ष सभी दिशाओं में व्याप्त है। पृथ्वी पर रहने वाला मानव जमीन से तीन किलोमीटर की ऊंचाई पर ऑक्सीजन की कमी महसूस करने लगता है। उसे सांस लेने में कठिनाई महसूस होने लगती है। सिर में दर्द महसूस होने लगता है। काम करने की क्षमता घटने लगती है। एकाग्रता खोने लगती है। जमीन से 15 किलोमीटर की ऊंचाई तक आते–आते वह पूरी तरह से ऑक्सीजन की कमी महसूस करने लगता है। इस ऊंचाई पर ऑक्सीजन पूरी तरह समाप्त नहीं होती बल्कि वायुमंडल में उसकी मात्रा पृथ्वी की तुलना में एक बटे पांच के करीब हो जाती है।

अंतरिक्ष के पैमाने

अंतरिक्ष के आयामों को हमारी पृथ्वी के पैमाने से नाप पाना संभव नहीं हो पाता है। इसलिए इसे नापने के लिए प्रकाशवर्ष और खगोलीय इकाई जैसे पैमानों का विकास किया गया। प्रकाशवर्ष वह दूरी है जिसे प्रकाश अंतरिक्ष के शून्य में 299792 दशमलव पांच किलोमीटर प्रति सेकेंड या फिर 1,86,282 मील प्रति सेकेंड की गति के आधार पर सूर्य और पृथ्वी के बीच की औसत दूरी को तय करता है। ऐसा इसलिए किया गया क्योंकि पृथ्वी के बाहरी संसार को हम दो प्रमुख माध्यमों–प्रकाश और ध्वनि से ग्रहण कर पाते हैं। प्रकाश वह है जिसे हम देख सकते हैं। ध्वनि वह है जिसे हम सुन सकते हैं। 18वीं शताब्दी के अंत तक यह विश्वास सत्य माना जाता रहा। 19वीं सदी में खगोल वैज्ञानिकों और भौतिक शास्त्रियों ने अपने अध्ययनों के आधार पर यह बताया कि ब्रह्मांड में ऐसा प्रकाश और ऐसी ध्वनियां हैं जिन्हें देखा और सुना नहीं जा सकता। अनंत ब्रह्मांड में कितनी आकाशगंगाएं, कितने ग्रह और उपग्रह हैं इनके बारे में लगातार अध्ययन किया जा रहा है। इस अध्ययन की मानव की बढ़ती क्षमताओं के साथ नए–नए ग्रहों और उपग्रहों का पता लग रहा है। इसलिए निश्चित तौर पर यह कह पाना कि कितने ग्रह और उपग्रह हैं, अभी संभव नहीं है। यह कब तक हो पाएगा और हो पाएगा कि नहीं, यह अभी नहीं कहा जा सकता है।

ग्रह-उपग्रह

हमारी आकाशगंगा में जिनमें सूर्य, उसके ग्रह और उपग्रहों के बारे में जितनी जानकारी अब तक मानव जुटा पाया है उसके आधार पर यह कहा जा सकता है कि सूर्य के नौ ग्रह हैं। यहां एक रोचक बात यह है कि आधुनिकतम वैज्ञानिक उपकरणों से लैस वर्तमान वैज्ञानिक और वैदिक काल के ऋषियों-मुनियों द्वारा किये गए अध्ययनों में काफी समानताएं सामने आती हैं। किसी निश्चित पथ पर गति करते हुए किसी स्थिर तारे की परिक्रमा करने वाला आकाशीय पिंड ग्रह कहलाता है। सूर्य के चारों ओर पृथ्वी जैसे कई ग्रह घूम रहे हैं। इन सभी को ग्रह की संज्ञा दी गई है। हमारा सौर मंडल हमारी आकाशगंगा का एक मामूली-सा हिस्सा है। ब्रह्मांड में तो और भी बहुत-सी आकाशगंगाएं और उनका सौर मंडल है। हमारा सौर मंडल या सौर मण्डल इतिहास और इतिहास के पहले से ही लगातार अध्ययन का विषय बना रहा है। पहले तो देख कर ही इनके बारे में जानने-समझने का प्रयास किया गया। बीसवी शताब्दी में इन ग्रहों से मिलने वाली रेडियो वेव्स के जरिए इनको जानने का प्रयास किया गया। फिर दूरबीनों, अंतरिक्ष यानों और अंतरिक्ष स्टेशनों की मदद ली गई। इन सभी अध्ययनों के आधार पर इस निष्कर्ष पर पहुंचा गया कि हमारे सौर मंडल का केन्द्र सूर्य हैं। उसके अलावा नौ ग्रह भी हैं। इन ग्रहों के अपने उपग्रह और चन्द्रमा हैं। सूर्य से दूरी के अनुसार इनके नाम हैं-बुदध (मरकरी), शुक्र (वीनस), पृथ्वी (अर्थ), मंगल (मार्स), बृहस्पति (ज्युपिटर), शनि (सैटर्न), अरुण (यूरेनस), वरुण (नेपच्यून) और प्लूटो (यम)। अब हम इन ग्रहों में से हर एक के बारे में जान लेते हैं। इन ग्रहों को मुख्य रूप से दो हिस्सों में बांटा जा सकता है। एक वे ग्रह जिनकी सतह कड़ी, पथरीली और कठोर चट्टानों वाली है। दूसरे वे जो गैस और बर्फ आदि से मिल कर बने हुए हैं। इसलिए उनकी सतह उतनी कठोर और सख्त नहीं है। इन ग्रहों की तस्वीरें और अन्य जानकारियां एकत्रित करने के लिए विशेष तरह के अंतरिक्ष यान भेजे गए थे। इन्हें प्रोब मिशन का नाम दिया गया था। ये मिशन

क्या थे। उन्होंने ये जानकारियां कैसे जुटाईं? इसके बारे में हम आगे चल कर चर्चा करेंगे। अभी प्राकृतिक ग्रहों, उनके उपग्रहों तथा चन्द्रमाओं के बारे में जान लेते हैं। यहां पर चन्द्रमाओं को पढ़ कर चौंकने की जरूरत नहीं है। चन्द्रमा केवल पृथ्वी का ही उपग्रह नहीं है। कई अन्य ग्रह ऐसे है जिनके चन्द्रमा की तरह के अपने उपग्रह हैं।

1. बुद्ध (मरकरी)

बुदध सूर्य का सबसे नजदीकी ग्रह है। सौर मण्डल का यह दूसरे नम्बर का सबसे छोटा ग्रह माना जाता है। पृथ्वी के उपग्रह चन्द्रमा से यह कुछ ही छोटा है। इसकी सतह पर विभिन्न आकार–प्रकार के क्रेटर हैं। इस उपग्रह के किसी चन्द्रमा या किसी प्रकार के रिंग होने के अभी तक प्रमाण नहीं मिले हैं लेकिन चन्द्रमा की तरह इसकी सतह पर क्रेटर है। चन्द्रमा और बुद्ध में मुख्य अंतर यह है कि इस ग्रह पर दिन का तापमान 800 डिग्री फॉरेनहाइट तक पहुंच जाता है जबकि रात में यह घट कर माइनस 300 डिग्री फॉरेनहाइट यानी माइनस 184 डिग्री सेंटीग्रेट से 427 डिग्री सेंटीग्रेट तक पहुंच जाता है। यहां पर कितनी सर्दी या गर्मी होती होगी, इसका अनुमान इस बात से लगाया जा सकता है कि जीरो डिग्री सेंटीग्रेट पर पानी जम जाता है। एक सौ डिग्री सेंटीग्रेट पर उबलने लगता है और भाप बन कर उड़ने लगता है। बुदध की सतह पर तापमान में इस प्रकार के अंतर होने का मुख्य कारण यह माना जाता है कि यह सूर्य के बहुत नजदीक तो है ही, यह अपनी धुरी पर घूमता भी बहुत धीरे है। इसकी सतह पर लौह तत्त्व बहुतायत में होने के प्रमाण मिले है। ऐसा अनुमान लगाया गया है कि इस ग्रह के विकास के समय इस पर लगातार ज्वालामुखी फटते रहते थे। इस ग्रह के ताजा अध्ययनों के आधार पर कहा जा सकता है कि फिलहाल इसकी सतह शांतिपूर्ण पाई गई है। दूसरे ग्रहों की तुलना में बुदध के बारे में बहुत कम जानकारी ही उपलब्ध हो पाई है। इसका कारण यह है कि इसके अध्ययन के लिए एक बार ही स्पेसक्राफ्ट भेजा गया है। इसे दूर से देख पाना काफी मुश्किल काम है। मार्च 1974 में मैरिनर 10 ने पहली बार इस ग्रह की तस्वीरें खींच कर पृथ्वी पर भेजी थीं। मैरिनर 10 नवम्बर, 1973 को छोड़ा गया था। यह यान 29 मार्च, 1974 को इस ग्रह के पास तक पहुंचा था। पृथ्वी के अलावा यह दूसरा ग्रह है जिसके पास चुंबकीय क्षेत्र होने का प्रमाण मिला है।

ग्रहों की काल्पनिक धुरी पर झुकाव और उसके प्रमाण

यहां हम आपको एक रोचक बात यह बताना चाहेंगे कि कुछ ग्रह ऐसे हैं जो अपनी धुरी पर पूरी तरह सीधे हैं। वास्तव में इन ग्रहों की कोई धुरी नहीं होती जिस पर ये घूमते हों। यह धुरी इनके बारे में अध्ययन आदि के लिए एक रेखा के रूप में मान ली जाती है जो इनके एक छोर से होकर दूसरे छोर तक आती–जाती मान ली जाती है। कुछ ऐसे ग्रह हैं जो अपनी काल्पनिक धुरी पर एक ओर को झुके हुए होते हैं। इसका परिणाम यह होता है कि उनके उत्तरी और दक्षिणी ध्रुव एक सीध में होने की बजाय झुकाव लिए हुए होते हैं। इस झुकाव का उनके मौसम और तापमान पर दूरगामी प्रभाव पड़ता है। पृथ्वी अपनी धुरी पर करीब 23 डिग्री झुकी हुई है जबकि यूरेनस यानी अरुण करीब 90 डिग्री का झुकाव लिए हुए है। बुद्ध के लिए यह झुकाव बहुत ही मामूली यानी एक डिग्री के तीसवें हिस्से के बराबर का है। ज्युपिटर यानी बृहस्पति के लिए यह झुकाव तीन डिग्री का आंका गया है। पृथ्वी के उसके धुरी पर झुके होने के कारण ही इसका मौसम बदलता रहता है। सर्दी–गर्मी–बरसात आदि आते–जाते हैं। अधिकतर दूसरे उपग्रह भी अपनी–अपनी धुरी पर झुकाव लिए हुए हैं। इसलिए उन पर भी हमारी पृथ्वी की तरह ही मौसम बदलता रहता है। गरकरी पर ऐसा नहीं होता क्योंकि उसकी धुरी पर झुकाव बहुत मामूली है। बुद्ध सूर्य के निकट होने और उसका अपनी धुरी पर झुकाव मामूली होने का एक प्रभाव यह होता है कि उसके क्षितिज पर हमेशा सूर्य दिखायी देता रहता है। कभी वह अस्त हो रहा होता है तो कभी वह उदय हो रहा होता है। वहां ऐसा कभी नहीं होता कि सूर्य पूरी तरह सिर के ऊपर हो या फिर पूरी तरह अस्त होता हो। पृथ्वी की तुलना में बुद्ध के सूर्य के पास होने का एक प्रभाव यह भी होता है कि हमारी तुलना मे यदि बुद्ध की सतह पर खड़े होकर सूर्य को देखा जाए तो वह कहीं अधिक बड़ा दिखाई देगा।

बुद्ध : मैरीनर के कैमरे से

मैरीनर द्वारा भेजी गई तस्वीरों से पता चलता है कि बुद्ध की सतह पर 100 मीटर से लेकर 1300 किलोमीटर तक के मेटीओर क्रेटर्स देखे गए हैं। मेटीओर क्रेटर उन गड्ढो को कहा जाता है जो किसी तारे के टूटे हुए हिस्से के किसी ग्रह पर आकर गिर जाने के कारण उसकी सतह पर बन जाते हैं। ये इतने गहरे हैं कि यदि उनकी तलहटी में खड़ा हुआ जाए तो यह संभव है कि वहां से सूर्य दिखाई ही न दे । इन क्रेटरों के आधार पर आप इस बात का अनुमान लगा सकते हैं कि कितने

विशाल उल्का पिंड इन ग्रहों की सतह पर आकर गिरे होंगे। ऐसा कब हुआ होगा? क्यों हुआ होगा? इस बात का पता लगाने का सिलसिला जारी है। बुद्ध के इन क्रेटर्स में बर्फ होने का अनुमान लगाया गया है। इसकी पुष्टि की जानी अभी बाकी है। पृथ्वी से बुद्ध की दूरी करीब 77 दशमलव तीन मिलियन किलोमीटर आंकी गई है। एक मिलियन का अर्थ होता है दस लाख किलोमीटर। इससे आप अनुमान लगा

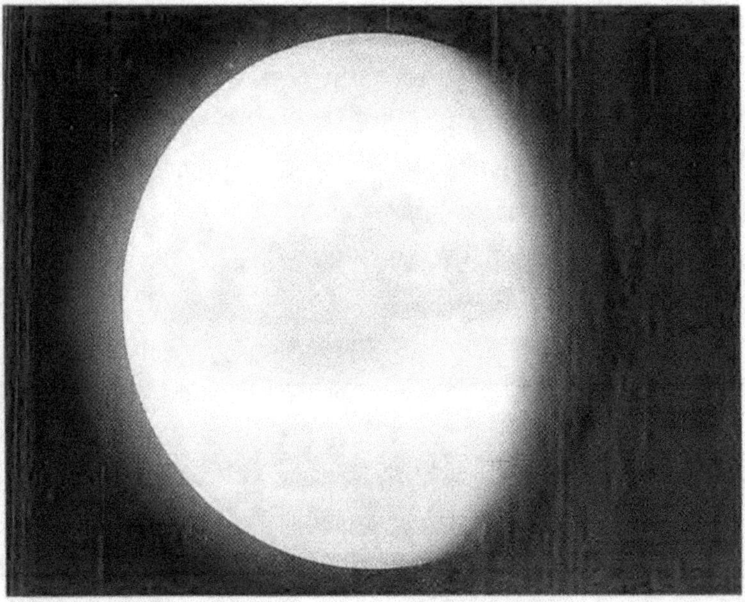

सकते हैं कि पृथ्वी से बुद्ध वास्तव में कितनी दूरी पर है। आपने रेडियो, टेलीविजन और समाचार पत्रों में ज्योतिषियों को यह कहते हुए सुना होगा कि बुद्ध के ग्रह के प्रभाव से बचने के लिए आपको किसी खास तरह की अँगूठी पहननी चाहिए। आप यह सोच और समझ सकते है कि इतनी दूरी पर स्थित ग्रह किस प्रकार का प्रभाव डाल पाता होगा और कैसे। आने वाले समय में इस ग्रह के बारे में और भी नयी जानकारियां मिलने की आशा की जा रही है। ऐसा इसलिए है कि इस ग्रह के अध्ययन के लिए अमेरिका द्वारा अगस्त 2004 में मैसेंजर नाम का एक यान भेजा गया था। इस ग्रह के पास पहुंच इस ग्रह की कक्षा में रह कर और अधिक जानकारियां पृथ्वी पर भेज रहा है। इन जानकारियों के आधार पर हमें बुद्ध ग्रह के बारे में और बेहतर तरीके से समझ पाने में मदद मिलेगी।

2. शुक्र (वीनस)

शुक्र बहुत खूबसूरत ग्रह है लेकिन इसकी सतह पर रह पाना बहुत ही कठिन है। इसका न तो कोई चन्द्रमा है और न ही इसके चारों ओर किसी प्रकार की रिंग है। सौर मण्डल में यह पृथ्वी का सब से नजदीकी ग्रह है। सूर्य से इसकी दूरी दूसरे नम्बर पर है। सूर्य और चन्द्रमा के बाद यह सब से ज़्यादा साफ और चमकने वाला ग्रह है। सूर्योदय और सूर्यास्त के समय इसे बहुत शान से चमकते हुए देखा जा सकता है। शुक्र आकार में पृथ्वी से कुछ ही छोटा है। इसका अंदरूनी हिस्सा बहुत कुछ पृथ्वी से मिलता–जुलता है। पृथ्वी पर से शुक्र को अच्छी तरह से नहीं देखा जा सकता है। इसका कारण यह है शुक्र की सतह बादलों के गुबार से ढकी रहती है। इस कारण

शुक्र (वीनस) ग्रह

रोशनी उसकी सतह से टकराकर लौट आती है। इसके अध्ययन के लिए भेजे गए यानों से मिली तस्वीरों से पता चलता है कि शुक्र की सतह भी क्रेटरों से भरी हुई हैं। इसकी सतह पर 1600 से अधिक ज्वालामुखी हैं। इन ज्वालामुखियों से निकला हुआ लावा सब ओर फैला रहता है। शुक्र की सतह के कुछ भागों पर ऊंचे–ऊंचे पहाड़ और पहाड़ियां दिखायी देती हैं। इसकी सतह पर माउण्ट एवरेस्ट से भी ऊंचे पहाड़ दिखायी दिए हैं। शुक्र की सतह पर खड़े रह पाना तो दूर की बात, वहां तक पहुंच सकना भी एक बड़ी चुनौती है। इसकी सतह पर गर्मी 450 डिग्री सेंटीग्रेट तक पहुंच जाती है। हमारी तुलना में शुक्र का वातावरण बहुत भारी करीब 90 गुना अधिक है। इसलिए वहां पर सांस ले पाना संभव नहीं है। इसके अलावा वहां पर वायुमंडल में कार्बन डाईऑक्साइड

भारी मात्रा में पाई जाती है। सल्फयूरिक एसिड के गुबार उड़ते रहते हैं।

पृथ्वी ध्रुवों पर शीतल लेकिन बुद्ध वहां भी गर्म

सूर्य को हमारे सौर मण्डल का सबसे गर्म ग्रह माना जाता है। पृथ्वी पर तो ध्रुवों की तुलना में भूमध्य रेखा पर गर्मी ज्यादा होती है। शुक्र की तो पूरी की पूरी सतह ही बहुत गर्म रहती है। इसकी सतह पर अधिक ऊंचाई वाली ज्यादा जगहें नहीं हैं। इस ग्रह के उत्तरी ध्रुव के पास के इलाके को इस्तार टेरा का नाम दिया गया है। यह ग्रह कितना बड़ा है, इसका अनुमान इस बात से लगाया जा सकता है कि यह लगभग उतना ही बड़ा है जितना कि ऑस्ट्रेलिया महाद्वीप। यह ग्रह अपनी धुरी पर करीब तीन डिग्री झुका हुआ है। इसलिए यहां हमारी तरह से मौसम बदलता नहीं है। यहां का मौसम हमेशा एक जैसा गर्म बना रहता है। शुक्र का कुल डायामीटर 12104 किलोमीटर आंका गया है। यह पृथ्वी से करीब 40 मिलियन किलोमीटर और सूर्य से 108 मिलियन किलोमीटर की दूरी पर स्थित है। दुनिया के अंतरिक्ष अनुसंधान अभियान के तहत शुक्र उन ग्रहों में आता है जिसके अध्ययन के लिए सब से ज़्यादा यान भेजे गए हैं। इस ग्रह का अध्ययन करने का मुख्य काम अमेरिका और सोवियत संघ ने किया है। इस ग्रह का अध्ययन करने के लिए सोवियत संघ द्वारा भेजे गए अभियानों को वेनेरा और जोंड का नाम दिया गया है। अमेरिका ने इन अध्ययनों के लिए मैरिनर और पायनियर श्रृंखला के प्रोब भेजे हैं। इन श्रृंखलाओं में दोनों देशों की ओर से एक दर्जन से भी अधिक बार इस ग्रह का अध्ययन किया गया। इन अध्ययनों के दौरान इस ग्रह की तस्वीरें ही नहीं लगी गईं, इसकी सतह पर मानव रहित अध्ययन उपकरण उतारे गए। उनके माध्यम से मिट्टी के नमूने और अन्य जानकारियाँ जुटाई गईं।

3. पृथ्वी (अर्थ)

अंतरिक्ष से हमारी अपनी पृथ्वी नीले और सफेद रंग के गोले जैसी दिखाई देती है। इस बात का सबसे अच्छी तरह पता तब चला जबकि अपोलो–8 में चांद की ओर जाते और लौटते हुए वैज्ञानिकों ने पूरी पृथ्वी की तस्वीरें खींचीं। अंतरिक्ष के अंधेरे में यह नीला–सफेद गोला एक कंचे की तरह नजर आता था। पृथ्वी सूर्य से दूरी के अनुसार तीसरे नम्बर पर आती है। अब तक के अध्ययन के आधार पर यह कहा जा सकता है कि केवल पृथ्वी पर ही जीवन है। इसकी सतह पर पानी उपलब्ध होता है। पृथ्वी सौर मंडल का सबसे बड़ा ग्रह है। इसकी जमीन पथरीली

हैं। पृथ्वी के वायुमंडल में नाइट्रोजन, ऑक्सीजन और अन्य गैसें होती हैं। जैसे–जैसे हम पृथ्वी से ऊपर की ओर जाते हैं वायुमंडल हल्का होता जाता है। अंतरिक्ष पर पहुंचने पर यह लगभग समाप्त हो जाता है। पृथ्वी के वातावरण को पांच परतों में बांटा गया है। इन्हें ट्रोपोस्फेयर, स्ट्रेटोस्फेयर, मेसोस्फेयर, थर्मोस्फेयर और एकसोस्फेयर

पृथ्वी पर छाए हुए बादलों का चित्र

का नाम दिया गया है। अधिकतर मौसम और बादल आदि पहली सतह में ही मिलते हैं। बहुत सारे जेट विमान स्ट्रोटोस्फेयर में उड़ान भरते हैं। यह बहुत स्थायित्व लिए हुए होता है। यहां पर ओजोन परत सूर्य से आने वाली खतरनाक किरणों को सोख लेती है। मेसोस्फेयर में पथरीले और उल्का यानी मीटार्स जल आते है। स्पेस शटल थर्मोस्फेयर में उड़ान भरती हैं। पृथ्वी का वातावरण जहां अंतरिक्ष में मिलता है उसे एकसोस्फेयर कहते हैं। यह हमारे वातावरण की सबसे ऊपरी सतह है। पृथ्वी पर जीवन होने का मुख्य कारण ही यहां का वातावरण है। इस वातावरण के होने के कारण ही सूर्य से निकलने वाली खतरनाक किरणें पूरी तरह पृथ्वी तक नहीं पहुंच पाती हैं। यह वातावरण गर्मी को रोक लेता है। इससे पृथ्वी पर जीवन–यापन आसान हो जाता है। यह अलग बात है कि हम वातावरण के इस महत्त्वपूर्ण योगदान की कीमत पूरी तरह समझ नहीं पा रहे हैं। पृथ्वी के इस आवरण को नुकसान पहुंचाने में लगे हुए हैं। ग्रीन हाउस गैसें और पर्यावरण प्रदूषण से होने वाले नुकसान को कम किये जाने के प्रयास अब तक अधिक प्रभावकारी नहीं साबित हो रहे हैं। पृथ्वी के वातावरण को नुकसान पहुंचाने को जल्दी ही कम नहीं किया गया और रोका नहीं गया तो वह दिन बहुत दूर नहीं कि अन्य ग्रहों की तरह पृथ्वी पर भी जीवन की आशा खत्म हो

सकती है। हम इस बात में उलझे हुए हैं कि पर्यावरण प्रदूषण को रोकने पर आने वाला लागत का बोझ कौन उठाए और कितना? कौनसा देश पर्यावरण को कितना प्रदूषित कर रहा है या करता रहा है।

चांद : पृथ्वी का एक मात्र प्राकृतिक उपग्रह

चन्द्रमा पृथ्वी का प्राकृतिक उपग्रह है। यह पृथ्वी के आकार के करीब एक चौथाई के बराबर है। पृथ्वी का डायामीटर 3474 किलोमीटर है। इस छोटे आकार का होने के कारण चन्द्रमा का गुरुत्वाकर्षण पृथ्वी की तुलना में एक बटा छह हैं। इसी कारण वहां पहुंचने वाले व्यक्ति का वजन घट कर एक बटा छह रह जाता है। दुनिया भर ने चांद के गुरुत्वाकर्षण के प्रभाव का नज़ारा उस समय देखा था जब अपोलो से अंतरिक्ष यात्री चांद पर पहुंचे। उसकी सतह पर चहलकदमी करने निकले तो वे छलांग लगा कर चलते हुए दिखायी दिखे। अब यदि आप बिना कुछ किए अपना वजन कम करना चाहते हैं तो चांद पर जाकर रहने का विचार कर सकते

हमारी पृथ्वी

है। चांद की सतह पर मुख्यतः दो प्रकार के इलाके हैं। इन्हें वैज्ञानिकों ने मारिया और हाईलैंड का नाम दिया है। ये इलाके मुख्य रूप से वहां पर आकर मीटिओरर्स के टकराने से बने हैं। वहां पर क्रेटर, पहाड़, राइल्स ज्वालामुखी से निकले लावे से ढके क्षेत्र भी दिखायी देते हैं। चांद की जमीन के नीचे क्या है? यह जानना वैज्ञानिकों के लिए बहुत चुनौतीपूर्ण है क्योंकि वहां की जमीन के नीचे की चट्टानें बहुत मजबूत

हैं। आसानी से उन्हें काटा या ड्रिल नहीं किया जा सकता है। इन चट्टानों की गहराई 800 किलोमीटर से भी ज्यादा होने का अनुमान है। इस अध्ययन से यह पता लगाया जा सकता है कि चांद कब और कैसे बना? कैसे विकसित हुआ तथा वर्तमान स्थिति तक कैसे पहुंचा। चांद पर कोई चुम्बकीय क्षेत्र नहीं मिला है। चांद पर मानव के पैरों के निशान सैकड़ों साल तक इसी तरह बने रहने का अनुमान है। ऐसा इसलिए होगा क्योंकि वहां पर हवा तो चलती नहीं है। अब हवा चले भी तो कैसे? चांद का अपना कोई वातावरण (एटमॉसफीयर) ही नहीं है। अब एटमॉसफीयर ही नहीं है तो हमारी पृथ्वी की तरह वहां कोई मौसम भी नहीं हो सकता। अब वातावरण ही नहीं है तो भला सूरज से आने वाली गर्मी को रोके कौन? इसका परिणाम यह होता है कि वहां दिन में गर्मी बहुत ज्यादा होती है और रात को सर्दी। चांद की सतह पर दिन का तापमान बढ़कर 100 डिग्री सेंटीग्रेट तक जा पहुंचता है। रात को गिरकर माइनस 173 डिग्री तक हो जाता है। चांद पर गर्मी कितनी होती है इसका अनुमान इस बात से लगाया जा सकता है कि वहां चाय बनाने के लिए पानी गर्म करने का सवाल ही नहीं उठता क्योंकि वहां की सतह पर रखते ही पानी खौलता नजर आने लगता है। चांद की अपनी कोई रोशनी नहीं है। वह तो चमकता इसलिए नजर आता है क्योंकि उसकी सतह पर पड़ने वाली सूरज की रोशनी टकराकर वापस जाती रहती है। चांद इसलिए घटता–बढ़ता दिखाई देता है क्योंकि पृथ्वी की परिक्रमा करते हुए उसका जो हिस्सा सूरज की रोशनी के सामने आता है वह चमकता हुआ दिखाई देता है। उसके बाकी हिस्से पर सूरज की रोशनी नहीं पड़ रही होती है। इसलिए वह हमें पृथ्वी पर से दिखाई नहीं देता है।

4 मंगल (मार्स)

मंगल पृथ्वी का दूर का पड़ोसी है। सूरज से दूरी के आधार पर इसे चौथा ग्रह कहा जा सकता है। चमकती हुई लाल सतह के कारण रात के आकाश में इस ग्रह को साफ आसमान में आसानी से देखा जा सकता है। इसकी सतह पर विशालकाय ज्वालामुखी और गहरी घाटियां हैं। इन्हें उतनी अच्छी तरह नहीं देखा जा सकता क्योंकि मंगल पर धूल के गुबार उठते रहते हैं। मंगल की सतह पर फैली मिट्टी और चट्टानें लाल रंग की दिखती हैं। इसका कारण इसकी मिट्टी में आयरन ऑक्साइड का अधिक होना माना जाता है। पृथ्वी की तुलना में मंगल का वातावरण काफी हल्का है। पृथ्वी की सतह की तुलना में मंगल पर दबाव एक बटा सौ के बराबर होता है।

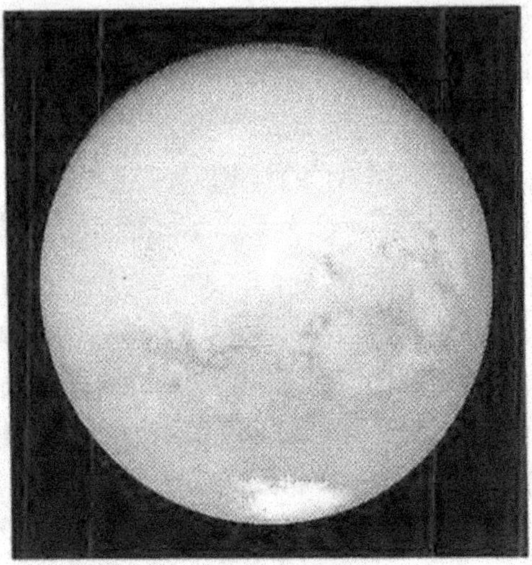

मंगल ग्रह का चित्र

इसका प्रभाव यह हो सकता है कि पृथ्वी पर चलने वाला एक सौ किलोग्राम का व्यक्ति एक किलोग्राम के वजन का अनुभव करे। यदि कोई भारी–भरकम व्यक्ति अपना वजन कम करना चाहता है तो उसे मंगल पर चला जाना चाहिए। बिना कोई एक्सरसाइज़ किये ही उसका वजन पृथ्वी की तुलना में घट कर एक सौ गुना कम

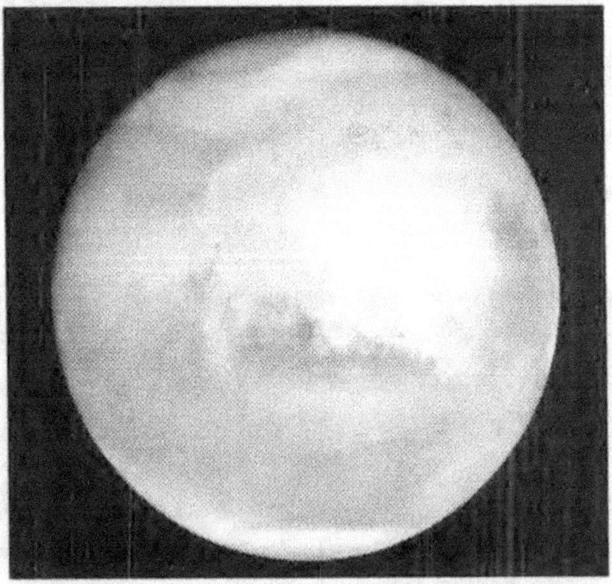

मंगल ग्रह पर छाए बादल

हो जाएगा। यह अलग बात है कि वह मंगल तक जाएगा कैसे? चला भी गया तो वहां रहेगा कैसे? उसकी सतह का तापमान सर्दियों में माइनस 113 डिग्री से लेकर गर्मियों में शून्य डिग्री सेंटीग्रेट तक आंका गया है। इसके वातावरण में कार्बन डाईऑक्साइड, नाइट्रोजन जैसी गैसों की अधिकता है। पृथ्वी पर ऑक्सीजन के कारण हम ज़िंदा रह पाते हैं। मंगल के वातावरण में ऑक्सीजन की मात्रा दशमलव एक प्रतिशत के बराबर है। वहां के वातावरण में नमी हमारी तुलना में एक–चौथाई भी नहीं है। मंगल अपनी धुरी पर करीब 25 डिग्री का झुकाव लिए हुए है। उसका डायामीटर 6785 किलोमीटर का है। सूर्य से उसकी दूरी 205 मिलियन किलोमीटर से 249 मिलियन किलोमीटर तक की आंकी गई है। पृथ्वी से मंगल की औसत दूरी 35 मिलियन किलोमीटर आंकी गई है। मंगल साढ़े चौबीस घंटों में अपनी काल्पनिक धुरी पर एक बार घूम जाता है।

कहां खो गईं मंगल की नदियां

वैज्ञानिकों का मानना है कि मंगल पर नमी का स्तर तो बहुत कम है लेकिन इसे बर्फ में बदले जा सकने की संभावना है। पानी की इतनी कमी होने के कारण मंगल के आकाश में बादल कमी–कभार ही नज़र आते हैं। वैज्ञानिकों द्वारा किये गए अध्ययनों से पता चलता है कि कभी मंगल की सतह पर नदियां रही होंगी। इन

नदियों का पानी कब, क्यों और कैसे सूख गया, अभी यह पता लगाया जाना बाकी है। जैसे कि पृथ्वी पर हमारे देश में सरस्वती नाम की एक नदी बहा करती थी। यह नदी उत्तर प्रदेश में इलाहाबाद के पास गंगा और यमुना के साथ संगम पर मिला करती थी। अब वह विलुप्त हो चुकी है। अंतरिक्ष से किये गए अध्ययनों से इस नदी के होने और राजस्थान के रेगिस्तानी इलाकों से होकर गुज़रने के प्रमाण हैं। यदि थार के रेगिस्तानी इलाके से होकर यह नदी अभी भी गुजर रही होती तो शायद वहां कभी रेगिस्तान बनता ही नही। बन भी जाता तो इस नदी के पानी से लोगों को पीने का पानी मिल पाता, खेती–किसानी हो पाती और इस इलाके में रहने वाले लोगों को पानी और चारे की तलाश में देश के अन्य हिस्सों में दर–दर भटकने के लिए मजबूर नहीं होना पड़ता। सरस्वती तो विलुप्त हो चुकी हैं लेकिन हमारी अन्य नदियों की स्थिति भी दिनोंदिन बिगड़ती जा रही है। हम उन्हें अपनी गंदगी को बहाने के काम में लाकर प्रदूषित करते चले जा रहे हैं। मैली गंगा और मैली यमुना तो अब सामान्य बात हो चुकी है। ये जीवनदायी नदियां अब अपने जीवन के लिए संघर्षरत हैं। उनमें रहने वाले जीव–जंतु और प्राणी विलुप्त होते जा रहे हैं। पानी की कमी राज्यों के बीच टकराव का कारण बनने लगा है। एक ओर पानी बह कर समुद्र में जा रहा है वहीं दूसरी ओर पानी की कमी के कारण हत्याएं तक हो रही हैं। न जाने हम कब इन नदियों की कीमत समझ पाएंगे तथा उनके संरक्षण के लिए कब प्रभावकारी काम करना शुरू करेंगे।

मंगल के उपग्रह

पृथ्वी की तरह मंगल के भी अपने चांद हैं। पृथ्वी का तो एक ही चांद है लेकिन मंगल के दो चांद हैं। इन्हें डिमोस और फोबोस का नाम दिया गया है। ए–हाल नाम के वैज्ञानिक ने 1877 में मंगल के इन दो चांदों का पता लगाने में सफलता प्राप्त की थी। मंगल से डिमोस की दूरी 23,460 किलोमीटर और फोबोस की दूरी 9270 किलोमीटर आंकी गई है। डिमोस का डायामीटर करीब 16 किलोमीटर है। ये चांद मंगल की परिक्रमा करते रहते हैं। फोबोस का डायामीटर अधिकतम 17 मील का आंका गया है। पृथ्वी की ही तरह मंगल के भी उत्तरी और दक्षिणी ध्रुव हैं। वे उसी तरह से इस ग्रह के सब से ठंडे इलाके हैं जैसे कि पृथ्वी के ध्रुवीय इलाके। मौसम के बदलने के आधार पर मंगल के इन ध्रुवों पर जमी बर्फ से ढका क्षेत्र घटता–बढ़ता रहता है। मंगल के ध्रुवीय क्षेत्रों का तापमान सर्दियों में घट कर माइनस 150

डिग्री सेंटीग्रेड तक पहुंच जाता है। मंगल ग्रह पर दो तरह की बर्फ देखी गई है। एक तो पानी से बनने वाली बर्फ। दूसरी वहा के वातावरण में कार्बन डाई ऑक्साइड की अधिकता के कारण अपने आप बन जाने वाली बर्फ भी दिखाई देती है। कार्बन डाई ऑक्साइड से बनने वाली यह बर्फ ही मंगल के ध्रुवों पर जमने वाली बर्फ का दायरा बढ़ा देती है। जब मौसम बदलता है तो यह बर्फ वापस वातावरण में कार्बन डाई ऑक्साइड के रूप में वापस हो जाती है। इससे मंगल के ध्रुवों पर फैली बर्फ का क्षेत्र घट कर छोटा हो जाता है। मंगल की सतह की इस बर्फ के अध्ययन में वैज्ञानिक बहुत रुचि ले रहे हैं। यदि मानव को जाकर मंगल पर रहना है तो उसे पानी की आवश्यकता होगी। मंगल पर पानी तो है नहीं, इसलिए इस बर्फ को ही पानी के रूप में बदलकर उसके इस्तेमाल की संभावना दिखाई देती है। मंगल पर जीवन है या नहीं? कभी था या नहीं? कभी था और फिर वह किस कारण या किन्हीं कारणों से समाप्त हो गया–इन सवालों के जवाब अभी मिलने हैं। इसके लिए लगातार विभिन्न प्रकार के वैज्ञानिक अध्ययन किये जा रहे हैं। फीनिक्स मार्स लैंडर इस अध्ययन में जुटा हुआ है। इस अध्ययन की रिपोर्ट आने और उनके विश्लेषण के आधार पर इन सवालों का जवाब मिल पाने की आशा है। अब आप जानना चाहेंगे की यह मार्स लैंडर फीनिक्स क्या है? आइए, पहले अपने किस्म के इस अनोखे प्रोब मिशन के बारे में जान लेते हैं।

पानी की तलाश में फीनिक्स पहुंचा मंगल पर

यह अंतरिक्ष यान मार्स स्काउट कार्यक्रम के तहत मंगल ग्रह के बारे में खोज अभियान पर निकला है। इस अभियान के तहत वैज्ञानिक मंगल ग्रह पर सूक्ष्म जीवन के लिए उपयुक्त वातावरण की खोज और इस ग्रह पर पानी का इतिहास जानने के लिए काम कर रहे हैं। फीनिक्स एक रोबोनुमा स्पेसक्राफ्ट है जो मंगल ग्रह के बारे में अध्ययन करने के लिए भेजा गया है। यह 2008 में वहां पहुचा था। मंगल ग्रह के उत्तरी ध्रुव पर उतरा था। इसके पहले भी दो बार इस तरह के अध्ययन करने वाले यान मंगल की सतह पर उतर कर विभिन्न प्रकार के अध्ययन कर चुके हैं। फीनिक्स की रोबोटिक आर्म इस तरह की है वह मंगल की जमीन पर से मिट्टी उठा सकती है। उसका विश्लेषण कर सकती है। उसका स्वाद चख सकती है। फीनिक्स इस बर्फ में से पानी की तलाश कर रहा है। मंगल पर इसी बर्फ के होने से इस बात की संभावना मानी जा रही है कि वहां पर जीवन हो सकता है। वह कैसा होगा, यह

तो भविष्य के अध्ययनों से पता चलेगा। यह पहला प्रोब नहीं है जो कि मंगल के बारे में जानकारियां जुटाने का काम कर रहा है। मंगल का अध्ययन का सिलसिला शुरू हुए पांच दशक पूरे होने को हैं। यह सिलसिला पिछली शताब्दी के छठे दशक से ही चल रहा है। इस दौरान एक दर्जन से अधिक मिशन इस काम में लगाए जा चुके हैं। 1960 से अब तक अमेरिका और सोवियत संघ ने मंगल ग्रह का अध्ययन करने के लिए मैरिनर मार्स, वाइकिंग मार्स, ऑब्जर्वर मार्स, सर्वेयर मार्स, पाथ फाइंडर मार्स, ग्लोबल सर्वेयर मार्स, ओडिसी मार्स, एक्सप्रेस बीगल 2, लैंडर मार्स, एक्सप्लोरेशन रोवर्स सहित अनेक नामों से अनेक मिशन भेजे हैं। यह सिलसिला अभी भी जारी है। मंगल पर उतरने के कुल 12 अंतरराष्ट्रीय प्रयासों में फीनिक्स छठा सफल लैंडिग का प्रयास है। हर मिशन हमें मंगल के बारे में नयी–नयी जानकारियां उपलब्ध करा रहा है।

5. बृहस्पति (ज्युपिटर)

बृहस्पति हमारे सौर मण्डल का सबसे बड़ा ग्रह है। इसलिए इसे जाइंट प्लैनेट और किंग ऑफ प्लेनेट्स यानी ग्रहों का राजा भी कहा जाता है। इस ग्रह का डायामीटर 1लाख 42 हजार 800 किलोमीटर आंका गया है। इसकी सूर्य से न्यूनतम दूरी 741 मिलियन किलोमीटर और अधिकतम दूरी 817 मिलियन किलोमीटर आंकी गई है। ज्युपिटर पृथ्वी से 588 मिलियन किलोमीटर की दूरी पर है। यह ग्रह दूसरे अन्य ग्रहों की तुलना में इसलिए भी बहुत अलग है क्योंकि इसकी सतह विभिन्न प्रकार की गैसों से बनी हुई है। अब तक हमने जिन ग्रहों के बारे में जाना है उनकी

आकाशगंगा से छिटकता हुए एक तारा

सतह खासी मज़बूत और पथरीली रही है। इस ग्रह का निर्माण वास्तव में विभिन्न प्रकार की गैसों से हुआ है। ये गैसें इस ग्रह की अंदरूनी सतह पर जाकर लिक्विड यानी द्रव जैसे पानी बन जाती हैं। हां, यह बदलाव बहुत धीरे–धीरे होता है। इस ग्रह के वातावरण के अंदर जाने पर पता चलता है कि इसकी पहली लेयर लिक्विड हाइड्रोजन से बनी हुई है। इसमें अमोनिया, मीथेन, हीलियम और सल्फर से बनने वाली गैस होने के भी प्रमाण मिले हैं। इस ग्रह की सतह की ओर गहराई पर जाने पर यह लेयर लिक्विड मेटेलिक हाइड्रोजन लेयर में बदल जाती है। आप जानना चाहेंगे कि गैसें लिक्विड यानी द्रव में क्यों बदल जाती हैं। ऐसा इसलिए होता है क्योंकि इस ग्रह पर वातावरण का दबाव बहुत अधिक है। इस दबाव के कारण ये गैसें लिक्विड में बदल जाती हैं। इस ग्रह के अंदर बनने वाली गर्मी के कारण इस ग्रह की चाल बहुत ही अलग तरह की दिखाई देती है। इसका सबसे गहराई पर इस ग्रह का कोर है जिसका कि आकार लगभग उतना ही बड़ा है जितना पृथ्वी का। इन जानकारियों के आधार पर यह माना जाता है कि अन्य ग्रहों की तुलना में बृहस्पति का विकास बहुत अलग तरह से हुआ होगा। ऐसा क्यों और कैसे हुआ? इन सवालों का जवाब तलाश करने के लिए अभी बहुत सारा अध्ययन किया जाना बाकी है और ऐसा किया जा रहा है।

बृहस्पति की पट्टियां

इस ग्रह को समीप से देखने पर ऐसा लगता है जैसे उस पर अलग–अलग रंगों की पट्टियां बनी हुई हैं। इसके और पास जाने पर पता चलता है कि ये पट्टियां वास्तव में इसके वातावरण के कारण हैं। अधिक नज़दीक से अध्ययन करने पर पता चला है कि ये पट्टियां वास्तव में इसके चारों ओर घूमने वाले बादलों और गुबारों के समूह है। वैज्ञानिकों का मानना है कि अभी इस ग्रह का विकास हो रहा है। अभी यह पूरी तरह से विकसित नहीं हो पाया है। ऐसा कब होगा कि इसे पूरी तरह विकसित माना जाएगा, कहा नहीं जा सकता। इस ग्रह की एक और भी रोचक विशेषता सामने आई है। इस ग्रह से विभिन्न प्रकार की आवाजें निकलती हुई सुनाई देती हैं। ऐसा क्यों होता है? ये आवाजें कहां से आती हैं? अनुमान यह लगाया गया है कि ये आवाज़ें इसकी गैस के कारण निकलती हैं। ज्युपिटर की एक खासियत यह है कि वह अपनी धुरी माने जाने वाले हिस्से पर सीधा खड़ा हुआ है। यह ग्रह अपनी काल्पनिक धुरी पर इस तरह से खड़ा दिखाई देता है कि उसमें सिर्फ तीन डिग्री

बृहस्पति ग्रह

का मामूली–सा झुकाव ही है। सौर मण्डल के अन्य ग्रहों की तुलना में ज्युपिटर कहीं अधिक तेज़ी से घूमता है। पृथ्वी की तरह ज्युपिटर अपने ध्रुवों पर ठंडा और भूमध्य रेखा पर गर्म नहीं होता है। उसकी पूरी सतह पर उसका तापमान लगभग एक जैसा ही रहता है। ऐसा इसलिए होता है क्योंकि ज्युपिटर पर होने वाली गर्मी उसके अंदर से ही निकलती है। ज्युपिटर के ऊपर बादलों का तापमान करीब माइनस 150 डिग्री आंका गया हैं। बृहस्पति पर होने वाली यह गर्मी यदि इसे गर्मी कहा जाए तो वह सूर्य की रोशनी से नहीं आती है।

बृहस्पति के उपग्रह

पृथ्वी की ही तरह बृहस्पति के अपने उपग्रह हैं जिन्हें चांद भी कहा जाता हैं। अब तक ज्युपिटर के 63 चांदों के बारे में पता लगाया जा चुका है। उनके बारे में अध्ययन का सिलसिला जारी है। ज्युपिटर के ये प्राकृतिक उपग्रह अलग–अलग आकार और प्रकार के हैं। उससे हजारों–लाखों किलोमीटर की दूरी पर स्थित हैं। ये उपग्रह छह किलोमीटर से लेकर पांच हजार किलोमीटर से भी अधिक डायामीटर के आकार के देखे गए हैं। इसमें से चार बड़े आकार के हैं। इसके अलावा, इसके रिंग सिस्टम भी देखे गए हैं। 1996 से 2003 के बीच के आठ सालों तक लगातार इस ग्रह की परिक्रमा करने वाले गैलीलियो स्पेसक्राफ्ट ने बृहस्पति के इन चन्द्रमाओं का अध्ययन किया गया था। ज्युपिटर के चार चन्द्रमाओं का सबसे

पहली बार पता वैज्ञानिक और खगोलशास्त्री गैलीलियो ने लगाया था। उसने यह भी बताया था कि आकाश में दिखाई देने वाले सभी ग्रह पृथ्वी की परिक्रमा नहीं करते हैं। वह अपने इसी अध्ययन के आधार पर इस निष्कर्ष पर पहुंचा था कि पृथ्वी ब्रह्मांड के केन्द्र में नही है।

मिशन ज्युपिटर

ज्युपिटर के अध्ययन के लिए अब तक मुख्य रूप से चार मिशन भेजे गए हैं। इनमें से तीन अमेरिका द्वारा भेजे गए हैं। इनके नाम हैं--पायनियर और वोयेजर। गैलीलियो नाम का चौथा मिशन अमेरिका और यूरोप का संयुक्त मिशन था। पहले के दो मिशनों ने इस ग्रह के चारों ओर उड़ान भर कर तस्वीरें खींचने और अन्य अध्ययन करने का काम किया था। अमेरिकी यूरोपीय साझा मिशन का नाम 'गैलीलियो' रखा गया। इस मिशन के तहत स्पेस क्राफ्ट ने इसकी परिक्रमा करने के अलावा एक प्रोब के रूप में भी काम किया। इस ग्रह और उसके उपग्रहों के बारे में अध्ययन का सिलसिला अभी जारी है। ज्युपिटर के अध्ययन के लिए इस साल में एक नया दौर शुरू किया जा रहा है। इस ग्रह के अध्ययन के लिए जूनो नाम का एक और स्पेसक्राफ्ट भेजा जा रहा है। इससे इस ग्रह और उसके उपग्रहों के बारे में और भी नयी जानकारियां मिलने की आशा की जा रही है। इस दशक के अंत में एक और मिशन ईजेएसएम अंतरिक्ष यान भेजने की योजना बनाई जा रही है। यह यान 2020 में भेजे जाने का प्रस्ताव है।

6. शनि (सैटर्न)

शनि या सैटर्न सूर्य से दूरी के हिसाब से छठा ग्रह माना जाता है। सोलर सिस्टम का यह दूसरा सब से बड़ा ग्रह है। इसका आकार पृथ्वी के आकार से कहीं ज्यादा बड़ा है। इसका डायामीटर करीब एक लाख बीस हजार किलोमीटर का है। इसकी सूर्य से सब से कम दूरी एक दशमलव 35 बिलियन किलोमीटर और पृथ्वी से इसकी सबसे कम दूरी एक दशमलव दो बिलियन किलोमीटर की है। एक बिलियन का अर्थ होता है--एक करोड़। इस तरह आप अनुमान ही लगा सकते हैं कि शनि हमसे कितनी दूरी पर है। इसके दोनों ध्रुवों पर वातावरण और बादलों में अनेक प्रकार की विचित्र गतिविधियां देखी गई हैं। अन्य ग्रहों की तरह ही इसका अपना मैग्नेटिक फील्ड यानी चुम्बकीय क्षेत्र है। इस खास ग्रह के चारों ओर एक रिंग दिखाई

शनि ग्रह

जाती है। अपने किस्म की यह अनोखी रिंग किसी अन्य ग्रह में नहीं दिखाई देती। इस रिंग के अलावा शनि के अपने 60 चांद भी होने का पता लगाया जा चुका है। दूसरे ग्रहों की तुलना में शनि की एक विशेषता यह है कि उसकी सतह पृथ्वी या अन्य ग्रहों की तरह ठोस नहीं है। उसका आधार गैस है। इस मामले में शनि ज्युपिटर से अधिक मिलता-जुलता है। इस ग्रह के ढांचे में गैसों की प्रमुखता है। ज्युपिटर की तुलना में शनि के बादलों के रंग कहीं कम है। इसका कारण यह है कि सैटर्न की

शनि का एक और चित्र

सतह पर सल्फर (गंधक) की मात्रा अधिक है। इसी कारण से इस ग्रह की सतह का रंग पीलापन लिये हुए दिखाई देता है। इसकी सतह सख्त नहीं है बल्कि गैसों से बनी हुई है। इसमें हाइड्रोजन और हीलियम जैसी गैसों की मात्रा अधिक है। वातावरण के दबाव के कारण ये गैसें लिक्विड में परिवर्तित हो जाती हैं। इस ग्रह

की अंदरूनी सतह पर लगातार होते रहने वाली हलचल और निकलने वाली गर्मी के कारण इस ग्रह के वातावरण में विभिन्न प्रकार के परिवर्तन होते रहते हैं।

शनि के 60 चांद

शनि का चुम्बकीय क्षेत्र बृहस्पति की तुलना में तो छोटा है। आप जानना चाहेंगे कि यह कितना छोटा है? वास्तव में इसका दायरा छोटा नहीं है। उसका दायरा इतना बड़ा है कि वह अपने साठ चांदों को अपने दायरे में रख पाने में सफल हो जाता हैं। गैसों का प्रभाव होने के कारण इस ग्रह से विभिन्न प्रकार की आवाज़ें निकलतो

शनि के चाँद

सुनाई देती हैं। बादलों के ऊपर इस ग्रह का तापमान माइनस 170 डिग्री सेंटीग्रेट नापा गया है। यह ग्रह अपनी धुरी पर करीब ग्यारह घंटों में एक चक्कर पूरा कर लेता है। सूर्य का एक चक्कर लगाने में उसे करीब तोस साल का समय लग जाता है। पायनियर–11, वोयेजर–एक और दो तथा अमेरिका यूरोपीय अंतरिक्ष एजेंसी और इटली के साझा अभियान कासिनी ने इस ग्रह का व्यापक अध्ययन किया है। पायनियर और वोयेजर ने तो इसके पास उड़ते हुए इस ग्रह के बारे में अध्ययन किया था। कासिनी मिशन के दौरान इसके चारों ओर परिक्रमा करते हुए तथा इसके वातावरण में प्रोब भेज कर इस ग्रह और उसके रिंग और चांद के बारे में अध्ययन और प्रयोग किये गये। इससे इस ग्रह के बारे में विभिन्न प्रकार की जानकारियां जुटाई गईं।

शनि के रिंग

सैटर्न के चारों ओर दिखाई देने वाली रिंग्स के कारण इस ग्रह को खासतौर पर पहचाना गया है। इस रिंग की व्यवस्था का सबसे ज़्यादा अध्ययन भी किया गया है। यह रिंग क्यों है? और कैसे बनी? इसके बारे में अभी भी विभिन्न प्रकार के विचार हैं। वैज्ञानिकों के बीच इस बारे में किसी ठोस एक मत निर्णय पर पहुँचा जाना बाकी है। ऐसा नहीं है कि केवल सैटर्न के चारों ओर ही रिंग हैं। कुछ अन्य ग्रहों के आसपास भी रिंग जैसी व्यवस्था देखी गई है लेकिन सैटर्न की रिंग उसकी विशेष पहचान का कारण बनी हुई है। शनि के चारों ओर रिंग के रूप में बने हुए ये घेरे वास्तव में पत्थर के टुकड़ों और बर्फ से बने हुए हैं। देखने में यह तो एक बैंड जैसे

शनि के रिंग

लगते है। असलियत ऐसी नहीं है। वास्तव में इस रिंग में पतले–पतले अनेक बैंड हैं। वैसे ही बैंड जैसे कई बार आप अपने हाथ में पहनते हैं। शनि का यह बड़ा बैंड अनेक पतले–पतले बैंडों के मिलने से बना हुआ है। इस रिंग को बनाने वाले ये पत्थर के टुकड़े कुछ सेंटीमीटर के हैं तो कुछ ऐसे भी हैं जो एक किलोमीटर आकार के हैं। पतले माने जाने वाले ये रिंग कितने पतले होंगे। इसका अनुमान लगाना चाहेंगे? इन पतले बैंडों की चौड़ाई या मोटाई करीब डेढ़ किलोमीटर तक आंकी गई हैं। इनकी लंबाई हजारों–लाखों किलोमीटरों में है। तभी तो ये बैंड इस विशालकाय ग्रह को घेरे रखने की स्थिति में हो पाते हैं। इन रिंगों में मिली बर्फ पर जब सूर्य की किरणें पड़ती हैं तो वह अपने सातों रंगों में विभक्त हो जाती हैं जिससे कि यह रिंग

रंग–बिरंगी दिखाई पड़ती है। प्रिज्म से होकर निकलने वाली सूर्य की किरण के रंगों को तो आपने देखा ही होगा। वैसा ही कुछ इस बैंड में भी होता रहता है। 2009 में किये गए एक अध्ययन से सैटर्न की एक नयी रिंग का पता चला है। इसे 'फोबे रिंग' का नाम दिया गया है। यह मेन रिंग सिस्टम से करीब एक सौ गुना बडी आंकी गई है। वैज्ञानिकों का मानना है कि इस नयी रिंग का निर्माण शनि के एक चांद फोबे से निकली धूल और बर्फ से बनी है।

शनि के उपग्रह

शनि का चांद टाइटन, सौर मण्डल के उन गिने–चुने मून्स में से है जिनका अपना वातावरण है। यह शनि का सबसे बड़ा चांद है। इसका डायामीटर 5150 किलोमीटर का है। इसे सौर मण्डल के बड़े चन्द्रमाओं में गिना जाता है। इसके दोनों ध्रुवों पर लिक्विड नेचुरल गैस की जमी हुई झील दिखाई देती है। इनका कुछ हिस्से तो बर्फीले हैं। इन पर बादल भी देखे गए हैं। लेपेटस नाम के एक चांद की खासियत है कि उसके एक छोर पर चटख रोशनी रहती है। इसका दूसरा छोर अंधेरे में रहता है। फोबे पर हमेशा ही अंधेरा छाया रहता है। उसकी चाल भी अजीबोगरीब है। शनि के कुछ चांद तो ऐसे हैं जिनका पूरा इलाका ही पांच किलोमीटर के आसपास का है। इस कारण वे वास्तव में बड़ी चट्टानों के रूप में ही नज़र आते हैं। शनि से सबसे अधिक दूरी पर स्थित चांद का नाम यमीर रखा गया है। शनि का यह चांद अपने मुख्य ग्रह से दो करोड़ 31 लाख किलोमीटर से भी अधिक दूरी पर स्थित है। शनि के सबसे नजदीकी चांद की दूरी एक करोड़ 33 लाख किलोमीटर से भी अधिक है। इससे शनि के चुम्बकीय क्षेत्र के दायरे का भी आप अनुमान लगा सकते है।

7. अरुण (यूरेनस)

सूर्य से दूरी के आधार पर यूरेनस को सातवां ग्रह कहा जाता है। यूरेनस के आसपास शनि की ही तरह की रिंग दिखाई देती है। वह बहुत हल्की–सी नज़र आती है। यह पूरे ग्रह के चारों ओर दिखाई नहीं देती बल्कि एक ही ओर दिखाई देती है। यूरेनस का स्ट्रक्चर पृथ्वी जैसे ग्रहों की तरह कड़ा और मजबूत नहीं है। इसमें गैस और बर्फ कहीं ज्यादा है। इस ग्रह का आंतरिक हिस्सा मीथेन गैस की बर्फ से बना हुआ है। इसके अंदर से निकलने वाली गर्मी के कारण इसके वातावरण में तेज़ हवाएं चलती दिखाई देती हैं। एक्वामैरीन यानी समुद्री हरे नीले रंग के

इस ग्रह को देखने से ही पता चलता है कि यह बादलों से ढका रहता है। इसके वातावरण में एक ही गैस मीथेन व्याप्त है। इस ग्रह के हरे नीले रंग का दिखाई देने का कारण ग्रह है कि लाल रंग की रोशनी इसके वातावरण में प्रवेश करने के बाद बाहर नहीं निकल पाती है। इसके वातावरण में मीथेन के क्रिस्टल और धुआं

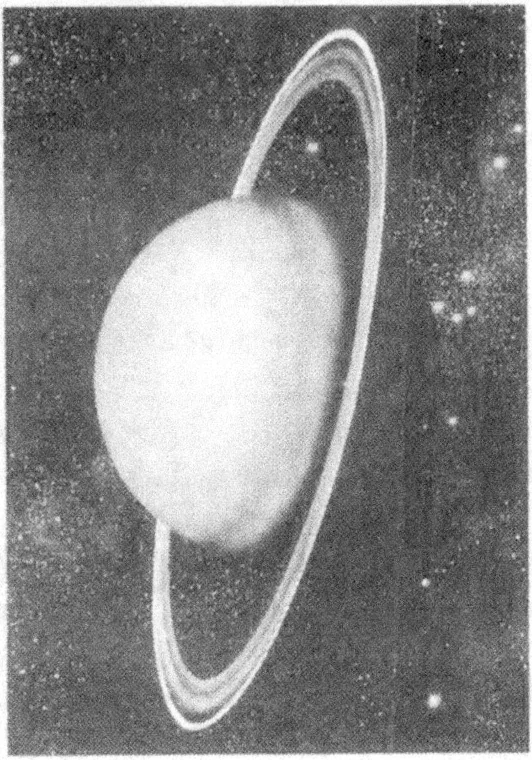

अरुण (यूरेनस)

दिखाई देता है जिसमें ईथेन भी मिली होती है। इसके वातावरण में मीथेन के क्रिस्टल लगातार बनते और बिगड़ते रहते हैं। इस आधार पर वैज्ञानिकों का मानना हैं कि अभी भी यूरेनस के वातावरण का विकास हो रहा है। इस ग्रह की खासियत इसकी अपनी धुरी पर झुकाव के कारण है। अन्य ग्रह जहां अपनी काल्पनिक धुरी पर झुकाव लिये हुए दिखाई देते हैं वहीं यह ग्रह अपनी काल्पनिक धुरी पर एक ओर को लेटा हुआ दिखाई देता है। इस अनोखी स्थिति के कारण इसके मौसम में अजीबोगरीब बदलाव होते रहते हैं। इस ग्रह का अपनी धुरी पर 59 डिग्री का झुकाव आंका गया है।

यह ग्रह लेटा-सा क्यों माना गया

ऐसा क्यों है? इस सवाल का जवाब अभी तो वैज्ञानिकों के पास भी नहीं है। वे इसका पता लगाने के लिए प्रयास कर रहे हैं। कुछ वैज्ञानिकों की राय है कि ऐसा लगता है कि विकास के दौर में किसी और ग्रह या उसके उपग्रह से टकराने के कारण यह एक ओर को लेट-सा गया है। अब ऐसा हुआ कि नहीं, यह तो भविष्य में शायद कभी जाना जा सके। अब यदि आप इस ग्रह पर जाएं और आपके पास दिशा बनाने वाला यंत्र कुतुबनुमा कैम्पस हो तो भी आप उसकी मदद से उत्तरी दिशा का पता नहीं लगा सकते। इसका मैगनेटोस्फेयर उतना बड़ा नहीं है लेकिन यदि पृथ्वी से तुलना की जाए तो पता चलता है कि इसका प्रभाव क्षेत्र पृथ्वी से कहीं ज्यादा बड़ा है। इसी कारण यह ग्रह अपने उपग्रहों के समूहों को अपनी ओर खींचे रखने में सफल हो जाता है। यह ग्रह 84 साल में सूर्य का एक चक्कर लगाता है। इसके झुकाव और इस रफ्तार का यहां के मौसम पर सीधा असर पड़ता है। यहां का एक मौसम करीब पृथ्वी के बीस सालों के मौसम के बराबर का होता है। इसलिए यदि इसके उत्तरी ध्रुव बीस साल तक सूरज की रोशनी में रहेगा तो दक्षिणी ध्रुव में लगभग इतने ही वर्षों तक अंधेरा छाया रहेगा। यह ग्रह कितना बड़ा होगा, इसका अनुमान इस बात से लगाया जा सकता है कि इसका डायामीटर 51 हजार 481 किलोमीटर का माना गया है। यह ग्रह पृथ्वी से 2 दशमलव 57 बिलियन किलोमीटर की दूरी पर है। सूर्य से इसकी अधिकतम दूरी तीन बिलियन किलोमीटर आंकी गई है। यह करीब 17 घंटे और 24 मिनट में अपनी धुरी पर एक चक्कर लगाता है।

यूरेनस के उपग्रह

यूरेनस के अब तक के अध्ययनों से इसके 27 उपग्रहों का पता लगाया जा सका है। ये उपग्रह मुख्य रूप से बर्फ से ढके हुए हैं। इनकी सतह अनेक प्रकार की विशेषताएं लिए हुए है। इनका कोई वातावरण यानी एटमॉसफियर और चुम्बकीय क्षेत्र नहीं है। अब तक इनके अंदर किसी भी प्रकार की गतिविधि होने का पता नहीं चला है। इसलिए यह माना जाता है कि इनमें किसी प्रकार का जीवन होने की संभावना नहीं हैं। बर्फ से ढके ये उपग्रह पृथ्वी के चांद की तरह सिलीकेट और चट्टानों से बने हुए नहीं हैं। अमेरिकी अंतरिक्ष यान वोयेजर--2 ने पहली बार 1986 में यूरेनस और उसके उपग्रहों की तस्वीरें ली थीं और उसके बारे में अन्य जानकारिया एकत्रित की थीं।

8. वरुण (नेपच्यून)

नेपच्यून सूरज से दूरी के आधार पर सबसे अधिक दूरी पर रहने वाला ग्रह है। यह बहुत ही ठंडा है। इस ग्रह के बादलों के ऊपर का तापमान माइनस 210 डिग्री नापा गया है। यह हल्के नीले रंग का दिखाई देता है। इसका कारण इसके वातावरण में थोड़ी मात्रा में मीथेन गैस का पाया जाना है। इसकी परिधि डाइमीटर

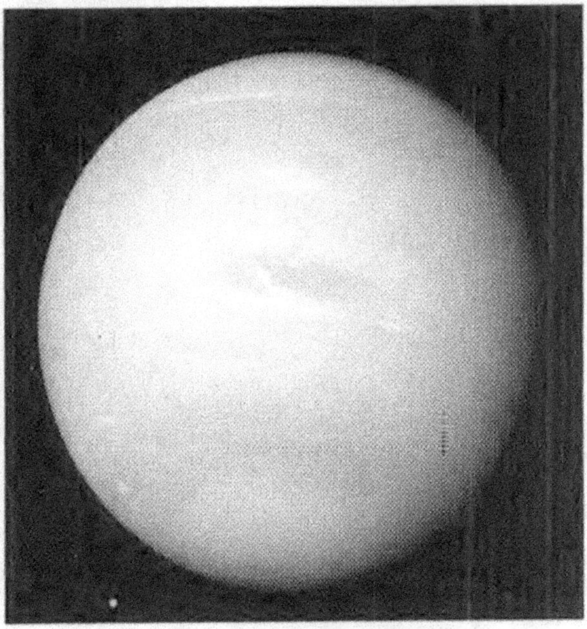

वरुण (नेपच्यून)

49,493 किलोमीटर की है। यह ग्रह पृथ्वी से करीब 4 दशमलव तीन बिलियन किलोमीटर की दूरी पर स्थित है। सूर्य से इसकी कम से कम दूरी 4 दशमलव 46 बिलियन किलोमीटर और अधिकतम दूरी 4 दशमलव 54 बिलियन किलोमीटर की है। इस ग्रह के 13 उपग्रहों का अभी तक पता लगाया जा सका है। इसके चारों ओर हल्की–सी रिंग होने के संकेत मिले हैं। यह ग्रह मुख्य रूप से गैस और बर्फ से मिल कर बना हुआ है। इसके अंदर की गर्मी के कारण इसके वातावरण में हवा के गुबार दिखाई देते हैं। इस ग्रह का मौसम काफी कुछ ज्युपिटर और सैटर्न से मिलता–जुलता हुआ है। यह ग्रह अपनी काल्पनिक धुरी पर करीब 28 डिग्री पर उसी तरह झुका हुआ है जैसे कि पृथ्वी 23 डिग्री पर झुकी हुई है। इसका परिणाम यह होता है कि नेपच्यून में भी मौसम में बदलाव होते हैं। इसका अर्थ यह भी हुआ कि नेपच्यून के

ध्रुवों पर कभी न कभी सूरज की रोशनी पड़ती है और वह कभी अंधेरे में रहते हैं। यह अलग बात है कि यह ग्रह सूरज की एक परिक्रमा करने में करीब 165 साल लगा देता है। इसलिए इस ग्रह का एक मौसम पृथ्वी के करीब चालीस सालों के बराबर होता है। नेपच्यून के दक्षिणी गोलार्ध में पिछले कुछ दशकों से समर टाइम यानी गर्मी का मौसम चल रहा है। इसलिए इस ध्रुव के आसपास के क्षेत्र पर सूर्य की किरणें लंबे समय से पड़ रही हैं।

पूरा ग्रह एक साथ नहीं घूमता

नेपच्यून की एक खासियत यह है कि यह ग्रह अपनी धुरी पर पूरा का पूरा एक साथ नहीं घूम रहा है। ऐसा इसलिए हो रहा है क्योंकि इसके निर्माण में गैसों की मात्रा कहीं अधिक है। इसका परिणाम यह हो रहा है कि इस ग्रह के ध्रुव जल्दी अपनी परिक्रमा पूरी कर लेते हैं जबकि इसकी मध्य रेखा का क्षेत्र अपेक्षाकृत अधिक देरी से अपनी परिक्रमा पूरी कर पाता है। अध्ययनों से पता चला है कि इस ग्रह के ध्रुवों के आसपास का इलाका हर 12 घंटे में एक चक्कर पूरा कर लेता है। इसकी मध्य रेखा के आसपास के क्षेत्र को एक चक्कर पूरा करने में करीब 18 घंटों तक का समय लग जाता है। इसका परिणाम यह होता है कि इसके वातावरण में बहुत तेज हवा चलती रहती है। यहां हवा की रफ्तार 1080 किलोमीटर प्रति घंटे तक की हो सकती है। इस तेज हवा के सामने कोई कैसे टिक सकता है, इसका तो बस अनुमान ही लगाया जा सकता है। इसके ध्रुवों और मध्य रेखा के आसपास के इलाकों के वातावरण में पाए जाने वाले रसायन भी अलग–अलग तरह के हैं। इसके ध्रुवों के पास इसकी मध्य रेखा के निकट की तुलना में ईथेन, मीथेन और एसीटिलीन गैसों की मात्रा अपेक्षाकृत कम पाई गई है। इस ग्रह के बारे में सबसे पहली बार तस्वीरें और अन्य जानकारियां अगस्त 1989 में उस समय मिलीं जबकि अमेरिकी अंतरिक्ष यान वॉयजर–2 ने इसके पास से निकलते हुए इसकी 9000 से अधिक तस्वीरें खींच कर पृथ्वी पर भेजीं।

9. प्लूटो (यम)

प्लूटो बर्फ और चट्टानों से मिल कर बना हुआ ग्रह है। यह ग्रह सौर मण्डल के बाहरी छोर पर रह कर सूर्य की परिक्रमा करता है। इस ग्रह के बारे में पहली बार जानकारी 1930 में सामने आई। इसका डायामीटर 2390 किलोमीटर का है।

1999 में किये गए अध्ययनों से पता चला कि प्लूटो की सतह मुख्य रूप से दो प्रकार की है। इसमें से एक तो बर्फीला है और दूसरा किसी प्रकार की चट्टान से बना हुआ है। इस ग्रह पर कितनी सर्दी होती होगी इसका अनुमान इस बात से लगाया जा सकता है कि इसकी सतह का तापमान माइनस 233 डिग्री सेंटीग्रेड से माइनस 223 डिग्री सेंटीग्रेड तक रहता है। यह ग्रह पृथ्वी से 4 दशमलव 28 बिलियन

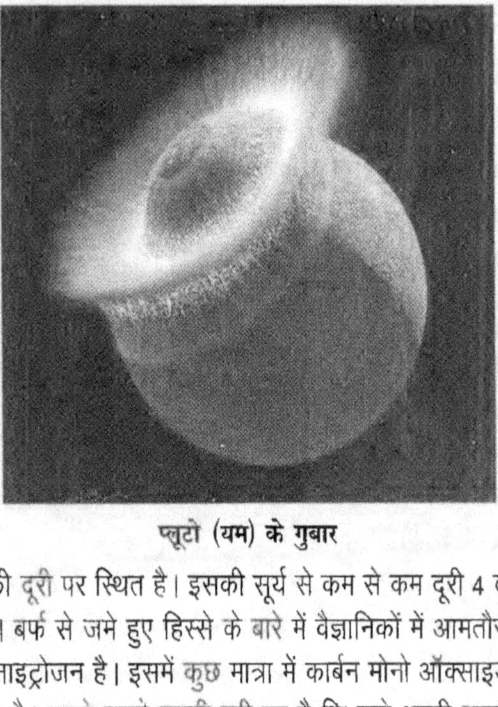

प्लूटो (यम) के गुबार

किलोमीटर की दूरी पर स्थित है। इसकी सूर्य से कम से कम दूरी 4 दशमलव 437 आंकी गई है। बर्फ से जमे हुए हिस्से के बारे में वैज्ञानिकों में आमतौर पर सहमति है कि इसमें नाइट्रोजन है। इसमें कुछ मात्रा में कार्बन मोनो ऑक्साइड और मीथेन भी हो सकती है। प्लूटो हमसे इतनी दूरी पर है कि उसे अच्छी तरह देख पाने में खासी दिक्कतें आ रही हैं। इसलिए अभी तक यह पता नहीं चल पाया है कि इसके कितने हिस्से पर बर्फ जमी हुई है तथा कितने हिस्से में चट्टानी–सा दिखने वाला हिस्सा है।

क्यों लौट आती है रोशनी इससे टकरा कर

इस ग्रह से टकराने के बाद रोशनी लौटती दिखाई देती है। इस आधार पर यह माना जाता है कि इसका अधिकतर हिस्सा बर्फीला है। यह अपनी धुरी पर घूमता भी है। इसलिए वैज्ञानिक मानते हैं कि इसके अंदर किसी तरह की उर्जा का स्रोत

है जो इसे अपनी धुरी पर घूमने में मदद करता है। सौर मण्डल के जिस हिस्से में यह उपग्रह स्थित हैं वहां बहुत अधिक सर्दी होती है। इसलिए आमतौर पर यह माना जा सकता है कि इस ग्रह का वातावरण नहीं होगा लेकिन प्लूटो का वातावरण है। ऐसा इसलिए होता है कि सूर्य की परिक्रमा करते हुए वह कई बार उसके अपेक्षाकृत नजदीक आ जाता है। सूरज की गर्मी के कारण इसकी सतह का तापमान बढ़ जाता है। इससे बर्फ पिघल जाती है। वह वाष्प वातावरण में मिल जाती है। इसके वातावरण

प्लूटो (यम) ग्रह

में मुख्य रूप से नाइट्रोजन गैस मिलती है। अभी तक निश्चित तौर पर यह नहीं कहा जा सकता कि इस ग्रह का कोई चुम्बकीय क्षेत्र है भी या नहीं। प्लूटो के तीन उपग्रह भी है। इन्हें कैरॉन, एस 2005 पी–1, और पी का नाम दिया गया है। बाकी दो उपग्रह इतने छोटे हैं और उनके बारे में जानकारियां इतनी कम हैं कि अभी उनका नामकरण तक नहीं किया जा सका है। कैरॉन का आकार भी लगभग उतना बड़ा है जितना कि प्लूटो का अपना आकार है। इस ग्रह के बारे में जानकारियां प्राप्त करने के लिए अमेरिका ने 19 जनवरी, 2006 को एक मिशन रवाना किया था। न्यू हॉरिजन नाम के इस मिशन के तहत भेजा गया अंतरिक्ष यान 2015 में इस ग्रह के पास उड़ान भर के छह महीने तक इस ग्रह और उसके उपग्रहों की तस्वीरें खींचेगा और इस ग्रह के बारे में जानकारियां पृथ्वी पर भेजेगा।

बौने ग्रह

अभी हमने जाना कि विभिन्न ग्रह स्वयं कैसे ग्रह और उपग्रह, दोनों हैं। हमने बात की बड़े और बहुत बड़े ग्रहों की लेकिन यह बात यहीं पर खत्म नहीं होती। ऐसे भी ग्रह हैं जिन्हें बौने ग्रहों का नाम दिया गया है। हम इन बौने ग्रहों की भी लगे हाथ चर्चा कर लेते हैं। अंतरिक्ष अनुसंधान से जुड़े वैज्ञानिक जैसे अंतरिक्ष में दूर और अति दूर तक अपनी पहुंच बना कर इन ग्रहों का अधिक गहराई से अध्ययन करते जा रहे हैं। इन अध्ययनों के दौरान अनेक ग्रहों के नए–नए उपग्रहों का पता लगता जा रहा है। इसलिए साफतौर पर यह नहीं कहा जा सकता कि इन ग्रहों के सभी उपग्रहों का पता लगा लिया गया है। जैसे–जैसे अंतरिक्ष अनुसंधान का विकास हो रहा है, नये–नये ग्रह और उपग्रहों का पता लगाया जा रहा है। इन अध्ययनों को एक व्यवस्थित रूप देने के लिए इंटरनेशनल एस्ट्रोनॉमिकल यूनियन की 2006 में हुई एक बैठक में सौर मण्डल में पाए जाने वाले ग्रहों उपग्रहों और अन्य छोटी बॉडीज़ को तीन श्रेणियों में विभक्त करने का फैसला किया गया। इनको बड़े, छोटे और बौने ग्रहों का नाम दिया गया। बड़े ग्रहों में ज्युपिटर पृथ्वी आदि को रखा गया। छोटे ग्रहों में जैसे एस्टराइडस और कॉमेट आदि को लाया गया। बौने ग्रहों में उन ग्रहों को रखा गया जो कि मंझोले स्तर के हैं। इस समय पांच ग्रहों को अधिकृत तौर पर ड्वारफ यानी बौने ग्रहों की संज्ञा दी गई है। सब से छोटे ग्रह प्लूटो को बौने ग्रहों की श्रेणी में रखने का फैसला किया गया। प्लूटो के अलावा अन्य चार बौने ग्रहों के नाम हैं–सेरेस, एरिस, मेक मेक और ह्यूमा। सेरेस वास्तव में कोई ग्रह नही हैं। यह एक एस्ट्राइड है लेकिन वैज्ञानिकों ने अपनी इस महत्त्वपूर्ण अंतरराष्ट्रीय बैठक में सेरेस को बौने ग्रहों की श्रेणी में रखने का फैसला किया।

मार्स और ज्युपिटर के बीच की खास पट्टी

मार्स और ज्युपिटर के बीच की बेल्ट में यह सबसे बड़ा एस्ट्रॉइड है। इस बेल्ट में एक लाख से भी अधिक एस्ट्रॉइड हैं। ये एस्ट्रॉइड सौर मण्डल के इस इलाके में जैसे पड़े हुए हैं। इनके बीच की दूरी घटती–बढ़ती रहती हैं। एस्ट्राइड अपेक्षाकृत छोटे आकार के ग्रह हैं जो अब से करीब 4 दशमलव 6 बिलियन वर्ष पहले सौर मण्डल के निर्माण के समय छिटक कर रह गए थे। इनमें से कुछ तो कई सौ किलोमीटर तक के हैं। आमतौर पर इनका आकार इतना बड़ा नहीं है। वैज्ञानिकों का एक वर्ग मानता है कि ये विभिन्न आकार और प्रकार के पथरीले एस्ट्रॉइड्स पहले

के किसी ग्रह के हिस्से हैं जो कि सौर मण्डल से कभी टूट गया होगा। इनमें से हजारों एस्ट्रॉइड्स का नामकरण किया जा चुका है। अभी भी बहुत से ऐसे हैं जिनको कोई नाम दिया जाना है। इनके पृथ्वी से टकराने की संभावना न के बराबर है। कई बार ये पृथ्वी के पास आ जाते हैं। हर्मस नाम का एक एस्ट्रॉइड पृथ्वी के पास आया था। यहां पर यह समझा जाना भी जरूरी है कि जब कोई उल्का पृथ्वी के पास आता है तो उस पास का मतलब क्या होता है। हर्मस जब पृथ्वी के पास आया था तो वह पृथ्वी से सिर्फ सात लाख 77 हजार किलोमीटर की दूरी पर था।

सेरेस और ह्यूमा

सेरेस (सी ई आर इ एस) एस्ट्रॉइड के बारे में जनवरी 1801 को इटली के एस्ट्रॉनॉमर मांक गिसेपी पियाजी ने पहली बार पता लगाया था। इसका डायामीटर करीब 975 किलोमीटर का है। यह करीब साढ़े चार साल में एक बार सूर्य की परिक्रमा करता है। यह अपनी धुरी पर नौ घंटे में परिक्रमा कर लेता है। इस प्रकार वहां नौ घंटे का दिन और नौ घंटे की रात होती है। प्लूटो मेक मेक और ह्यूमा का नामकरण सितम्बर 2008 में एक बौने ग्रह के रूप में किया गया। यह बर्फीली दुनिया का ग्रह है जो बर्फ से ढके हिस्से में सूर्य की परिक्रमा कर रहा हैं। सूर्य से यह इतनी अधिक दूरी पर है कि सूर्य की एक परिक्रमा करने में इसे 285 साल लग जाते हैं। ह्यूमा प्लूटो से कुछ और दूरी पर है। वह प्लूटो और एरिस से भी छोटा है। इसका आकार भी टेढ़ा–मेढ़ा है। जहां पर इसकी सबसे ज्यादा लंबाई है वहां इसकी लंबाई 1960 किलोमीटर आंकी गई है। यह अपनी धुरी पर चार घंटे में ही एक चक्कर काट लेता है। यहां पर दिन बहुत ही छोटा होता है। आमतौर पर यह चट्टानों से बना हुआ है। इसके दो उपग्रह हैं। इनके नाम हाईआका और नामाका रखे गए है। वैज्ञानिकों का मानना है कि ह्यूमा कभी किसी और ग्रह से टकरा गया होगा इससे उसका आकार बिगड़ गया होगा। अपने इसी आकार के कारण वह इतनी तेज़ी से अपनी धुरी पर चक्कर काटता है। इसी टक्कर के कारण उसका बर्फीला हिस्सा अलग हो गया होगा और चट्टानी हिस्सा अलग हो गया होगा। हमारे सौर मण्डल के जमे हुए बाहरी किनारे पर रह कर सूर्य की परिक्रमा करते हैं। इसके उपग्रह उसी टकराव से बने होंगे।

मेक मेक और एरिस

मेक मेक के बारे में पहली बार जानकारी मार्च 2005 में सामने आई। जुलाई

2008 में इसे बौने ग्रहों में शामिल किया गया। इसे सूर्य की एक परिक्रमा करने में 310 साल का समय लग जाता है। यह प्लूटो और एरिस से छोटा है। इसका डायामीटर 1300 से 1900 किलोमीटर के बीच है। अभी तक इसके किसी उपग्रह के बारे में कोई जानकारी सामने नहीं आई है। मेक मेक बहुत ही ठंडा ग्रह है। इसका तापमान माइनस 240 डिग्री आंका गया है। इस ग्रह के बर्फ से ढके होने की संभावना है। यह बर्फ मीथेन और संभवतः ईथेन से मिलकर बनी हुई हो सकती है। इसकी सतह बर्फ से ढकी होने के कारण यह बहुत ही चमकीला दिखता है। इसकी सतह का रंग लाल दिखाई देता है। इस ग्रह के सूर्य के नजदीक होने की स्थिति में इस पर जमी बर्फ के पिघलने से कुछ समय के लिए इसका वातावरण बनता होगा। इस वातावरण में मीथेन और ईथेन गैस होती होगी वरना इसका कोई वातावरण नज़र नहीं आता है। जब यह सूर्य परिक्रमा करता हुआ दूर चला जाता होगा तो इसकी सतह पर सर्दी के कारण मीथेन और ईथेन गैस जम जाती होगी जो बर्फ की तरह की दिखाई देती है। उस स्थिति में इसका एट्मॉसफियर (वातावरण) ही समाप्त हो जाता होगा। ऐसा होता होगा कि नहीं, फिलहाल यह अनुमान ही लगाया जा सकता है। इसकी पुष्टि होनी अभी बाकी है। अभी यह भी नहीं बताया जा सकता है कि यह अपनी काल्पनिक धुरी पर सीधा खड़ा है या झुका हुआ है। अगर झुका हुआ है तो कितना? यह अपनी धुरी पर एक चक्कर कितनी देर में लगाता है? इस बारे में भी कोई ठोस जानकारी अभी उपलब्ध नहीं है। पृथ्वी से मेक मेक की दूरी 5 दशमलव 61 बिलियन किलोमीटर आंकी गई है। इसकी सूर्य से कम से कम दूरी 5 दशमलव 761 बिलियन किलोमीटर और अधिकतम दूरी 7 दशमलव 940 बिलियन किलोमीटर आंकी गई है।

दसवां ग्रह या बौना ग्रह

एरिस की उपस्थिति के बारे में पहली बार जनवरी 2005 में जानकारी सामने आई। यह प्लूटो की ही तरह बर्फ और चट्टानों से मिलकर बना हुआ है। इसका डायामीटर 2500 किलोमीटर का है। निश्चित तौर पर यह जानकारी सही ही है, ऐसा नहीं माना जाता। यह हमसे इतनी अधिक दूरी पर है कि इसे दुनिया की सबसे बड़ी दूरबीन से भी ठीक से देख पाना संभव नहीं है। यदि इसका डायामीटर 2500 किलोमीटर साबित हो जाता है तो यह प्लूटो से बड़ा माना जाएगा। पहले इस ग्रह को सौर मण्डल का दसवां ग्रह माना गया था। बाद में वैज्ञानिकों के बीच चर्चा के बाद इसे

बौने ग्रहों में शामिल किया गया। इसी चर्चा के दौरान ही ग्रहों और उपग्रहों के बाद उनके बीच बौने ग्रहों की व्यवस्था करने का फैसला किया गया। इसके उपग्रह का नाम डायसनोमिया रखा गया है। इसकी परिक्रमा का मार्ग गोलाई में नहीं है। इसलिए यह सूर्य के नजदीक और दूर होता रहता है। इसे सूर्य की एक परिक्रमा करने में 557 साल का समय लगता है।

क्विपर बेल्ट

सौर मण्डल के इस बाहरी किनारे को क्विपर (के यू आई पी इ आर) बेल्ट का नाम दिया गया है। इस बेल्ट का नाम इसकी पहचान करने वाले वैज्ञानिक गेरार्ड क्विपर के नाम पर रखा गया है। एरिस तो सूर्य से और भी अधिक दूरी पर है। वैज्ञानिकों के अनुसार, इस समय पाच उपग्रहों को ही बौने ग्रहों की सूची में रखा गया है। इनकी संख्या में आने वाले वर्षों में बढोत्तरी होना तय है। वैज्ञानिकों द्वारा सौर मण्डल के बाहरी इलाके में 70 उपग्रहों का पता लगाया जा चुका है। अभी इनके बारे में इतनी जानकारी उपलब्ध नहीं है कि उनको किस श्रेणी में रखा जाए या इसके बारे में फैसला किया जा सके। अध्ययनों का यह सिलसिला लगातार जारी है। हाल ही में खगोल विदों की एक अंतरराष्ट्रीय टीम ने सौर मंडल से बाहर नौ नए ग्रहों का पता लगाया है। इनमें से छह ऐसे हैं जो अपने मुख्य तारे के घूमने की उल्टी दिशा में घूम रहे हैं। इस खोज को करने वाले खगोलविदों का मानना है कि इन ग्रहों के उल्टे घूमने की स्थिति ग्रहों के निर्माण के अब तक के मान्य सिद्धान्तों को चुनौती दे सकती है। इस टीम ने अपनी नयी खोज ब्रिटेन के ग्लासगो स्थित रॉयल एस्ट्रॉनॉमिकल सोसायटी की वार्षिक बैठक में प्रस्तुत की। ऐसे ग्रहों की खोज तब संभव होती है जब पृथ्वी से टेलिस्कोपों से देखने में अपने मुख्य तारों के सामने से होकर निकलते हैं। इस दौरान तारे से आने वाले प्रकाश की मात्रा में गिरावट आ जाती है। इन्हें ट्रांजिटिंग एक्सोप्लेनेट कहा जाता है। इससे पहले सौर मंडल से बाहर उल्टी दिशा में परिक्रमा करने वाला पहला ग्रह 2009 में मिला था। इस खोज से माना यह जा रहा है कि खगोलविदों को ग्रह निर्माण के अब तक मान्य कुछ सिद्धान्तों का पुनरीक्षण करना पड़ सकता है। ग्रहों के बारे में अब तक यही माना जाता है कि उनका निर्माण गैस और धूल की उस डिस्क से होता है जो नवजात तारे को घेरे रहती है। ग्रह की डिस्क उसी दिशा में घूमा करती है जिस दिशा में तारा। अब तक यह भी सोचा जाता था कि कि ऐसे ग्रह, जिनका निर्माण डिस्क से बाहर हुआ वे भी अपने तारे की दिशा में ही

परिभ्रमण करेंगे। नई खोज में पाए गए ग्रह अपने सौरमंडल के सब से बड़े गैसीय ग्रह बृहस्पति के आकार जितने हैं। वे अपने ग्रह के बेहद नजदीक से परिक्रमा करते हैं। इनका तापमान बहुत गर्म होता है। इसलिए इन्हें 'हॉट ज्युपिटर' भी कहा जाता है।

मानव निर्मित उपग्रह

पिछले अध्याय में हमने प्राकृतिक ग्रहों, उपग्रहों तथा बौने ग्रहों के बारे में जाना। अब इस अध्याय में हम बात करते हैं मानव निर्मित उपग्रहों की। उपग्रह शब्द का प्रादुर्भाव फ्रांसीसी भाषा से हुआ है जिसका अर्थ है–गार्ड या सेवक। सौर मंडल के सभी ग्रह जिसमें पृथ्वी भी शामिल है, सूर्य के उपग्रह हैं। यह कैसे जाना जाए कि कौन ग्रह है और कौन उपग्रह? किसी ग्रह को उस ग्रह का उपग्रह कहा जाता है जिनकी वे परिक्रमा कर रहे होते हैं जैसे चन्द्रमा पृथ्वी का उपग्रह है। पृथ्वी सूर्य का उपग्रह है। इस प्रकार यह भी कहा जा सकता है किसी–किसी ग्रह की परिक्रमा करने वाले छोटे ग्रह उसके उपग्रह है। उपग्रहों को उनके निर्माण की प्रकृति के अनुसार दो हिस्सों में बांटा जा सकता है। एक प्राकृतिक और दूसरा मानव निर्मित। प्राकृतिक उपग्रह वे उपग्रह हैं जिनकी रचना प्राकृतिक कारणों से हुई। जैसे, चन्द्रमा पृथ्वी का उपग्रह है। पृथ्वी सूर्य का उपग्रह है। बृहस्पति जैसे विशाल ग्रहों के अपने प्राकृतिक उपग्रह भी हैं। मानव ने अपनी वैज्ञानिक क्षमताओं का उपयोग करके कृत्रिम उपग्रहों का निर्माण किया। उन्हें विशालकाय रॉकेटों के माध्यम से पृथ्वी की कक्षा में स्थापित किया और उनका उपयोग अपने विभिन्न कार्यों के लिए किया।

कृत्रिम उपग्रहों के प्रकार

इन कृत्रिम उपग्रहों को उनके आकार, भार तथा उनके उपयोग के आधार पर विभिन्न श्रेणियों में बांटा गया है। इन श्रेणियों के आधार पर उनका नामकरण किया जाता है। आमतौर पर एक हजार किलोग्राम या उससे अधिक भार के उपग्रहों को विशाल उपग्रह कहा जाता है। पांच सौ किलोग्राम से एक हजार किलोग्राम भार के बीच के उपग्रहों का मध्यम आकार का उपग्रह माना जाता है। एक सौ किलोग्राम से 500 किलोग्राम भार के उपग्रहों को मिनी उपग्रहों की संज्ञा दी जाती है। एक किलोग्राम से 10 किलोग्राम भार के उपग्रहों को नैनो उपग्रह कहा जाता है। एक

किलोग्राम भार तक के उपग्रहों को पीको और एक सौ ग्राम से कम भार वाले उपग्रहों को फेम्टो उपग्रह का नाम दिया गया है। इस समय पृथ्वी की विभिन्न कक्षाओं में विभिन्न देशों के सैकड़ों उपग्रह परिक्रमा कर रहे हैं। उनके अपने उपयोग हैं और वे उन्हें सौंपे गए कार्यों को कर रहे हैं। इन उपग्रहों का नियंत्रण और संचालन पृथ्वी पर बैठे विशेषज्ञों द्वारा दूर संचार की तकनीक का उपयोग कर के किया जाता है। मानव ने इस तकनीक का इस हद तक विकास कर लिया है कि वह अंतरिक्ष में इन उपग्रहों को स्थापित कर सकता है। आवश्यकता पड़ने पर वहां जाकर उनकी मरम्मत कर सकता है।उन्हें वापस पृथ्वी पर ला सकता है। उन्हें अंतरिक्ष में नेस्तनाबूद कर सकता है। अनुसंधान सहित विभिन्न आवश्यकताओं को ध्यान में रख कर विभिन्न प्रकार के उपग्रहों का निर्माण किया जाता है। उन्हें अंतरिक्ष में प्रक्षेपित किया जाता है। आवश्यकता के अनुरूप पृथ्वी की विभिन्न कक्षाओं में स्थापित किया जाता है।

कैसे जाते हैं ये उपग्रह अंतरिक्ष में

जैसा कि हम जानते हैं कि अंतरिक्ष में सभी ग्रह और उपग्रह एक दूसरे के आकर्षण के कारण ही अपनी–अपनी कक्षाओं में टिके रहते हैं। अपनी धुरी पर घूमते रहने के बाद भी अपने मुख्य ग्रह की प्रदक्षिणा करते रहते हैं। किस उपग्रह का कैसा उपयोग है, उसी के आधार पर उसे पृथ्वी की विभिन्न कक्षाओं में स्थापित किया जाता है। जैसे–जैसे उपग्रह पृथ्वी से दूर की कक्षा में स्थापित किया जाता है वैसे–वैसे उसकी रफ़्तार कम हो जाती है। पृथ्वी के गुरुत्वाकर्षण से बाहर निकलने के लिए किसी भी उपग्रह को उससे अधिक गति से अंतरिक्ष में भेजा जाना ज़रूरी होता है। यह रफ़्तार यदि गुरुत्वाकर्षण की शक्ति से कम हुई तो इससे भेजा गया उपग्रह वापस पृथ्वी पर आ गिरेगा। वैज्ञानिकों ने बहुत पहले ही यह पता लगा लिया था कि किसी भी वस्तु को पृथ्वी के गुरुत्वाकर्षण शक्ति से बाहर भेजा जाता है तो उसकी रफ़्तार 32 किलोमीटर प्रति सेकेंड की रफ़्तार से कम होने लगती है। इसलिए किसी भी वस्तु को उसकी गुरुत्वाकर्षण शक्ति के खिंचाव के कारण होने वाली गति में कमी को ध्यान में रख कर ही अंतरिक्ष में भेजा जा सकता है। यदि कोई वस्तु 11 दशमलव 25 किलोमीटर प्रति सेकेंड की रफ़्तार से पृथ्वी से बाहर अंतरिक्ष में भेजी जाए तो वह गुरुत्वाकर्षण के प्रभाव को पार कर के अंतरिक्ष में जा सकती है। शक्तिशाली रॉकेटों का उपयोग कर के उपग्रहों को पृथ्वी से अंतरिक्ष में भेजा जाता हैं। फिर उन्हें आवश्यकता के अनुरूप पृथ्वी से एक निश्चित दूरी पर स्थापित कर दिया जाता है।

इस प्रकार ये उपग्रह प्राकृतिक उपग्रहों की ही तरह पृथ्वी या जिस ग्रह की कक्षा में उसे भेजा गया है उसकी परिक्रमा करने लगते हैं।

पृथ्वी की कक्षा क्या होती है

पृथ्वी की कक्षा का मतलब स्कूल, कॉलेज में होने वाली कक्षा से नहीं है। इसका अर्थ है कि पृथ्वी से कितनी दूरी पर किसी उपग्रह को स्थापित किया गया है? किसी उपग्रह का क्या इस्तेमाल किया जाना है, उसके आधार पर यह तय किया जाता है कि उसे पृथ्वी से कितनी दूरी की कक्षा में स्थापित किया जाए। इन कक्षाओं को निम्न भू कक्षा, मध्यवर्ती भू कक्षा, भूस्थिर कक्षा, उच्च दीर्घवृतीय कक्षा, भू तुल्य कक्षा का नाम दिया गया है। यदि कोई उपग्रह पृथ्वी से 36 हजार किलोमीटर की दूरी पर स्थापित किया गया है तो वह 24 घंटे में पृथ्वी की एक परिक्रमा करेगा। जैसा कि आप जानते हैं कि पृथ्वी 24 घंटे में अपनी काल्पनिक धुरी पर एक चक्कर लगाती है। इस प्रकार से स्थापित किया गया उपग्रह लगभग उसी रफ़्तार से चलता रहेगा जिस रफ़्तार से पृथ्वी घूम रही है तो वास्तव में वह अपनी जगह पर स्थिर ही दिखाई देगा। यदि हम पृथ्वी से दूरी के आधार पर देखें तो पांच सौ से दो हजार किलोमीटर तक की दूरी पर स्थित उपग्रहों को पृथ्वी की निम्न कक्षा में स्थापित किया गया माना जाता है। 10 हजार किलोमीटर की दूरी पर पृथ्वी परिक्रमा करने वाले उपग्रहों को मध्य कक्षा में स्थापित किया गया माना जाता है। 36 हजार किलोमीटर से अधिक की दूरी पर स्थित उपग्रहों को अत्यधिक दीर्घवृतीग कक्षा मे स्थापित कहा जाता है।

मानव निर्मित उपग्रहों के उपयोग

मानव निर्मित उपग्रहों का जब उपयोग शुरू हुआ था तो इनके बारे में जानकारियों को बेहद गुप्त रखा जाता था क्योंकि उनका इस्तेमाल सैनिक कार्यों और जासूसी आदि के लिए किया जाता था। अब ये उपग्रह हमारे जीवन का अनिवार्य हिस्सा बन गए हैं। वे हमारे लिए मौसम की खबरें पता करते हैं। डिश टीवी के माध्यम से हमें मौसम और दूसरी खबरें दिखाते हैं। हमारे मनोरंजन के कार्यक्रम पेश करते हैं। यदि हम केबल टी वी का इस्तेमाल करते हैं तो भी केबल तक टीवी कार्यक्रम पहुंचाने में उपग्रहों की भूमिका रहती है। हमारे टेलीफोन चाहे वे लैंड लाइन के हों या मोबाइल, उनसे हम तक आवाज, आंकड़े और चित्रों को पहुंचाने मे उपग्रहों का इस्तेमाल किया जाता है। जिन अखबारों के अलग–अलग शहरों और

देशों से संस्करण निकलते हैं उनमें छपने वाली सामग्री और तस्वीरों का आदान–प्रदान उपग्रहों की माध्यम से ही किया जाता है। टैक्सी ड्राइवर आपको आपके बताए हुए स्थान तक आसानी से पहुंचाने के लिए जीपीएस (ग्लोबल पोजिशनिंग सिस्टम) का उपयोग करते हैं जो कि उपग्रहों के माध्यम से काम करता हैं। पुलिस और आपदा प्रबंधन के वाहन तत्काल घटना स्थल पर पहुंच कर पीड़ितों की मदद के लिए उपग्रहों की मदद लेते हैं। एक शहर से दूसरे शहर या एक देश से दूसरे देश तक सामान पहुंचाने वाली कंपनियां अपने वाहनों पर नजर रखने और भेजे गए सामान को उसके ठिकाने तक पहुंचाने के लिए उपग्रहों का इस्तेमाल करते हैं। पुलिस, फायर बिग्रेड और अन्य एजेंसियां किसी आपात स्थिति से निपटने के लिए उपग्रहों का इस्तेमाल करते हैं तो विमान और समुद्री जहाज किसी आपात स्थिति में संदेशों के आदान–प्रदान के लिए उपग्रहों का इस्तेमाल करते हैं। और तो और, अपने देश के दूर–दराज के गांवों में मनीऑर्डर पहुंचाने और सीमा पर तैनात जवानों तक उनके संदेश पहुंचाने के लिए भी उपग्रहों का उपयोग किया जा रहा है।

मानव निर्मित उपग्रहों के उपयोग

मानव द्वारा निर्मित उपग्रहों को उनके उपयोग के आधार पर सात श्रेणियों में बांटा जा सकता है। इन्हें संचार उपग्रह, वैज्ञानिक उपग्रह, मौसमी उपग्रह, मैरीसेट उपग्रह, दूर संवेदी उपग्रह, भू प्रक्षेपण उपग्रह और भू स्थिर उपग्रह आदि का नाम दिया गया है। संचार उपग्रह वे उपग्रह हैं जिनके माध्यम से पृथ्वी पर हजारों किलोमीटर दूर स्थित विभिन्न केन्द्रों के मध्य रेडियो टेलीविजन तथा अन्य सिग्नलों को भेजा और प्राप्त किया जाता हैं। संचार उपग्रह आमतौर पर 24 घंटे में पृथ्वी की परिक्रमा पूरी करते हैं। ये उपग्रह पृथ्वी के किसी खास हिस्से पर हर समय नजर रखते हैं। उस भाग विशेष के किसी भी स्थान से किसी अन्य स्थान का टेलीविजन टेलीफोन आदि से सम्पर्क करने में मदद करते हैं। इसी प्रकार वैज्ञानिक उपग्रह उन उपग्रहों को कहा जाता है जो सूर्य द्वारा प्रदत्त उर्जा आयन मंडल में सूर्य के अस्त होने से होने वाले परिवर्तन, मंगल, शुक्र, बृहस्पति आदि ग्रहों के चारों ओर का वातावरण आदि विषयों के बारे में जानकारी प्राप्त करने में मदद करते हैं। मौसमी उपग्रह वे उपग्रह हैं जो मौसम संबंधी जानकारियों को एकत्रित करने वायुमंडल की परिस्थितियों का अध्ययन करने का काम करते हैं। मौसम संबंधी सटीक एवं पूर्व जानकारी देने के कारण ये उपग्रह प्राकृतिक आपदाओं का सामना करने में बेहद महत्त्वपूर्ण भूमिका

निभाते हैं। ये उपग्रह समुद्री तूफान आदि के बारे में पहले से जानकारी एकत्र करने में मददगार साबित होते हैं। इनसे मिलने वाली जानकारी के आधार पर ही समुद्र तटीय इलाकों में रहने वालो को तूफान आदि आने की पहले से जानकारी दी जा सकती है जिससे वे समुद्र में न जाएं। निचले इलाकों को खाली कर दें जिससे कि ऊंची–ऊंची लहरों के उठने से होने वाले नुकसान से उन्हें बचाया जा सके। मैरीसैट उपग्रह उन मानव निर्मित उपग्रहों को कहा जाता है जो समुद्री जल यानों के नाविकों को संकट की घड़ी में रेडियो संकेतो द्वारा दिशा, ज्ञान और निर्देश देने में महत्त्वपूर्ण भूमिका निभाते हैं। इस प्रकार के उपग्रहों से वे दूसरे जल यानों के नाविकों और अपने मुख्यालय से भी सम्पर्क कर सकते हैं। जियो सिंक्रोनस सैटलाइट का प्लेसमेंट दो तरीके से किया जा सकता है–सन सिंक्रोनस और जियो सिंक्रोनस। सन सिंक्रोनस सैटलाइट सूरज की तरह धरती का चक्कर लगाते हैं और धरती पर किसी भी प्वाइंट से 24 घंटे में एक बार गुजरते हैं। उसके विपरीत जियो सिंक्रोनस सैटेलाइटस धरती के साथ–साथ घूमते हैं, इसलिए लगातार एक ही जगह पर टिके नज़र आते हैं। कम्युनिकेशन जासूसी और टीवी ब्रॉडकास्टिंग के लिए इनका उपयोग किया जाता है। जीसैट इसरो का दसवां जियो सिंक्रोनस सैटलाइट है।

दूरसंवेदी उपग्रह

दूरसंवेदी उपग्रह वे कृत्रिम उपग्रह हैं जो पृथ्वी की सतह पर स्थित किसी भी वस्तु से उत्पन्न होने वाले अथवा प्रतिबिम्बित होने वाले विकिरणों को प्रकाश एवं इन्फ्रारेड किरणों का उपयोग करके जानकारियां एकत्रित करते हैं। ये उपग्रह अपने सूक्ष्म कैमरों तथा इलेक्ट्रॉनिक उपकरणों द्वारा नीले लाल, नीले हरे एवं लगभग इन्फ्रारेड कणों के चित्रों के रूप में सूचनाएं इकट्ठी कर के पृथ्वी पर अपने नियंत्रण केन्द्रों को भेज देते हैं। पृथ्वी पर बैठे विशेषज्ञ इन चित्रों का विश्लेषण करके आवश्यक जानकारियां प्राप्त कर लेते हैं और आवश्यकता के अनुरूप उनका इस्तेमाल किया जा सकता हैं। इसके लिए उपग्रहों से प्राप्त इन रंगीन चित्रों को पृथ्वी पर प्राप्त कर के उनके वास्तविक दिखने वाले चित्रों में परिवर्तित किया जा सकता है। इस प्रकार दूरसंवेदी उपग्रहों द्वारा लिये गए चित्रों से खनिज–संपदा, कृषि, वानकी एवं सागर संपदा से संबंधित विषयों पर शीघ्रता से उपयोगी एवं सटीक जानकारी उपलब्ध होती है। भू प्रक्षेपण उपग्रह अपने कैमरों एवं इलेक्ट्रॉनिक उपकरणों की सहायता से पृथ्वी के विभिन्न भागों के चित्र लेते रहते हैं। इनके द्वारा पृथ्वी के गर्भ में छिपी प्राकृतिक

सम्पदाओं की खोज की जाती हैं। समुद्री लहरों एवं तूफानों के कारणों का भू प्रक्षेपण उपग्रह लगाते हैं। इन्हें टोहक उपग्रह भी कहा जाता हैं। भू स्थिर उपग्रह किसी स्थान विशेष के सापेक्ष स्थिर रहते हैं। इन उपग्रहों का उपयोग टेलीफोन, टेलीविजन सिग्नलों तथा रेडियो आदि के क्षेत्र में होता हैं। यदि इस प्रकार के तीन उपग्रह भू स्थिर कक्षा में स्थापित किये जाएं तो ध्रुवीय क्षेत्रों के अतिरिक्त सम्पूर्ण पृथ्वी से एक साथ संबंध स्थापित किया जा सकता हैं।

पृथ्वी की कक्षा में कितने उपग्रह

यह बता पाना एक मुश्किल काम है क्योंकि किसी ग्रह के चारों ओर गोल या अंडाकार कक्षा में घूम रहे किसी भी ऑब्जेक्ट को उसका उपग्रह कहा जा सकता हैं। जिस रास्ते पर उपग्रह किसी ग्रह की परिक्रमा कर रहा होता है उसे ऑर्बिट कहा जाता है। पृथ्वी से उस उपग्रह का सबसे दूरी वाले हिस्से को एपोजी कहा जाता है। सबसे नजदीक वाले हिस्से को पेरजी कहते हैं। इस समय पृथ्वी की कक्षा में 23 हजार से अधिक ऐसे ऑब्जेक्ट घूम रहे हैं जिन्हें राडार से देखा जा सकता है। इनमें से बहुत से ऑब्जेक्ट तो ऐसे हैं जो कि गलती से वहां पहुंच गए हैं या अपनी उपयोगिता खो चुके हैं। ऐसे उपग्रह हैं जिनके कि उर्जा के स्रोत समाप्त हो गए हैं। रॉकेट बूस्टर हैं जो किसी अन्य यान को किसी और कक्षा में पहुंचाने के बाद छूट गए हैं। हर उपग्रह खास होता है क्योंकि वह किसी या किन्हीं खास तरह के अध्ययन या काम के लिए तैयार किया जाता है। एक अनुमान के अनुसार इस समय पृथ्वी की कक्षा में करीब साढ़े नौ सौ ऐसे मानवनिर्मित उपग्रह हैं जो विभिन्न प्रकार के अध्ययन और दूसरी तरह के काम कर रहे हैं। इसमें से आधे तो सिर्फ अमेरिका के हैं। 31 जनवरी, 1958 अमेरिका ने अपना पहला उपग्रह अंतरिक्ष में छोड़ा। 30 पाउंड भार वाला एकसप्लोरर–1 को अमेरिकी सेना ने ज्युपिटर–सी रॉकेट के माध्यम से पृथ्वी की कक्षा में पहुंचाया। इस उपग्रह में अनेक प्रकार के अनुसंधान यंत्र लगाए गए थे। इस उपग्रह ने इस बात का पता लगाया कि पृथ्वी की कक्षा में रेडियेशन बेल्ट हैं। 1 अक्तूबर, 1958 को अमेरिका के नेशनल एयरोनॉटिक्स एंड स्पेस एडमिनिस्ट्रेशन (नासा) की स्थापना की गई। नासा ने उस समय काम कर रही नेशनल एडवाइजरी कमेटी आन एयरोनाटिक्स का काम–काज संभाल लिया। उपग्रहों के सफलता पूर्वक अंतरिक्ष में भेजे जाने और उनसे मिलने वाली जानकारियों की उपयोगिता को देखते हुए इन उपग्रहों के दूसरे उपयोगों की ओर भी दुनिया का ध्यान गया। 1 अप्रैल, 1960

को अमेरिका ने मौसम का अध्ययन करने के लिए अपने पहले उपग्रह टिरोस–1 का प्रक्षेपण किया। इस उपग्रह में लगे दो कैमरों ने पृथ्वी के ऊपर से बादलों के चित्र पृथ्वी को भेजे। इस उपग्रह ने केवल 78 दिनों तक ही काम किया लेकिन इससे यह साबित हो गया कि अंतरिक्ष में जाकर पृथ्वी के मौसम का अध्ययन किया जा सकता हैं। दूसरे नम्बर पर रूस और तीसरे स्थान पर चीन की बारी आती हैं। इसमें से एक सौ से अधिक का सैनिक कार्यों के लिए इस्तेमाल किया जा रहा है। भारत की नौसेना के लिए एक खास तरह का उपग्रह छोड़ने की योजना है। इसका उपयोग भारत अपने तटीय इलाकों और समुद्र में फैले अपने विशेष आर्थिक क्षेत्र पर नज़र रखने और नौसैनिक बेड़े के बीच संदेशों के आदान–प्रदान जैसे तकनीकी कार्यों के लिए करेगा।

अंतरिक्ष में पार्किंग एक बड़ी समस्या

दुनिया भर के देशों द्वारा अंतरिक्ष में भेजे गए उपग्रहों ने अंतरिक्ष में एक बड़ी समस्या पैदा कर दी है। यह समस्या कुछ उसी तरह की है जिस तरह से देश के बड़े शहरों में दिनोंदिन बढ़ते वाहनों के कारण होने वाली पार्किंग की समस्या। दिल्ली, मुंबई, कोलकात्ता, बंगलूरू जैसे शहरों की स्थिति तो ऐसी हो चुकी है कि कार लेकर घर से बाहर निकलने वालों को पहले यह सोचना पड़ता है कि पार्क कहां करना होगा। अंतरिक्ष में भी कुछ ऐसी ही स्थिति देखने को मिल रही है। एक अनुमान के अनुसार इस समय अंतरिक्ष में करीब 12 हजार कृत्रिम उपग्रह हैं। उनमें से करीब एक चौथाई ही वास्तव में काम कर पाने की स्थिति में हैं। बाकी को सही अर्थों में कबाड़ कहा जा सकता है। होता यह है कि एक उपग्रह की औसत आयु 15 से 20 वर्ष तक ही हो सकती है। वे पहले भी अपनी उपयोगिता खो सकते हैं। उपयोग समाप्त हो जाने के बाद वे यूं ही पृथ्वी की विभिन्न कक्षाओं में चक्कर लगाते रहते हैं। उपग्रहों के अलावा उन्हें छोड़ने के लिए इस्तेमाल किये गए रॉकेटों के बचे हुए हिस्से आदि भी इस बेकार सामग्री को बढ़ाने में भागीदार बन रहे हैं। यह अनियंत्रित कबाड़ नये उपग्रहों के छोड़े जाते समय एक बड़ी चुनौती बन जाता है क्योंकि इनसे टकरा कर नये उपग्रहों को नुकसान पहुंच सकता है। इसलिए उपग्रह छोड़ते समय इस बात का अध्ययन करना पड़ता है कि उसे किसी स्पेस डेबरिस से टकराने का खतरा न रहे।

मानव की अंतरिक्ष यात्रा

अंतरिक्ष में पहला कदम 4 अक्तूबर, 1957 को रखा गया। तत्कालीन सोवियत संघ ने स्पुतनिक–1 नाम के उपग्रह को अंतरिक्ष की कक्षा में भेजकर इस युग की शुरुआत की। रूस ने अमेरिका को पीछे छोड़ते हुए अंतरिक्ष में पहला उपग्रह स्पुतनिक छोड़ा। 184 पाउंड भार वाला यह पहला मानव निर्मित उपग्रह था। यद्यपि स्पुतनिक ने कुछ ही समय के लिए रेडियो संदेश पृथ्वी पर भेजे लेकिन मानव की एक बड़ी उपलब्धि थी। सोवियत संघ की भाषा रूसी में स्पुतनिक का अर्थ है–सहयात्री यानी कंपेनियन। स्पुतनिक ने अरब सागर के समीप कजाकिस्तान के ट्यूराटम कस्बे के निकट बनाए गए बाइकानूर कॉस्मोड्रोम से उड़ान भरी थी। वैज्ञानिक भाषा में स्पुतनिक को आर्टिफीशियल अर्थ सेटेलाइट और आई एस जेड–1 कहा गया था। स्पुतनिक एक कितना बड़ा और कैसा रहा होगा, इसका अनुमान इस तरह से लगाया जा सकता है कि यह 83 दशमलव 6 किलोग्राम भार का 58 सेंटीमीटर व्यास का एल्युमीनियम का एक गोला था। इसमें करीब ढाई से तीन मीटर लंबाई के चार एंटीना लगे हुए थे जो आंकड़ों को एकत्रित करने में मदद करते थे। स्पुतनिक–प्रथम करीब तीन महीने तक अंतरिक्ष में रहा और उसे सौंपे गए कार्यों को करता रहा। स्पुतनिक उस दौर में अंतरिक्ष में भेजा गया था जब इस तरह की जानकारियों को आमतौर पर गुप्त रखा जाता था। इस कारण इसके लांच के समय इसके फोटो तक नहीं लिये गए थे। यदि लिए भी गए होंगे तो उन्हें उस समय की कठोर सुरक्षा व्यवस्था में इस तरह से रखा गया होगा कि वे चित्र आमतौर पर दूसरों को उपलब्ध नहीं कराए गए। इस उपग्रह में थर्मामीटर बैटरी रेडियो ट्रांसमीटर जैसे साधारण यंत्र लगाए गए थे। नाइट्रोजन गैस से इसके अंदर के हिस्से को प्रेशराइज्ड किया गया था। करीब 92 दिनों तक पृथ्वी की कक्षा में रहने के बाद 4 जनवरी, 1958 को पृथ्वी की कक्षा में प्रवेश करते समय जल जाने से यह उपग्रह नष्ट हो गया। शायद ऐसा इसलिए हुआ था कि पृथ्वी के गुरुत्वाकर्षण के कारण वह खिंच कर पृथ्वी की कक्षा

की ओर आ गया था। माना जाता है कि यह उपग्रह करीब ढाई सौ किलोमीटर की ऊंचाई पर पृथ्वी की परिक्रमा करता रहा।

लाइका अंतरिक्ष में

स्पुतनिक–1 की सफलता के बाद सोवियत संघ की ओर से इसी नाम से उपग्रहों की एक पूरी शृंखला अंतरिक्ष में भेजी गई। स्पुतनिक–दो में लाइका नाम की एक कुतिया को अंतरिक्ष में भेजा गया। करीब आधे टन भार का स्पुतनिक–2 को स्पुतनिक–1 की सफलता के बाद एक महीने के अंदर तीन नवम्बर को ही अंतरिक्ष में भेजा गया। इस उपग्रह में लाइका के बैठने के लिए एक खास तरह का कैबिन बनाया गया था। इसमें लाइका के खड़े होने, बैठने और खाना–पानी आदि उपलब्ध कराए जाने की व्यवस्था की गई थी। इसमें लाइका के सांस लेने के लिए हवा की आपूर्ति की भी व्यवस्था की गई थी। यह पहला मौका था जबकि किसी प्राणी ने वास्तव में अंतरिक्ष यात्रा की थी। इस यात्रा के दौरान लाइका के हृदय की धड़कन, उसका तापमान और अन्य प्रतिक्रियाओं की जिनको पृथ्वी पर रेडियो तरंगों के द्वारा एकत्रित किया गया। इस अध्ययन से यह पता लगा कि अंतरिक्ष में मानव बहुत देर तक जीवित रह सकता है। पहले विभिन्न जीव जंतुओं ने अंतरिक्ष यात्रा की और मानव के लिए इस रास्ते पर चलने का मार्ग प्रशस्त किया। लाइका अंतरिक्ष में आठ दिन तक जीवित रही। उसके खाने–पीने का सामान खत्म हो जाने के बाद उसकी मृत्यु हो गई लेकिन इससे इस बात का पता लगा लिया गया कि अंतरिक्ष मैं जानवर जीवित रह सकते हैं। अप्रैल 1958 में पृथ्वी के वायुमंडल में प्रवेश के समय आग लग जाने से स्पुतनिक–2 जल कर नष्ट हो गया था।

यूरी गागारिन पहला अंतरिक्ष यात्री

मानव का अंतरिक्ष में पहला कदम 2 अप्रैल, 1961 को उस समय पड़ा जबकि सोवियत वैज्ञानिक यूरी गागारिन ने बोस्वोक नामक यान से अंतरिक्ष की यात्रा की। यूरी गागारिन ने 12 अप्रैल, 1961 को पहली बार अंतरिक्ष में जाकर पृथ्वी की परिक्रमा की। बाद में रूसी अंतरिक्ष यात्री जिनमें महिला अंतरिक्ष यात्री वेलंतीन तेरशकोव भी शामिल थी, 16 जून, 1963 से पांच दिन तक अंतरिक्ष में रहीं। लघु अंतरिक्ष यान मरकरी द्वारा अमेरिकी अंतरिक्ष यात्रियों ने सामान्य उड़ानें भरीं। सन् 1965 में दो व्यक्तियों वाले जेमिनी की उड़ान से एक शृंखला की शुरुआत हुई जिससे उन्होंने इस क्षेत्र

में रूस के नेतृत्व को छीन लिया। जेमिनी कार्यक्रम के तहत अमेरिकी अंतरिक्ष यात्रियों के दल ने चन्द्रमा पर अपने आगामी अपोलो कार्यक्रमों के लिए जोखिम से भरी पूर्ण कलाबाजियों, रॉकिंग प्रक्रियाओं और अंतरिक्ष में चलने का अभ्यास किया।

अंतरिक्ष अनुसंधान की होड़

1960 का दशक पूरा हो रहा था और अंतरिक्ष में सोवियत संघ और अमेरिका के बीच की होड़ ज़ोर पकड़ती जा रही थी। अब दोनों का लक्ष्य था–अपने नागरिक को अंतरिक्ष में भेजना। सोवियत संघ ने इस दौड़ में फिर एक बार बाजी मार ली। अप्रैल 12, 1961 को सोवियत संघ ने अपने एक नागरिक को अंतरिक्ष में भेज दिया। रूसी अंतरिक्ष यात्री यूरी गागारिन अंतरिक्ष यात्रा करने वाले पहले यात्री बने। वोस्टक 1 स्पेसक्राफ्ट ने 108 मिनट में पृथ्वी की एक परिक्रमा पूरी की। उसने 112 से 203 मील की ऊंचाई तक की ऊंचाई हासिल की। यह उड़ान एक घंटा और 48 मिनट की रही। अमेरिका भी भला कैसे पीछे रहता? 5 अप्रैल, 1962 को पहला अमरीकी नागरिक अंतरिक्ष में पहुंचा। एलेन शेफर्ड मरकरी कैप्सूल में बैठकर अंतरिक्ष में पहुंचे। उनकी सब आर्बिटल फ्लाइट केवल 15 मिनट की थी। इस बीच उन्होंने 5 मिनट तक भारहीनता यानी वेटलेसनेस की स्थिति का अध्ययन किया। जिस कैप्सूल से अंतरिक्ष यात्रा कर रहे थे उसकी मैनुवरिंग इधर–उधर घुमाने और नियंत्रण करने की क्षमता जांची–परखी। इसके बाद अंतरिक्ष यात्री जान एच ग्लेन को एटलस डी रॉकेट के माध्यम से पृथ्वी की कक्षा में पहुंचाया गया। वे पृथ्वी की कक्षा में घूमने वाले पहले अमेरिकी बने। 4 घंटे और 26 मिनट की अपनी इस यात्रा में उन्होंने पृथ्वी की कक्षा में तीन पूरे चक्कर लगाए।

जॉन एफ कैनेडी की चुनौती

25 मई, 1961 को राष्ट्रपति जॉन एफ कैनेडी ने कांग्रेस में दिये गए अपने ऐतिहासिक भाषण में अमेरिकियों को चुनौती देते हुए कहा कि वे इस दशाब्दी के अंत होने के पहले आदमी को चांद पर ले जाने और वहां से सुरक्षित पृथ्वी पर वापस लौटा लाने का लक्ष्य हासिल करने के लिए काम करें। इसके बाद अमेरिकी अंतरिक्ष अनुसंधान के क्षेत्र में उल्लेखनीय प्रगति हुई। इस अभियान के दौरान अमेरिका को उस समय एक बड़ा झटका लगा जबकि 27 जनवरी, 1967 पहली अमेरिकी अंतरिक्ष

दुर्घटना हुई। लांच पैड की जांच के दौरान एक तार में चिंगारी निकलने से कमांड माड्यूल के क्रू कम्पार्टमेंट में अचानक आग लग गई। गस ग्रीसोम, एड हवाइट और रोज चैफी इस दुर्घटना में मारे गए। यह आग तार में गड़बड़ियों के कारण लगी। ऑक्सीजन की उपस्थिति के कारण बहुत तेज़ी से फैली। उस पर नियंत्रण किया जा पाता, इसके पहले ही यान बुरी तरह जल कर खाक हो गया। इसी साल सोवियत अंतरिक्ष अनुसंधान अभियान को भी एक झटका उस समय लगा जबकि 23 अप्रैल, 1967 पहली स्पेस फ्लाइट दुर्घटना हुई। यह दुर्घटना उस समय हुई जबकि सोवियत संघ के सोयूज–1 को लांच किया गया। इसमें ब्लादीमीर एम कोमारोव यात्रा कर रहे थे। 24 अप्रैल को यह यान दुर्घटनाग्रस्त हो गया। इस दुर्घटना में कोमारोव मारे गए। यह पहला मौका था कि स्पेसक्राफ्ट के दुर्घटनाग्रस्त होने के कारण किसी अंतरिक्ष यात्री की मौत हुई थी। इन दुर्घटनाओं से प्रभावित हुए बिना दोनों देशों ने इस क्षेत्र में अनुसंधान के अपने प्रयास जारी रखे। अंतरिक्ष अनुसंधान के क्षेत्र में अपने देश को तेजी से आगे ले जाने के लिए अमेरिकी सरकार ने अतिरिक्त वित्तीय संसाधन उपलब्ध कराए। इन अध्ययनों और प्रयासों का परिणाम यह निकला कि जुलाई 1969 में अमेरिका ने चांद की सतह पर अपना यात्री पहुंचा कर और अपना झंडा लहरा कर राष्ट्रपति के वादे को पूरा किया। इसके बाद तो अंतरिक्ष यात्रा आसान और आसान होती गई। यहां तक कि इसे एक पर्यटन के अवसर के रूप में देखा जाने लगा। अब यह केवल वैज्ञानिकों और विशेषज्ञों तक ही केन्द्रित नहीं रह गई। अंतरिक्ष में पर्यटन की चर्चा तो लंबे समय तक चलती रही। इसे पहली बार 28 अप्रैल, 2001 को कार्यरूप दिया गया। अमेरिकी व्यापारी डेनिस टीटो को पहला अंतरिक्ष पर्यटक बनने का मौका मिला। इसके लिए उन्होंने 20 मिलियन डॉलर खर्च किये। अमेरिका ने अपने वाहन में श्री टीटो को अंतरिक्ष में ले जाने का प्रस्ताव स्वीकार नहीं किया था। रूसी स्पेस कार्यक्रम ने उनका यह प्रस्ताव स्वीकार कर लिया। श्री टीटो को रशियन स्पेस कैपसूल सोयूज में अंतरिक्ष यत्रियों के साथ अंतरराष्ट्रीय स्पेस स्टेशन में ले जाया गया। उन्हें इस स्टेशन पर ज़्यादा चलने–फिरने की इजाज़त नही दी गई।

हम किसी से कम नहीं

1950 के दशक में जब सोवियत संघ ने अंतरिक्ष युग की शुरुआत की थी तब लोगों को यह विश्वास ही नहीं होता था कि कोई जीता–जागता इंसान अंतरिक्ष में जा सकता है और वापस आ भी सकता है। पहले जीव–जंतु और जानवर अंतरिक्ष

में गए। फिर पुरुषों की बारी आई। भला महिलाएं पीछे क्यों रहतीं? जल्दी ही वह मौका आया जब वेलेंटिना तेरेस्क्रोवा ने स्पेस सूट पहना और अंतरिक्ष की यात्रा पर रवाना हुई। उसे विश्व की पहली महिला अंतरिक्ष यात्री होने का सम्मान मिला। फिर तो महिलाएं पुरुषों के साथ कंधे से कंधा मिला कर अंतरिक्ष में आने–जाने लगीं। विभिन्न देशों में अपनी–अपनी महिलाओं को अंतरिक्ष में भेजने के लिए जैसे होड़–सी लग गई। एक अनुमान के अनुसार अब तक पचास से अधिक महिलाओं ने अंतरिक्ष यात्रा कर ली है। वे अंतरिक्ष में अकेले ही रह कर अनुसंधान के कार्य कर चुकी हैं और कर रही हैं। इन महिलाओं ने इन यात्राओं में शामिल होकर अपनी योग्यता, दक्षता और क्षमता प्रदर्शित कर दी है। उन्होंने साबित कर दिया है कि वे किसी से कम नही हैं।

इतिहास और विकास

आधुनिक अंतरिक्ष अनुसंधान अभियान करीब चार दशक पुराना कहा जा सकता है। इसका आरम्भ रूस के स्पुतनिक और अमेरिका के एक्सप्लोरर से शुरू हुआ। वैसे तो अंतरिक्ष के बारे में जानने का प्रयास उतना ही पुराना कहा जा सकता है जितना कि वह स्वयं। पहले तो जमीन पर बैठकर और खड़े रहकर आकाश की ओर देखकर उसके बारे में जानने–समझने का प्रयास किया। फिर जब उसे सब कुछ साफ–साफ नहीं दिखा तो उसने अधिक दूरी तक और अधिक साफ–सुथरा देखने के लिए दूरबीन का विकास किया। गैलीलियो पहला ऐसा वैज्ञानिक था जिसने अंतरिक्ष अनुसंधान के लिए दूरबीन का निर्माण किया। दूरबीन के माध्यम से आकाश और अंतरिक्ष में देखकर वहां के बारे में जानने–समझने का प्रयास किया। फिर उसे लगा कि वह ऊंचाई पर जाकर शायद और नजदीक से इन चीजों को देख सकता है। उनके बारे में समझ–बूझ सकता है। उसने बड़ी–बड़ी दूरबीनें बनाईं। उन्हें ऊंची पहाड़ियों पर फिट किया। इससे उसे संतोष नहीं हुआ। वह अब और ऊपर जाना चाहता था। ऊपर जाने के लिए उसे उड़ना आना ज़रूरी था। अब उसे उड़ना तो आता नहीं था। इसलिए उसने अपने उड़ने के लिए पहले गुब्बारे बनाए। पहले उसने गुब्बारों को खाली भेज कर उनसे ऊपर क्या है, जानने का प्रयास किया। इन गुब्बारों से उनसे ऊपर जाकर नीचे और ऊपर देखने का प्रयास किया। फिर उन गुब्बारों में बैठकर उड़ान भरी। वहां से आकाश की ओर और फिर नीचे पृथ्वी की ओर देख कर जानने–समझने का प्रयास किया। फिर उन गुब्बारों को ज़्यादा से ज़्यादा ऊंचाई पर ले जाने

का प्रयास किया। पृथ्वी की ऊंचाई से थोड़ा ऊपर जाने पर उसे सांस लेने में दिक्कत होने लगी। उसकी तबियत खराब होने लगी तो उसने गुब्बारों में ऐसे प्रबंध करने का प्रयास किया कि इन दिक्कतों से बचा जा सके।

गुब्बारों से विमानों तक

गुब्बारों की क्षमता उतनी नहीं थी कि उसे एक सीमा से अधिक ऊंचाई पर ले जा सकें। उसने उड़ने के दूसरे तरीके तलाशे। विमानों का निर्माण किया। राइट बंधुओं द्वारा बनाए गए विमानों से अब हम बहुत आगे निकल आए हैं। विमानों की क्षमता अपार हो गई है। अभी भी उन्हें और बेहतर बनाने का प्रयास जारी है। लेकिन ये विमान मानव ऊपर क्या है? जान लेने की इच्छा पूरी कर पाने के लिए पर्याप्त साबित नहीं हुए। उसने और अधिक दूरी तक जाने वाले और अधिक ताकत देने वाले साधनों की

अंतरिक्ष से पृथ्वी और चन्द्रमा

तलाश शुरू की। इससे रॉकेट का जन्म हुआ। अब उसके पास ऐसा साधन उपलब्ध हो गया था कि वह उसे अंतरिक्ष में ले जा सकता था। अंतरिक्ष में जाने के खतरे हो सकते थे क्योंकि पहले वहां तक कोई गया ही नहीं था। इसलिए उसने पहले जीव-जंतुओं को अंतरिक्ष में भेजकर यह जानने का प्रयास किया कि क्या वह अंतरिक्ष में जा सकता है? वहां किसी प्रकार का खतरा तो नहीं? उसने उपग्रह भेजकर अंतरिक्ष के बारे में और जानकारियां जुटाने का प्रयास किया। जब उसे लगा कि वह स्वयं

भी वहां तक जा सकता है, वहां जी सकता है। उसे लगा कि ऐसा कर पाना संभव है। वह अंतरिक्ष में जा सकता है। वहां रह सकता है तो उसने सबसे पहले अपने सबसे नजदीकी ग्रह चन्द्रमा पर जाने की योजना बनाई। मानव रहित उपग्रह भेज कर इस ग्रह के बारे में और जानकारियां जुटाईं। यह पता लगाने का प्रयास किया कि चांद पर जाए तो क्या हो सकता है? उससे कैसे निपटा जा सकता है?

मानव आखिर पहुंचा चन्द्रमा पर

1969 में मानव ने चांद की धरती की सैर की। अपने साथ खास तरह के वाहन ले गया जिससे कि वहां के बारे में अध्ययन किया जा सके। इसके बाद आए स्पेस स्टेशन यानी अंतरिक्ष केन्द्र, जिन्हें स्काई लैब और सेल्यूट कहा गया। फिर अंतरिक्ष में घूमने वाले इन स्टेशनों ने उसे नीचे पृथ्वी पर और ऊपर और दूर तक अंतरिक्ष में देखने, जानने और समझने का अवसर दिया। उसने दूसरे ग्रहों की ओर

अंतरिक्ष में पृथ्वी और एक उपग्रह

प्रोब भेजने का सिलसिला शुरू किया। इस बीच आदमी ने अंतरिक्ष में चलना और नष्ट प्राय हो गए। उपग्रहों की मरम्मत करना भी सीख लिया। अमेरिका ने 1989 में वॉयजर के 12 साल के अंतरिक्ष भ्रमण से नेपच्यून तक की यात्रा की। उसने अनेक ग्रहों, उनके उपग्रहों और चन्द्रमाओं के बारे में अनेक रोचक जानकारियां हासिल कीं। अंतरिक्ष यात्रा ने ब्रह्मांड की खोज के नये आयाम खोल दिये। खगोलज्ञ अब चन्द्रमा

और अन्य ग्रहों के फोटो खींच सकते हैं। पहले पृथ्वी के घने वायुमंडल को चीरते हुए ये धुंधले रूप में दिखाई देते थे। तब तक दो हजार मीटर ऊँचे पहाड़ों पर वेधशालाएं स्थापित की जा चुकी थीं। फिर भी उनसे प्राप्त चित्रों को बहुत अधिक साफ तौर पर नहीं देखा जा सकता था। केवल अंतरिक्ष में जाकर ही ऐसा किया जा सकता था। इसके साथ ही सूर्य से निकलने वाले विकिरण के कारण एक्स–रे या अल्ट्रावॉयलेट रे आदि किरणों का अध्ययन किया जा सकता है जिन्हें पृथ्वी का वातावरण पृथ्वी पर नहीं आने देता। अंतरिक्ष अनुसंधान का यह कभी न रुकने वाला सिलसिला लगातार जारी है। रोज़ नई जानकारियां सामने आ रही हैं। इन जानकारियों के आधार पर और नए अनुसंधानों के लिए संसाधनों का विकास किया जा रहा हैं। आइए, उन संसाधनों पर एक नज़र डाल लेते हैं जिन्होंने 'वह क्या है' का जवाब तलाश करने में इंसान की मदद में महत्त्वपूर्ण भूमिका निभाई और निभा रहे हैं।

क. दूरबीन या टेलीस्कोप

दूर–दराज की चीज़ों को देखने के लिए मानव ने सबसे पहले दूरबीन का सहारा लिया। दूरबीन को बने 400 साल पूरे हो चले हैं। अभी भी इनका इस्तेमाल किया जा रहा है। अपने चार शताब्दियों के इस कार्यकाल में अंतरिक्ष अनुसंधान में दूरबीन ने महत्त्वपूर्ण योगदान किया है। यह अधिक आधुनिक और तकनीकी रूप से

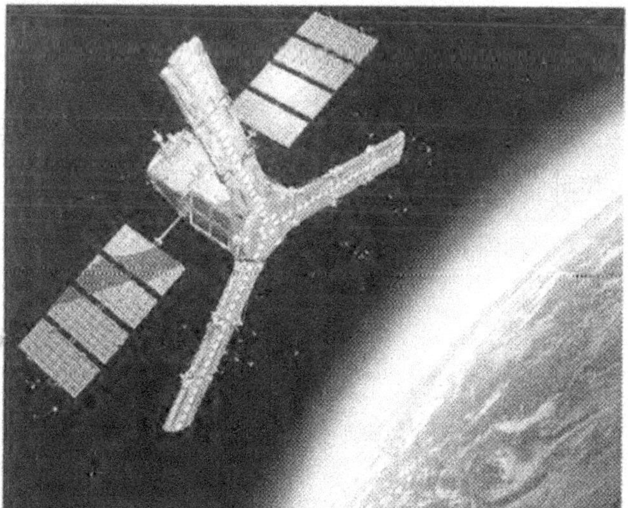

सोलर डायनामिक ऑब्जरवेटरी

दक्ष होती गई है। इसका आकार बढ़ा और बढ़ता गया। इसमें इस्तेमाल किये जाने वाले यंत्र आधुनिक होते गए हैं। अंतरिक्ष अनुसंधान में दूरबीन का उपयोग कितना प्रभावकारी हुआ है कि इसे पृथ्वी के अलावा विमानों और अंतरिक्ष स्टेशनों में स्थापित किया गया है जिससे ब्रह्मांड और ग्रहों का अध्ययन करने के लिए और बेहतर इस्तेमाल किया जा सके। ये दूरबीनें कितनी महत्त्वपूर्ण और उपयोगी साबित हो रही हैं, इसका अनुमान इस बात से लगाया जा सकता है कि एक–एक दूरबीन को बनाने और काम में लाने दस साल तक का समय लग जाता है। उनके निर्माण पर अरबों की लागत आती हैं। इसके बावजूद नई–नई दूरबीनों का निर्माण और उनका इस्तेमाल आज भी जारी है। इस समय दुनिया के विभिन्न देशों में छोटी–बड़ी सैकड़ों दूरबीनें अपने–अपने तरीके से अंतरिक्ष और तारों की दुनिया का अध्ययन करने में जुटी हुई हैं। आइए, कुछ आधुनिकतम दूरबीनों के बारे में यहां पर कुछ जानकारियां हासिल कर लेते हैं। दुनिया में अंतरिक्ष अनुसंधान के क्षेत्र में आधुनिकतम संसाधनों का विकास करने वाला अमेरिकी अंतरिक्ष अनुसंधान संगठन (नासा) ने 2009 में अंतरिक्ष में एक विशेष दूरबीन स्थापित की है। यह दूरबीन वैज्ञानिकों को हाई रिज़ोल्यूशन तस्वीरें भेज रही है। इससे वे सूर्य में होने वाली गतिविधियों का अध्ययन कर रहे हैं। इसमें उन चुम्बकीय शक्तियों का अध्ययन भी शामिल है जिससे सूर्य में धब्बे दिखाई देते हैं। सूर्य धधकता दिखाई देता है जिसकी वजह से कई बार संचार व्यवस्था, सेटेलाइट और बिजली के उपकरण काम करना बंद कर देते हैं। इस दूरबीन का नाम है– सोलर डायनामिक ऑब्जरवेटरी। इसका कार्यकाल पांच साल का है। यह हर 24 घंटे में सूर्य की परिक्रमा करती है। सूर्य एक ऐसा ग्रह है जो हमेशा बदलता रहता है। वह कभी शांत रहता है तो कभी एकाएक धधकने लगता है। उससे ऐसे कण निकलते हैं जिनके कारण पृथ्वी पर काम करने वाले बिजली और संचार के तंत्र काम करना बंद कर देते हैं। अब यह जानने के लिए अनुसंधान किया जा रहा है कि ऐसा क्यों होता है। उससे कैसे निपटा जा सकता है?

दूरबीन अंतरिक्ष में

वैज्ञानिकों का मानना है कि सूर्य पर होने वाली इन गतिविधियों के पीछे उसका शक्तिशाली चुंबकीय क्षेत्र है। इसमें बहुत अधिक उर्जा समाई होती है। जब वे इसे छोड़ते हैं तो तेज किरणें पैदा होती हैं। नासा की एसडीओ नाम की यह दूरबीन सेकेंड के हर तीसरे हिस्से में पूरे सूर्य की हाई डेफिनिशन तस्वीरें खींच रही है। यह दूरबीन

सूर्य के अध्ययन के लिए कितनी प्रभावकारी होगी इसका अनुमान इस बात से लगाया जा सकता है कि इस दूरबीन की तस्वीरें किसी हाई डेफिनेशन टीवी कैमरे की तस्वीर की तुलना में दस गुना बेहतर होंगी। इससे वैज्ञानिक सूर्य के बारे में वो जानकारी हासिल कर सकेंगे जो अब तक उपलब्ध नहीं है। इस अध्ययन से यह पता लगाने का प्रयास किया जा रहा है कि सूरज की सतह और उसके कोरोना में किस प्रकार की गतिविधियां होती रहती हैं? वे गतिविधियां क्यों होती हैं? इससे इस बात का भी पता लगाया जाएगा कि सूरज से उठने वाले सोलर तूफान क्यों उठते हैं। इन तूफानों के कारण सैटेलाइट और संचार व्यवस्था को नुकसान पहुंचता है।

केप्लर दूरबीन ने सूर्य का चक्कर लगाया

इसी तरह से 7 मार्च, 2009 से द केप्लर दूरबीन से सूर्य के चक्कर लगाकर अंतरिक्ष का अध्ययन करने का प्रयास किया जा रहा है। अपनी तरह की यह अनोखी दूरबीन अंतरिक्ष के ऐसे हिस्सों पर गौर कर रही है जिनमें माना जाता है कि पृथ्वी जैसे एक लाख ग्रह मौजूद हैं। द केप्लर दूरबीन को केप कैनारवल एयरफोर्स स्टेशन से डेल्टा–2 रॉकेट के जरिए अंतरिक्ष में भेजा गया था। इस दूरबीन को भेजने और

बृहस्पति (ज्यूपिटर)

संचालित करने वाले नासा के वैज्ञानिकों ने इस मिशन को वैज्ञानिक ही नहीं ऐतिहासिक मिशन बताया है। नासा ने कहा है कि यह अध्ययन मानव के कुछ ऐसे मूल प्रश्नों के

उत्तर देगा जो हजारों साल से हमारे मन में उमड़ते–घुमड़ते रहे हैं। जब पहली बार लोगों ने आसमान की ओर देखते हुए सवाल किया होगा कि क्या हम अकेले हैं। नासा ने 14 दिसम्बर, 2009 को एक और दूरबीन अंतरिक्ष में छोड़ी है। इसकी मदद से वैज्ञानिक अंतरिक्ष को और नजदीक से देख सकेंगे। वाइड फील्ड सर्वे एक्सप्लोरर यानी वाईस, कैलीफोर्निया के वेन्डेन्वर्ग वायु सैनिक अड्डे से अंतरिक्ष में छोड़ी गई। वाइस धरती और इसके दोनों ध्रुवों के ऊपर भ्रमण करेगी और धरती के ऊपर पूरे आकाश की लंबाई नापेगी। यह दूरबीन इन्फ्रारेड रोशनी में अरबों पिंडों के चित्र उतारने के लिए आकाश को नजदीक से देखेगी। वैज्ञानिकों को आशा है कि इस मिशन में छिपे हुए अंतरिक्ष पिंडों का पता चलेगा जिनमें तारे बहुत छोटे ग्रह और आकाशगंगाएं शामिल हैं। यह दूरबीन पृथ्वी से 500 किलोमीटर की ऊंचाई पर भ्रमण करती रहेगी।

हर्शसेल और सोफिया

15 मई, 2009 फ्रेंच गुयाना के कौरु अंतरिक्ष केन्द्र से एरियान–5 रॉकेट पर दुनिया की सबसे बड़ी दूरबीन लांच की गई। यूरोपीय स्पेस एजेंसी द्वारा तैयार हर्सशेल नाम की इस दूरबीन का उपयोग ब्रह्मांड में स्थित अपेक्षाकृत शीतल माने जाने वाले ग्रहों का अध्ययन किया जाएगा। यह दरबोन यह पता लगाने में मदद करेगी कि तारों और अन्य तारामंडलों का निर्माण कस होता है। तारे हमेशा गैस और धूल कणों से भरे होते हैं। इस कारण उनके भीतर की संरचना को देख पाना असंभव होता है। हर्शसेल की क्षमता गैस व धूल कणों के भीतर संरचना को देख पाने में मदद करना है। इसके पूर्व 24 अप्रैल, 1990 को हबल नाम की दूरबीन अंतरिक्ष में भेजी गई। स्पेस शटल डिस्कवरी अपने एसटीएस–31 मिशन पर रवाना हुई थी तो वह अपने साथ एडविन पी हबल स्पेस टेलीस्कोप (एच एस टी) अंतरिक्ष में ले गई थी। उसे सफलता पूर्वक स्थापित भी कर दिया गया था। बाद में पता चला कि इस दूरबीन का मुख्य दर्पण ठीक से सेट नहीं किया जा सका है। इसलिए उससे दिखाई देने वाली चीजें धुंधली–धुंधली दिखाई देती थीं। बाद में इस दूरबीन की अंतरिक्ष में ही मरम्मत कर दी गई थी। हबल पिछले 20 वर्षों से अपना काम कर रही है। नासा अब एक और दूरबीन तैयार कर रही है जिसे सोफिया का नाम दिया गया है। 'सोफिया' स्ट्रैटोस्फेरिक ऑब्जवेटरी फॉर इन्फ्रारेड एस्ट्रोनामी का संक्षिप्त रूप है। इन दिनों यह परीक्षण के दौर से गुजर रही है। उड़ान भरने के छह से आठ सप्ताह के अंदर ही इस दूरबोन से खींची गई तस्वीरें धरती पर पहुंचने लगेंगी। सोफिया के अगले दो दशकों तक

काम करते रहने की उम्मीद है। यह ब्रह्मांड और सौर मंडल के रहस्यों को उजागर करने का काम करेगी। सोफिया का निर्माण जर्मन एयरोस्पेस के सहयोग से किया जा रहा हैं। इस दूरबीन को एक बोईंग 747 पर रख कर इस्तेमाल किया जाएगा। 28 अप्रैल, 2010 को चिली के उत्तरी रेगिस्तान में विश्व की विशालतम दूरबीन का निर्माण करने का काम शुरू किया गया है। इस पर एक अरब डॉलर से भी अधिक की लागत आने का अनुमान है। करीब 42 मीटर लंबी इस दूरबीन की सहायता से ब्रह्मांड के अन्य ग्रहो की खोज की जा सकेगी। यह दूरबीन 2018 तक बन कर तैयार हो जाएगी। इस दूरबीन की सहायता से ब्लैक होल का भी अध्ययन किये जाने का प्रस्ताव है।

और पृथ्वी पर भी

यह तो हुई उन दूरबीनों की बात, जो अंतरिक्ष में रह कर काम कर रही हैं। हाल के वर्षा में पृथ्वी पर भी अनेक नयी दूरबीनें लगाई गई हैं। इसी प्रकार की एक दूरबीन का 24 जुलाई, 2009 को स्पेन के केनेरी द्वीप के रॉक डी लॉस मुशाकोस पर्वत पर औपचारिक उद्‌घाटन किया गया। इसे विश्व की सबसे बड़ी दूरबीन माना जाता है। इसकी ऊंचाई 14 मंजिल की एक इमारत के बराबर आंकी गई है। इसका व्यास 35 मीटर है। इस दूरबीन का इस्तेमाल ब्रह्मांड की उत्पत्ति और उसके रहस्यों की खोज के लिए किया जा रहा है। दुनिया में करीब एक दर्जन इस तरह की दूरबीनें हैं जिनसे वैज्ञानिक अंतरिक्ष में हो रही घटनाओं पर लगातार नजर रखते हैं। हजारों साल से केनरी द्वीप के निवासी मानते आ रहे हैं इस पर्वत में जादुई शक्तियां हैं और वे उनकी पूजा करते हैं।

अंतरिक्ष के अध्ययन के लिए भारत की दूरबीन

भारत में अंतरिक्ष और ग्रहों के अध्ययन की बहुत पुरानी परम्परा है लेकिन प्राचीन और मध्यकालीन भारत में इन अध्ययनों में दूरबीन जैसे किसी यंत्र के उपयोग के कोई ठोस प्रमाण नहीं मिलते हैं। हाँ, वेधशालाओं का उपयोग पुराने समय से किया जा रहा है। दिल्ली व जयपुर सहित अनेक शहरों में इन वेधशालाओं को आज भी देखा जा सकता हैं लेकिन उनका अब उपयोग नही किया जा रहा है। इन दिनों नैनीताल में एक विशाल दूरबीन लगाए जाने की एक योजना पर काम चल रहा हैं। यह दूरबीन तारों के वर्णक्रम के अध्ययन के लिए देश की सबसे बड़ी और

अत्याधुनिक दूरबीन होगी। बेल्जियम व ऑस्ट्रेलिया समेत भारत के वैज्ञानिकों की अंतरराष्ट्रीय समिति ने दूरबीन का डिजाइन पास कर दिया है। दूरबीन तैयार करने का काम बेल्जियम में चल रहा है। आर्यभट्ट प्रेक्षण विज्ञान शोध संस्थान (एरीज) के अनुसार हमारी आकाशगंगा यानी मिल्की के अलावा बाह्य आकाशगंगा के सूक्ष्म अध यन के लिए यह दूरबीन बेहद महत्त्वपूर्ण है। यह देश की सबसे बड़ी दूरबीन होगी। तकनीक के लिहाज से भी इसे देश की पहली दूरबीन कह सकते हैं। इस दूरबीन के लिए लेंस का निर्माण मॉस्को में एलजोज नामक कंपनी द्वारा किया जा रहा हैं। इस दूरबीन के 2012 में काम करना शुरू कर देने का लक्ष्य रखा गया है। आर्य भट्ट प्रेक्षण विज्ञान शोध संस्थान और इंडियन इंस्टीट्यूट ऑफ एस्ट्रोफिजिक्स की ओर से सरकार को इस परियोजना में भागीदार बनने की सिफारिश की गई थी। भारत ने हवाई के मौना की में बनाई जा रही दूरबीन परियोजना में भागीदारी की है। इस परियोजना का नाम है–थर्टी मीटर टेलीस्कोप यानी टीएमटी परियोजना। यह परियोजना 2018 में काम करना शुरू करेगी। इस परियोजना के संचालन के लिए बनाए गए बोर्ड की सदस्यता प्राप्त करने के लिए भारत ने पहल कर दी है। चीन और जापान पहले ही इस परियोजना के सदस्य बन चुके हैं। इस परियोजना की शुरुआत कैलटेक और कनाडा तथा अमेरिका के विश्वविद्यालयों ने मिलकर किया है।

ख. गुब्बारे

अंतरिक्ष अनुसंधान के लिए मानव ने पहले हवा से भरे गुब्बारों का उपयोग किया। वास्तव में गुब्बारे को वह पहला उपकरण कहा जा सकता है जिसने पृथ्वी की सतह से पहली बार उड़ान भरी। ऐसा माना जाता है कि 5 जून, 1783 को पहला गुब्बारा पृथ्वी की सतह से ऊपर के वातावरण के अध्ययन के लिए अंतरिक्ष में भेजा गया। इस गुब्बारे में कुछ यंत्र भेजे गए थे। 19 सितम्बर, 1783 को अंतरिक्ष अनुसंधान के लिए पृथ्वी की सतह से एक गुब्बारे के उड़ान भरने के प्रमाण मिलते हैं। इस गुब्बारे में एक मुर्गा, एक बत्तख और एक भेड़ यात्री के तौर पर भेजे गए। यह गुब्बारा सिर्फ पांच सौ फीट की ऊंचाई तक ही उड़ान भर सका। इस उड़ान की सफलता ने उस समय के वैज्ञानिकों को इस दिशा में और अधिक काम करने के लिए प्रेरणा दी। 1803 में एक गुब्बारे में उड़ान भरते हुए अधिक ऊंचाई पर पहुंचने के बाद ऑक्सीजन की कमी के कारण इसमें यात्रा कर रहे तीन में से दो यात्री बेहोश हो गए। इससे पता लगा कि बिना ऑक्सीजन और पर्याप्त दबाव के एक सीमा से अधिक की ऊंचाई

पर पहुंचने वाले यात्रियों को इस तरह के खतरे का सामना करना पड़ सकता है। इसके बाद से प्रेशराइज्ड केबिन आदि बनाने की दिशा में विचार का सिलसिला शुरू हुआ। इस दिशा में किये जा रहे प्रयासो को उस समय एक बड़ी सफलता हासिल हुई जबकि 22 मार्च, 1874 को छोड़ा गया एक गुब्बारा 23000 फीट की ऊंचाई तक पहुंच सका। 1931 में पिकार्ड और किफर ने गुब्बारे में बैठकर 51795 फुट की ऊंचाई तक यात्रा करने में सफलता प्राप्त की। यह पहला मौका था जबकि यात्रियों के लिए विशेष तरह का केबिन बनाया गया था। इसमें आवश्यकता के अनुसार दबाव बनाए रखने की व्यवस्था की गई थी। इस दिशा में एक और बड़ी प्रगति उस समय हासिल की गई जबकि 1933 में सेटल और फोर्डनी ने 61237 फुट तक की ऊंचाई पर पहुंच कर एक नया रिकार्ड कायम किया। शुरुआती दौर में इन गुब्बारों को बनाने में प्लास्टिक और रबर का इस्तेमाल किया गया। बाद में इस काम में नाइलॉन और उसके अन्य मिश्रणों का उपयोग किया गया। धीरे–धीरे इनमें सुधार किया जाता रहा। इन्हें इस तरह से बनाया जाने लगा कि उनमें अधिक से अधिक सुरक्षा के साथ अधिक से अधिक ऊंचाई तक की यात्रा की जा सके। इन गुब्बारों द्वारा एक लाख चालीस हजार फीट से भी अधिक ऊंचाई तक की यात्रा की गई। इन गुब्बारों में पहले जीव–जतुओं और फिर इंसानों ने यात्रा की। विभिन्न ऊंचाइयों पर विभिन्न प्रकार के अध्ययन किये जिससे कि उन चुनौतियों का पता लगाया जा सके जिसका कि अंतरिक्ष अनुसंधान के दौरान मनुष्य को सामना करना पड़ सकता है।

गुब्बारों से यात्रा खेल-खेल में

विमानों और रॉकेटों का निर्माण किये जाने के बाद गुब्बारों का उपयोग कम होता गया। आज भी मौसम अनुसंधान के क्षेत्र में गुब्बारों का उपयोग किया जा रहा है। इस काम के लिए रेडारों और उपग्रहों का उपयोग बढ़ने के साथ गुब्बारों का उपयोग कम होता जा रहा है। इस प्रकार हम कह सकते हैं कि अंतरिक्ष अनुसंधान के प्रारम्भिक दौर में गुब्बारों की महत्त्वपूर्ण भूमिका रही। बदलते परिदृश्य में अंतरिक्ष अनुसंधान के क्षेत्र में इनकी उपयोगिता नहीं रह गई है। बैलून अब खेल की दुनिया में शामिल हो गए हैं। इंसान इन बैलूनों के साथ लगाई गई टोकरी में बैठकर विभिन्न ऊंचाइयों तक जाने के खेलों में भाग लेता है। बैलूनिंग की देश–विदेश में प्रतियोगिताएं होती हैं। इन खेलों को देखने के लिए बड़ी संख्या में दर्शक उपस्थित होते हैं।

ग. वायुयान

दूरबीन और गुब्बारों के बाद मनुष्य ने अंतरिक्ष अनुसंधान के लिए विमानों का सहारा लिया। वायुयान की पहली उड़ान राइट बंधुओं द्वारा 17 दिसम्बर, 1903 को की गई। यह विमान सिर्फ 12 सेकेंड तक ही हवा में रह पाया। उसने 120 फुट ऊंची उड़ान भरी थी। प्रथम विश्वयुद्ध के दौरान विमानों का इस्तेमाल युद्ध के लिए किया गया। सन् 1936 तक ऐसे वायुयान बनाए जाने लगे जो गुब्बारों की ऊंचाई तक पहुंच पाने में सक्षम थे। धीरे–धीरे विमानों की क्षमता और उपयोगिता बढ़ती गई। उनका इस्तेमाल अंतरिक्ष अनुसंधान के लिए भी किया जाने लगा। यही नहीं, एक विशालकाय विमान ने तो एक बार शटल को अपनी पीठ पर लाद कर अंतरिक्ष में पहुंचाने के परीक्षण में मदद की। पहले के विमान खुले बनाए जाते थे। इसलिए उनमें यात्रा करने वालों को खास तरह के प्रेशराइज़्ड सूट पहनने पड़ते थे। बाद में इनके केबिनों में इस प्रकार की व्यवस्था की जाने लगी जिससे कि उनमें हवा के दबाव को नियंत्रण में रखा जा सके। आवश्यकता पड़ने पर यात्रियों को ऑक्सीजन उपलब्ध कराई जा सके जिससे कि उन्हें ऑक्सीजन की कमी के कारण होने वाली दिक्कतों का सामना न करना पड़े। गुब्बारों और विमानों की क्षमता सीमित थी। वे वायुमंडल के बाहर यात्रा कर पाने में सक्षम नहीं थे। इसलिए अंतरिक्ष अनुसंधानों के लिए नए विकल्पों की तलाश शुरू हुई और रॉकेटों का विकास किया गया। रॉकेटों का इस्तेमाल होने के बाद से अंतरिक्ष अनुसंधान के क्षेत्र में विमानों की भूमिका लगभग समाप्त हो गई। परिवहन और युद्ध के साधन के रूप में विमान महत्त्वपूर्ण भूमिका निभा रहे हैं। ये विमान अदृश्य हो सकने की क्षमता तो रखते ही हैं। उनमें उड़ान भरते हुए ईंधन भरने और सैनिक और असैनिक साज़ो–सामान को दुनिया के किसी भी क्षेत्र में पहुंचा सकने की क्षमता है। वे तेज़ और बहुत तेज़ उड़ान भर सकते हैं। ऐसे भी विमान बनाए जा चुके हैं जिन्हें कि बिना पायलेट के भी चलाया जा सकता है। रिमोट चालित ये विमान इतने प्रभावकारी साबित हो रहे हैं कि वे कहीं भी, कभी भी घातक मिसाइलों से बिना चालक के भी दुश्मन के ठिकाने का पता लगा सकते हैं। उस पर हमला करने की क्षमता रखते हैं। अफगानिस्तान और पाकिस्तान सीमा के इलाकों में आतंकवादियों के ठिकानो पर हमले करने के लिए इनका लगातार इस्तेमाल किया जा रहा है। ये विमान कितने प्रभावकारी हैं, इसका अनुमान इस बात से लगाया जा सकता है कि माओवादियों के ठिकानों का पता लगाने में भारत इस तरह के विमानों की मदद ले रहा है। भारत पहले तो इजरायल जैसे देशों से इस तरह के विमानों

को आयात करता रहा। बाद में उसने अपने ही देश में और अपने ही संसाधनों से इस तरह के ड्रोन विमानों का निर्माण करने में भी सफलता हासिल कर ली।

घ. रॉकेट

कुछ समय तक अंतरिक्ष अन्वेषण के लिए गुब्बारों और वायुयानों का उपयोग किया गया। इन संसाधनों से अंतरिक्ष की उन दूरियों तक जा पाना संभव नहीं हो पा रहा था जहां तक इंसान पहुंचना चाहता था। गुब्बारों और वायुयानों ने करीब 37 किलोमीटर की ऊंचाई तक ही यात्रा कर पाना संभव हो सका। इसलिए और नये तौर–तरीकों की तलाश शुरू की गई। इस तलाश के परिणाम के रूप में रॉकेट सामने आए। रॉकेटों की विशेषता यह थी इन पर वायुमंडल की वायु गति के प्रभावों का कोई असर नही पड़ता था। इनमें यात्रा करने वाले अपने साथ ईंधन और ऑक्सीजन आदि ले जा सकते थे। हवाई जहाज वायुमंडल में वहीं तक जा पाते थे जहां तक ऑक्सीजन उपलब्ध रहती थी। ऐसा इसलिए होता था क्योंकि अपनी यात्रा के दौरान विमान वायुमंडल में उपस्थित ऑक्सीजन का उपयोग करते थे। विश्व में रॉकेट के इस्तेमाल किये जाने का लंबा इतिहास है। 1813 में ब्रिटेन के गणितज्ञ विलियम मूर्स की पुस्तक 'ट्रीटाइज ऑन मोशन ऑफ रॉकेट्स' का प्रकाशन हुआ। इस पुस्तक में न्यूटन के तीसरे नियम के आधार पर रॉकेट मेकेनिक्स का पहली बार विवेचन किया गया माना जाता है। 1914 में अमेरिकी रॉकेट वैज्ञानिक राबर्ट एच. गोडार्ड को रॉकेट के क्षेत्र में दो पेटेंट जारी किये गए। पहले पेटेंट में मल्टी स्टेज रॉकेट का उल्लेख किया गया। दूसरे पेटेंट में एक ऐसे रॉकेट का उल्लेख मिलता है जिसमें गैसोलीन और लिक्विड नाइट्रोऑक्साइड भरा बताया गया। रॉकेटरी के इतिहास में इन दो पेटेंटों की बहुत महत्त्वपूर्ण भूमिका देखी जा सकती है। पहला रॉकेट सन् 1942 में जर्मनी से छोड़ा गया। इसने 114 मील की ऊंचाई की दूरी तय करके गुब्बारों और विमानों को बहुत पीछे छोड़ दिया। सन 1944 में रॉकेटों द्वारा पहुंचने वाली यह ऊंचाई 120 मील तक पहुंच गयी जहां से अंतरिक्ष की सीमा प्रारम्भ होती है। सन् 1949 में वी 2 और बैक कारपोरल रॉकेट को मिला कर दो स्टेज वाला रॉकेट बनाया गया जो 250 किलोमीटर की ऊंचाई तक गया। इस प्रकार रॉकेटों के स्टेजों में बढ़ोत्तरी की जाने लगी। सन् 1954 में वाइकिंग नाम का एक स्टेज वाला रॉकेट 258 मील तक पहुंचने में सफल हुआ। सन् 1955 में एरोबी रॉकेट 193 मील की ऊंचाई तक पहुंच गया। आज बहु स्टेज वाले रॉकेटों की सहायता से मनुष्य अंतरिक्ष में हजारों मील

की यात्रा कर सकने में दक्ष हो गया है। इसके पश्चात तो चंद्र उड़ानों और एक ग्रह से दूसरे ग्रह तक आ–जा पाने वाले बेहद शक्तिशाली और अन्य क्षमताओं वाले रॉकेटों का उपयोग शुरू किया गया। उच्च शक्ति वाले रॉकेटों में अमेरिका के एटलस, सेंटोर, टिटान, एटलस, रूस का प्रोटान, जापान का एन रॉकेट यूरोपीय अंतरिक्ष संस्था का एरियन तथा चीन के लांग मार्च रॉकेट प्रसिद्ध हैं। वास्तव में अंतरिक्ष अनुसंधान में रॉकेटों की भूमिका सबसे महत्त्वपूर्ण कही जा सकती है। रॉकेटों ने न केवल स्वयं अंतरिक्ष अनुसंधान में भागीदारी निबाही बल्कि उनकी मदद से ही उपग्रह अंतरिक्ष में पहुंचाए गए। अंतरिक्ष स्टेशन और प्रोब दूर–दराज के ग्रहों तक भेजे जा सके। इंसान ने अंतरिक्ष में बार–बार यात्रा की। वहां स्थापित किये गए अंतरिक्ष स्टेशनों और प्रयोगशालाओं तक पहुंचा। वहां अनुसंधान कार्य करने के बाद पृथ्वी पर लौट सका।

रॉकेट पहली बार चीन से भारत आए

देश–विदेश में रॉकेट के विकास पर एक नज़र डालते हैं। भारत में रॉकेट का इस्तेमाल का अनुभव बहुत पुराना माना जाता है। तब रॉकेट का इस्तेमाल आतिशबाजी के रूप में किया जाता था। इस तरह के रॉकेट का विकास चीन में हुआ माना जाता है जो कि सिल्क रूट के रास्ते होने वाले कारोबार के माध्यम से भारत पहुंचा था। यह परम्परा आज भी बदस्तूर जारी है। भारत में मनाए जाने वाले प्रमुख त्योहार दीवाली के दिन छुटाए जाने वाले रॉकेटों में आज भी चीन से आने वाले रॉकेटों की भारी मात्रा है। टीपू सुल्तान द्वारा मैसूर युद्ध में अंग्रेजों के खिलाफ रॉकेट का प्रयोग देख कर विलियम कंग्रीव प्रभावित हुआ। उसने 1804 में कंग्रीव रॉकेट का पहली बार इस्तेमाल किया। यह रॉकेट आज के तोपखानों के विकास को जन्म देने वाला माना जाता है। 1919 में प्रकाशित रॉबर्ट गेडडार्ड की पुस्तक 'ए मेथड ऑफ रीचिंग एकस्ट्रीम आल्टीट्यूड' में रॉकेट के फ्लाइट की मैथमेटिकल थ्योरीज़ का हवाला दिया गया है। सॉलिड फ्यूल और लिक्विड फ्यूल के रॉकेटों के अनुसंधान के बारे में जानकारियां दी गई है। साइन्स ऑफ रॉकेटरी के क्षेत्र में इस पुस्तक को बेहद महत्त्वपूर्ण माना गया है। इस पुस्तक के प्रकाशन के पांच साल से भी कम समय में यानी 1924 में सोवियत यूनियन में सोसायटी ऑफ इंटरप्लेनेटरी ट्रैवेल की स्थापना की गई। बाद में इसका नाम बदल कर सोसायटी फार इंटर प्लेनेटरी कम्युनिकेशन और पहली सोवियत रॉकेट सोसायटी रखा गया। 16 मार्च, 1926 को अमेरिकी रॉकेट

साइंटिस्ट राबर्ट गेडडार्ड ने पहला लिक्विड फ्यूल्ड रॉकेट का प्रक्षेपण किया। उन्होंने यह प्रक्षेपण अपनी एक रिश्तेदार के मैसेचुसेटस के एक फार्म हाउस से किया। राबर्ट का रॉकेट सिर्फ चार फुट ऊंचाई का था। उन्होंने अपने इस रॉकेट का नाम नेल रखा था। नेल ने 60 मील प्रति घंटे की दर से उड़ान भरी। वह केवल 41 फुट की ऊंचाई तक की यात्रा कर पाया। यह रॉकेट केवल ढाई सेकेंड के लिए हवा में रहा। इस नेल यानी कील से अमेरिका मे रॉकेट कार्यक्रम की शुरुआत मानी जाती है।

जर्मनी में रॉकेट का विकास

1927 में जर्मनी में रॉकेट के क्षेत्र में काम कर रहे एमेच्योर लोगों ने मिल कर सोसायटी फार स्पेस ट्रैवेल (वी एफ आर) का गठन किया। इस समूह ने स्पेस फ्लाइट के क्षेत्र में उल्लेखनीय योगदान किया। 1933 में जर्मनी में रॉकेट वैज्ञानिक वेमहर वॉन ब्राउन के नेतृत्व में एग्रीगेट सीरीज ऑफ रॉकेट्स पर काम शुरू हुआ। यह रॉकेट वी–2 रॉकेट विकसित करने का आधार बना। वी–2 रॉकेट नाजी जर्मनी का सबसे विध्वंसक हथियार साबित हुआ। 1942 में दो बार असफल रहने के बावजूद जर्मनी ने वी–2 रॉकेट की मदद से पहली सब आर्बिटल फ्लाइट छोड़ी। यह पहला मौका था जबकि मानव द्वारा निर्मित किसी वस्तु ने सब आर्बिट स्पेस फ्लाइट करते हुए 100 किलोमीटर या 62 मील की ऊंचाई हासिल की थी। वी–2 अमेरिका के अपोलो अभियान के दौरान इस्तेमाल किये गए सैटर्न–5 रॉकेट का अग्रज माना जाता है। 10 मई, 1946 को अमेरिकी सेना ने पहली हाई आल्टीट्यूड फ्लाइट की। इसके लिए जर्मनी के वी टू रॉकेट के संशोधित रूप का उपयोग किया। इस यात्रा के दौरान रॉकेट ने 70 मील की ऊंचाई तक पहुंचने में सफलता हासिल की। इसी वर्ष 22 मई को पहले अमरीकी रॉकेट का प्रक्षेपण किया गया। इसे बैक कारपोरल का नाम दिया गया। इस रॉकेट ने 50 मील तक की ऊंचाई हासिल की। वह अंतरिक्ष के किनारे तक पहुंचने में सफल हुआ। अगले ही साल यानी 1947 में इसके संशोधित रूप का प्रक्षेपण किया गया। फ्रूट फ्लाइज, राई सीड्स तथा काटन सीड्स ने इस रॉकेट में यात्रा की। इसने 60 मील तक की ऊंचाई हासिल की। सोवियत संघ भी इस दौड़ में शामिल हो गया। उसने इस तकनीक का सैनिक इस्तेमाल करने का भी प्रयास किया। सोवियत संघ ने 1957 में पहले इण्टर काण्टिनेंटल बैलस्टिक मिसाइल का परीक्षण किया। इसे आर–7 सेमयोरका का नाम दिया गया था। इस मिसाइल ने 6000 किलोमीटर यानी

3728 मील की यात्रा करने में सफलता हासिल की। इसके साथ ही विश्व की दो महाशक्तियों–सोवियत संघ और अमेरिका के बीच हथियारों की होड़ का एक नया सिलसिला शुरू हुआ। यह सिलसिला कई दशकों तक चलता रहा। हथियारों की इस होड़ ने दुनिया को दो प्रमुख ब्लाकों में और गहराई से विभक्त करने में महत्त्वपूर्ण भूमिका निभाई। इसी मिसाइल के संशोधित रूप का उपयोग अंतरिक्ष में पहले मानव निर्मित उपग्रह को छोड़ने के लिए किया गया।

ङ. विशेष मिशन प्रोब

प्रोब खास तरह के रॉकेट हैं जो किसी विशेष ग्रह के बारे में जानकारी लेने के लिए भेजे गए। उन्हें पृथ्वी से निर्देशित किया जाता है। उनसे मिलने वाली जानकारी को पृथ्वी पर प्राप्त किया जाता हैं। उपग्रहों और प्रोब के बीच मुख्य अंतर यह रहा कि प्रोब को अंतरिक्ष में बहुत अधिक दूरी तक भेजा जा सका। उनसे बहुमूल्य जानकारी और तस्वीरें हासिल की जा सकीं। प्रोब में केवल अनुसंधान और अध्ययनों के लिए संयंत्र भेजे जाते हैं। उनमें मानव या किसी और प्राणी को भेजे जाने की आवश्यकता नहीं होती। वे उन्हें सौंपे गए आदेशों के अनुरूप जानकारियां, तस्वीरें और अन्य सूचनाएं एकत्रित करने और वापस भेजने का काम करते हैं। इन स्पेसक्राफ्टों ने पिछले दशकों में दूर–दराज के ग्रहों के बारे में जानकारियां एकत्र करने में बहुत ही महत्त्वपूर्ण भूमिका निभाई हैं। इस तरह से अध्ययन करने के क्षेत्र में सबसे ज्यादा योगदान अमेरिका और रूस के वैज्ञानिकों का रहा। इन दोनों देशों की ओर से एक के बाद एक अनेक प्रोब दूर–दराज के ग्रहों को भेजे गए जिनसे हमें इन ग्रहों के बारे में विस्तृत जानकारियां हासिल हो सकीं। दूसरे ग्रहों की जानकारी एकत्र करने के लिए जितने भी स्पेसक्राफ्ट भेजे जाते हैं वे वास्तव में रोबोक्राफ्ट होते हैं। कम्प्यूटर और रोबो द्वारा धरती से उनका स्वचालित संचालन किया जाता हैं। चूंकि उन्हे धरती पर वापस लाया जाना कठिन होता है, इसलिए उनका संचालन स्वचालित रखा जाता है। चन्द्रमा के अलावा अन्य ग्रहों के अध्ययन के लिए भेजे गए अंतरिक्ष यान इतने लंबे समय के लिए भेजे जाते हैं कि उनके वापस आने की संभावना बहुत कम होती है या होती ही नहीं है। वायेजर–1 और वायेजर–2 इसी प्रकार के अंतरिक्ष यान रहे हैं। इन मिशनों से विभिन्न ग्रहों के बारे में प्राप्त जानकारियों के बारे में हम पहले चर्चा कर चुके हैं। अब जान लेते हैं कि इन मिशनों ने कब और कैसे ये जानकारियां जुटाईं।

पायनियर पहला प्रोब मिशन

दूसरे ग्रहों पर प्रोब भेज कर उनके बारे में जानकारियां एकत्र करने के सिलसिले की शुरुआत अक्तूबर 1958 में उस समय हुई जबकि पहला चंद्र प्रोब पायनियर भेजा गया। इस प्रोब ने चंद्रमा के बारे में बहुमूल्य जानकारियां उपलब्ध कराईं। इसी प्रकार अन्य ग्रहों की खोज तथा उनमें जीवन की उपस्थिति का पता लगाने के लिए तरह–तरह के प्रोब भेजे गए। 14 जुलाई, 1965 मंगल के ग्रह के नजदीक से खींची गई पहली तस्वीरें पृथ्वी पर पहुंचीं। यह पहला मौका था कि मानव ने इस लाल ग्रह के बारे में विस्तृत जानकारियां देने वाली ये तस्वीरें देखीं। इन तस्वीरों और उनसे मिलने वाली जानकारियों के आधार पर ही उसे यह पता चल सका कि मंगल की असलियत क्या है। ये तस्वीरें मंगल के नजदीक पहुंचे अंतरिक्ष यान मैरीनर–4 ने भेजी थीं। इन तस्वीरों में पहली बार वैज्ञानिकों ने मंगल की सतह को नजदीक से देखा। इन तस्वीरों से पता चला कि वहां पर न तो नहरें थीं और न ही जीवन का कोई संकेत। इसके पहले तक यह माना जा रहा था कि मंगल पर जीवन हो सकता है क्योंकि वहां पर नहरें दिखाई देने के प्रमाण मिले थे। 18 अक्तूबर, 1967 को पहला वीनस प्रोब सोवियत संघ की ओर से भेजा गया। प्रोब वेनेरा–4 नाम के इस अनुसंधान यान ने वीनस के वातावरण में एक कैपसूल भेजा जिसने वहां के वातावरण के बारे में जानकारियां भेजीं। इससे ही पता चला कि हमारे सौर मंडल का यह सबसे बड़ा ग्रह वास्तव में विभिन्न प्रकार की गैसों से मिल कर बना हुआ है। वेनेरा श्रृंखला के एक और प्रोब वेनेरा–7 ने 15 दिसम्बर, 1970 वीनस की सतह पर साफ्ट लैंडिंग की। वहां से 23 मिनट तक संदेश भेजे और वहां की सतह की कुछ तस्वीरें भेजीं। इसके बाद वहां की भीषण गर्मी और पर्यावरण के दबाव के कारण इस प्रोब ने काम करना बंद कर दिया। अक्तूबर 1975 में वीनस के सतह की कुछ और तस्वीरें पृथ्वी पर पहुंचीं। अंतरिक्ष यान वेनेरा 9 और 10 ने वीनस की सतह की ये तस्वीरें पृथ्वी पर पहुंचाईं।

किसी दूसरे ग्रह की पहली परिक्रमा

1976 में मंगल की सतह की तस्वीरें पृथ्वी पर पहुंचीं। किसी अन्य ग्रह की परिक्रमा करने वाला पहला अंतरिक्ष यान अमेरिकी स्पेस प्रोब मैरीनर 9 बना जिसने 13 नवम्बर, 1971 को किसी दूसरे ग्रह मंगल की परिक्रमा की। इसे 30 मई, 1971 को प्रक्षेपित किया गया था। इसने मंगल ग्रह के पूरी सतह की शत प्रतिशत मैपिंग

करने में सफलता हासिल की। मंगल की सतह पर सफलतापूर्वक उतरने वाले पहले अमेरिकी अंतरिक्ष यान वाइकिंग–1 ने मंगल के सतह की तस्वीरें पृथ्वी पर भेजीं। किसी दूसरे ग्रह पर उतरने वाला यह पहला अमेरिकी अंतरिक्ष यान था। वाइकिंग–2 मंगल की सतह पर उस स्थान पर उतरा जिसे उटोपिया के प्लेन का नाम दिया गया था। इस यान द्वारा भेजी गई तस्वीरों से मंगल की सतह की आकर्षक तस्वीरें भेजी। इसके द्वारा भेजे गए आंकड़ों से यह भी पता चला कि मंगल पर वॉटर फ्रॉस्ट हो सकता है।

वॉयजर ज्युपिटर पर

1977 अगस्त–सितम्बर में वॉयजर–1 और वॉयजर–2 अंतरिक्ष की यात्रा पर रवाना हुए। इन्हें 1979 में ज्युपिटर और 1980 में सैटर्न से मिलने का काम सौंपा गया। 1978 में अमेरिकी प्रोब वीनस पर पहुंचा। अमेरिका के दो पायनियर स्पेसक्राफ्ट वीनस पर पहुंचे। एक ने वहां के वातावरण में चार प्रोब छोड़े जबकि दूसरे ने वीनस की सतह की मैपिंग की। 5 मार्च, 1979 को अमेरिकी अंतरिक्ष यान वॉयजर–1 ज्युपिटर, पहुंचा। उसने इस विशालकाय ग्रह और उसके चन्द्रमाओं की तस्वीरें पृथ्वी पर भेजीं। यह यान 1977 में पृथ्वी पर से रवाना हुआ था। इसी वर्ष 9 जुलाई को वायजर–2 ज्युपिटर पर पहुंचा। उसने ज्युपिटर और उसके चन्द्रमाओं की तस्वीरें पृथ्वी पर भेजनी शुरू कीं। 1 सितम्बर, 1979 सैटर्न की पहली तस्वीरें पृथ्वी पर पहुंचीं। अमेरिकी अंतरिक्ष यान पायनियर–11 सैटर्न के पास पहुंचा। 13,000 किलोमीटर की कम दूरी पर उड़ान भरते हुए उसने ये तस्वीरें खींची थीं। यह पहला मौका था जबकि इस ग्रह के इतने नजदीक से फोटो खींचे गए थे। इसी वर्ष 9 जुलाई को वॉयेजर–1 अंतरिक्ष यान सैटर्न पर पहुंचा और इस रिंड प्लैनेट और उसके चंन्द्रमाओं की तस्वीरें पृथ्वी पर भेजीं। 25 अगस्त, 1981 वॉयेजर–2 अंतरिक्ष सैटर्न पर पहुंचा और इस ग्रह और इसके चन्द्रमाओं की तस्वीरें भेजने लगा। 1 मार्च, 1982 वीनस की मिट्टी के पहले नमूने पृथ्वी पर देखने को मिले। सोवियत संघ का अंतरिक्ष यान वेनेरा–13 वीनस पर उतरा। उसने वीनस की धरती की मिट्टी के नमूने एकत्रित किये। फिर इन नमूनों पर विभिन्न प्रकार के परीक्षण कर के उनका विश्लेषण किया और इन नमूनों के पहले विश्लेषण की जानकारियां पृथ्वी पर अपने नियंत्रण केन्द्र को भेजीं। 24 जनवरी, 1986 को वायेजर–2 स्पेसक्राफ्ट यूरेनस पर पहुंचा। उसने नीले रंग के इस ग्रह और उसके चन्द्रमाओं की पहली तस्वीरें उपलब्ध कराई। 10 अगस्त 1990 को

अमेरिकी अंतरिक्ष यान मैगलान एम ए जी ई एल एल ए एन वीनस पर पहुंचा। उसने राडार का उपयोग कर के इस ग्रह के बादल से ढकी सतह की मैपिंग करने का काम शुरू किया। 7 दिसम्बर, 1995 गैलीलियो अंतरिक्ष यान ज्युपिटर पर पहुंचा। उसने इस ग्रह के वातावरण में प्रोब छोड़ा। यह ऑरबिटर अगले दो साल इस ग्रह और उसके चन्द्रमाओं के चक्कर लगा कर उसके बारे में अध्ययन करता रहा। इस अभियान के दौरान उसने ज्युपिटर के बारे में अनेक रोचक जानकारियां पृथ्वी पर भेजी जिससे इस ग्रह के बारे में हमें बहुत सी जानकारियां प्राप्त हुईं। 25 अगस्त, 1989 वॉयजर--2 नेप्च्यून पर पहुंचा। उसने इस नीले रंग वाले इस ग्रह और उसके चन्द्रमाओं के पहली बार नजदीक से खींचे गए चित्र उपलब्ध कराए।

रोवर स्पिरिट और अपारच्युनिटी मंगल पर

3 जनवरी, 2004 को रोवर स्पिरिट मंगल ग्रह पर उतरा। पैराशूट के सहारे मंगल के वातावरण को पार करता हुआ विशाल एयर बैग के रूप में उछलता हुआ रोवर स्पिरिट लाल ग्रह गुसेव क्रेटर नाम के इलाके में उतरा। इस रोवर को इस तरह से बनाया गया था कि वह तीन महीने तक काम कर सके लेकिन यह इतना मजबूत निकला कि कई साल बाद तक वह उसे सौंपे गए कार्य पूरा करता रहा। रोवर स्पिरिट के मंगल ग्रह पर उतरने के कुछ ही सप्ताह के बाद 25 जनवरी, 2004 अपारच्युनिटी रोवर मंगल ग्रह पर उतरा। स्पिरिट रोवर का सहयोगी अपारच्युनिटी मंगल के दूसरे छोर पर उतरा। बाद में इसका कार्यकाल भी बढ़ा दिया गया। इन दोनों ने मिल कर मंगल के विभिन्न इलाकों के चित्र तो भेजे ही, उसकी सतह पर अनेक प्रकार के परीक्षण किये। 1 जुलाई, 2005 कैसिनी प्रोब सैटर्न पर पहुंचा। करीब सात साल की यात्रा के बाद कैसिनी प्रोब सैटर्न पर पहुंचा था। यह अमेरिका और यूरोप का साझा मिशन था। इस प्रोब ने चार साल से भी अधिक समय तक इस ग्रह और उसके चंद्रमाओं की तस्वीरें लेने में गुजारा। कैसिनी अपने साथ एक और छोटा प्रोब हयूजेन्स ले गया जिसे बाद में सैटर्न के सब से बड़े चांद जिसका नाम टाइटन रखा गया है, पर भेजा गया। हयूजेन्स सैटर्न के इस सबसे बड़े चांद की तस्वीरें पृथ्वी पर भेजने का प्रयास करेगा। हयूजेन्स दो घंटे और 28 मिनट की पैराशूट यात्रा के बाद 14 जनवरी, 2005 को टाइटन पर उतरा। कुछ तकनीकी समस्याओं के बावजूद यह प्रोब टाइटन की तस्वीरें भेजने मे सफल हो गया। इससे पहली बार वैज्ञानिकों को पृथ्वी के चन्द्रमा के अलावा किसी अन्य ग्रह के चन्द्रमा की सतह को देखने--जांचने

का अवसर मिला। 4 जुलाई, 1997 को मार्स पाथफांइडर नाम का एक प्रोब मंगल की सतह पर उतरा। उसमें से निकले एक छोटे रोबोटिक रोवर ने आसपास की जमीन का अध्ययन किया और सतह की तस्वीरें पृथ्वी को भेजीं।

प्रोब द्वारा एस्टरॉइडस का अध्ययन

इन ग्रहों के व्यापक अध्ययन के बाद वैज्ञानिकों ने एस्टरॉइडस का अध्ययन करने की ओर अपना ध्यान लगाया। इस काम के लिए भी प्रोब्स का इस्तेमाल किया गया। 14 फरवरी, 2000 को प्रोब द्वारा किसी एस्टरॉइड का पहली बार व्यापक अध्ययन किया गया। अमेरिका के नियर अर्थ एस्ट्रॉइड रेंडेजवस नामक अंतरिक्ष यान एस्टरॉइड इरोज़ पर पहुंचा। इस मिशन के तहत इस एस्टरॉइड के सतह के चित्र भेजने के अलावा इरोज़ की ग्रेवटी और उसकी बनावट के बारे में भी अध्ययन किया गया। इस अध्ययन के आधार पर पता चला कि इरोज एस क्लास का करीब 20 मील लंबा और 8 मील चौड़ा एस्टरॉइड है। 12 फरवरी, 2001 को अंतरिक्ष यान नियर इरोज की सतह पर उतरने में सफल हुआ। सतह पर उतरने की प्रक्रिया के करीब एक घंटे के अपने अभियान के दौरान यह यान इस एस्टरॉइड की सतह की तस्वीरें भेजता है। इस यान को इस तरह से नहीं बनाया गया था कि उसे इरोज की सतह पर उतारा जा सके। बाद में इसकी योग्यता और क्षमता को देखते हुए इसे इरोज की सतह पर उतारने का फैसला किया गया क्योंकि यान का ईंधन समाप्त हो रहा था। उसका मिशन पूरा हो चुका था लेकिन आखिरी समय में ईरोज़ के बारे में और भी जानकारियां हासिल करने के इरादे से उसे सतह पर उतारने का फैसला किया गया।

सूरज के अध्ययन के लिए प्रोब

इस प्रोब्स की योग्यता, क्षमता और उपयोगिता को ध्यान में रखते हुए अब नासा ने 2015 में सोलर प्रोब मिशन प्लस भेजने की योजना बनाई है। इस प्रोब के माध्यम से वैज्ञानिक सूर्य के कोरोना और सौर वायु का रहस्य जानने का प्रयास करेंगे। इस प्रोब को सूर्य के काफी निकट तक भेजने की संभावनाओं की तलाश की जा रही है। आप अंदाज़ा लगाना चाहेंगे कि यह प्रोब सूर्य के कितने निकट तक जाएगा? इस प्रोब को सूर्य से 70 लाख किलोमीटर दूर से ही अपना काम करने को कहे जाने की तैयारी है। जॉन्स हॉपकिन्स यूनिवर्सिटी की एप्लाइड फिजिक्स लैब

ने इस प्रोब को विकसित और संचालित करने की जिम्मेदारी संभाली है। सूरज तक अभियान भेजने की योजना पर लंबे समय से काम चल रहा है। सोलर प्रोब को सूरज के पास से 125 मील प्रति सेकेंड की रफ़्तार से गुजरना है। इस प्रोब को सूरज की भीषण गर्मी से बचाने के लिए कार्बन कम्पोजिट धातु से बना हुआ खास कवच पहनाया जाएगा। इस कवच में 2600 डिग्री फॉरेनहाइट तक की गर्मी को सहन करने की क्षमता होगी।

च. अंतरिक्ष यान

धरती से रॉकेट भेज कर अंतरिक्ष का अध्ययन करना एक मंहगा सौदा था। रॉकेट के निर्माण और प्रक्षेपण पर भारी लागत आती थी। रॉकेट का एक बार ही उपयोग किया जा सकता था। दुबारा अध्ययन के लिए नया रॉकेट बनाना पड़ता था। इसलिए ऐसे साधन की तलाश शुरू हुई जिसका कि बार–बार उपयोग किया जा सके। इस प्रकार अंतरिक्ष यानों के निर्माण का सिलसिला शुरू हुआ। अंतरिक्ष यान इसी तलाश का परिणाम हैं। ये मानव रहित और मानव सहित, दोनों हो सकते हैं। आमतौर पर इनका इस्तेमाल दूर–दराज के ग्रहों के अध्ययन के लिए इस्तेमाल किया जाता हैं। ये यान रॉकेट और विमानों का मिला–जुला रूप हैं। इनका बार–बार उपयोग संभव हैं। ये यान रॉकेट की तरह उड़ान भरते हैं। अपना मिशन पूरा करने के बाद वे पृथ्वी पर वापस लौट आने में सक्षम है। इस तरह हम कह सकते हैं कि अंतरिक्ष यान वह यान है जो अंतरिक्ष में आने–जाने के काम आता है। अंतरिक्ष यानों का उपयोग अनेक कार्यों के लिए किया जाता है। इनमें प्रमुख हैं–किसी दूसरे ग्रह पर जाने के लिए, संचार के लिए, धरती का निरीक्षण करने के लिए, मौसम का पूर्वानुमान लगाने के लिए, उपयोगी कृत्रिम उपग्रह अंतरिक्ष में पहुंचाने के लिए, दूसरे ग्रहों, जैसे चन्द्रमा की यात्रा के लिए। आवश्यकता और उद्‌देश्य के अनुसार किसी भी अंतरिक्ष यान में तरह–तरह के यंत्र और साजो–सामान लगाए जाते हैं। इनमें से मुख्य हैं–ऊंचाई नापने के लिए नियंत्रण की प्रणाली, इन यानों को चलाने और नियंत्रित करने के लिए गाइडैंस, नेवीगेशन और कंट्रोल प्रणाली, पृथ्वी पर स्थित अपने नियंत्रण केन्द्र से सम्पर्क रखने और सूचनाओं के आदान–प्रदान के लिए संचार प्रणाली, सूचनाओं और जानकारियों को एकत्रित करने और उन्हें सुरक्षित रखने और पृथ्वी पर भेजने के लिए आदेश एवं आंकड़ा प्रणाली, यान के संचालन व उसे ताकत प्रदान करने के लिए उर्जा की व्यवस्था करने की प्रणाली, अत्यधिक गर्मी और सर्दी के

दौरान सिस्टम को नियंत्रण में रखने के लिए नियंत्रण प्रणाली उष्मा प्रणाली, यदि किसी यान में मानव या किसी अन्य प्राणी को य उसकी आवश्यकताओं की पूर्ति के लिए जीवन–यापन प्रणाली भी

स्पेस शटल

स्पेस शटल बार–बार इस्तेमाल किये जा सकने वाले अंतर्ि रॉकेट के सहारे अंतरिक्ष में भेजा जाता हैं। अंतरिक्ष यात्रा के बाद लौटते समय ये विमान की तरह जमीन पर उतर सकते हैं। इन्हे कहा जाता है क्योंकि वे अंतरिक्ष में आने–जाने के लिए शटल सर्विस बार काम में लाए जाते हैं। अमेरिका में नासा द्वारा विकसित मानव सहित अंतरिक्ष में आने–जाने के लिए इस्तेमाल होने वाले वाहनों

अंतरिक्ष की ओर रवाना एक रॉकेट

कहा जाता है। इसका बार–बार उपयोग किया जा सकना संभव एकत्रित करने और संचार के तमाम तरह के यंत्र लगे होते हैं। इ ही अंतरिक्ष यात्री अंतरिक्ष में आते–जाते हैं। इनमें रहकर वे तमाम

आदि तो कर ही सकते हैं। इनमें उनके रहने, खाने–पीने, मनोरंजन आदि की विभिन्न प्रकार की सुविधाएं उपलब्ध होती हैं। शटल के ऊपर एक विशेष प्रकार की चादर होती है जो कि पृथ्वी की सीमा में प्रवेश करते समय उत्पन्न होने वाली गर्मी से इस शटल को बचाती है। इसलिए इस चादर को बचा कर रखा जाता है। यदि यह चादर न हो या किसी तरह टूट जाए तो पूरा यान मिनटों में जल कर खाक हो जाता है। किसी भी शटल मिशन का सबसे महत्त्वपूर्ण हिस्सा उसका पृथ्वी की कक्षा में प्रवेश के समय होता है। जब 120 किलोमीटर की ऊंचाई पर यह यान पृथ्वी की सीमा में प्रवेश करता है तो वातावरण के कारण होने वाले घर्षण के कारण उसे बहुत ही अधिक गर्मी का सामना करना पड़ता है। इसी चादर के नुकसान के कारण स्पेस शटल कोलम्बिया में पृथ्वी पर उतरते समय आग लग गई थी और उसमें सवार सभी अंतरिक्ष यात्री मारे गए थे। इस यान में भारतीय मूल की अंतरिक्ष यात्री कल्पना चावला भी थीं। इस हादसे ने जैसे सभी को अंतरिक्ष यात्रा के खतरों के प्रति फिर एक बार आगाह कर दिया है। इस दुर्घटना के पहले तक अंतरिक्ष यात्रा इतनी आसान मान ली गई थी कि इसे पर्यटन के माध्यम के रूप में देखा जाने लगा था। कुछ धनी तो इस यात्रा पर हो भी आए थे।

ऐसा लगने लगा था कि आदमी चांद के बाद अब मंगल पर भी अपने कदम रख ही लेगा। भला ऐसा होता भी क्यों नहीं? दुर्घटनाग्रस्त कोलम्बिया स्पेस शटल की 113वीं यात्रा थी। कल्पना चावला की इच्छा मंगल ग्रह पर जाने की थीं, लेकिन उनकी यह इच्छा अधूरी ही रह गई। भारतीय मूल की कल्पना चावला ने अंतरिक्ष अनुसंधान के क्षेत्र में अपने असाधारण योगदान से भारत में इस क्षेत्र में काम करने के लिए युवा वैज्ञानिकों को प्रेरित करने में महत्त्वपूर्ण भूमिका निभाई। भारतीय मूल की एक और महिला अंतरिक्ष यात्री सुनीता विलियम्स 2012 में फिर एक बार अंतरिक्ष यात्रा पर रवाना होने की तैयारी कर रही हैं। भारत ने कल्पना चावला के नाम पर मौसम का अध्ययन करने वाले अपने एक उपग्रह को कल्पना का नाम दिया। तत्कालीन प्रधानमंत्री श्री अटल बिहारी वाजपेयी ने नामकरण के अवसर पर यह आशा भी व्यक्त की कि एक दिन ऐसा आएगा जबकि कोई भारतीय कल्पना चावला की इस इच्छा को पूरा करेगा।

पहला अंतरिक्ष शटल : कोलम्बिया

पहली अमेरिकी स्पेस शटल 12 अप्रैल, 1981 को अपनी पहली अंतरिक्ष यात्रा

पर रवाना हुई थी। इसका नाम था–स्पेस ट्रांसपोर्टेशन सिस्टम एस टी एस 1 कोलम्बिया। इस स्पेस शटल का पहला मैंड मिशन अंतरिक्ष में भेजा गया था। यानी इस शटल में पहली बार मानव ने अंतरिक्ष की सैर की थी। यह मिशन और इसके बाद भेजे जाने वाले तीन मिशन स्पेस क्राफ्ट के सिस्टम्स की जांच के लिए भेजे गए। मानव के अंतरिक्ष में प्रथम यात्रा की 20वीं वर्षगांठ के दिन पहला स्पेस शटल कोलम्बिया पृथ्वी की कक्षा में पहुंचा। अंतरिक्ष उड़ानों और अनुसंधानों के क्षेत्र में अमेरिकी स्पेस शटल कोलम्बिया, चैलेंजर, डिस्कवरी और एटलांटिस ने महत्त्वपूर्ण योगदान किये। चैलेंजर ने पहली अमरीकी महिला सोली राइड को 18 जून, 1983 को अंतरिक्ष की यात्रा कराई। 30 अगस्त, 1983 को पहली रात्रि उड़ान में अमेरिका के पहले नीग्रो गुई एस ल्यूफोर्ड ने अंतरिक्ष डॉक्टर विलियम थांटर्न के सामने कई अंतरिक्ष व्यायामों का प्रदर्शन किया। नवम्बर 1984 में शटल ने दो खराब हो गए उपग्रहों पल्पा बी–2 और वेस्टर–6 की मरम्मत करने में सफलता प्राप्त की। इन उपग्रहों ने फिर से काम करना शुरू किया। अप्रैल 1984 में शटल ने उपग्रह सोलर मैकस की मरम्मत और पुनर्जीवन का कार्य सफलतापूर्वक पूरा किया। इस ऐतिहासिक कार्य के लिए अंतरिक्ष यात्रियों को अपने यान से बाहर निकलना पड़ा। वे 6 घंटे 44 मिनट तक अंतरिक्ष में चलते रहे। शटलों के विभिन्न परीक्षण पूरे होने के बाद 11 नवम्बर, 1982 को पहला ऑपरेशनल शटल मिशन अंतरिक्ष में भेजा गया। कोलम्बिया का यह पांचवां मिशन था। इस मिशन के साथ दो उपग्रह अंतरिक्ष में स्थापित किये गए। 4 अप्रैल, 1983 को स्पेस शटल चैलेंजर अपनी पहली अंतरिक्ष यात्रा पर रवाना हुआ। इसके मिशन में नौ वर्षों में पहली बार अंतरिक्ष में चहलकदमी करने का कार्यक्रम भी शामिल किया गया था। इसी वर्ष 19 जून को पहली अमरीकी महिला अंतरिक्ष यात्री सेली के राइड बनी जो चैलेंजर मिशन एस टी एस 7 में अंतरिक्ष में गयीं।

अंतरिक्ष में चहलकदमी

18 मार्च, 1965 पहली बार किसी इंसान ने अंतरिक्ष में चहलकदमी की। कमांडर पावेल एल बेलयायू और पायलेट एलेकस ए लेवोनाव वोस्कोड–2 में पृथ्वी की कक्षा में पहुंचे। पायलेट लेवोनाव पृथ्वी की कक्षा में परिक्रमा के दौरान अपने स्पेस क्राफ्ट से बाहर निकले और उन्होंने रस्सी से बंधे रह कर अंतरिक्ष में चहलकदमी की। यह कार्यक्रम केवल 12 मिनट का था। 3 फरवरी, 1984 को किसी अंतरिक्ष यात्री ने बिना रस्सी से बंधे पहली बार अंतरिक्ष में चहलकदमी (वॉक) की। इसके लिए अंतरिक्ष यात्री

ब्रूस मैकेंडलेस ने न्यू मैनड मैनयूवरिंग यूनिट (एम एम यू) का इस्तेमाल किया। मान ने 14 फरवरी, 2001 को 100वीं स्पेस वॉक की। अमेरिकी अंतरिक्ष यात्रियों थामस जोन्स और रॉबर्ट करबीम जूनियर ने उस समय इतिहास रचा जबकि दोनों ने अमरीकी अंतरिक्ष कार्यक्रम के दौरान अंतरिक्ष में चहलकदमी की। अमेरिकी अंतरिक्ष कार्यक्रम के दौरान यह 100वां मौका था जबकि अंतरिक्ष यात्री चहलकदमी करने निकले थे। यह वॉक अंतरराष्ट्रीय अंतरिक्ष स्टेशन के नये डिस्टिनी मॉड्यूल की स्थापना के दौरान की गई। यह तो रही अंतरिक्ष में वॉक की बात। अब हम लौटते हैं स्पेस शटल की यात्रा की गाथा की ओर। इसी वर्ष 30 अगस्त, 1984 को शटल डिस्कवरी अपनी पहली अंतरिक्ष यात्रा पर रवाना हुई। यह अमेरिकी स्पेस शटल बेड़े के तीसरे ऑरबिटर डिस्कवरी की पहली अंतरिक्ष यात्रा थी। 3 अक्तूबर, 1985 को एक और शटल अटलांटिस अपनी पहली यात्रा पर रवाना हुआ। यह अमेरिकी स्पेस शटल बेड़े का चौथा ऑरबिटर था। 2 मई, 1991 को अमेरिकी अंतरिक्ष शटल एंडेवर अपनी पहली उड़ान पर रवाना हुई। इसके साथ ही फिर एक बार अमेरिकी स्पेस शटल बेड़े में शटलों की संख्या बढ़कर 4 हो गई। 2 दिसम्बर, 1993 स्पेस शटल एंडेवर हबल दूरबीन की मरम्मत के लिए अंतरिक्ष में भेजी गई। यह पहला मौका था जबकि अंतरिक्ष में परिक्रमा कर रहे किसी यान की मरम्मत का काम किया जाना था। इस दौरान एचएस टी में खास तरह के करेक्टिव लेंसेस यानी खास तरह के शीशे लगाए गए और मुख्य लेंस को भी ठीक किया गया। 3 फरवरी, 1994 को किसी सोवियत अंतरिक्ष यात्री ने पहली बार अमेरिकी अतरिक्ष शटल में यात्रा की। ऐसा डिस्कवरी के मिशन एसटीएस 60 के उड़ान के दौरान किया गया। इसके साथ ही प्रतिद्वन्द्वियों के बीच सहयोग के नए दौर का सिलसिला शुरू हुआ।

जब किसी महिला ने स्पेस शटल की कमान संभाली

एलीन एम कॉलिन्स स्पेस शटल उड़ाने वाली पहली महिला बनी। उन्होंने 6 फरवरी, 1995 को इस मिशन की कमान संभाली। इस मिशन के दौरान स्पेस शटल डिस्कवरी को रशियन स्पेस स्टेशन के 37 फीट से अधिक नजदीक तक ले जाकर देखा गया जिससे कि बाद में शटल मीर स्टेशन पर जाकर उससे जुड़ सके। इन सफलताओं के बीच अमेरिकी अंतरिक्ष शटल अभियान को उस समय बड़ा झटका लगा जबकि 28 जनवरी, 1986 को स्पेस शटल चैलेंजर के मिशन एसटीएस 51 एल पर रवाना होने के बाद उसमें विस्फोट हो गया। इससे यह यान और उसमें सवार अंतरिक्ष

यात्री मारे गए। अमेरिकी अंतरिक्ष अनुसंधान अभियान की यह एकमात्र दुर्घटना थी। 1 फरवरी, 2003 स्पेस शटल कोलम्बिया कैनेडी स्पेस सेंटर पर वापस लौ हुए टेक्सास के ऊपर दुर्घटनाग्रस्त हो गई। इस दुर्घटना में इसमें सवार सभी अंतरिक्ष यात्री मारे गए। कोलम्बिया उड़ान भरने वाली पहली शटल थी और दुर्घटना के पहले वह 27 बार अंतरिक्ष यात्रा कर चुकी थी। यह उसकी 28वीं उ थी। इसके बाद नासा ने शटल की सभी उड़ानें जांच के लिए स्थगित कर कोलम्बिया दुर्घटना के बाद करीब ढाई साल तक इंतजार करने के बाद स्पेस श 26 जुलाई, 2005 फिर से एक बार अपने काम पर लग गई। यह यात्रा पूरी सफल नहीं रही। ऐसा देखा गया कि उसमें से ईंधन रिस रहा था। इसलिए इ यात्रा को पूरी जांच और आवश्यक फेर–बदल पूरा होने तक के लिए स्थगित दिया गया। जिन दिनों अमेरिका शटलों के जरिये अंतरिक्ष अनुसंधान के क्षेत्र में न नये प्रयास कर रहा था उन दिनों सोवियत संघ अंतरिक्ष यानों की सेल्यूट और सो शृंखला के जरिये विभिन्न प्रकार के अध्ययनों के जरिए अंतरिक्ष में अध्ययनों सिलसिला जारी रखे रहा। इन प्रयासों के बारे में हम आगे चल कर विस्तृत करेंगे। फिलहाल हम अंतरिक्ष अनुसंधान के क्षेत्र में अंतरिक्ष स्टेशनों के बनाए और उनके माध्यम से विभिन्न प्रकार के अध्ययनों पर एक नजर डाल लेते हैं। युद्ध की समाप्ति के बाद ये अंतरिक्ष स्टेशन दो चिरपरिचित प्रतिद्वन्द्वियों के सहयोग और भागीदारी का माध्यम बने, इसलिए इनका अपना महत्त्व है।

छ. अंतरिक्ष स्टेशन

इन अध्ययनों के दौरान एक बात यह सामने आई कि अंतरिक्ष में जाकर ब बार अध्ययन करने की बजाय क्यों न वहां इस तरह की व्यवस्था की जाए कि रह कर अंतरिक्ष अनुसंधान और विकास का काम किया जाए। इससे अंतरिक्ष में वाली प्रयोगशालाओं की व्यवस्था किये जाने का सिलसिला शुरू हुआ। अमेरिक स्काईलैब और सोवियत संघ द्वारा स्थापित किये सेल्यूट ने इस दिशा में काम किया और धीरे–धीरे इनका विकास होता गया। ये प्रारम्भिक प्रयास ही बाद में विक होकर अंतरिक्ष स्टेशनों का विकास करने का आधार बने। स्काई लैब और रूर सेल्यूट और मीर स्टेशनों के चालक दलों ने फोटोग्राफ और चुम्बकीय टेपों से अं और पृथ्वी के स्रोतों का गहन अध्ययन किया है। सोवियत संघ ने 19 अप्रैल, 1 को अपना पहला अंतरिक्ष स्टेशन सेल्यूट–1 स्टेशन अंतरिक्ष में भेजा। यह स्टेश

मई, 1973 तक पृथ्वी की कक्षा में रहा है। 6 जून, 1971 को सोयूज–11 पर सवार होकर तीन सोवियत अंतरिक्ष यात्री इस स्पेस स्टेशन पर पहुंचे। इन अंतरिक्ष यात्रियों के नाम थे–जी टी दोबरोवोलसकी, वी एन वालकोव और वी आई पतासायेव। यह पहला मौका था जबकि अंतरिक्ष यात्री पृथ्वी की कक्षा में परिक्रमा कर रहे इस अंतरिक्ष स्टेशन पर पहुंचे। इसे सोवियत संघ और पूरी मानवता के लिए एक बड़ी उपलब्धि के रूप में देखा जाता है। अपना काम–काज पूरा करने के बाद सोयूज–11 के लौटते समय पृथ्वी की कक्षा में प्रवेश करते समय आग लग जाने से इन अंतरिक्ष यात्रियों की मौत हो गई।

कहीं अमेरिका आगे तो रूस पीछे और कभी रूस आगे तो अमेरिका पीछे

अंतरिक्ष स्टेशन की स्थापना में अमेरिका सोवियत संघ से शुरुआती दौर में पीछे रहा है। 14 मई, 1973 को पहला अमेरिकी अंतरिक्ष स्टेशन, स्काईलैब, अंतरिक्ष में भेजा। इसमें तीन अंतरिक्ष यात्रियों के रहने और अनुसंधान–अध्ययन का काम करने की सुविधाएं उपलब्ध कराई गई थीं। इसी वर्ष 25 मई को अमेरिका ने स्काईलैब–2 अंतरिक्ष में भेजा। इसमें स्काईलैब में काम करने वाले अंतरिक्ष यात्री भी भेजे गए। इन यात्रियों ने स्काईलैब–1 के प्रक्षेपण के दौरान उसको पहुंचे नुकसान की मरम्मत का काम किया। इन दोनों देशों के बीच अंतरिक्ष अनुसंधान में सहयोग का सिलसिला 1975 में शुरू हुआ। अंतरिक्ष में पहली अंतरराष्ट्रीय मुलाकात अमेरिकी अंतरिक्ष यान अपोलो–18 और सोवियत अंतरिक्ष यान सोयुज–19 के मिलन से हुई। ये दो अंतरिक्ष यान और उनके माध्यम से दोनों देश पहली बार अंतरिक्ष में मिले और मिलकर काम करना शुरू किया। इस अभियान को अपोलो सोयूज परीक्षण परियोजना का नाम दिया गया। इस महत्त्वपूर्ण मुलाकात से यह साबित किया गया कि चिरपरिचित प्रतिद्वन्द्वी अंतरिक्ष अनुसंधान के क्षेत्र में मिल कर भी काम कर सकते हैं।

अंतरराष्ट्रीय स्पेस स्टेशन

इसके साथ ही अंतरिक्ष अनुसंधान सहयोग का जो दौर शुरू हुआ वह आज इस स्तर पर पहुंच गया है कि अंतरिक्ष में एक अंतरराष्ट्रीय स्टेशन बनाया जा रहा है जिसका उपयोग दुनिया के विभिन्न देश मिल कर करेंगे। अंतरराष्ट्रीय अंतरिक्ष स्टेशन या केन्द्र बाहरी अंतरिक्ष में वह अनुसंधान सुविधा या शोध स्थल है जिसे पृथ्वी

की निकटवर्ती कक्षा में स्थापित किया जा रहा है। इस परियोजना का आरंभ 1998
हुआ था। यह स्टेशन बन कर तैयार हो गया है। वर्तमान समय में आई एस एस अ
तक बनाया गया सबसे बड़ा मानव निर्मित होगा। यह विश्व की कई स्पेस एजेंसिय
का साझा उपक्रम है। इसे बनाने में यूएसए की नासा, रूस की रशियन फेडरल स्पे
एजेंसी आर के ए, जापान की एयरोस्पेस एक्सप्लोरेशन एजेंसी, जे ए एक्स ए, कनाड
की कनेडियन स्पेस एजेंसी सी एस ए और यूरोपीयन स्पेस एजेंसी ई एस ए का
कर रही हैं। इसी तरह इटालियन स्पेस एजेंसी ए एस आई भी इस योजना के सा
कुछ अलग अनुबंधों के साथ कार्यरत है। पृथ्वी की निचली कक्षा में स्थापित हो
के बाद आई एस एस को नंगी आंखों से भी देखा जा सकेगा। यह पृथ्वी की कक्षा
करीब 350 किलोमीटर ऊपर औसतन 27724 किलोमीटर प्रति घंटा की रफ्तार
परिक्रमा करेगा। वह प्रतिदिन पृथ्वी के करीब 15 दशमलव 7 चक्कर पूरे करेगा। पिछ
आई एस एस में जिसे नवम्बर 2000 में अंतरिक्ष कक्षा में स्थापित किया गया था,
बाद से उसमें लगातार मानवीय उपस्थिति बनी हुई है। वर्तमान समय में इस अंतरि
स्टेशन में तीन अंतरिक्ष यात्रियों के ठहरने और काम–काज की सुविधाएं उपलब
कराने के लिए स्थान है। भविष्य में इसमें छह व्यक्तियों के रहने लायक जगह बनेगी
अंतरराष्ट्रीय स्पेस स्टेशन अंतरिक्ष में स्थित एक वेधशाला के तौर पर कार्य करत
है। अन्य अंतरिक्ष यानों के मुकाबले इसके कई फायदे हैं। इसमें रहने वाले एस्ट्रोनॉट
को अधिक समय तक अंतरिक्ष में रह कर काम करने का मौका मिलता है। कई देश
के प्रतिनिधि मिल कर काम कर सकते है। अंतरराष्ट्रीय अंतरिक्ष स्टेशन के पह
मॉड्यूल का प्रक्षेपण 20 नवम्बर, 1998 को किया गया। कजाकिस्तान के बैकोन
अंतरिक्ष केन्द्र से एक रूसी रॉकेट इसे लेकर अंतरिक्ष की ओर रवाना हुआ था। इ
रॉकेट में रूस में बना जरया कंट्रोल मॉड्यूल जुड़ा हुआ था। यह हिस्सा अंतरिक्ष
बनाए जा रहे नये अंतरराष्ट्रीय स्पेस स्टेशन का पहला हिस्सा था। चार दिसम्ब
1998 को इस अंतारराष्ट्रीय अंतरिक्ष स्टेशन का पहला अमेरिकी हिस्सा रवाना हुअ
स्पेस शटल एंडेवर इस स्टेशन के लिए अमेरिकी मॉड्यूल का हिस्सा यूनिटी लेक
अंतरिक्ष को रवाना हुआ। यह मॉड्यूल रशियन मॉड्यूल जरया से जाकर जुड़ गय
11 मार्च, 2001 अमेरिकी शटल के यात्रियों सूसन हेल्मस और जिम वॉस ने उस सम
अंतरिक्ष में काम करने का एक नया रिकार्ड बनाया जबकि वे इंटरनेशनल स्पेस स्टेश
के लियोनार्डो मॉड्यूल को लगा रहे थे। उन्होंने 8 घंटे और 56 मिनट अंतरिक्ष
गुजारे।

मीर अंतरिक्ष स्टेशन

अब हम जब आने वाले समय के अंतरिक्ष स्टेशनों के बारे में बातचीत कर चुके हैं तो चलते–चलते दुनिया के पहले अंतरिक्ष स्टेशन की स्थापना और काम–काज पर भी एक नज़र डालते चलते हैं। विश्व के प्रथम स्थायी अंतरिक्ष स्टेशन मीर को 20 फरवरी, 1986 को अंतरिक्ष में स्थापित किया गया था। मीर रूसी भाषा का शब्द है जिसका अर्थ है–शांति। इसके पहले तक अंतरिक्ष स्टेशन की स्थापना विचार और परीक्षण के दौर तक ही पहुंच सकी थी। इस प्रयोगशाला को थर्ड जेनेरेशन यानी आज की भाषा में कहें तो थ्री जी प्रयोगशाला कहा गया था। इस अंतरिक्ष प्रयोगशाला को कजाकिस्तान में बैंकानूर कॉस्मोड्रोम से अंतरिक्ष में भेजा गया था। यह अप्रैल 1982 से पृथ्वी के चारों ओर चक्कर काट रहे सेल्यूट–7 का साथी बन गया। उस समय इसका भार था 20 टन। इस प्रयोगशाला को विभिन्न चरणों में पूरा किया गया था। ऐसा किया जाना इसलिए जरूरी था कि पृथ्वी पर प्रयोगशाला का निर्माण कार्य तो बहुत आसान होता है लेकिन उसे अंतरिक्ष में पहुंचाने और उसे पृथ्वी की निर्धारित कक्षा में स्थापित करना एक बेहद चुनौती–भरा और खतरनाक काम हो। अंतरिक्ष में प्रयोगशाला बनाने के लिए साजो–सामान पृथ्वी पर से ही ले जाया जाना था। यह सुनिश्चित किया जाना था कि यह सुरक्षित रूप में अंतरिक्ष में पहुंच जाए तथा उसमें काम किया जा पाना संभव हो सके। इस प्रयोगशाला की स्थापना के प्रारम्भिक दौर में इसमें कोर मॉड्यूल ही लगाया गया था। जिस समय इस स्टेशन को अंतरिक्ष में छोड़ा गया था उस समय इसे अंतरिक्ष शहर का केवल एक भाग कहा गया था। मीर स्टेशन का कोर मॉड्यूल इसके पहले के रूसी अंतरिक्ष स्टेशन सेल्यूट 7 से मिलता–जुलता था। दोनों में अंतर यह था कि मीर के कोर मॉड्यूल में भविष्य में जोड़े जाने वाले मॉड्यूलों के लिए डाकिंग पोर्ट लगे हुए थे। बाद में इसमें अनेक मॉड्यूल जोड़े गए। मीर में जुड़ने के लिए पहले क्वांट माड्यूल को 31 मार्च, 1987 को अंतरिक्ष में भेजा गया। यह 9 अप्रैल, 87 को मीर के कोर मॉड्यूल से जाकर जुड़ गया। इसमें एस्ट्रोफिजिक्स और अन्य वैज्ञानिक प्रयोग किये गए। इसमें एक प्रयोगशाला ट्रांसफर चेम्बर और दाबरहित कंपार्टमेंट थे। इस मॉड्यूल ने मीर के लिए वैज्ञानिक और हार्डवेयर उपकरण प्रदान किये।

अंतरिक्ष अनुसंधान के क्षेत्र में मीर का योगदान

इस स्टेशन पर करीब तीन साल तक काम–काज चलता रहा। इसके बाद

31 मई, 1990 को एक अन्य मॉड्यूल किस्टल भेजा गया जो 10 जून, 1990 को अंतरिक्ष में मीर से जाकर जुड़ गया। इसमें अन्य प्रकार के वैज्ञानिक और तकनीकी परीक्षण किये गए। इसके करीब पांच साल बाद 20 मई, 1995 को प्रक्षेपित और 1 जून, 1995 को डाकिंग मॉड्यूल का प्रयोग पृथ्वी की संपदा स्रोतों का पता लगाने के लिए किया गया। 12 नवम्बर, 1995 को डाकिंग मॉड्यूल प्रक्षेपित किया गया। यह हिस्सा मीर स्टेशन से 15 नवम्बर, 95 को जुड़ा। यह माड्यूल कितना महत्त्वपूर्ण रहा, इसका अनुमान इस बात से लगाया जा सकता है कि इसी डाकिंग मॉड्यूल से बाद में 9 बार अमेरिकी स्पेस शटल मीर से आकर जुड़ी। 23 अप्रैल, 1996 को मीर स्टेशन का आखिरी मॉड्यूल 'प्रिरोदा' छोड़ा गया जो 16 अप्रैल, 1996 को मीर स्टेशन से आकर जुड़ा। इस मॉड्यूल के द्वारा पृथ्वी के संपदा स्रोतों, अंतरिक्ष विकीरण, भू भौतिक प्रक्रियाएं और पृथ्वी के ऊपर के वायुमंडल का अध्ययन किया गया। मीर ने अंतरिक्ष अनुसंधान में किस तरह की भूमिका निभाई, इसका अनुमान इस बात से लगाया जा सकता है कि मीर अंतरिक्ष स्टेशन में 30 हजार तरह के वैज्ञानिक परीक्षण और अनुसंधान किये गए। मानवयुक्त अन्वेषण की दृष्टि से 6400 से भी ज़्यादा परीक्षण तकनीकी संभावनाओं की जांच के लिए किये गए। सुदूर संवेदन तकनीकी से संबंधित सुविधाओं और तरीकों के परीक्षण के लिए मीर पर से 2400 परीक्षण किये गए। अंतरिक्ष जीव विज्ञान से संबंधित कुल परीक्षणों की अवधि थी करीब डेढ़ वर्ष। अंतरराष्ट्रीय सहयोग के क्षेत्र में मीर की भूमिका बेहद महत्त्वपूर्ण रही। इस स्टेशन पर 12 देशों के सहयोग से 27 अंतरराष्ट्रीय मिशन पूरे किये गए। इसके साथ साथ विभिन्न देशों के उपकरणों का उपयोग करते हुए लगभग 7000 चिकित्सीय तकनीकी और अन्य प्रयोग पूरे किये गए। अंतरिक्ष में कुछ पदार्थों का निर्माण गुणवत्ता की दृष्टि से श्रेष्ठ माना जाता है। इस बात को ध्यान में रख कर करीब 2300 परीक्षण किये गए।

मीर अंतरिक्ष में दूसरा घर

मीर स्टेशन में अनेक अंतरिक्ष यात्रियों ने लंबे समय तक प्रवास किया और अनेक प्रकार के नए–नए रिकार्ड बनाए गए। सोवियत संघ के अंतरिक्ष यात्रियों–एनाटोली बेरेजोवोई और वेलेंटाइन वी लेबेदेव को सोयूज टी–5 के जरिये अंतरिक्ष में भेजा गया जो सेल्यूट–7 से जा मिले। यह पहली टीम थी जिसने सेल्यूट–7 पर डेरा डाला। वे इस स्टेशन में ठहरने वाले पहले अंतरिक्ष यात्री थे। वे सोयूज–7 से वापस पृथ्वी पर लौटे। इस बीच उन्होंने 211 दिन अंतरिक्ष में बिताने का रिकार्ड कायम किया। अंतरिक्ष

यात्री वेलेरी पॉलियाकोव मीर अंतरिक्ष स्टेशन में 438 दिन रहने का रिकार्ड बना कर 22 मार्च, 1956 पृथ्वी पर लौटे। 1995 में एलेना कौंडाकोवा ने मीर स्टेशन में 169 दिन गुजारे। 25 जून, 1995 को पहली शटल मीर से जाकर जुड़ी। स्पेस शटल एटलांटिस दस दिन के अपने मिशन के दौरान मीर से जाकर जुड़ी। इस दौरान अंतरिक्ष यात्री शटल से मीर और मीर से शटल में आए–गए। अमेरिकी अंतरिक्ष यात्री नारमन थागर्ड 115 दिन तक किसी अमेरिकी के मीर में रहने का रिकार्ड बना कर पृथ्वी पर लौटे। स्पेस शटल एटलांटिस अमेरिकी अंतरिक्ष यात्री शैनॉनन ल्युसिड को लेकर 26 सितम्बर, 1996 को पृथ्वी पर लौटी। ल्युसिड ने अंतरिक्ष स्टेशन मीर में 188 दिन रहने का अमेरिकी रिकार्ड बनाया। अमेरिकी अंतरिक्ष यात्री शैनन ल्युसिड ने मीर में 188 दिन गुजारे। महिलाओं में डॉ. शैनन ल्युसिड का सबसे लंबे समय तक प्रवास का रिकार्ड बना हुआ है।

अंतरिक्ष में रिकार्ड

विदेशी अंतरिक्ष यात्रियों में शैनन ल्युसिड के अलावा फ्रांस के जीन पियरे और जर्मनी के थाम रीटर ने मीर में क्रमशः 188 दिन और 179 दिन गुजारे। इस स्टेशन के पहले यात्री ल्यानिड किजिम और ब्लैडिमिर सोलोविए थे। वे मीर अंतरिक्ष स्टेशन के साथ ही पृथ्वी से आए थे। उन्होंने ही इसे अंतरिक्ष अन्वेषण के लिए प्रचालित किया। इसके बाद पहले वे मीर में रहे। फिर अंतरिक्ष में मौजूद सेल्यूट–7 पर एक सोयुज अंतरिक्ष यान द्वारा गए। सेल्यूट पर दो महीने रहने के बाद वे फिर मीर पर लौट आए। 1988 में फ्रांस के अंतरिक्ष यात्री जीन लूप चेर्टियन ने स्पेस वॉक की। ऐसा करने वाले वे पहले गैर रूसी और गैर अमरीकी व्यक्ति थे। जापान के एक पत्रकार आकीयामा पहले पत्रकार थे जो कि इस स्टेशन में आए। उन्होंने वहां से टोकियो स्थित टेलीविजन चैनल के लिए सीधा प्रसारण किया। दिसम्बर 1987 में सोवियत अंतरिक्ष यात्री यूरी आर रोमाननेको अंतरिक्ष स्टेशन मीर में 326 दिन रहने का नया रिकार्ड बना कर पृथ्वी पर लौटे। पूरी तरह विकसित होने के बाद मीर एक ऐसा मॉड्यूलर केन्द्र बन गया जिसमें एक ही समय में कई अंतरिक्ष यान ठहर सकते थे। सोवियत संघ ने कई सोयूज यान मीर और सेल्यूट भेजे। चालक दल ने बाद में सेल्यूट और मीर से सेल्यूट की यात्रा की। दोनों अंतरिक्ष केन्द्र एक–दूसरे से तीन हजार किलोमीटर की दूरी पर पृथ्वी का चक्कर काटते रहे। अंतरराष्ट्रीय अंतरिक्ष स्टेशन अल्फा से संबंधित समुचित अनुभव पाने के लिए अमेरिकी स्पेस शटल 8 बार

मीर से जुड़ी। मीर में जाने वाले पहले अमरीकी अंतरिक्ष यात्री थे–डॉ. नार्मन थैगर्ड। वे सोयुज टी एम–21 अंतरिक्ष यान द्वारा मीर स्टेशन में गए और स्पेस शटल की उड़ान एस टी एस–71 द्वारा पृथ्वी पर लौट आए थे। सात अमेरिकी अंतरिक्ष यात्रियों–नार्मन थैगर्ड शैनन ल्युसिड, जान ब्लाहा, जेरी लिनेंजर, माइकल फोले, डेविड ओल्फ और एंडी थामस ने भी मीर की यात्रा की। ब्रिटेन की एक मात्र महिला हेलेन शर्मन भी मीर स्टेशन में गई।

मीर की यात्रा

अंतरिक्ष स्टेशन मीर के निर्माण और उपयोग की कहानी तो आपने पढ़ ली, अब इस स्टेशन के बारे में कुछ और रोचक बातें जान लेते हैं। मीर पृथ्वी से 225 मील की दूरी पर पृथ्वो का चक्कर लगाता था। इसकी गति थी 17500 मील प्रति घंटा। वह एक दिन में पृथ्वी के 16 चक्कर लगाता था। मॉस्को स्थित मिशन कंट्रोल रूम से इसको संचालित और नियंत्रित किया जाता था। पृथ्वी की भूमध्य रेखा पर मीर का अंतरिक्ष पक्ष का झुकाव 51दशमलव 6 डिग्री होता था। 23 मार्च, 2001 तक, इसने पृथ्वी की 88000 परिक्रमाएं पूरी कर ली थीं। इसमें सामान्यतः एक समय में दो से तीन अंतरिक्ष यात्री रहते थे। एक–आध सप्ताह की अल्प अवधि के लिए छह अंतरिक्ष यात्री भी रह सकते थे। मीर का जीवनकाल सात साल का रखा गया था। बाद में इसका कार्यकाल बढ़ा दिया गया था। इसमें टी आकार में बनाए गए छह मॉड्यूल शामिल किये गए थे। इसकी लंबाई 85 फुट और चौड़ाई 98 फुट थी। इसे रेलाकार इन स्पेस की संज्ञा भी दी गई थी। जून 1995 में पहली बार ऐसा हुआ था जबकि पहली बार अमेरिकी स्पेस शटल मीर अंतरिक्ष स्टेशन से जुड़ी थी। अपने पूरे जीवनकाल में मीर ने पृथ्वी का चक्कर लगाते हुए 3 दशमलव 6 बिलियन किलोमीटर की यात्रा पूरी की।

मीर बूढ़ा हो गया

23 मार्च सन् 2001 को भारतीय समय अनुसार दिन के 11 बज कर 29 मिनट पर न्यूजीलैंड और चिली के बीच के समुद्र में जल समाधि के साथ मीर का अंत हो गया। अपने 15 साल के अंतरिक्ष प्रवास में मीर ने मानव कल्याण की दृष्टि से अंतरिक्ष अनुसंधान क्षेत्र में अनेक महत्त्वपूर्ण कार्य किये। मीर पिछले कुछ समय में समस्याओं का सामना कर रहा था। उसके संचालन में अनेक दिक्कतें आ रही थीं। मीर स्टेशन

में अनेक छोटी–मोटी दुर्घटनाएं हुई थीं। जून 1997 में मीर अंतरिक्ष स्टेशन और माल वाहक प्रोग्रेस यान के बीच अंतरिक्ष में हुए टकराव से मीर के ढांचे को काफी क्षति पहुची थी। इसमें कुछ दरारें पड़ गई थीं। इसके एक माड्यूल में ऑक्सीजन की कमी हो गई थी। इसकी मरम्मत भी की गई थी। यह पहला मौका था जबकि अंतरिक्ष में दो मानव निर्मित उपग्रहों के बीच टक्कर हुई थी। जुलाई 2000 में नीदरलैंड की एक कंपनी मीर कॉर्प्स ने मीर अंतरिक्ष स्टेशन को लीज पर लिया था। इसे संचालित करने का बीड़ा उठाया था। मीर कॉर्प्स कंपनी में 60 प्रतिशत शेयर आर के के इनर्जिया कंपनी के थे। इसी कंपनी ने मीर स्टेशन का निर्माण किया था। अब तक इस स्टेशन का परिचालन कर रही थी। मीर के मरम्मत के सारे प्रयासों के बाद जब यह महसूस किया कि मीर काफी बूढ़ा हो गया है। उसके तमाम यंत्र ठीक से काम नहीं कर पा रहे हैं। उसका संचालन घाटे का सौदा साबित हो रहा हैं। तब रूसी अंतरिक्ष वैज्ञानिकों ने उसे कक्षा से हटाकर यानी डी ऑरबिट करके पृथ्वी पर समुद्र में गिरा देने का निर्णय किया।

मीर की जल समाधि

मीर को समुद्र में गिराने के लिए लंबी तैयारी करनी पड़ी। इसके लिए जनवरी 2001 में एक मानवरहित अंतरिक्ष यान प्रोग्रेस मीर पर भेजा गया। इसमें कई इंजन लगे हुए थे। इसके पहले प्रोग्रेस का उपयोग अंतरिक्ष स्टेशनों को विभिन्न प्रकार की सामग्री, उपकरण, खाद्य सामग्री और अन्य जरूरी साजो–सामान पहुंचाने के लिए किया जाता रहा है। मॉस्को के नियंत्रण केन्द्र ने मीर को जल समाधि देने की योजना का काम संभाला। अपने किस्म की इस योजना को कार्यरूप दिया जाना देखने के लिए दुनिया भर के प्रतिनिधि इस केन्द्र में इकट्ठा हुए। योजना के अनुसार अंतरिक्ष स्टेशन के कम्प्यूटरों और इंजनों को अंतरिक्ष केन्द्र मॉस्को के निकट के सारे कमांडो का अनुसरण करते हुए मीर स्टेशन को पृथ्वी पर गिराया जाना था। वायुमंडल में प्रवेश करने के बाद 130 टन भार के मीर का 100 टन भार तो वायुमंडल में ही जल गया। टुकड़ों के रूप में 30 टन का भार जलती हुई अवस्था में न्यूजीलैंड में वेलिंग्टन से 1800 मील की दूरी पर पूर्व में समुद्र में गिरा। मीर के जलते हुए टुकड़े फायरबॉल के रूप में 200 मीटर प्रति सेकेंड की दर से हवा में तैरते हुए देखे गए। मीर के पृथ्वी पर गिरते समय किसी दुर्घटना की स्थिति से निपटने के लिए जापान, ऑस्ट्रेलिया, न्यूजीलैंड आदि देशों में विशेष सुरक्षा व्यवस्थाएं की गई थीं।

मीर ही नहीं, और भी अंतरिक्ष यान और संयंत्र पृथ्वी पर लाए गए

जिस तरह से मीर को पृथ्वी पर लाया गया, वह विश्व के अंतरिक्ष अनुसंधान क्षेत्र के लिए कोई नयी बात नहीं थी। पहले भी इस तरह के मानव निर्मित उपग्रहों और यानों को पृथ्वी पर लाया जा चुका था। इसके पहले मॉस्को के मिशन नियंत्रण केन्द्र 80 प्रोग्रेस मानव रहित यानों और अनेक रूसी अंतरिक्ष स्टेशनों को पृथ्वी पर लाने के लिए इस तरह के मिशनों का संचालन कर चुका था। मॉस्को मिशन कंट्रोल द्वारा मीर के पहले सबसे अधिक भार का सेल्यूट–7 पृथ्वी पर वापस लाने में सफल रहा था। सेल्यूट–7 की वापसी पूरी तरह योजनाबद्ध तरीके से नहीं हो पाई थी। मॉस्को मिशन कंट्रोल सेल्यूट–7 को भी वहीं पर जल समाधि देना चाहता था जहां बाद में मीर को जल समाधि दी गई लेकिन तब ऐसा नहीं हो पाया था। सेल्यूट–7 के मामले में वापसी की प्रक्रिया के बीच मिशन कंट्रोल और सेल्यूट–7 के बीच सम्पर्क टूट गया था। वह यह सुनिश्चित नहीं कर पाया था कि सेल्यूट–7 अपनी कक्षा में नीचे आ गया हैं या नहीं। उन्होंने यह विश्वास किया था कि सेल्यूट–7 अभी भी अपनी कक्षा में था। सेल्यूट–7 उतरते समय निर्धारित स्थान से कहीं अधिक दूर गिरा था। मीर की पृथ्वी पर वापसी की तुलना अमेरिका के स्काईलैब को पृथ्वी पर लाने से की जा सकती है। 70 टन भार का स्काई लैब आस्ट्रेलिया के पास समुद्र में गिरा था। स्काई लैब पृथ्वी के वायुमंडल में प्रवेश के बाद भी बिना टूटे पूरे का पूरा समुद्र में गिरा। मीर के मामले में ऐसा नहीं हुआ। शायद ऐसा इसलिए हुआ कि मीर को विभिन्न प्रकार के मॉड्यूलों को जोड़ कर बनाया गया था। इसी प्रकार सन् 2000 में 14 टन भार की क्रॉम्पटन गामा किरण प्रेक्षणशाला को अमेरिकी विशेषज्ञ जमीन पर ला पाने में सफल हुए थे।

जमीन पर ही मंगल की यात्रा

मॉस्को में इन दिनों एक ऐसा परीक्षण चल रहा है जिसमें पृथ्वी पर रह कर ही अंतरिक्ष यात्री इस बात का अध्ययन कर रहे हैं जैसे कि वे मंगल की यात्रा पर गए हों और वहां पर काम कर रहे हों। अपने किस्म के इस अनोखे परीक्षण का नाम रखा गया है–मार्स 500। यह अध्ययन नम्बर 2011 तक जारी रहेगा। तीन जून, 2010 को शुरू हुए इस अभियान में छह अंतरिक्ष यात्री भाग ले रहे हैं। इनमें चीन, यूरोप और सोवियत संघ के अंतरिक्ष यात्री शामिल हैं। यह यान पृथ्वी पर है। इसमें हर इस तरह की व्यवस्था है कि जैसे कि वह मंगल पर मैन मिशन के रूप में काम कर

रहा है। इसमें रहने वाले अंतरिक्ष यात्री ठीक उसी तरह से रहेंगे जिस तरह मंगल पर मिशन के दौरान उन्हें रहना होगा। उसी तरह से इस यान के अंदर रखा भोजन और वर्जिश करेंगे। इस यान को बाहर से केवल बिजली, पानी और कुछ साफ हवा की सप्लाई की जाएगी। इन यात्रियों को 250 दिनों के अंदर मंगल पर पहुंचना होगा तथा एक महीने तक मंगल की सतह पर उतरना और रहना होगा। विभिन्न प्रकार के अध्ययन और विश्लेषण करने होंगे। 230 दिनों के अंदर पृथ्वी पर वापस लौट आना होगा। इस यात्रा के लिए वे इंटर प्लेनेटरी स्पेसक्राफ्ट का उपयोग करेंगे। लैंडर और मार्शियन जैसे वाहनों का मंगल की सतह पर अध्ययन करने के लिए उपयोग करेंगे। इस यान का ढक्कन नवम्बर 2011 तक उसी तरह से बंद रहेगा जिस तरह से वास्तविक यात्रा के दौरान इसे बंद रहना है। इन परीक्षणों के दौरान तरह–तरह की आधुनिक तकनीक का इस्तेमाल करके देखा जाएगा कि वे कितनी प्रभावकारी तरीके से वास्तविक परिस्थितियों में काम कर पाएंगी। करीब 18 महीनों तक इन परिस्थितियों में रहने के दौरान अंतरिक्ष यात्रियों की योग्यताओं और क्षमताओं का भी अनुमान लगाया जाएगा कि वे शारीरिक और मानसिक तौर पर मंगल की यात्रा के दौरान आने वाली चुनौतियों का सामना कर पाने की स्थिति में होंगे या नहीं। वे अपने काम को ठीक उसी तरह से ड्यूटी, ऑफ ड्यूटी और ब्रेक की स्थिति में बांट सकेंगे जैसा कि वे सामान्य तौर पर करेंगे। इस यान में यात्रियों के आराम, भोजन और मनोरंजन के लिए किताबें, म्यूजिक जैसी व्यवस्थाएं भी की गई हैं। आने वाले महीनों में इस परीक्षण के परिणामों की ओर सभी की नजर रहेगी क्योंकि नये दशक में मंगल ग्रह मानव के अध्ययन का नया केन्द्र बनने की तैयारी में है।

भारत चला अंतरिक्ष अनुसंधान की राह

किसी भी देश के योजनाबद्ध विकास के लिए विश्वसनी जानकारियों की आवश्यकता होती है। भारत जैसे विशाल क्षेत्रफ प्रकार की भौगोलिक पृष्ठभूमि को देखते हुए जमीन पर किये जा से पर्याप्त सूचनाएं एकत्रित कर पाना एक जटिल प्रक्रिया थी। इस विकास के लिए जानकारियां जुटाने के लिए अपने देश में अंतरि सिलसिला शुरू हुआ। जब भारत अंतरिक्ष अनुसंधान के क्षेत्र की ओर तो इस पर आने वाली भारी लागत आलोचना का विषय बनी। कहा इस पैसे का इस्तेमाल जमीन पर विकास योजनाओं के क्रियान्वय जाना चाहिए क्योंकि रोटी, कपड़ा, मकान, रोजगार शिक्षा, चिकित्स वाली योजनाओं पर खर्च किया जाना ज़रूरी है। भारत ने आजाद एक दशक के अंदर ही अंतरिक्ष में अध्ययन का सिलसिला शुरू

अंतरिक्ष अनुसंधान : विकास का साधन

पहले प्रधानमंत्री जवाहरलाल नेहरू की राय में अंतरिक्ष तक हमारे देश की प्रगति के लिए ज़रूरी था। पंडित नेहरू द्वारा उस अनुसंधान और विकास का इस्तेमाल देश के विकास के लिए करने को उनकी दूरदृष्टि और वैज्ञानिक सोच का एक बहुत बड़ा प्रमाण है। यह वह समय था कि दुनिया में इस क्षेत्र में काम शुरू ही हुआ कहा जा सकता था कि यह तकनीक कितनी सफल और उपयोगी ह नहीं था कि होगी कि नही और इस पर भारी लागत भी आने वाली बहुत ही नयी और जटिल थी। इसकी सफलता की संभावनाएं अ खतरे भी बहुत थे। इसके बावजूद पंडित नेहरू ने अपने वैज्ञानिक की योग्यता और क्षमता पर विश्वास किया। वे देश के विकास के

के खतरों और आलोचनाओं को सुनने के लिए तैयार थे। उन्हें यह विश्वास था कि एक दिन अंतरिक्ष अनुसंधान भारत के समग्र विकास का माध्यम बनेगा। अब उनका सपना लगभग साकार हो चुका है।

स्वप्नदृष्टा वैज्ञानिक

डॉ. साराभाई ने जब भारत के अंतरिक्ष अनुसंधान कार्यक्रम की कमान संभाली तो उनका सपना था कि इस ज्ञान का उपयोग भारत के समग्र विकास के लिए किया जा सके जिससे देश में व्याप्त व्यापक गरीबी, अशिक्षा, स्वास्थ्य सेवाओं की उपलब्धता को बढ़ावा मिल सके। वैज्ञानिक अनुसंधान और वैज्ञानिक सोच विकसित हो सके। नेतृत्व की क्षमता विकसित हो। दूसरे देशों के साथ सहयोग और भागीदारी का मार्ग प्रशस्त हो। इसके साथ ही स्वदेशी क्षमताओं का विकास किया जा सके। खेती–किसानी पर निर्भर भारत को मानसून और मौसम की भविष्यवाणी की आवश्यकता को उन्होंने महसूस किया था। उनके अंतरिक्ष अनुसंधान के सपने में इन सुविधाओं के विकास के साथ देश की प्राकृतिक सम्पदा का अध्ययन और अनुमान शामिल किया गया था जिससे कि इन संसाधनों का पूरी तरह अनुमान लगाया जा सके। देश के विकास के लिए उसका उपयोग किया जा सके। भारत के पहले अंतरिक्ष अनुसंधान के विजन में संचार सुविधाओं के विकास और देश के दूर–दराज के इलाकों में रहने वालों को संचार की सुविधाएं उपलब्ध कराने के लिए इस तकनीक का उपयोग शामिल था। यह सपना उस समय देखा गया था जब विश्व की महाशक्तियों के बीच अंतरिक्ष अनुसंधान का उपयोग सैनिक कार्यों के लिए किया जा रहा था। अंतरिक्ष अनुसंधान के रास्ते पर भारत की यात्रा के चार दशक मुख्यतः उसी सपने को कार्यरूप देने के लिए काम कर रहे हैं। भारत की उस मूल धारणा में कोई अंतर नहीं आया है। केवल अपने देश की सीमाओं की रक्षा के लिए इस तकनीक के उपयोग का पहलू जरूर इस यात्रा में शामिल किया जा चुका है।

सैनिक होड़ बनाम विकास

यह वह दौर था जबकि विश्व की दो प्रमुख महाशक्तियों–सोवियत संघ और अमेरिका के बीच अंतरिक्ष में पैर जमाने के लिए होड़ तेज़ हो चुकी थी। अंतरिक्ष अनुसंधान और विज्ञान का विकास 1946 के आसपास तब शुरू हुआ। माना जाता है जबकि वैज्ञानिकों ने पृथ्वी के वातावरण के बाहरी छोर पर विभिन्न प्रकार के

अनुसंधान उपकरणों को पहुंचाना और उनके माध्यम से बाहरी अंतरिक्ष से होने
रेडियेशन आदि का अध्ययन करना शुरू किया। इस काम के लिए उन्होंने गु
और फिर रॉकेटों का इस्तेमाल करना शुरू किया। जब पृथ्वी से पहला उपग्रह
गया तो यही कहा गया था कि उसका उपयोग शांतिपूर्ण कार्यों के लिए जानका
जुटाने के लिए किया जाएगा। लेकिन सोवियत संघ द्वारा 4 अक्तूबर, 1957 को स्पुतनि
छोड़े जाने के बाद दोनों महाशक्तियों–सोवियत संघ और अमेरिका के बीच चल
शीत युद्ध के बीच एक और नया आयाम खुल गया। उनके बीच चल रही हो
करीब पांच साल ही बीते थे जबकि भारत ने इंडियन नेशनल कमेटी आन स्पेस
(इनकोस्पार) का गठन किया था। यही संगठन बाद में भारत अंतरिक्ष अनुसंधा
गठन का आधार बना। इसरो का गठन उस साल 1969 में हुआ जबकि पहली बार
पर मानव के कदम पड़े। प्रथम प्रधानमंत्री पंडित नेहरू ने डॉ. विक्रम साराभाई
इस क्षेत्र में भारत को आगे बढ़ाने के लिए काम करने का निर्देश दिया था।

अंतरिक्ष अनुसंधान का श्रीगणेश

डॉ. विक्रम सारा भाई, डॉक्टर होमी जे भाभा जैसे वैज्ञानिकों ने भारत में अं
अनुसंधान का सिलसिला 1961 में तब शुरू हुआ जबकि इन कार्यक्रमों को पर
उर्जा विभाग के तहत लाया गया। इसके एक दशक बाद भारत सरकार में डिपा
ऑफ साइन्स का गठन किया गया। इसरो को इसके अनुसंधान और विकास के
के रूप में गठन को मंजूरी दी गई। इसरो की स्थापना के छह साल बीतते–
भारत का पहला उपग्रह अंतरिक्ष में पहुंचा दिया गया। आर्यभट्ट भारत में निर्मित
विकसित पहला उपग्रह था। इस उपग्रह को अंतरिक्ष में पहुंचाने के लिए सो
संघ द्वारा बनाए गए रॉकेट का सहारा लिया गया था। आर्यभट्ट सिर्फ चार दिन
ही अंतरिक्ष में काम कर सका। आज के दौर में इसे असफल माना जा सक
लेकिन भारत जैसे विकासशील देश के लिए एक बड़ा कदम था। आर्यभट्
कार्यकाल और उसके नाम पर उपग्रह छोड़े जाने के बीच अनुसंधान के तौर–त
और संसाधनों में भारी बदलाव आ चुका था। अंतरिक्ष और उसके ग्रहों और उ
के बारे में अध्ययन का काम और भी बहुत आगे बढ़ चुका था। आर्यभट्ट के अं
में भेजे जाने के अभी चार साल बीते भी न थे कि 1979 में भास्कर–1 को अं
में भेज कर भारत ने अपने बढते कदमों के बारे में दुनिया को बताया। हां, इसके
1957 में जब सोवियत संघ ने अपना पहला उपग्रह स्पुतनिक–1 अंतरिक्ष में

था तब इसे ट्रैक करने के लिए नैनीताल में ऑप्टिकल ट्रैकिंग स्टेशन की स्थापना जरूर की जा चुकी थी।

आजादी के पूर्व अंतरिक्ष अनुसंधान की व्यवस्थाएं

वैसे इस क्षेत्र मे अपने देश में वैज्ञानिक तरीके से अध्ययन का काम इसके करीब पौने दो सौ साल पहले से चल रहा था। भारत में अंतरिक्ष अनुसंधान के क्षेत्र मे वैज्ञानिक तौर–तरीकों से अध्ययन के काम की शुरुआत 1780–1790 के दशक में हो चुकी थी। इस दौरान मद्रास में नुंगमबक्कम वेधशाला की स्थापना की गई थी। इस वेधशाला में मौसम के अध्ययन और उसके बारे में भविष्यवाणी करने के क्षेत्र में विभिन्न प्रकार के अध्ययन किये गए थे। औद्योगिक और सूचना प्रौद्योगिकी के क्षेत्र मे भारी प्रगति के बावजूद खेती–किसानी अभी भी भारत के विकास और जरूरतों को पूरा करने के लिए महत्त्वपूर्ण भूमिका निभा रही है। खेती अभी भी मानसून पर निर्भर है। इसलिए मौसम का अध्ययन हमारे लिए बेहद महत्त्वपूर्ण बना हुआ है। नुंगमबक्कम वेधशाला की स्थापना के समय से अब तो इस क्षेत्र मे भारी प्रगति हो चुकी है। अब इस काम के लिए उपग्रहों का इस्तेमाल किया जा रहा है। मद्रास एस्ट्रोनोमिकल ऑब्जरवेटरी में 1796 में एस्ट्रोनामी भूगोल और नेवीगेशन के बारे में अध्ययन किया जाने लगा था। दक्षिण मुंबई के कोलाबा में 1823 में वेधशाला बनाई गई थी जिसमें एस्ट्रोनामिकल और मैग्नेटिक क्षेत्रों के बारे मे अध्ययन किया जाने लगा। इसकी स्थापना के करीब 140 साल बाद इस परिसर में स्थापित ऑटोमेटिक पिक्चर ट्रांसमिशन सिस्टम ने पहली बार उपग्रहों से खींची गई तस्वीरें प्राप्त करने की व्यवस्था की गई। इस केन्द्र में पहली बार अमेरिकी और संयुक्त राष्ट्र संघ के सहयोग से उपग्रह टाइरोस–8 से तस्वीरें प्राप्त की गईं।

सर्वे ऑफ़ इंडिया

1835 मे कलकत्ता में सर्वे ऑफ इंडिया की स्थापना की गई जिसने जियोफिजिकल फीनोमेनन के अध्ययन के क्षेत्र में महत्त्वपूर्ण योगदान किया। 1836 में त्रिवेन्द्रम में स्थापित की गई वेधशाला ने मौसम के अध्ययन के बारे में अनुसंधान के काम को नयी ऊँचाइयां दीं। उस समय की देश की गर्मियों के मौसम की राजधानी शिमला में 1841 में जियोमैगनेटिक स्टडीज का काम शुरू किया गया। 1852 में त्रिवेन्द्रम के निकट अगस्थ्यमलाई में समुद्र की सतह से 6200 फुट की ऊंचाई पर एक अतिरिक्त

वेधशाला की स्थापना की गई। इसमें इस बात का अध्ययन किया गया कि ऊंचाई चुम्बकीय और मेट्रोलॉजिकल तत्त्वों पर क्या प्रभाव पड़ता है। 1862 में आगरा 3 1869 में नागपुर में स्थापित की गई वेधशालाओं ने इन अध्ययनों का दायरा और ब करने में महत्त्वपूर्ण भूमिका निभाई। 1875 में इंडियन मेट्रोलॉजिकल डिपार्टमेंट स्थापना की गई तो यह काम और भी व्यवस्थित तरीके से किया जाने लगा। 18 में कोडई कनाल में सोलर फिजिकल लैबोरेटरी की स्थापना की गई। इससे देश एस्ट्रोफिजिक्स के क्षेत्र में अध्ययन और अनुसंधान को नयी दिशा मिली। 1902 सर्वे ऑफ इंडिया ने देश के टेरेस्टियल मैगनेटिक चार्ट बनाने के लिए अध्ययन शुरुआत की। कलकत्ता विश्वविद्यालय में वायरलेस लैबोरेटरी की स्थापना के स 1925 में रेडियो वेव्स के म्युचुअल इंटरएक्शन और अपर एटमॉसफियर के अध्य के काम की शुरुआत हुई। अपर एटमॉसफियर के अध्ययन के लिए गुब्बारे छोड़ अध्ययन करने के काम के लिए त्रिवेन्द्रम वेधशाला के पास ही मौसम विभाग के वे की स्थापना की गई। इस केन्द्र से गुब्बारों में विभिन्न प्रकार के अध्ययन के लिए रख कर हवा में छोड़े गए। 1939 में प्रथम विश्वयुद्ध शुरू होने के बाद इन कार्यक्र को धक्का लगा और यह काम लगभग रुक–सा गया।

आजादी के पूर्व की वेधशालाएं और प्रयोगशालाएं

केरल में जब मौसम अध्ययन के क्षेत्र में प्रगति हो रही थी उसी बीच बंग में 1933 में और इलाहाबाद में 1934 में आयनोस्फीयरिक अध्ययन का सिलसिला श किया गया। बंगलौर में कॉस्मिक रेंज के बारे में शुरू हुआ अध्ययन आगे चल 1940 में इंडियन इंस्टीट्यूट ऑफ साइंस की स्थापना का आधार बना। इस के में हुए काम ने ही आगे चल कर मुंबई में टाटा इन्सटीट्यूट ऑफ फण्डामेंटल रि की स्थापना के लिए रास्ता खुला। इस संस्थान से पहली बार 1958 में पहला कान्स ऑल्टीट्यूड प्लास्टिक बैलून छोड़ा गया। यह कार्यक्रम बहुत अधिक सफल र इससे प्रेरणा लेकर हैदराबाद में बैलून छोड़ने की व्यवस्था की गई जहां से 19 में गुब्बारे छोड़कर विभिन्न प्रकार के अध्ययन किये जाने का सिलसिला लंबे स तक जारी रहा। यहां से बहुत बड़े–बड़े गुब्बारे छोड़े गए जिनमें ढाई सौ किलोग्र से भी अधिक के भार के यंत्र ले जाने की क्षमता थी। वे आठ घंटे तक जमीन से ब अधिक ऊंचाई पर एक ही स्थान पर टिके रह सकते थे। कॉस्मिक रेज पर 3 अध्ययनों के लिए बोस इंस्टीट्यूट, कलकत्ता तथा अलीगढ़ मुस्लिम विश्वविद्या

ने महत्त्वपूर्ण योगदान किया। इसी दशक में फिजिकल रिसर्च लैबोरेटरी, अहमदाबाद की स्थापना हुई।

रियल टाइम सैटेलाइन टेलीमेट्री स्टेशन

1961 में इस लैब में रियल टाइम सैटेलाइट टेलीमेट्री स्टेशन की स्थापना की गई। इस योजना को लागू करने में अमेरिका की स्पेस एजेंसी, नासा ने सहयोग दिया। इन कार्यों में डॉ. विक्रम साराभाई की महत्त्वपूर्ण भूमिका रही। इस बारे में हम बाद में विस्तृत चर्चा करेंगे। वाल्टेयर और वाराणसी में स्थित केन्द्रों की कॉस्मिक रेज के क्षेत्र में महत्त्वपूर्ण भूमिका रही। अपर एटमॉसफीरियक रिसर्च के क्षेत्र में भारतीय वैज्ञानिकों को पूरी दुनिया में सराहा गया है। नेशनल फिजिकल लैबोरेटरी की रेडियो रिसर्च से जुड़े वैज्ञानिकों ने वेरी लो फ्रीकवेंसी (वीएलएफ) और वेरी हाई फ्रीकवेंसी के क्षेत्र में अध्ययन में विशेष योग्यता दिखाई। इस योग्यता के कारण ही नैनीताल में ऑप्टिकल ट्रैकिंग स्टेशन की स्थापना की गई जहां से सोवियत संघ के पहले उपग्रह स्पुतनिक को ट्रैक करने का काम किया गया। इस स्टेशन की स्थापना के एक साल बाद भारतीय अनुसंधान परिषद की स्थापना की गई। 1962 में अंतरिक्ष अनुसंधान के काम के लिए भारतीय राष्ट्रीय समिति (इनकोस्पार) का गठन किया गया। डॉ. साराभाई को इस समिति का अध्यक्ष नियुक्त किया गया। इस समिति को अंतरिक्ष अनुसंधान और उसके शांतिपूर्ण उपयोग इस क्षेत्र में अंतरराष्ट्रीय सहयोग को बढ़ावा देने उसमें सक्रियता से भागीदार बनने सहित इस क्षेत्र से जुड़े अन्य विभिन्न मामलों और पहलुओं में सरकार को सलाह देने की जिम्मेदारी सौंपी गई। भारतीय अंतरिक्ष कार्यक्रम डॉ. विक्रम साराभाई की संकल्पना है जिन्हें भारतीय अंतरिक्ष कार्यक्रम का जनक कहा जाता है।

अपने बल पर लम्बी दूरी तय की है

भारत ने अपना अंतरिक्ष कार्यक्रम आजादी मिलने के 16 साल बाद 1963 में शुरू किया। 43 साल की इस यात्रा में वह बहुत से देशों को काफी पीछे छोड़ते हुए विश्व के विकसित देशों की कतार में जा बैठा। जैसे कि हम पहले जान चुके हैं कि अंतरिक्ष अनुसंधान कार्यक्रम में शुरुआती दौर में सोवियत संघ आगे रहा। उसने 1957 में पहला मानव निर्मित उपग्रह स्पुतनिक अंतरिक्ष में भेजा था। भारत ने बिना कोई देरी किये प्रौद्योगिकी के लिए समयबद्ध कार्यक्रम निर्धारित किया ताकि नई

तकनीक के विकास का लाभ देश को मिल सके। आज भारत विश्व का एकमात्र विकासशील देश है जो अपने उपग्रहों का निर्माण, डिजाइन, प्रक्षेपण और संचालन कर सकता है। वह उपग्रहों का इस्तेमाल कर रेडियो और टीवी का प्रसारण कर रहा है। उसके अपने उपग्रह दूरसंचार, मौसम, आपदा चेतावनी और प्रबंधन के क्षेत्र में जानकारियां उपलब्ध कराने में सक्रिय भूमिका निभा रहे हैं। वह तीसरी दुनिया के अविकसित और विकासशील माने जाने वाले देशों को ही नहीं, विकसित देशों को विभिन्न प्रकार की जानकारियां उपलब्ध करा रहा है। वह दूरसंवेदन क्षेत्रों में अपने अनुभवों का व्यापक रूप से इस्तेमाल कर रहा है। 2007 तक भारत ने विभिन्न प्रकार के 38 उपग्रहों का डिजाइन एवं निर्माण कर लिया था। इसमें अति आधुनिक बहुउद्देश्यीय इनसेट–4 सीरीज के उपग्रह भी शामिल हैं।

एक छोटी-सी आशा

चन्द्रमा पर पहले मानव निर्मित अंतरिक्ष यान के कदम रखने के चार साल बाद यानि 21 नवम्बर, 1963 को भारत ने अंतरिक्ष अनुसंधान के क्षेत्र में एक रॉकेट भेज कर अपनी पहली दस्तक दी। यह दस्तक अंतरिक्ष में एक छोटे–से रॉकेट के अंतरिक्ष में भेजे जाने के रूप में दी गई थी। भारत के लिए यह एक छोटी–सी आशा थी लेकिन उसके इरादे बुलंद थे। जिस समय भारत इस रास्ते पर चला था तो न तो उसके पास रॉकेट था और न ही उसके पास रॉकेट को ट्रैक करने के लिए राडार और न ही रॉकेट में रखे उपग्रहों और उनसे पृथ्वी से सम्पर्क रखने के लिए संदेश प्राप्त करने की व्यवस्था थी। अमेरिका की अंतरिक्ष अनुसंधान एजेंसी नासा ने इस योजना में भारत की मदद की और भागीदारी की। रॉकेट और राडार की व्यवस्था करने में फ्रांस के संगठन सीएनईएस ने मदद की। यही नहीं, उसने इस काम में मदद देने के लिए कम्प्यूटर, हेलीकॉप्टर और अन्य साज–सामान उपलब्ध कराया। सोवियत संघ से भी इस काम के लिए साज–सामान की आपूर्ति में मदद मिली। इस रॉकेट को संचालित करने और उससे प्राप्त जानकारियों के विश्लेषण के लिए फ्रांसीसी वैज्ञानिक भी इसमें शामिल हुए। थुंबा की भौगोलिक स्थिति ऐसी थी कि इस अध्ययन में दुनिया के दूसरे देशों को अपने–अपने अनुसंधान के लिए उपयोगी हो सकता था। इसलिए वे भी इसमें भागीदार बनने को तैयार हो गए। एक छोटी–सी शुरुआत से भारत ने अनंत आकाश, अनंत अंतरिक्ष की यात्रा पर पहला कदम रखा। इस अध्ययन की शुरुआत के दौरान इस क्षेत्र में शिक्षित, प्रशिक्षित वैज्ञानिकों और अन्य विशेषज्ञों की

कमी विशेष रूप से सामने आई। इस कमी को पूरा करने में मदद करने के लिए नासा फिर एक बार आगे आया। इस समझौते के तहत नासा ने अमेरिका स्थित अपने केन्द्रों में भारतीय वैज्ञानिकों को शिक्षित–प्रशिक्षित करने की जिम्मेदारी उठाई। वैज्ञानिक विक्रम साराभाई के नेतृत्व में भारत की यह शुरुआत 2008 के आते–आते चन्द्रयान प्रथम तक जा पहुँची है। अब किसी भारतीय को अंतरिक्ष में और फिर चांद पर भेजने की तैयारी की जा रही है। वह दिन बहुत दूर नहीं जिस दिन भारतीयों के कदम अंतरिक्ष और चांद पर पड़ेंगे। भारत की मुख्य अंतरिक्ष अनुसंधान एजेंसी, इसरो द्वारा इन दिनों तीन क्षेत्रों में काम किया जा रहा है।

इसरो की तीन दिशाएं

ये क्षेत्र हैं–भारतीय राष्ट्रीय उपग्रह व्यवस्था–इनसेट। भारतीय सुदूर संवेदन उपग्रह आई आर एस और तीसरा प्रक्षेपण यान। 1983 में इनसेट–1 बी के अंतरिक्ष में छोड़े जाने के साथ इनसेट परियोजना की शुरुआत हुई थी। इस परियोजना में अंतरिक्ष विभाग, दूर संचार विभाग, मौसम विभाग और केन्द्रीय सूचना और प्रसारण मंत्रालय के तहत काम करने वाले दूरदर्शन और ऑल इंडिया रेडियो शामिल हुए थे। इस शृंखला में अब तक 21 उपग्रह प्रक्षेपित किये जा चुके हैं जिनमें से 11 काम कर रहे हैं। इनसेट दुनिया के सबसे बड़े उपग्रह समूहों में से एक है। मार्च 1988 में आई आर एस–1 ए के प्रक्षेपण के साथ सुदूर संवेदी अध्ययनों की परियोजना की शुरुआत हुई थी। इस शृंखला के नौ उपग्रह अभी भी देश के अंतरिक्ष कार्यक्रम में महत्त्वपूर्ण योगदान कर रहे हैं। प्रक्षेपण यानों का विकास इसरो की तीसरी सबसे महत्त्वपूर्ण परियोजना है। इसके तहत एस एल वी, ए एस एल वी, पी एस एल वी और जी एस एल वी प्रक्षेपण यानों का विकास किया गया है। यह सिलसिला अभी जारी हैं। भारत इन दिनों भारी–भरकम उपग्रहों को जमीन से 3600 किलोमीटर की ऊंचाई और उससे भी आगे की यात्रा के लिए क्रायोजेनिक इंजनों का विकास कर रहा है। दूसरे देशों ने भारत को इस तरह की आधुनिक तकनीक देने के रास्ते में अनेक तरह के अड़ंगे लगा रखे हैं। इसलिए उसने अपने संसाधनों से ही क्रायोजेनिक इंजन बनाने का फैसला किया था। इस तरह की तकनीक का विकास करने वाले देशों में दुनिया के गिने–चुने देश ही शामिल हैं। 18 वर्षों के लंबे प्रयासों के बाद भारत का पहला क्रायोजेनिक इंजन परीक्षण उड़ान के दौरान असफल रहा था, इसलिए अब उसमें आवश्यक सुधार किये जा रहे हैं।

अंतरिक्ष अनुसंधान के चार दशक

भारत का अपना अंतरिक्ष अनुसंधान कार्यक्रम 1960 के दशक के आरम्भिक वर्षों में शुरू हुआ। इस अभियान को बहुत ही नियोजित तरीके से विभिन्न चरणों में विभक्त किया जा सकता है। चार दशक से कुछ अधिक के इस कार्यकाल में भारत के अंतरिक्ष अनुसंधान के क्षेत्र को मुख्य रूप से तीन हिस्सों में विभक्त करके देखा जा सकता है। पहले चरण में इस क्षेत्र के बारे में जानकारियां जुटाने और भविष्य की रूपरेखा तय की गई। दूसरे चरण में विभिन्न उपकरणों और संसाधनों का विकास और परीक्षण किया गया। तीसरे चरण में उसका उपयोग किया गया। पहले चरण में विदेशी संसाधनों का उपयोग किया गया। उस उपयोग के दौरान जमीन पर आवश्यक सुविधाओं और संसाधनों का विकास किया गया। इन सेवाओं का उपयोग करने वालों के साथ मिल–बैठ कर काम करने की स्थितियों का विकास किया गया। इस दौरान साइट के नाम से टेलीविजन सुविधाओं का विस्तार एक अच्छा उदाहरण कहा जा सकता है।

रोहिणी : दस किलोग्राम भार का उपग्रह

भारत की अंतरिक्ष यात्रा के प्रारम्भिक अध्ययनों का उद्देश्य था–पृथ्वी के वायु मंडल में आयनोस्फीयर का अन्वेषण एवं खगोल भौतिकी से जुड़ी विभिन्न वस्तुओं का रॉकेटों द्वारा अध्ययन। अगले चार दशकों में इस कार्यक्रम का विस्तार किया गया। आवश्यकतानुसार इसमें नये–नये आयाम जोड़े जाते रहे। इसमें उपग्रह प्रक्षेपण यान अंतरिक्ष विज्ञान और उसके अनुप्रयोग शामिल किये जाते रहे। 1963 में केरल में त्रिवेंद्रम के निकट थुंबा में साउंडिंग रॉकेट प्रक्षेपण सुविधा केन्द्र की स्थापना की गई। इसी वर्ष 21 नवम्बर, 1963 को केरल में तिरुअनंतपुरम के पास थुंबा से एक छोटे यान का प्रक्षेपण किया था। पहला भारत निर्मित रॉकेट थुंबा से 20 नवम्बर, 1963 को छोड़ा गया था। दस किलोग्राम भार का वजन वाला रोहिणी रॉकेट सिर्फ 4 दशमलव 2 किलोमीटर की ऊंचाई तक ही पहुंच सका था। इसके साथ ही भारत दुनिया के अंतरिक्ष क्लब का सदस्य बन गया था। 1965 में थुम्बा में अंतरिक्ष विज्ञान एवं तकनीकी संस्थान (एस एस टी सी) की स्थापना हुई थी। इससे सबसे पहले प्रक्षेपित किया जाने वाला रॉकेट का कोन एक साइकिल के कैरियर पर रख कर लाया गया था। भूमध्य रेखा की समीपता इसके लिए वरदान साबित हुई। शुरुआत में अमेरिका एवं फ्रांस द्वारा विकसित किये गए रॉकेट नाइक अपाचे और केंटोर की तरह ऊपरी

दबाव का अध्ययन करने के लिए प्रक्षेपित किये गए जबकि प्रशांत महासागर में समुद्री जहाज पर रख कर काम में लाए गए रॉकेटों से अध्ययन शुरू किया गया।

अंतरिक्ष अनुसंधान समिति

चंद्रमा पर पहले मानव रहित अंतरिक्ष यान के प्रक्षेपण से दशकों पहले 1962 में प्रसिद्ध वैज्ञानिक डॉ. विक्रम साराभाई की देख–रेख में भारत की राष्ट्रीय अंतरिक्ष अनुसंधान समिति का गठन हुआ। उनके नेतृत्व के समय भारत ने रॉकेटों को अंतरिक्ष में भेजने की कला विज्ञान हासिल की। परीक्षण के लिए 1968 में सैटेलाइन कम्युनिकेशन अर्थ सेंटर की स्थापना की गई थी जो आज भी अंतरिक्ष अनुसंधान के क्षेत्र में महत्त्वपूर्ण योगदान कर रहा है। इसे परीक्षण के लिहाज से तैयार किया गया था। ये इंग्लैंड और रूस की तर्ज पर बनाए गए थे। अंतरिक्ष कार्यक्रम की विकासशील तकनीक की उच्च महत्वाकांक्षा के चलते भारत ने ठोस ईंधन का प्रयोग करके अपने रॉकेटों का निर्माण शुरू किया। इसे 'रोहिणी' का नाम दिया गया। 15 अगस्त, 1969 को इसरो का गठन किया गया जहां पर सबसे पहले देश में अंतरिक्ष अनुसंधान की नींव डाली गई। इसरो देश का राष्ट्रीय अंतरिक्ष संस्थान है। इसका मुख्यालय कर्नाटक की राजधानी बंगलोर में है। इस संस्थान में करीब सत्रह हजार वैज्ञानिक और अन्य कर्मचारी काम करते हैं। इस संस्थान का मुख्य कार्य भारत के लिए अंतरिक्ष संबंधी तकनीक उपलब्ध कराना है। इस बारे में विस्तृत जानकारी हम अगले अध्यायों में प्राप्त करेंगे। अंतरिक्ष कार्यक्रम के मुख्य उद्देश्यों में उपग्रहों–उपग्रहों को अंतरिक्ष में पहुंचाने वाले वाहनों और उन पर नियंत्रण रखने और जानकारियों का आदान–प्रदान करने के लिए पृथ्वी पर काम करने वाली प्रणालियों का विकास करना शामिल है। आज भारत न केवल अपनी अंतरिक्ष संबंधी आवश्यकताओं की पूर्ति करने में सक्षम है बल्कि दुनिया के बहुत से देशों को अपनी अंतरिक्ष क्षमता से व्यापारिक और अन्य स्तरों पर सहयोग कर रहा है।

पहला भारतीय उपग्रह–आर्यभट्ट

जिस श्री हरिकोटा नाम की जगह से चंद्रयान प्रथम भेजा गया था उसकी स्थापना अक्तूबर 1971 में की गई थी। 2003 में इसका नाम सतीश धवन अंतरिक्ष केन्द्र कर दिया गया। 1972 में सरकार ने केन्द्रीय स्तर पर एक अंतरिक्ष विभाग का गठन किया। इसी वर्ष अमेरिका ने लैंड सैट नाम के एक उपग्रह को अंतरिक्ष में भेजा था। इस

उपग्रह से जमीन पर जानकारियां हासिल करने के लिए की गई व्यवस्थाओं का वास्तव में उपयोग किया जा सका जिससे यह पता चला कि किस प्रकार अंतरिक्ष में उपस्थित उपग्रह से पृथ्वी पर उपलब्ध संसाधनों के बारे में विस्तृत जानकारी हासिल की जा सकती है। इस परियोजना में जियोलॉजिकल सर्वे ऑफ इंडिया ने सक्रिय भागीदारी निभाई। इस परियोजना से प्राप्त अनुभव बाद में भारत द्वारा अंतरिक्ष में छोड़े गए आई आर एस उपग्रह शृंखला के निर्माण, प्रक्षेपण और संचालन में महत्त्वपूर्ण भूमिका निभाई। 1 अप्रैल, 1975 को केन्द्र सरकार ने इसरो एक सरकारी संगठन के रूप में मान्यता दी।

टेलीविजन : ब्लैक एंड व्हाइट से डिजिटल तक

इसी वर्ष अमेरिकी उपग्रह ए टी एस–6 की मदद से देश में टेलीविजन प्रसारण की शुरुआत हुई। इस परियोजना को साइट का नाम दिया गया था। इसका मतलब था–उपग्रह शैक्षणिक दूरदर्शन परीक्षण। इस परियोजना के जरिये उपग्रह और टेलिविजन के माध्यम से देश के छह राज्यों के 2500 गांवों में शिक्षा, स्वास्थ्य, परिवार, नियोजन आदि विषयों पर ग्रामीण लोगों को टेलीविजन कार्यक्रमों के माध्यम से अधिक जागरूक बनाने का प्रयास किया गया। यह परीक्षण 1 जुलाई, 1975 से 31 जुलाई, 1976 तक चला। यह पहला मौका था कि दूर–दराज के लोगों को टेलीविजन देखने का मौका मिला। इस परियोजना का उद्देश्य उपग्रह पर आधारित टेलीविजन प्रणाली की स्थापना, संचालन और विकास की व्यवस्था और उसका परीक्षण करना था। देश के राजनीतिक इतिहास का यह एक खास दौर था। उन दिनों देश में आंतरिक आपातकाल लागू था और आलोचकों का कहना था कि सरकार ने अपनी नीतियों के प्रचार–प्रसार के लिए इस संसाधन का दुरुपयोग किया है। वास्तविकता यह थी कि यह देश में उपग्रहो पर आधारित दूरसंचार और प्रसारण की सुविधाओं की व्यवस्था करने पर लंबे समय से विचार–विमर्श चल रहा था और इस योजना को कार्यरूप दिये जाने का प्रयास किया जा रहा था। इस परियोजना के लिए एटीएस–6 नाम के उपग्रह को हटाकर हिंद महासागर के ऊपर लाया गया था। इस परियोजना के डिजाइन, विकास, संचालन और रख–रखाव आदि की जिम्मेदारी भारतीय विशेषज्ञों की थी। इसके लिए 2400 जगहों पर ऐसे टेलीविजन सेट लगाए गए थे जो सीधे उपग्रह से कार्यक्रम प्राप्त कर के दूर–दराज के गांवों में रहने वालों को दिखा सकते थे।

जब पूरा गांव मिल कर टीवी देखता था

इस उपग्रह के माध्यम से दिखाए जाने वाले कार्यक्रम भी विभिन्न सरकारी एजेंसियों ने मिल कर तैयार किये थे। इन कार्यक्रमों के माध्यम से खेती–किसानी करने के तौर–तरीके राष्ट्रीय एकता और अखंडता प्राथमिक शिक्षा और शिक्षकों के प्रशिक्षण के बारे में कार्यक्रम दिखाए जाते थे। इस परियोजना के संचालन के आधार पर इस बात का पता चला कि किस प्रकार से टेलीविजन का उपयोग कर के दूर दराज के इलाकों में रहने वालों को शिक्षित–प्रशिक्षित किया जा सकता है। इस परियोजना पर आने वाली लागत से इस बात का भी अनुमान लगाया जा सका कि यदि पूरे देश के लिए उपग्रह पर आधारित संचार सुविधाओं की कोई व्यवस्था की जानी है तो उस पर कितनी लागत आएगी। आलोचकों की राय कुछ भी रही हो लेकिन इस तरह एक छोटी–सी परियोजना के साथ देश में दूरदर्शन के आगमन और विकास का दौर शुरू किया गया था। उसी का विस्तृत रूप आज देश में दुनिया भर के टेलीविजन चैनलों का सेटेलाइट, केबल नेटवर्क, इंटरनेट और मोबाइल फोन पर टीवी देखने की सुविधा के रूप में विकसित होने में देखा जा सकता है। देश में टेलीपिजन की शुरुआत 1959 में हुई थी। तब दूरदर्शन एक ब्लैक एंड व्हाइट रूप में दिखाई देता था। उसका एक ही चैनल होता था। 1982 में दिल्ली में हुए एशियाई खेलों के दौरान टेलीविजन रंगीन हुआ। फिर केबल टीवी नेटवर्क और सेटेलाइट टेलीविजन का सिलसिला शुरू हुआ जो एनेलॉग से शुरू होकर अब डिजिटल टीवी और एच डी के दौर तक जा पहुंचा है।

आर्यभट्ट अंतरिक्ष में

इसरो की स्थापना के 18 दिन बाद ही भारत ने सर्वप्रथम 19 अप्रैल, 1975 को 'आर्यभट्ट' नाम उपग्रह का सफल प्रक्षेपण किया। आर्यभट्ट 360 किलोग्राम भार का उपग्रह था। इसे सफलतापूर्वक छोड़ और अंतरिक्ष में पृथ्वी की पूर्व निर्धारित कक्षा में स्थापित करने का दिन स्वतंत्र भारत के अंतरिक्ष अनुसंधान के लिए एक ऐतिहासिक दिन था। आर्यभट्ट को एक रूसी रॉकेट इंटर कॉसमॉस की सहायता से सोवियत संघ के कॉस्मोड्रोम से अंतरिक्ष में छोड़ा गया। इस उपग्रह के प्रक्षेपण का उद्देश्य वैज्ञानिक अध्ययन करना था। इस उपग्रह का नाम देश के प्राचीन गणितज्ञ 'आर्यभट्ट' के नाम पर रखा गया था। आर्यभट्ट छोड़े जाने के बाद कुछ यूरोपीय देशों की मदद से 1977 में भारत की सेटेलाइट टेली कम्यूनिकेशन परियोजना की शुरुआत हुई।

1977–1979 के दौरान स्टेप परीक्षण नाम की इस परियोजना के तहत फ्रांस और जर्मनी के उपग्रह 'सिम्फनी' का प्रयोग किया गया। स्टेप का अर्थ था–सैटेलाइट टेलीकम्यूनिकेशन एक्सपेरीमेंट प्रोजेक्ट। इस परियोजना के द्वारा यह जानने–समझने का प्रयास किया गया कि अंतरिक्ष में उपस्थित उपग्रह और जमीन पर उपलब्ध संचार सुविधाओं के बीच किस प्रकार से सूचनाओं का आदान–प्रदान किया जा सकता है। इस परियोजना ने डिजॉस्टर वार्निंग सिस्टम, रेडियो नेटवर्किंग, ट्रांस्पोर्टेबल टर्मिनल डेवलपमेंट आदि के बारे में जानकारियां हासिल की गईं। इसके माध्यम से संचार क्षेत्र में अनेक परीक्षण किये गए। इस परीक्षण से घरेलू दूर संचार के लिए एक भू स्थिर उपग्रह तंत्र के संचालन का मौका मिला। इससे भू इन्फ्रास्ट्रक्चर के डिजाइन में मदद मिली। यह प्रोजेक्ट आगे चल कर इनसेट व्यवस्था के विकास का आधार बनी। दो वर्ष बाद 7 जून, 1979 को पृथ्वी के अध्ययन के लिए 442 किलोग्राम भार वाले भारत का उपग्रह भास्कर–1 पृथ्वी की कक्षा में छोड़ा गया। पृथ्वी के अध्ययन के लिए भेजे गए इस उपग्रह को अंतरिक्ष में भेजने के लिए रूस के रॉकेट और वहां के कास्मोड्रोम का उपयोग किया गया। ये उपग्रह देश के पहले उपग्रह थे जिन्हें पृथ्वी की निम्न भूकक्षा में स्थापित किया गया था। इन उपग्रहों ने समुद्र और जल विज्ञान के क्षेत्र में आधुनिकतम अनुसंधान में महत्त्वपूर्ण भूमिका निभाई।

एस एल वी–3 लांचर

इसी वर्ष यानी 10 अगस्त, 1979 को एस एल वी–3 लांचर का प्रयोगात्मक तौर पर परीक्षण किया गया। इस परीक्षण के लिए आंध्र प्रदेश के श्री हरिकोटा स्टेशन का इस्तेमाल किया गया। इस लांचर के साथ रोहिणी आर एस नाम का 35 किलोग्राम भार का उपग्रह भी भेजा गया। इस कारण भारत का नाम वैज्ञानिकों की बिरादरी में प्रसिद्ध हुआ। इस परीक्षण के साथ ही भारत अपनी जमीन से और अपने रॉकेट से अपने उपग्रह को पृथ्वी की कक्षा तक पहुंचाने और उसे संचालित करने में सक्षम बन गया। भारतीय वैज्ञानिकों का शुरू से ही यह प्रयास रहा कि वे न केवल स्वदेश में ही उपग्रहों का निर्माण कर सकें बल्कि उन्हें अंतरिक्ष में पहुंचाने के लिए अपने लांच व्हीकलों का भी विकास कर सकें। लांच व्हीकल बनाने के लिए आधुनिकतम तकनीक की आवश्यकता थी। उसके विकास या आयात पर भारी लागत आती थी। भारत के पास न तो यह तकनीक उपलब्ध थी और न ही इतने संसाधन थे कि वह उनका आयात कर सके या भारी लागत लगाकर उसका विकास कर सके। यही नहीं, दूसरे

देश इस तरह की तकनीक देने के लिए भी तैयार नहीं थे। इन परिस्थितियों में भारत ने लांच व्हीकल के क्षेत्र में अनुसंधान का काम शुरू किया। इस परियोजना से जुड़े एक वैज्ञानिक ए पी जे अब्दुल कलाम को हम सब जानते हैं। जो कि बाद में भारत के राष्ट्रपति बने। डॉ. कलाम को 'मिसाइल मैन' का नाम दिया गया। ये लांच व्हीकल ही हमारी मिसाइल परियोजनाओं का आधार बने। अब भारत मिसाइल के विकास के क्षेत्र में एक नाम बन गया है। उसके इन प्रयासों का दुनिया भर मे विरोध हो रहा है लेकिन भारत आत्मरक्षा के अपने सम्प्रभु अधिकार को सुरक्षित रख कर यह काम कर रहा है। उसने इस तरह की मिसाइलें विकसित कर ली हैं कि उसकी मिसाइलें दुनिया के किसी भी ठिकाने पर निशाना साध सकने की स्थिति में हैं। वह अंतरिक्ष में भी अपने संसाधनों को संरक्षित रखने की व्यवस्था करने की तैयारी में हैं। वह इस प्रकार के कदम उठा रहा है कि यदि कोई उसके उपग्रहों को निशाना बनाना चाहे तो वह जवाबी कार्रवाई कर सके।

भारत की मिसाइल विकास की परियोजनाओं की लंबी कहानी है। उसको इस पुस्तक के दायरे में लाया जाना संभव नहीं है। वह अपने आप में एक पुस्तक का विषय है। इसलिए मिसाइल सिस्टम के विकास का यहां पर सरसरी तौर पर उल्लेख किया जा रहा है। भारतीय वैज्ञानिकों ने सबसे पहले एस एल वी का विकास किया। एस एल वी सेटेलाइट लांच व्हीकल का संक्षिप्त रूप है यानि जिस वाहन पर रख कर उपग्रहों को अंतरिक्ष में भेजा जाता है। एस एल वी का पहली बार 1979 में परीक्षण के तौर पर इस्तेमाल किया गया। एस एल वी से पहला उपग्रह रोहिणी को अंतरिक्ष में भेजने का प्रयास किया गया। वास्तव में इसे तकनीक के प्रदर्शन के रूप में देखा गया था। पहला परीक्षण पूरी तरह सफल नहीं रहा। इस परीक्षण के बारे में वैज्ञानिकों में मतभेद थे। कुछ ने इसे सफल और कुछ ने इसे असफल माना था क्योंकि यह मिशन अपने सभी लक्ष्यों को पूरी तरह पूरा कर पाने में सफल नहीं रहा था। इससे भारतीय वैज्ञानिकों में एक नया जोश दिखाई दिया कि हम ऐसा कर सकते हैं। इसके अगले ही साल यानि 1980 में पहली बार भारत ने पूरी तरह भारत में निर्मित और भारतीय व्हीकल से रोहिणी उपग्रह को अंतरिक्ष में भेजनें में सफलता प्राप्त की।

रोहिणी श्रृंखला के उपग्रह

भारतीय वैज्ञानिक सफलता और असफलता के विवाद में पड़ने की बजाय अपने काम पर लगे रहे। रोहिणी आर एस को छोड़े हुए अभी एक साल भी पूरा नहीं हुआ

था कि श्री हरिकोटा स्टेशन पर फिर एक बार रॉकेट छोड़े जाने की गूंज सुनाई दी। 18 जुलाई, 1980 को ए एल वी–3 रॉकेट से 35 किलोग्राम भार वाला रोहिणी आर एस–2 उपग्रह अंतरिक्ष में छोड़ा गया। यह परीक्षण सफल रहा। यह पहला मौका था जब भारत ने स्वदेश में बने उपग्रह को स्वदेशी रॉकेट से अंतरिक्ष में भेजा था। उसे पृथ्वी की कक्षा में स्थापित किया था। इस उपग्रह के अंतरिक्ष में अपना काम करना शुरू करने के साथ ही देश में टेलीविजन कवरेज के विस्तार का दौर शुरू हुआ था। यह कितना प्रभावकारी रहा होगा, इसका अनुमान इन आंकड़ों से लगाया जा सकता है कि रोहिणी के काम करना शुरू करने के दो साल के अंदर ही देश में टेलीविजन कवरेज का क्षेत्र 20 प्रतिशत से बढ़ कर 70 प्रतिशत तक जा पहुंचा था।

और अधिक बेहतर और ताकतवर

एसएलवी की सफलता के बाद भारत ने सेटेलाइट व्हीकल को और शक्तिशाली और प्रभावकारी बनाने की योजनाओं पर काम शुरू किया। इस तकनीक के विकास के परिणाम पहली बार तब सामने आए जबकि भारत ने 1987 में एसेनक्रोनस सैटेलाइट लांच व्हीकल ए एस एल वी का सफलतापूर्वक परीक्षण किया। ए एस एल वी की पहली उड़ान पूरी तरह सफल नहीं हो सकी क्योंकि इस रॉकेट के साथ भेजे गए उपग्रह स्क्रॉस को पृथ्वी की पूर्वनिर्धारित कक्षा में स्थापित नहीं किया जा सका। पहली बार ए एस एल वी के सफल नहीं होने के बाद इसरो ने दुबारा इस व्हीकल का परीक्षण किया। तब भी उसे अपेक्षित सफलता नहीं मिल सकी। इन वैज्ञानिकों ने हार नहीं मानी। उसमें सुधारों का सिलसिला जारी रखा। तीसरे और चौथे परीक्षणों में उन्हें अपेक्षित सफलता मिल गई। इसके बाद एएसएलवी के स्थान पर पोलर सेटेलाइट लांच व्हीकल पीएसएलवी का परीक्षण शुरू किया गया। पीएसएलवी ने 1993 में पहली सफल उड़ान भरी। वह देश का सबसे बढ़िया लांच व्हीकल साबित हुआ। उसकी भी पहली उड़ान सफल नहीं रही थी। पीएसएलवी ने न केवल भारत के उपग्रहों को अंतरिक्ष में निर्धारित की गई विभिन्न कक्षाओं में स्थापित किया बल्कि इस व्हीकल का इस्तेमाल करके दुनिया के अन्य देशों के उपग्रह भी अंतरिक्ष में सफलतापूर्वक पहुंचाए गए। इनसेट सीरीज के अधिकतर उपग्रहों को इसी वाहन ने अंतरिक्ष में पहुंचाया। पीएसएलवी रॉकेटों का अभी भी उपयोग किया जा रहा है। पीएसएलवी रॉकेटों की सफलता के बाद भारत ने अब और अधिक शक्तिशाली वाहन तैयार करने की दिशा में काम शुरू किया जिससे कि भविष्य की आवश्यकताओं को

पूरा किया जा सके। इसमें अंतरिक्ष में और दूर तक अपने उपग्रहों और अन्य जटिल मिशनों को पूरा किये जाने की क्षमता का विकास किया जाना शामिल है। इस दिशा में लंबे समय तक काम जारी रहा। इस अनुसंधान और विकास से जीएसएलवी यानी जियो सिन्क्रोनस लांच व्हीकल्स का निर्माण हुआ। जीएसएलवी का पहली बार 2001 में परीक्षण किया गया। शुरुआती दौर के परीक्षण सफल माने गए लेकिन बाद में इन्हें अपेक्षित सफलता नहीं मिल सकी। इन वाहनों में स्वदेश में निर्मित क्रायोजेनिक इंजन लगाने का प्रयास भी विफल हो गया। इस असफलता के कारणों की समीक्षा की गई है। इसके परिणामों के आधार पर इस इंजन में बदलाव करने का प्रयास किया जा रहा है। भारत को अभी इस दिशा में अमेरिका जैसे विकसित देश की बराबरी तक पहुंचने के लिए बहुत कुछ करने की आवश्यकता होगी।

रोहिणी श्रृंखला का तीसरा उपग्रह

इन दो उपग्रहों के अनुभवों का लाभ उठाते हुए वैज्ञानिकों ने रोहिणी श्रृंखला का तीसरा उपग्रह रोहिणी आर एस डी–1 छोड़ने का फैसला किया। इस प्रकार से तैयार किया गया पहला पूरी तरह विकसित एस एल वी–3 1981 में प्रक्षेपित किया गया। 31 मई, 1981 को इसने रोहिणी एस डी–1 भी पृथ्वी की कक्षा में स्थापित किया गया। इसी वर्ष 19 जून को 436 किलोग्राम भार का एप्पल नाम का सैटेलाइट भी प्रक्षेपित किया गया। इस एप्पल का कम्प्यूटर और टेलीफोन बनाने वाली अमरीकी कंपनी या सेब से कुछ लेना–देना नहीं है। एप्पल का पूरा नाम था–एरियन पैसेंजर पेलोड एक्सपेरिमेंट। यह भारत में निर्मित पहला उपग्रह था। यह प्रायोगिक संचार उपग्रह था। इसमें केवल सी बैंड ट्रांस्पोंडर थे। बेलन के आकार वाला यह उपग्रह दक्षिण अमेरिका स्थित कोरू, फ्रेंच, गुयाना से अंतरिक्ष में भेजा गया। इस उपग्रह को छोड़ने के लिए यूरोपीय अंतरिक्ष संस्था के एरियन रॉकेट का उपयोग किया गया। उपग्रहों को अपने व्हीकलों से अंतरिक्ष में पहुंचाने की प्रक्रिया जारी रखने के बीच भारत ने यूरोपियन स्पेस एजेंसी के साथ समझौता किया जिससे वह इ एस ए के एरियान व्हीकल्स का अपने उपग्रहों को छोड़ने के लिए उपयोग कर सके। इसके साथ ही भारत और अन्य देशों की स्पेस एजेंसियों के बीच सहयोग का एक नया दौर शुरू हुआ। यह सिलसिला आज भी जारी है। यह उपग्रह मूलतः भारत की दूर संचार आवश्यकताओं को पूरा करने में सहयोगी बनने के लिए भेजा गया था। इस उपग्रह के इस्तेमाल से टेलीविजन कार्यक्रमों के प्रसारण और रेडियो नेटवर्किंग के क्षेत्र में नये–

नये अनुभव करने का अवसर मिला। इस उपग्रह के अंतरिक्ष में स्थापित होने और अपना काम शुरू करने के साथ ही भारत में बेहतर संचार सुविधाओं की उपलब्धता का एक नया दौर शुरू हुआ। यह पहला मौका था जबकि भारत ने अंतरिक्ष अनुसंधान क्षेत्र में यूरोप के किसी सहयोगी के साथ भागीदारी की थी। अब तक इस क्षेत्र में भारत को सोवियत संघ से ही मदद मिलती रही थी।

अंतरिक्ष अनुसंधान और भारत-सोवियत सहयोग

20 नवम्बर, 1981 को भास्कर–2 को अंतरिक्ष में भेजा गया। इस उपग्रह को छोड़ने के लिए फिर एक बार सोवियत संघ के रॉकेट इंटर कॉसमॉस का उपयोग किया गया। सोवियत कास्मोड्रोम से इस उपग्रह को छोड़ा गया। 436 किलोग्राम भार के इस उपग्रह का उद्देश्य पृथ्वी का अध्ययन करना था। यह सब करते हुए भारत इनसेट के विकास तक पहुंच गया। रोहिणी और भास्कर श्रृंखला के उपग्रहों को अंतरिक्ष में पहुंचाए जाने और उनके मिशन के अनुसार काम करने में सफलता पाने के बाद भारत ने अब उपग्रहों की एक और श्रृंखला की शुरुआत की। इसका नाम रखा गया–इनसेट। इस श्रृंखला का पहला उपग्रह 10 अप्रैल, 1982 को इनसेट–1 ए का प्रक्षेपण किया गया। 1160 किलोग्राम भार का यह उपग्रह अब तक का सबसे भारी–भरकम उपग्रह था। इस उपग्रह को छोड़ने के लिए अमेरिका के केप कनवरल स्थित अंतरिक्ष केन्द्र का इस्तेमाल किया गया। इस बहुउद्देश्यीय उपग्रह को अंतरिक्ष तक पहुंचाने के लिए डेल्टा रॉकेट का उपयोग किया गया। इस बीच अपनी धरती और अपने रॉकेट से करीब साढ़े 41 किलोग्राम भार वाले रोहिणी आर एस डी–2 को अंतरिक्ष में छोड़े जाने की तैयारियां जारी रहीं। वैज्ञानिक अनुसंधान के लिए छोड़े जाने वाले इस उपग्रह को 17 अप्रैल, 1983 को अंतरिक्ष में भेजा गया। इस उपग्रह को प्रक्षेपित करने के लिए एल एल वी–3 रॉकेट का ही इस्तेमाल किया गया। इसके अगले वर्ष 1983 में ही सूचना और तकनीक के विकास में अहम पड़ाव आए। भारत में सूचना तकनीक के विकास के लिए यह एक अहम वर्ष रहा। इनसेट–1 बी के प्रक्षेपण के साथ इस तकनीक के और भी ज़्यादा उपयोग किये जाने को हरी झंडी मिली। इनसेट–1 बी को छोड़ने के लिए अमरीकी शटल चैलेंजर का उपयोग किया गया। केप कनवरल से छोड़ा जाने वाला यह मल्टीपर्पज उपग्रह 1193 किलोग्राम भार का था। यह अब तक का सबसे अधिक भार वाला भारतीय उपग्रह था। 1984 तक इनसेट तकनीक से दूरसंचार और टेलीविजन जैसी सुविधाएं जुड़ती गईं और इनके

प्रसार का रास्ता साफ होता गया।

अंतरिक्ष में पहला भारतीय

श्री राकेश शर्मा देश के पहले अंतरिक्ष यात्री हैं। वे 2 अप्रैल, 1984 को सोयुज टी एम 11 अंतरिक्ष यान से रूसी अंतरिक्ष स्टेशन सैल्युट–7 में गए। 1949 को पंजाब के पटियाला में जन्मे राकेश भारतीय वायुसेना में शामिल हुए थे। जब वे अंतरिक्ष में गए थे तब वे स्क्वाड्रन लीडर के पद पर तैनात थे। विंग कमांडर के पद से रिटायर हुए। राकेश शर्मा 7 दिन 21 घंटे 40 मिनट और 6 सेकेंड तक अंतरिक्ष में रहे। पहले भारतीय अंतरिक्ष यात्री राकेश शर्मा ने 1984 में अंतरिक्ष में जाकर रूसी कैप्सूल से भारत को देखते हुए उन्होंने अपने देश के बारे में कहा था 'सारे जहां से अच्छा हिंदुस्तान हमारा।' श्री शर्मा के साथ रवीश मल्होत्रा ने अंतरिक्ष यात्री का प्रशिक्षण प्राप्त किया था। 1943 को लाहौर में जन्मे श्री मल्होत्रा भारतीय वायुसेना के अधिकारी थे। उन्हें बैकअप के रूप में अंतरिक्ष में जाने के लिए तैयार किया गया था। बाद में वे वायुसेना से एयर कमोडोर के रूप में रिटायर हुए।

दूर संवेदन और भारतीय उपग्रह

भारतीय वैज्ञानिकों ने अब दूरसंचार के क्षेत्र में उल्लेखनीय योगदान करने के बाद अब दूर संवेदन के लिए उपग्रहों का इस्तेमाल करने का रास्ता पकड़ा। दूर संवेदन के लिए उपग्रहों का इस्तेमाल करने के लिए श्री हरिकोटा से 150 किलोग्राम भार का स्रोस–1 नामक उपग्रह छोड़ा गया। इस उपग्रह को अंतरिक्ष तक पहुंचाने की जिम्मेदारी ए एस एल वी डी–1 रॉकेट को सौंपी गई। यह रॉकेट ए एल वी–3 शृंखला का सुधरा और अधिक सशक्त रॉकेट था। यह प्रयोग अधिक सफल नहीं रहा, लेकिन इससे इसरो के वैज्ञानिकों को अनेक नई चीजें सीखने को मिलीं। 1988 में रिमोट सेंसिग के क्षेत्र में भारत ने उस समय एक महत्त्वपूर्ण उपलब्धि हासिल की जब आई आर एस–1 ए का प्रक्षेपण हुआ। इसके साथ ही भारत ने रिमोट सैंसिंग क्षेत्र में अपनी योग्यता और क्षमता को स्थापित करने में सफल हुआ। 980 किलोग्राम भार के इस उपग्रह को रूस के बैकानूर से छोड़ा गया। इसके लिए वोस्तोक रॉकेट का उपयोग किया गया। यह पहला मौका था जबकि भारत ने रोहिणी शृंखला के किसी उपग्रह को अंतरिक्ष में भेजने के लिए रूसी रॉकेट और रूसी व्यवस्थाओं का इस्तेमाल किया था। इस बीच भारत ने अपने रॉकेट ए एस एल वी डी में और सुधार करने का काम

जारी रखा। 13 जुलाई, 1988 को ए एस एल वी डी–2 रॉकेट से स्रोस दो नाम उपग्रह का प्रक्षेपण किया गया। सुदूर संवेदन के लिए श्री हरिकोटा से छोड़े गए इ उपग्रह की परियोजना को असफल माना गया। इसके एक सप्ताह के बाद ही मल्टीपर्प सैटेलाइट इनसेट–1 सी को अंतरिक्ष में भेजा गया। इस उपग्रह को अंतरिक्ष में भेज के लिए फिर एक बार एरियन रॉकेट का उपयोग किया गया। इस उपग्रह को फ्रें गुयाना के कोरू से अंतरिक्ष में प्रक्षेपित किया गया। दो वर्ष बाद जून 1990 में इनसैट- डी का प्रक्षेपण किया गया। इसके साथ ही इनसेट–1 डी शृंखला पूरी हो गई।

इनसेट शृंखला की दूसरी पीढ़ी

इनसैट वन शृंखला की सफलताओं और अनुभवों के बाद इसकी दूसरी पी के उपग्रहों को काम में लेने का सिलसिला शुरू किया गया। 650 किलोग्राम भ का इनसेट–1 डी 12 जून, 1992 को केप केनेवरल से शटल चैलेंजर से अंतरिक्ष प्रक्षेपित किया गया। इस शृंखला के समानान्तर सुदूर संवेदी कार्यों के लिए ही अ आर एस–1 बी उपग्रह के प्रक्षेपण के लिए वोस्तोक रॉकेटों का इस्तेमाल किया गय 29 अगस्त, 1991 को बैकानूर से 985 किलोग्राम भार का आई आर एस–1 बी उपग्र अंतरिक्ष में भेजा गया। इस दौरान ए एस बी डी रॉकेट में सुधार का काम पूरा क लिया गया। 20 मई, 1992 को ए एस बी डी–3 रॉकेट से श्री हरिकोटा से सु संवेदन के कार्यों के लिए स्रोस–3 उपग्रह का सफलतापूर्वक प्रक्षेपण किये जाने सफलता मिली। इस सफलता के साथ ही भारत के अपने रॉकेट से अपनी सरज़ से अपना उपग्रह प्रक्षेपित करने का रास्ता साफ हुआ।

उधर मल्टीपर्पज रॉकेट को और भी भारी काम कर सकने लायक बनाए ज का सिलसिला जारी रखा गया। 10 जुलाई, 1992 को इनसेट–2 ए का प्रक्षेपण कि गया। 1416 किलोग्राम भार का यह उपग्रह कोरू से एरियन रॉकेट से अंतरिक्ष भेजा गया। भारत द्वारा भेजा गया यह सबसे अधिक भार वाला उपग्रह था। इस क्रमिक विकास के रूप में 23 जुलाई, 1993 कोरू से ही इनसेट–2 बी को अंतरिक्ष प्रक्षेपित किया गया। 1906 किलोग्राम भार वाला यह उपग्रह एरियन रॉकेट से को से अंतरिक्ष में भेजा गया। भारी उपग्रहों के प्रक्षेपण के लिए विदेशी रॉकेटों के इस्तेम के साथ–साथ भारत ने अपने प्रक्षेपकों में सुधार कर उन्हें अधिक क्षमतावान अ प्रभावकारी बनाने का काम जारी रखा। 20 सितम्बर को श्री हरिकोटा प्रक्षेपण स्थ से आई आर एस–1 ई उपग्रह को अंतरिक्ष में प्रक्षेपित किया गया। इस प्रक्षेपण

लिए पीएसएलवी डी–1 रॉकेट का इस्तेमाल किया गया। यह परियोजना पूरी तरह सफल नहीं रही। 1994 में आई आर एस पी–2 का प्रक्षेपण किया गया। 7 दिसम्बर, 1995 को इनसेट–2 सी उपग्रह अंतरिक्ष में भेजा गया। अगले दो वर्षों की अवधि में लांचर पी एस एल वी से चंद्रयान छोड़ा जाना था। उसे भी 1997 में विकसित किया गया। इसी की मदद से आई आर एस 1 डी अंतरिक्ष में स्थापित किया गया। वर्ष 1997 में इनसेट–2 डी और 1999 में इनसेट–2 ई का प्रक्षेपण भारत को अंतरिक्ष अनुसंधान के क्षेत्र में अब दुनिया के पटल पर लाना शुरू कर देता है। भारत द्वारा अपने रॉकेटों में सुधार के लिए किये जा रहे प्रयास अब सफल होने लगे थे। धीरे–धीरे अब वह स्थिति आ गई जबकि भारत ने दूसरे देशों के उपग्रहों को भी अंतरिक्ष में प्रक्षेपित करने का काम शुरू कर दिया। 1999 में भारत ने कोरिया और जर्मनी जैसे विकसित देशों के उपग्रहों को अंतरिक्ष में भेजने का काम किया।

इनसेट शृंखला की तीसरी पीढ़ी

इनसेट की तीसरी पीढ़ी वर्ष 2000 में इनसेट–3 बी के साथ शुरू होती है। 2001 में पीएसएलवी–3 सी विकसित करके प्रक्षेपित किया गया। 2001 में ही जी एस एल वी लांचर का पहली बार प्रयोग किया गया। अब तक भारत का अंतरिक्ष कार्यक्रम तेज गति पकड़ लेता है। 2002 में इनसेट–3 सी और कल्पना–1 उपग्रहों को प्रक्षेपित किया जाता है। 2003 में इन सैट–3 ए और 3 ई का सफलतापूर्वक प्रक्षेपण किया गया। 2005 में हामसैट और कार्टोसैट जैसे उपग्रहों का प्रक्षेपण देश के अंतरिक्ष कार्यक्रमों को और भी नयी ऊंचाइयों पर ले जाता है। इसी वर्ष यानी 2005 में इनसेट–4 ए का प्रक्षेपण किया गया। जीएसएलवी लांचर की मदद से इनसेट–4 सी को अंतरिक्ष में भेजा गया। 2007 में भारत ने अपनी और भी बेहतर तकनीक का प्रदर्शन करके कुछ अन्य देशों के उपग्रहों को अंतरिक्ष में पहुंचाने का काम किया। 2007 तक एक साथ सबसे ज़्यादा 8 उपग्रहों को छोड़ने का रिकार्ड रूस के नाम था। भारत ने 2008 में 28 अप्रैल को एक साथ 10 उपग्रह अंतरिक्ष में भेज कर एक नया रिकार्ड अपने नाम कर लिया।

ओशन सेट–2 कक्षा में स्थापित

महत्वाकांक्षी परियोजना चन्द्रयान–1 के अचानक खात्मे के बाद इसरो अपने पहले सफल अभियान में 20 मिनट के समयकाल में भारतीय उपग्रह ओशन सैट–2

समेत सात उपग्रहों को कक्षा में स्थापित कर दिया। चन्द्रयान प्रथम के बारे में विस्तृत चर्चा हम आगे करेंगे। 51 घंटे की उल्टी गिनती के बाद 44 दशमलव 4 मीटर लंबे और चार चरण वाले अंतरिक्ष यान पीएसएन सी–14 ने सतीश धवन अंतरिक्ष केन्द्र से अपने सफर पर रवाना हुआ। उसने एक के बाद एक सभी उपग्रह कक्षा में स्थापित किये। सबसे पहले ओशन सैट–2 को उसकी कक्षा में पहुंचाया गया। इसके बाद एक–एक करके अन्य उपग्रहों को कक्षा में स्थापित किया गया। ओशन सैट देश का 16वां दूर संवेदी उपग्रह है। यह उपग्रह मछली पकड़ने के संभावित क्षेत्रों की निशानदेही करने के साथ ही समुद्र की स्थिति की भविष्यवाणी करेगा। वह तटीय क्षेत्रों के अध्ययन में मदद करेगा। इसके अलावा यह उपग्रह मौसम की भविष्यवाणी और जलवायु अध्ययन के लिए महत्त्वपूर्ण सूचनाएं देगा। कक्षा में स्थापना के इस सफर में ओशन सैट के साथ छह नैनो उपग्रहों की एक श्रृंखला भी अंतरिक्ष में पहुंचाई गई। इसमें दो जर्मन रूबिन नैनो उपग्रहों के अलावा चार क्यूब सैट भी थे। ओशन सैट–2 कक्षा में ओशन सैट–1 की जगह लेगा। ओशन सैट–1 का उपयोग समुद्र विज्ञान के भौतिक और जीव वैज्ञानिक पहलुओं के अध्ययन के लिए किया गया है। ओशन सैट–2 का हमसफर बने नैनो उपग्रहों का वजन दो से आठ किलोग्राम के बीच था। ये यूरोपीय विश्वविद्यालयों के शैक्षिक उपग्रह हैं। इनका उपयोग नई प्रौद्योगिकियों के परीक्षण के लिए होगा। ओशन सैट–1 ने अपनी अंतरिक्ष यात्रा के दस साल पूरे कर लिए है। ओशन सैट–2 का कार्यकाल पाँच साल का होगा। ओशन सैट–2 में रखे गए 8 बैंड मॉनीटर 360 मीटर के रिजोल्यूशन के साथ 1420 किलोमीटर की पट्टी की तस्वीर देगा।

भारत की अंतरिक्ष अनुसंधान के क्षेत्र में धाक है

आज भारत अंतरिक्ष अनुसंधान के क्षेत्र में एक हद तक आत्मनिर्भर है। वह अपने सैटेलाइट खुद बनाता है। उसके पास अपनी जरूरतों के लिए विभिन्न प्रकार के रॉकेट हैं जिनसे वह इन उपग्रहो को प्रक्षेपित कर सकता है। अपनी आवश्यकतानुसार पृथ्वी की विभिन्न कक्षाओं में स्थापित कर सकता है। यह दो प्रक्षेपण वाहनों पोलर सैटेलाइट लांच व्हीकल पी एस एल वी तथा जियोसिंक्रोन सैटेलाइट लांच व्हीकल जीएसएलवी के माध्यम से संभव हुआ है। पीएसएलवी का मुख्य काम एक से डेढ़ टन श्रेणी भार के रिमोट सेंसिंग उपग्रहों को ध्रुवीय सौर कक्षा में पहुंचाना है। भारत द्वारा विकसित रिमोट सेंसिंग उपग्रह आई आर एस पृथ्वी का सर्वेक्षण करने वाला अंतरिक्ष में स्थापित सबसे व्यापक

असैन्य नेटवर्क है। इस तरह की दक्षता और क्षमता प्राप्त करनेवाले दुनिया में गिने-चुने देश ही हैं। अमेरिका, यूरोप, जापान और चीन के पास इस तरह की आधुनिक तकनीक है लेकिन वे अपनी इस तकनीक को किसी के साथ बांटने को तैयार नही हैं। रूसी भारत के साथ इस तकनीक को बांटने के लिए तैयार हो गए थे। वे भारत के मामले में अपनी नीति में छूट देने को भी तैयार थे। उन्होंने इस तकनीक को भारत के साथ बाँटा भी। इस तकनीक को उपलब्ध कराते समय दोनों देशों ने साफतौर पर कहा था कि इस तकनीक का उपयोग सैनिक कार्यों के लिए नहीं किया जाएगा। इसका उपयोग केवल संचार और मौसम के अध्ययन के लिए छोड़े जाने वाले उपग्रहों के लिए ही किया जाएगा। अमेरिका को सोवियत भारत सहयोग का यह पहलू पसंद नहीं आया था। उसने इसका खुल कर और गुप्त स्तर पर भी विरोध किया।

भारत-सोवियत समझौते का अमेरिका द्वारा विरोध

1991 में जॉर्ज बुश सीनियर के राष्ट्रपति के कार्यकाल में इस समझौते का विरोध किया गया। भारतीय अर्थव्यवस्था का यह वह दौर था जबकि भारत भारी आर्थिक संकट के दौर से गुजर रहा था। उसने अपनी अंतरराष्ट्रीय उधारी चुकाने के लिए इंटरनेशनल मॉनिटरी फंड से रकम उधार ली थी। अपने सोने को बैंक ऑफ इंग्लैंड के पास गिरवी रखने के लिए मजबूर हुआ था। आर्थिक उदारीकरण का दौर शुरू ही हो रहा था। सोवियत संघ की भी स्थिति कमजोर होती जा रही थी। उसके हिस्से रहे अनेक देश अपनी आजादी के लिए संघर्षरत थे। उस समय के अमेरिकी प्रशासन का मानना था कि इस तकनीक का उपयोग सैनिक कार्यों के लिए किया जाएगा। इस पर रोक लगाने के लिए अमेरिकी सरकार ने मिसाइल टेक्नालॉजी कंट्रोल रिजीम की व्यवस्थाओं के तहत किये गए प्रावधानों का उपयोग करने का रास्ता अपनाया। यह व्यवस्था अमेरिकी छाते के तले पश्चिमी देशों ने की थी। इसका उपयोग किसी और के मिसाइलों के विकास के रास्ते में बाधा डालना था क्योंकि अमेरिका का मानना था कि इस इंजन का इस्तेमाल दूर तक निशाना लगाने वाली मिसाइलों के विकास के लिए किया जा सकता है। इससे वेपन ऑफ मास डिस्ट्रक्शन यानी भारी तबाही मचाने वाले बमों को दूर-दराज के देशों तक पहुंचाया जा सकता था। ये परिस्थितियां ऐसी थीं कि अमेरिका विश्व की एकमात्र सुपर पॉवर बन गया था। वह अंतरराष्ट्रीय नियमों और कानूनों को अपनी मर्जी और अपने चश्मे से देख पाने की स्थिति में था। सोवियत संघ में यह अस्थिरता और टकराव का दौर था। इन

परिस्थितियों में मिसाइल समझौते के प्रावधानों के तहत सोवियत संघ और भारत दोनों पर ही तरह–तरह के प्रतिबंध लगा दिये गए। सोवियत संघ का विघटन ह गया। बोरिस येल्तिसिन ने मॉस्को में सत्ता संभाली। इस बीच अमेरिका में राष्ट्रपति बुश की जगह बिल क्लिंटन ने व्हाइट हाउस में अमेरिकी प्रशासन की कमान अपन हाथ में ले ली थी। क्लिंटन–येल्सतीन समझौते के तहत यह तय कर दिया गया वि सोवियत संघ भारत को यह तकनीक नही देगा लेकिन वह पहले से किये गए समझौते के तहत सात क्रायोजेनिक इंजन दे सकता है लेकिन यह तकनीक भारत को नहीं उपलब्ध कराई जाएगी। 1998 में पोखरण–दो के बाद अमेरिका ने भारत पर पाबंदी लगवा दी थी। रूस से भी इस इंजन को मिलने का रास्ता बंद हो गया था। अमेरिका के विरोध की वजह से भारत 1992 में रूस से क्रायोजेनिक इंजन हासिल नहीं कर पाया। इसके बाद से भारतीय वैज्ञानिक अपने ही देश में इस तरह के इंजन का विकास करने के लिए काम कर रहे थे। इसके बाद भारत के पास इस तकनीक को पाने का कोई रास्ता नहीं बचा। अब उसे अपने ही साधनों से इस इंजन का विकास करना था। भारतीय वैज्ञानिकों ने इस चुनौती को स्वीकार किया अपने संसाधनों से इस तकनीक के विकास के रास्ते पर चलने का फैसला किया इस परियोजना को क्रायोजेनिक वन स्टेज प्रोजेक्ट का नाम दिया गया। फिर बाद में इसका धीरे–धीरे विकास करने का प्रयास किया गया। यह नाम देने का कारण यह था कि क्रायोजेनिक्र तकनीक केवल एक इंजन का विकास नहीं है। वास्तव में इसका हर स्तर अपने आप में एक रॉकेट की तरह का होता है।

क्रायोजेनिक : एक बेहद जटिल तकनीक

क्रायोजेनिक इंजन की तकनीक का विकास एक बेहद जटिल काम है। यह काम जटिल इसलिए है क्योंकि ये इंजन लिक्विड ऑक्सीजन और हाइड्रोजन को ईंधन के रूप में इस्तेमाल करते हैं। इनमें लिक्विड ऑक्सीजन का उपयोग ऑक्सीडाइजर के रूप में किया जाता है। इन दोनों गैसों को लिक्विड बनाना कितना मुश्किल है इसका अनुमान इस बात से लगाया जा सकता है कि ऑक्सीजन माइनस 185 डिग्री पर लिक्विड यानी द्रव में बदलती है। हाइड्रोजन को लिक्विड बनाने के लिए तापमान माइनस 256 डिग्री तक ले जाया जाना होता है। यह कितना ठंडा होता होगा, इसका अनुमान आप इस बात से लगा सकते हैं कि जीरो डिग्री पर पानी बर्फ में बदल जाता है। इसलिए लिक्विड हाइड्रोजन और लिक्विड ऑक्सीजन को रखने के लिए कि

प्रकार की धातुओं से बने कंटेनर की आवश्यकता होती होगी कि इसका आप अनुमान ही लगा सकते हैं। यहां यह बात भी ध्यान में रखनी होगी कि क्रायोजेनिक इंजन को उड़ान भरते समय दो हजार डिग्री तक की हीट का सहन करने की क्षमता भी रखनी होती है। क्रायो का मतलब होता है–बहुत ठंडा। इस तकनीक में बेहद कम तापमान पर लिक्विड में तब्दील की गई हाइड्रोजन का इस्तेमाल किया जाता है। गर्म होने पर यह गैस तेजी से फैलती है। इससे रॉकेट को जबरदस्त बूस्ट मिलता है। सॉलिड फ़्यूल से यह कई गुना ताकतवर होती है। लंबी दूरी के भारी उपग्रहों को अंतरिक्ष में ले जाने के लिए यह तकनीक बेहद जरूरी है।

भारत की अपनी तकनीक का प्रदर्शन

15 अप्रैल, 2010 स्वदेशी क्रायोजेनिक इंजन से लैस जी एस एल वी डी–3 रॉकेट का परीक्षण किया गया। यह पहला मौका था जब भारत का कोई रॉकेट स्वदेशी क्रायोजेनिक इंजन से लैस होकर अंतरिक्ष में जाने वाला था। इस अभियान की कामयाबी के बाद भारत उन चुनिंदा देशों की कतार में शमिल हो जाता जिन्हें जटिल क्रायोजेनिक इंजन तकनीक में महारथ हासिल है। यह रॉकेट 50 मीटर लंबा जियोसिंक्रोनस सेटेलाइट लांच व्हीकल डी–3 रॉकेट देश के आधुनिकतम संचार उपग्रह जी सैट–4 को लेकर सतीश धवन अंतरिक्ष केन्द्र से रवाना होने वाला था। जी सैट का वजन 2220 किलोग्राम था और यह अनुमान लगाया गया था कि यह उपग्रह आने वाले सात सालो तक काम कर सकेगा। भारतीय वैज्ञानिकों ने इस इंजन की तकनीक के विकास पर 18 वर्षों से भी अधिक का समय लगाया है। अब तक केवल अमेरिका, रूस, जापान, फ्रांस और चीन ने ही इस जटिल प्रौद्योगिकी का विकास किया है। इस इंजन के सफल होने पर इसके जरिये दो टन से अधिक भार के संचार उपग्रहों को भूसमक्रमिक स्थानांतरण कक्षा में स्थापित कर पाना संभव हो सकेगा। यह कक्षा पृथ्वी से 36 हजार किलोमीटर की ऊंचाई पर है। पहले भारत को रूस से यह तकनीक मिल रही थी। 2001 से 2007 के बीच भारत ने पांच जीएसएलवी सैटेलाइट अंतरिक्ष में भेजे थे। ये सभी रूस से मिलने वाले क्रायोजेनिक इंजन से लैस थे। इनमें से तीन सफल रहे थे। मिखाइल गोर्वाचोव के कार्यकाल के दौरान सोवियत यूनियन की स्पेस एजेंसी ग्लावकोस्मोस इसरो को इस तरह के इंजन और उनकी तकनीक देने को राज़ी हो गई थी। इस प्रौद्योगिकी का विकास तमिलनाडु में महेन्द्र गिरी स्थित इसरो के एलपीएससी केन्द्र के वैज्ञानिकों के एक दल ने तैयार

की है।

क्रायोजेनिक मिशन फेल

यह मिशन अपने लक्ष्य को पूरा नहीं कर सका। नेवीगेशन और कम्युनिकेशन इस मिशन का मुख्य काम था। जिस रॉकेट में इस इंजन का इस्तेमाल किया वह उड़ान के पांच मिनट बाद रास्ते से भटक कर सागर में समा गया। एक साल में फ्लाइट टेस्ट को फिर से अंजाम दिया जाएगा। 330 करोड़ रुपये के इस मिशन का नाकाम होना देश के स्पेस प्रोग्राम के लिए एक बड़ा झटका है। हमारी टीम के पास क्रायोजेनिक इंजन बनाने की पूरी क्षमता और काबिलियत है। हम साल भर के अंदर क्रायोजेनिक तकनीक वाले इंजन को फिर से टेस्ट करेंगे। यह रॉकेट लांच के 293 सेकेंड तक बिल्कुल सही रास्ते पर रहा और फिर राह भटक गया। 505 सेकेंड के बाद इसने आंकड़े भेजना बंद कर दिया। क्रायोजेनिक इंजन इग्नाइट हुआ लेकिन इसके नीचे दो वर्नियर इंजन होते हैं। आशंका है कि ये इंजन शुरू नहीं हो पाए। ऐसा क्यों हुआ, इसकी जांच करनी पड़ेगी और इसके लिए आंकड़ों की आवश्यकता होगी। हमने यान को अनियंत्रित होकर हिलते देखा और फिर वह अपना रास्ता भटक गया। इसरो प्रमुख बनने के बाद यह डॉ. राधाकृष्णन का पहला मिशन था। उन्होंने कहा, 'हार नही मानेंगे हम, हमें लंबी दूरी तय करनी है और एक वर्ष के भीतर इस मिशन को सफल बनाना है।' इस दुर्घटना की जांच के लिए गठित विशेषज्ञ समिति की जांच के दौरान इस बात की जानकारी सामने आई है कि इस दुर्घटना का एक कारण यह हो सकता है कि दूसरे चरण के बाद रॉकेट को ईंधन मिलना बंद हो गया क्योंकि ईंधन की सप्लाई करने कें लिए लगाए गए पंप अपना काम नहीं कर पाए। ऐसा क्यों हुआ, अभी इसकी जांच का सिलसिला जारी है। इस असफलता का असर भारत के इंटरकाण्टिनेंटल मिसाइल प्रक्षेपण के अभियान पर भी पड़ेगा क्योंकि भारत इसी इंजन का इस्तेमाल कर के अंतर महाद्वीपीय मिसाइल के परीक्षण के लिए इस्तेमाल करने वाला था। इस तकनीक को भारत को जिन हालात में और जिस बड़ी चुनौती के रूप में विकसित किया जा रहा है वह बदलती दुनिया में भारत के अपने पैरों पर खड़े होने की कहानी है। दो दशक पहले तक भारत को इस तकनीक को विकसित करने की ज़रूरत तक महसूस नहीं हो रही थी। सोवियत संघ ने भारत को यह तकनीक देने का वादा कर लिया था, लेकिन विश्व रंगमंच से सोवियत संघ की विदाई के बाद हालात बदल गए। रूस इस समझौते को जारी रखना चाह रहा था लेकिन अंतरराष्ट्रीय दबावों के

चलते वह इस सौदे को निभा पाने में अपने आपको असमर्थ पा रहा था।

अपने पैरों पर ही खड़ा होना होगा

भारत ने रूस से पांच क्रायोजेनिक इंजन खरीदे भी थे। उनका 2001–2007 के बीच जीएसएलवी अभियानों में किया गया था। लेकिन रूस पर भी दबाव आने लगे थे। भारत को इस तरह की तकनीक का दिया जाना मिसाइल टेक्नॉलाजी रिजीम का उल्लंघन था, इसलिए रूस पर यह समझौता रद्द करने का दबाव डाला गया। यह समझौता रद्द भी हो गया। उस समय यह लगभग पूरी दुनिया ने मान लिया था कि भारत के अंतरिक्ष कार्यक्रम का सन्ध्या काल आ गया है। साथ ही यह भी कहा गया था कि इससे भारत की मिसाइल बनाने की महत्वाकांक्षाओं पर भी लगाम लग जाएगी। यह वह समय था जब भारत के वैज्ञानिकों ने अपनी क्रायोजेनिक तकनीक विकसित करने का संकल्प लिया। यह तकनीक काफी जटिल है। सभी देशों ने अपने–अपने तरीके से इसे विकसित किया है। रॉकेट के इंजन के लिए तरल ऑक्सीजन और हाइड्रोजन की निरंतर सप्लाई कैसे बनाए रखी जाए, इसके लिए सभी ने अपने–अपने मानक तय किये हैं। उन्हें अपने–अपने तरीके से लागू भी किया है। भारत का साबका इसके सोवियत या रूसी मानकों से ही पड़ा था। उसकी नकल में तमाम मुश्किलें भी थीं। इसलिए इससे बेहतर यही समझा गया था कि भारत खुद अपने मानक तैयार करे। इसरो के वैज्ञानिक इन चुनौतियों के बीच काम कर रहे हैं। उन वैज्ञानिकों ने जिन्हें एक लंबे दौर तक दुनिया के वैज्ञानिक समुदाय के बहिष्कार का भी सामना करना पड़ा था। यह असफलता भी अंतिम परीक्षण की असफलता पर भी है। इसरो इस समय उस मोड़ पर है जहां चन्द्र अभियान के लिए वह नासा के साथ सहयोग कर रहा है। उपग्रह छोड़ने वाली दुनिया की सबसे बड़ी कंपनी आर्यन स्पेस उपग्रहों को कक्षा में स्थापित करने में इसरो का सहयोग ले रही है। इसरो ने यह हैसियत असहयोग के एक लंबे और मेहनत भरे दौर से गुजर कर हासिल की है। इस दौर में उसे जहां से जो तकनीक मिली, उसे हासिल किया। जहां नहीं मिली वहां से खुद विकसित की। अपने पांवों पर खड़े होने की कोशिश में लड़खड़ाना स्वाभाविक हैं लेकिन उससे निराश होने की जरूरत नहीं होती।

भारत के अंतरिक्ष अभियान की प्रमुख असफलताएं

यह पहला मौका नहीं है कि भारतीय अंतरिक्ष अभियान को असफलता हाथ

लगी हो। असफलताएं पहले भी मिलती रही हैं। आइए, भारत के अंतरिक्ष अभियान की असफलताओं पर भी लगे हाथ एक नज़र डाल लेते हैं। भारत द्वारा अंतरिक्ष में भेजा गया इनसेट–1 ए पूरी तरह सफल नही रहा था। इस उपग्रह को अप्रैल 1982 में प्रक्षेपित किया गया था। सितम्बर 1983 में इस उपग्रह से हमें अपना संबंध तोड़ना पड़ा था क्योंकि इसमें कक्षा में बने रहने के लिए पर्याप्त ईंधन नहीं रह गया था। इस कारण इसमें खराबो आ गई थी। मार्च 1987 में एएसएलवी डी–1 और एसआरएसएस–1 उपग्रह के लांच के दौरान उसमें खराबी आ गई थी। उसके इग्नीशन में दिक्कतें आ रही थीं। जुलाई 1988 में एएसएलवी डी–2 और एसआरआएसएस–2 उपग्रह लांच किया गया था। ए एस एल वी की यह दूसरी परीक्षण उड़ान थी। इस मिशन की शुरुआत में ही अनेक तकनीकी गड़बड़ियां दिखाई दी थीं। उड़ान भरते समय ही यह रॉकेट टूट गया था। 1988 में ही इसरो की एक और असफलता सामने आई जबकि जुलाई में लांच किये गए इनसेट–1 सी के सी बैंड 12 और एस बैंड दो ट्रांसपॉडर्स खराब हो गए थे। इसरो ने पहले इन ट्रांस्पोंडरों को ठीक करने का प्रयास किया। जब इस जटिल प्रक्रिया में उसे सफलता नहीं मिल पाई तो उसने इस उपग्रह से अपना सम्पर्क तोड़ लिया। बाद में जांच के दौरान पाया गया कि पावर सिस्टम फेल हो जाने के कारण इन ट्रांस्पोंडरों ने काम करना बंद कर दिया था।

कोई मिशन कब सफल और कब असफल?

अक्तूबर 2008 में लांच किये गए इनसेट–1 सी उपग्रह के इस्तेमाल में अनेक दिक्कतें आई थीं। इस सेटेलाइट ने चांद पर जल, बर्फ और नए खनिजों को खोजा और उसके नक्शे तैयार किये। इस उपग्रह ने इसे सौंपे गए अधिकतर कार्यों को पूरा कर लिया लेकिन इस मिशन को बीच में ही रद्द करना पड़ा क्योंकि कमज़ोर थर्मल शील्डिंग के कारण इसमें ओवरहीटिंग हो रही थी। इस कारण इसके अनेक उपकरणों ने काम करना बंद कर दिया था या फिर वे पूरी क्षमता से काम नहीं कर पा रहे थे। इस मिशन को अगस्त 2009 में रद्द कर दिया गया था। अंतरिक्ष अनुसंधान एक बेहद जटिल और सतत प्रक्रिया है। ऐसा नहीं है कि किसी एक मिशन के असफल हो जाने से पूरी प्रक्रिया ही असफल हो जाती है। वास्तव में होता यह है कि पूरी प्रक्रिया के किसी एक हिस्से या उसके कुछ हिस्सों के ठीक से काम नहीं कर पाने के कारण पूरा मिशन सफल नहीं हो पाया हो। इसलिए मिशन के सफल नहीं होने के बावजूद उसमें काम में ली गई प्रक्रियाओं में से अधिकतर सफल हो

जाती हैं। जांच के दौरान पाई गई खामियो जिसके कारण वह खास मिशन सफल नहीं रहा। उनका पता लगाया जाता है, उस कारण को दूर कर लिया जाता है और फिर अगले मिशन को लांच करने की तैयारी शुरू हो जाती है। कारणों को दूर करने के लिए अपनाई जाने वाली तकनीक अपने आप में अनुसंधान के नए–नए क्षेत्रों को सामने लाती है। उन तकनीकों का दूसरे कार्यों में उपयोग किया जाने लगता है। इसलिए वैज्ञानिक किसी मिशन की असफलता को इस तरह से लेते हैं कि यहां तक पहुंचने के बाद अब करना क्या है और कैसे। फिर जुट जाते हैं इस काम पर, जिससे कि अगला मिशन सफलतापूर्वक पूरा किया जा सके। भारत में अपने संसाधनों और तकनीक से बने क्रायोजेनिक इंजन के सफल नहीं होने का मतलब यह नहीं है कि इस इंजन का विकास ही नहीं हुआ। विकास हुआ, लेकिन इस स्तर का नहीं कि उससे भारी–भरकम उपग्रहों को पृथ्वी की कक्षा में जमीन से 3600 किलोमीटर की ऊंचाई पर सफलतापूर्वक स्थापित किया जा सके। कोई दूसरा देश हमें यह तकनीक देने को तैयार नहीं है, इसलिए हमें अपनी तकनीक और उसे इस्तेमाल करने की क्षमता विकसित करनी होगी। इसके लिए बार–बार प्रयास करने होंगे। कहा गया है 'करत–करत अभ्यास के जड़मति होत सुजान, रसरी आवत जात ते सिल पर परत निशान।' हम जड़मति नहीं हैं और जब रस्सी के आने–जाने से पत्थर पर निशान पड़ जाते हैं तो इस इंजन में ऐसा क्या है जो हम कर नहीं सकते? हम करेंगे।

असफल रहे तो क्या हुआ?

भारतीय वैज्ञानिकों ने इन असफलताओं को अपनी स्ट्राइड में लिया। किसी परियोजना के किसी हिस्से के असफल हो जाने से हार नहीं मानी। उनका डट कर सामना किया। भारतीय वैज्ञानिक अपनी असफलताओं को किस तरह लेते हैं, इसको उसके चेयरमैन की इस टिप्पणी से समझा जा सकता है। 18 साल के लंबे प्रयासों के बाद जब पहला भारतीय क्रायोजेनिक इंजन पूरी तरह सफल नहीं रहता है तो निश्चय ही उन्हें निराशा हुई होगी लेकिन जब किसी पत्रकार ने उनसे पूछा कि आप कैसा महसूस कर रहे हैं तो उन्होंने गीता में श्रीकृष्ण के उस वाक्य को उद्धृत किया कि 'कर्मण्यावाधिकारस्ते मा फलेशु कदाचनः' अर्थात् हमारा काम है काम करना, फल देना ऊपर वाले का काम है। हम अगले एक साल में इसका परीक्षण फिर से करेंगे। इससे साफ है कि भारतीय वैज्ञानिकों ने अपनी असफलताओं से सीखा और उन्हें दूर किया। फिर अगले लक्ष्य की ओर चल पड़े। गिरते हैं शहसवार ही मैदान–ए–जंग में। वह

क्या गिरेगा जो कभी घोड़े पर चढ़ा ही नहीं। गिर कर उठना ही तो वास्तव में जंग लड़ना है। उठ कर फिर चलना ही तो मर्दानगी कही जातो है। इस उड़ान के असफल रहने का चन्द्रयान–2 की उड़ान कार्यक्रमों पर कोई बुरा असर नहीं पड़ेगा।

असफलता के बाद फिर सफलता

भारतीय वैज्ञानिकों ने क्रायोजेनिक इंजन के फेल हो जाने के बावजूद अंतरिक्ष विजय के अपने अभियान पर आगे बढ़ना जारी रखा। इस दुर्घटना से प्रभावित हुए बिना इसके दो महीनों के अंदर ही फिर एक बार अपनी विजय के झंडे उस समय गाड़े जबकि एक ही रॉकेट से पांच उपग्रहों को पृथ्वी की कक्षा में सफलतापूर्वक स्थापित करने में सफलता प्राप्त की। 12 जुलाई, 2010 को फिर एक बार श्री हरिकोटा रॉकेट की आवाज़ से गूंज उठा। इस बार पीएसएलवीसी–15 नाम के इस रॉकेट ने पांच उपग्रहों को पृथ्वी की कक्षा में स्थापित किया। 230 टन भार और 44 मीटर लंबे इस रॉकेट ने 819 किलोग्राम भार के इन उपग्रहों को स्थापित करने में मदद की।

और फिर असफलता

25 दिसम्बर 2010 को भारत को फिर एक बार असफलता का मुँह देखना पड़ा जबकि श्री हरिकोटा से छोड़ा गया जी एस एल वी 06 उड़ान के कुछ ही सेकेंडों बाद ध्वस्त होकर आग की लपटों में खो गया। इस मिशन के असफल हो जाने के जी सैट पाँच जी को पृथ्वी की कक्षा में स्थापित नहीं किया जा सका। अभी इस मामले की जाँच पूरी भी नहीं हो पाई थी कि अंतरिक्ष और देवास के बीच ऐसा बैंड हांस्पांडट को लेकर उठे विवाद ने तूल पकड़ लिया।

चंदा मामा पास के

चन्द्रमा मानव के मन को हमेशा से ललचाता रहा है। कवियों ने चांद को देख कर बहुत कुछ लिखा है। विज्ञानियों के लिए चन्द्रमा हमेशा कुतूहल का विषय रहा। जब मानव पृथ्वी की सीमा को लांघ कर अंतरिक्ष अनुसंधान के लिए निकला तो उसका पहला पड़ाव था–चंद्रमा। चंद्रमा पृथ्वी का एकमात्र उपग्रह है। यह सौर मंडल का पांचवां सबसे बड़ा विशाल प्राकृतिक उपग्रह है। चन्द्रमा पर गुरुत्वाकर्षण की शक्ति पृथ्वी की तुलना में एक बटे छह है। चंद्रमा 27 दिन और तीन घंटे में पृथ्वी की एक परिक्रमा पूरी करता है। पृथ्वी और चन्द्रमा सूर्य ज्यामिति के कारण चन्द्र दशा

अंतरिक्ष से पृथ्वी का अध्ययन करता उपग्रह

हर 29 दिन और पांच घंटे में बदलती है। अब तक मानव चन्द्रमा पर एक बार ही अपने कदम रख सका है। सोवियत संघ का लूना–1 पहला अंतरिक्ष यान था जो चन्द्रमा के पास से होकर निकला था। लूना–2 पहला यान था जो चन्द्रमा की धरती

पर उतरा। 2 जनवरी, 1959 सोवियत संघ ने ल्यूना–1 नाम का उपग्रह छोड़ा। इसका मकसद चांद से जाकर टकराना था। रास्ते में भटक जाने के कारण यह चांद से नहीं टकराया। चन्द्रमा के गुरुत्वाकर्षण के कारण छिटक कर अंतरिक्ष में चला गया। इस प्रकार मानव द्वारा निर्मित पहला ऐसा उपग्रह बन गया जो सूर्य की परिक्रमा करता रहा। उसी वर्ष 12 सितम्बर को सोवियत संघ ने ल्यूना–2 का प्रक्षेपण किया जो वह 13 सितम्बर को चांद से जा टकराया। मानव द्वारा निर्मित यह पहला यान था जो चन्द्रमा से जाकर टकराने मे सफल हुआ था। 4 अक्तूबर सोवियत संघ ने ल्यूना–3 का प्रक्षेपण किया जो चांद की कक्षा में जाकर घूमने लगा। उसने चांद की सतह के दूर वाले हिस्से के 70 प्रतिशत हिस्से के चित्र खींचने में सफलता हासिल की।

चांद की सतह पर पहला स्पेसक्राफ्ट

3 फरवरी, 1966 को पहली बार ऐसा हुआ चन्द्रमा कि सतह पर पहली बार कोई स्पेसक्राफ्ट उतरा। यह यान था–ल्यूना–9। सोवियत संघ द्वारा निर्मित यह यान पृथ्वी से चांद के बीच की दूरी करीब ढाई लाख मील की यात्रा करने के बाद चन्द्रमा की सतह पर सॉफ्ट लैंडिंग करके उतरा। ल्यूना–9 ने चांद की सतह की तस्वीरें पृथ्वी पर भेजीं। इस मिशन से इस बात का पता लगाया जा सका कि चन्द्रमा की सतह इतनी सख्त है कि वहां पर बड़े यान आसानी से उतर सकते हैं। इसी वर्ष 2 जून को अमेरिका का पहला स्पेसयान चांद की सतह पर पहुंचा। सर्वेयर–1 पहला अमेरिकी स्पेसक्राफ्ट चांद की सतह पर सॉफ्ट लैंडिंग करने वाला पहला यान बना। 63 घंटे और 36 मिनट की यात्रा करने के बाद यह यान चांद की सतह पर पहुंचा था। जिस जगह इसे उतारने के लिए निर्धारित की गई थी उससे केवल 9 मील की दूरी पर यह यान उतरा था। इस यान ने चांद की सतह की 11 हजार से अधिक हाई रिजोल्यूशन वाली तस्वीरें भेजीं। उर्जा के स्रोत समाप्त हो जाने के बाद इस यान ने काम करना बंद कर दिया। 15 सितम्बर, 1968 को चन्द्रमा की कक्षा में पहली यात्रा के लिए सोवियत संघ से स्पेस क्रॉफ्ट जोंड–5 छोड़ा गया। इस यान ने चांद की कक्षा में परिक्रमा की और फिर वापस लौट आया। 11 अक्तूबर, 1968 को पहला मैंड अपोलो मिशन अपोलो–7 में तीन अंतरिक्ष यात्रियों ने एक बार पृथ्वी की कक्षा में परिक्रमा की। इस मिशन में भाग लेने वाले अंतरिक्ष यात्रियों के नाम थे– वाल्टर एम शिरना जूनियर, डॉन एफ आईसील और वाल्टर कनिंघम। अमेरिका के चांद के अध्ययन के लिए अपोलो शृंखला के बारे में विस्तृत चर्चा हम कुछ आगे चल

कर करेंगे। 21 दिसम्बर, 1968 को अपोलो–8 के तीन अंतरिक्ष यात्रियों ने चन्द्रमा की कक्षा में परिक्रमा की। यह पहला मौका था कि अंतरिक्ष यात्रियों को लेकर गए किसी यान ने चन्द्रमा की कक्षा में परिक्रमा की थी। छह दिनों की इस यात्रा के दौरान इस यान ने 10 परिक्रमाएं कीं। इस यान में यात्रा करने वालों के नाम थे–फ्रैंक बोरमन जेम्स ए लोवेल जूनियर और विलियम ए एंडर्स।

चांद की सतह पर इंसान के कदम

20 जुलाई, 1969 को अपोलो–11 ने पहली बार सफलतापूर्वक चांद की सतह पर सॉफ्ट लैंडिंग की। नील आर्मस्ट्रांग और एडविन एलड्रिन जूनियर पहले मानव थे जिन्होंने किसी अन्य ग्रह की सतह पर पांव रखे थे। 11 अप्रैल, 1970 अपोलो–13 अंतरिक्ष में भेजा गया। इस यान के एस एम ऑक्सीजन टैंक में धमाका हो गया। इसके चांद पर उतरने का कार्यक्रम रद्द कर दिया गया। जेम्स ए लॉवेल जूनियर, जान एल स्वीगर्ट जूनियर और फ्रेड डब्ल्यू हेसी इस यान में यात्रा कर रहे थे। अंतरिक्ष में विभिन्न दिक्कतों के बीच छह दिन गुजारने के बाद वे जैसे–तैसे सुरक्षित पृथ्वी पर लाए जा सके। 12 सितम्बर, 1970 को पहली बार आटोमेटिक तरीके से चांद से मिट्टी धरती पर लाई गई। सोवियत यान लूना–16 को अंतरिक्ष में भेजा गया। इस यान ने आटोमेटिक तरीके से चांद की मिट्टी एकत्रित की और उसे लेकर पृथ्वी पर लौट आया। 17 नवम्बर, 1970 ल्यूना–17 चांद की सतह पर उतरा है। उसमें पहला स्वचालित रोबो लूनोखोद–1 था। पृथ्वी पर बैठे पांच वैज्ञानिकों की एक टीम ने पृथ्वी से इसका संचालन किया। वह चांद की सतह पर वहां के 11 दिन (या पृथ्वी के 322 दिन) तक यात्रा करता रहा। इस दौरान उसने चांद की सतह की 20 हजार टी वीचित्र और 206 हाई रिजोल्यूशन वाले चित्र भेजे। इसके अलावा वह चांद की मिट्टी के विश्लेषण सहित अनेक प्रकार के प्रयोग किए गए।

अपोलो : ग्रीक के सूर्य देवता

अमेरिका ने चन्द्रमा का अध्ययन करने के लिए अपोलो अभियान की शुरुआत की। अपोलो अभियान संयुक्त राष्ट्र अमेरिका की अंतरिक्ष एजेंसी नासा की मानव उड़ानों की एक श्रृंखला थी। इसमें सैटर्न रॉकेटों और अपोलो यानों का प्रयोग किया गया। अपोलो अभियान के तहत 1961–1974 के बीच उड़ानें आयोजित की गईं। अमेरिकी राष्ट्रपति जॉन एफ कैनेडी का सपना था कि 1960 के दशक में चन्द्रमा पर

मानव के चरण पड़े। उनके इस सपने को 1969 में अपोलो 11 की उड़ान द्वारा पूरा किया गया। यह अभियान 1970 के दशक के शुरुआती वर्षों में भी जारी रहा। इस कार्यक्रम के तहत चन्द्रमा पर अनेक प्रकार के वैज्ञानिक अध्ययन किये। इस कार्यक्रम के बाद 2007 तक पृथ्वी की निचली कक्षा के बाहर कोई मानव अभियान संचालित

चन्द्रमा पर पहला मानव

नहीं किया गया। बाद के स्काईलैब कार्यक्रम और अमेरिकी सोवियत संयुक्त कार्यक्रम अपोलो सोयुज जांच कार्यक्रम जिन्होंने अपोलो कार्यक्रम के उपकरणों का उपयोग किया। इसीलिए इस संयुक्त अभियान को अपोलो कार्यक्रमों का भाग माना जाता है। इस अभियान की शुरुआत अपोलो 1 से हुई। अपोलो–1 कैपसूल को अंतरिक्ष में पहुंचाने और पृथ्वी की कक्षा में स्थापित करने वाले यान का नाम रखा गया–ए एस 204। इस यान को अंतरिक्ष में पहुंचाने की जिम्मेदारी संभाली सैटर्न ए बी नाम के रॉकेट ने। यह अमेरिका का पहला अपोलो अभियान था। इसे 1967 की पहली तिमाही में भेजा जाना था। इसका मकसद था–प्रक्षेपण की क्रिया भू केन्द्र से उस पर नियंत्रण और मार्ग दर्शन की व्यवस्था की जांच करना। बहुत सारी सफलता के बावजूद अपोलो कार्यक्रमों को दो बड़ी असफलताओं को झेलना पड़ा।

अपोलो – 1 असफल रहा था

इसमें से पहली असफलता अपोलो–1 की प्रक्षेपण स्थल पर लगी आग थी। इस दुर्घटना में विर्गील ग्रीसम, एड व्हाइट और रोजर कैफी शहीद हो गए थे। इस

अभियान का नाम ए एस 204 था। बाद में शहीदों की विधवाओं के आग्रह पर इसका नाम बदल कर अपोलो–1 कर दिया गया था। दूसरी असफलता अपोलो–13 में हुआ भीषण विस्फोट था। इसमें तीनों यात्रियों को सकुशल बचा लिया गया था। इस अभियान का नाम ग्रीक के सूर्य देवता अपोलो को समर्पित था। अपोलो अभियान का आरम्भ आइजनहावर के कार्यकाल के दौरान 1960 के दशक में हुआ था। यह मर्क्युरी अभियान का अगला चरण था। मर्क्युरी अभियान में एक ही अंतरिक्ष यात्री पृथ्वी की निचली कक्षा में सीमित परिक्रमा कर सकता था जबकि अपोलो अभियान का उद्देश्य तीन अंतरिक्ष यात्रियों के पृथ्वी की वृत्तीय कक्षा में परिक्रमा करना और सभव होने पर चन्द्रमा पर उतरना था। अपोलो के चन्द्रमा पर उतरने के संबंध में खास तरह चार पैरों वाला लूनर माड्यूल, जिसमें दो व्यक्ति चांद की धरती को छू सकते थे। 21 जुलाई, 1969 को चन्द्रमा पर मानव का पहला कदम अपोलो–11 अंतरिक्ष यात्रियों– नील आर्मस्ट्रांग और एडविन एल्ड्रिन ने रखा। अपोलो कार्यक्रमो के दौरान 12 अंतरिक्ष यात्री चन्द्रमा के अध्ययन के लिए गए और वहां से 3800 किलोग्राम भार की मिट्टी, चट्टानें आदि लेकर पृथ्वी पर वापस लौटे। चांद से लाए गए इन नमूनों और इन गाड़ियों को लेकर जाने वाले अंतरिक्ष यानों ने चन्द्रमा के चक्कर लगाते हुए मूल उपग्रह के द्वारा किये गए परीक्षणों से हमारे सबसे नजदीकी पड़ोसी के बारे में जानकारी प्राप्त करने में भारी मदद मिली। 30 जुलाई, 1971 अपोलो–15 के अंतरिक्ष यात्री डेविड स्कॉट और जेम्स इरविन अपने साथ मून रोवर नाम का वाहन चांद पर ले जाते हैं। वे इस वाहन पर बैठकर चांद की सतह पर भ्रमण करते हैं। इसके अगले साल अपोलो–17 के अंतरिक्ष यात्री हैरिसन स्मिट इसी तरह के लैंड रोवर पर चांद की सतह पर भ्रमण करते हैं।

चंद्रयान-प्रथम के पहले 67 मिशन

भारत के चंद्र अभियान प्रथम के पहले चंद्रमा की ओर विभिन्न देशों की ओर से करीब 67 अभियान भेजे जा चुके हैं। ये अभियान अमेरिका, रूस, जापान, चीन, और यूरोपीय अंतरिक्ष एजेंसी की ओर से भेजे गए थे। प्रधानमंत्री अटल बिहारी वाजपेयी ने 15 अगस्त, 2003 को लाल किले से देश के नाम संबोधन में पहली बार भारत के चंद्रमा पर जाने की योजना के बारे में जानकारी दी। राष्ट्रध्वज फहराने के बाद लाल किले की प्राचीर से देशवासियों के नाम अपने संदेश में प्रधानमंत्री वाजपेयी ने कहा कि मुझे यह बताते हुए बड़ी खुशी हो रही है कि सन् 2008 से पहले भारत

चन्द्रमा पर अपना अंतरिक्ष यान भेजेगा। इसका नाम होगा–चन्द्रयान–प्रथम। इसके साथ ही भारत के पहले चंद्र अभियान यानी चंद्रयान एक का जन्म हुआ। इस मिशन का उद्देश्य मानव रहित अंतरिक्ष यान को चंद्रमा की कक्षा में पहुंचाना था। यह कक्षा पृथ्वी से 384000 किलोमीटर और चांद की सतह से 100 किलोमीटर की कक्षीय ऊंचाई पर है। 386 करोड़ की लागत से अंजाम दिये गए इस मिशन के अंतर्गत धरती की कक्षा से परे धरती के एकमात्र प्राकृतिक उपग्रह का अध्ययन किया गया। एक तरह से चंद्रयान–1 को एक अंतरराष्ट्रीय प्रयास के रूप में भी देखा जा सकता है। 1380 किलोग्राम भार वाले इस उपग्रह पर लगे 11 उपकरणों में से 5 स्वदेशी और 6 अन्य देशों के थे। चन्द्रयान प्रथम में गए भारतीय पे लोड इस प्रकार रहे चन्द्रमा की भौतिक विशेषताओं का अध्ययन करने के लिए टेरेन मैपिंग मानचित्रण कैमरा। खनिज संरचना के अध्ययन के लिए हाइपर स्पैक्ट्रल इमेजर। चन्द्रमा का व्यापक स्थलाकृति विषयक क्षेत्र बनाने और चन्द्र गुरुत्वाकर्षण क्षेत्र का परिष्कृत मॉडल तैयार करने के लिए लूजन लेजर रेजिंग इन्स्ट्रूमेंट बर्फ यूरेनियम और थोरियम के क्षेत्रों की पहचान के लिए हाई एनर्जी एक्स रेस्पेकट्रोमीटर, मून इम्पैक्ट प्रोब जो चन्द्रमा पर वांछित स्थान पर प्रभाव डालेगा ताकि निकटवर्ती अंतरालों पर चन्द्रमा के निचले और विरले वातावरण की सूक्ष्म खोज की जा सके।

देशी चन्द्रयान के विदेशी उपकरण

भारतीय उपकरणों के अलावा इस यान में अंतरिक्ष में ले जाए गए विदेशी उपकरण इस प्रकार रहे। यूरोपीय स्पेस एजेंसी ई एस ए का इमेजिंग एक्स–रे स्पेक्ट्रोमीटर–इसकी सहायता से उच्च कोटि का मानचित्रण किया जा सकता है। इसमें एक्स–रे फ्लुआरेंसेंस तकनीकों का इस्तेमाल किया जा सकता है। इसे चन्द्रमा पर मैग्नेशियम, अल्युमिनियम, सिलिकन आयरन और टिटानियम की खोज के लिए विशेष रूप से तैयार किया गया था। इसका विकास रदरफोर्ड अप्लेटन लैब यू के और इसरो उपग्रह केन्द्र बंगलौर द्वारा किया गया है। यूरोपीय स्पेस एजेंसी ई एस ए का स्मार्ट निअर इन्फ्रारेड स्पेक्ट्रोमीटर–इसका इस्तेमाल चंद्रमा के खनिज संसाधनो, सतह विशेषताओं के निर्माण की वह पद्धति, जिसके आधार पर चन्द्रमा की प्रापर्टी की विभिन्न परतें एक दूसरी पर स्थित हैं और वह पद्धति, जिसके आधार पर अंतरिक्ष में पदार्थ परिवर्तित होते हैं, का अध्ययन करने के लिए किया गया। ईएसए से सब किलो इलेक्ट्रान वोल्ट एटम रिफलेकिटंग एनेलाइजर–जिसका इस्तेमाल चन्द्रमा की सतह की संरचना

और सौर पवन के साथ उसकी अनुक्रिया के अध्ययन तथा चन्द्रमा की मैग्नेटिक विरांगतियों के अध्ययन के लिए किया गया। इस पे लोड के विकास में भारत ने सक्रिय योगदान किया है। बुल्गारिया से रेडिएशन डोज मानीटर–जिसका उपयोग चन्द्रमा के चारों ओर रेडिएशन वातावरण का अध्ययन करने के लिए किया गया। अमेरिका से मिनी सिन्थेटिक अप्रेचर रडार–जिसका इस्तेमाल चन्द्रमा के ध्रुवों के स्थायी रूप से आच्छादित क्षेत्रों में कुछ मीटर की गहराई तक जल हिम का पता लगाने के लिए उपयोग किया गया। अमेरिका से मून मिनरालॉजी मैपर–जिसका इस्तेमाल उच्च स्पेशियल और स्प्रेक्ट्रल रिजोल्यूशन में स्पेक्ट्रोस्कोप के जरिये खनिजों के मान चित्रण के लिए किया गया। चन्द्रयान–1 क्यूब के आकार का है जिसके एक ओर सोलर पैनल लगा है। सोलर पैनल अधिकतम 700 वाट उर्जा पैदा कर सकता है। लिथियम आयन बैटरी उस समय उपग्रह को उर्जा प्रदान करेगी जब सोलर पैनल प्रदीप्त न हो रहा हो।

चन्द्रयान ने वह किया जो किसी ने कभी नहीं किया

चन्द्रयान अभियान 1 के दौरान इसरो ने अनेक ऐसी गतिविधियों को अंजाम दिया जिनकी पहले कभी परिकल्पना नहीं की गई। धरती की गुरुत्वाकर्षण शक्ति से बचाते हुए किसी अंतरिक्ष अभियान को चन्द्रमा के प्रक्षेप पथ में पहुंचाना और चन्द्रमा के आस–पास पहुंचने के बाद उपग्रह को धीरे–धीरे नीचे लाना और उसे चन्द्रमा की गुरुत्वाकर्षण शक्ति द्वारा ग्रहण किये जाने की अनुमति देना। चंद्रयान–1 द्वारा आमतौर पर तय की जाने वाली दूरी से दस गुणा अधिक होगी। श्री हरिकोटा से चन्द्रमा तक समूची यात्रा के दौरान अंतरिक्ष यान की ट्रैकिंग कंट्रोल और कमान प्रक्रियाएं अत्यंत जटिल अभ्यासों से होकर गुजरीं। उपग्रह की कक्षीय जिंदगी के दौरान उसके स्वास्थ्य और सलामती के बारे में गहन अंतरिक्ष से संकेत प्राप्त करना। कक्षा में रहने के दौरान यान को नियंत्रित और निर्देशित करना और चन्द्रमा से प्राप्त होने वाले व्यापक और विविध प्रकार के वैज्ञानिक आंकड़ों का विश्लेषण करना और वैज्ञानिक समुदाय के साथ उनकी हिस्सेदारी करना।

चन्द्रयान समय से पहले ही बिखर गया

चंद्रयान–1 एक मानवरहित उपग्रह है जिसने चन्द्रमा के चक्कर लगाए। इसके निर्माण पर करीब चार सौ करोड़ रुपए की लागत आई। 316 टन भार तथा करीब

साढ़े 44 मीटर लंबा भारत में निर्मित स्वदेशी प्रक्षेपण यान पोलर सैटेलाइट लांच व्हीकल पीएसएलवी के नवीनतम रूप ने 590 किलोग्राम वजन के इस उपग्रह को चंद्रमा की कक्षा में प्रक्षेपित किया। 22 अक्टूबर 2008 को सुबह छह बज कर बीस मिनट पर निर्धारित कार्यक्रम के अनुसार भारत ने सफलतापूर्वक चंद्रयान–1 का अंतरिक्ष में प्रक्षेपण किया। 15 दिन की यात्रा के बाद वह 8 नवम्बर को चन्द्रमा की कक्षा में पहुंचा।

इस खोज का लक्ष्य चन्द्रमा की उत्पत्ति तथा विकास, भौतिक और रासायनिक विशेषताओं वहां मौजूद हीलियम 3, यूरेनियम और थोरियम जैसे स्वच्छ ईंधन मैग्नेशियम और टिटैनियम जैसी खनिज सम्पदा और सर्वाधिक आकर्षक जल हिम वाटर आइस, जो चन्द्रमा के ध्रुवों पर विद्यमान होने का अनुमान है, का पता लगाना है। पहली बार उठाए गए इस ठोस कदम के जरिये इसरो एक वैज्ञानिक जांच करेगा जिसे चन्द्रमा मून इम्पैक्ट प्रोब यानी चन्द्र प्रभाव जांच का नाम दिया गया है। यह यान चन्द्रमा के गुरुत्वाकर्षण, उसके अल्ट्रा सूक्ष्म वातावरण और भौतिक विशेषताओं का अध्ययन करने के लिए आंकड़े एकत्रित करेगा। चन्द्रयान प्रथम का कार्यकाल दो साल का रखा गया था यह अभियान आठ महीने के अंदर ही खत्म कर देना पड़ा क्योंकि इसका अंतरिक्ष केन्द्र से सम्पर्क टूट गया था। इन महीनों के कार्यकाल के दौरान इस मिशन की ओर से इतनी जानकारी प्राप्त हुई है कि परियोजना के निदेशक एम. अन्नादुरई के अनुसार, इसका 95 प्रतिशत काम पूरा कर लिया माना जा सकता है। चन्द्रयान प्रथम 22 अक्तूबर, 2008 को श्री हरिकोटा से रवाना हुआ था और 29 अगस्त, 2009 को इसका अपने नियंत्रण केन्द्र से सम्पर्क टूट गया। 14 नवम्बर, 2008 को चन्द्रयान प्रथम ने चांद पर तिरंगा लहरा दिया। इस दिन चंद्रयान–प्रथम ने मून इम्पेक्ट प्रोब अलग होकर चन्द्रमा के दक्षिणी ध्रुव की ओर बढ़ा और 25 मिनट की यात्रा के बाद चांद की सतह से जा टकराया। इस प्रोब की सतह पर लगे कैमरों चन्द्रमा की ओर जाते हुए उसके चित्र खींचे और चन्द्रयान प्रथम को प्रेषित किये।

कर्नाटक के गांव से चन्द्रयान–1 से बातचीत

अंतरिक्ष में इतनी अधिक दूरी, करीब चार लाख किलोमीटर से प्राप्त होने वाले रेडियो संकेत निसंदेह ही दुर्बल होंगे। आंकड़ों को प्राप्त करने, सुदृढ़ बनाने, उनका विश्लेषण करने और उन पर कार्य करने के लिए एक अत्याधुनिक भारतीय गहन अंतरिक्ष नेटवर्क केन्द्र बंगलोर से 35 किलोमीटर दूर बाइअलालू में कायम किया गया

है। इस केन्द्र पर गहन अंतरिक्ष से संकेत प्राप्त करने के लिए 18 मीटर के पैराबोलिक डिश लगाए गए हैं जो भविष्य के चंद्र अभियानों के अलावा अंतरग्रहीय अन्य अभियानों को समर्थन दे सकता है। इलेक्ट्रानिक्स कारपोरेशन ऑफ इंडिया ने इस केन्द्र को अंतरराष्ट्रीय मानकों के अनुरूप बनाया और चलाया है। इस गांव की स्थिति ऐसी है कि वह इस दृष्टि से आदर्श है कि वह बाहरी रेडियो शोर से मुक्त और चारों ओर से पर्वत श्रृंखलाओं से घिरा हुआ है।

चालीस साल बाद अब चन्द्रमा में इतनी रुचि क्यों

यह सवाल अपने आप में दिलचस्प है कि चन्द्रमा पर मानव के उतरने के करीब चालीस साल बाद फिर एक बार हमारी रुचि अपने निकटतम खगोलीय सेलेस्टियल पड़ोसी के रहस्यों को उजागर करने में क्यो जाग पड़ी। क्या वजह है कि यूरोपीय स्पेस एजेंसी ई एस ए जापान, चीन, अमेरिका और रूस एक नये उत्साह और सक्रियता के साथ गहन अंतरिक्ष मिशनों और परीक्षणों में जुटे हुए हैं। इसका एक कारण यह है कि पिछले तीन दशकों में प्रौद्योगिकी में बहुत तेज़ी से विकास हुआ हैं। कम्प्यूटर छोटे और छोटे होते जा रहे हैं। उनकी गति कई गुना बढ़ गई हैं। संचार प्रौद्योगिकी की बदौलत अंतरिक्ष में होने वाली फुसफुसाहट भी अविश्वसनीय स्पष्टता के साथ भूकेन्द्रों पर बने मानवनिर्मित कानों यानी एंटीना से सुनी जा सकती है। शक्तिशाली आन बोर्ड प्रणालियां अत्याधुनिक निरीक्षण और मार्ग दर्शन तथा तत्क्षण फीड बैक लूपों से मानव को वह शक्ति हासिल हो गई है जिससे वह ब्रह्मांड में व्याप्त मूलभूत नियमों की गहन जांच कर सकता है। अनेक मानव रहित और मानव सहित अभियानों के बावजूद चन्द्रमा जिसका हमारे खगोलीय पड़ोसियों में सबसे ज़्यादा अध्ययन किया गया है, के बारे में अनेक ऐसे रहस्य हैं जिनका खुलासा होना अभी बाकी है।

चन्द्रयान-1 ने की चांद पर पानी की पुष्टि

अमेरिका, रूस, फ्रांस ब्रिटेन और जापान जैसे तकनीक सम्पन्न देश पिछले चार दशक से चांद पर पानी की मौजूदगी को नहीं तलाश पाए थे लेकिन चन्द्रयान–1 में लगे मून मिनरोलॉजी मैपर एम–3 उपकरण ने इसे संभव कर दिखाया। यह उपकरण नासा ने धरती के इस उपग्रह पर पानी मौजूद होने की संभावना को तलाशने के लिए लगाया था। चन्द्रयान में तकनीकी खराबी के कारण मिशन 30 अगस्त को रद्द कर दिया

गया था लेकिन इसके पहले ही इस मिशन ने यह ऐतिहासिक कामयाबी हासिल ली थी। चन्द्रमा पर भेजे गए अब तक के किसी भी मिशन ने ऐसी उपलब्धि ह नहीं की। इससे पहले तक यह माना जाता था कि चांद की सतह में पानी ग नहीं है। एम–3 की खोज में इसरो के हाईपर स्पेक्ट्रल इमेजर एच वाइ एस और मून इम्पैक्ट प्रोव एम आई पी ने महत्त्वपूर्ण भूमिका निभाई। अमेरिकी उपग्रह इम्पैक्ट प्रोब ने चांद की जमीन पर पानी के आरंभिक संकेत भेजे थे। इसके नासा ने कैसिनी यान ने भी एक खास तरह के स्पेक्ट्रोमीटर की मदद से चां सतह पर पानी के संकेतों का पता लगाया था। दोनों मिशनों में वैज्ञानिकों को च के ठंडे ध्रुवोय इलाकों में पानी की मौजूदगी की संभावना नज़र आई थी। चन्द्रय ने पहली बार इन क्षेत्रों से बाहर भी पानी होने की पुष्टि की हैं।

चांद की बर्फ

चांद में बर्फ की मोटी चादर मिलने को बहुत बड़ी खोज बताते हुए इसरो ने है कि इसने शोध की व्यापक संभावनाओं के द्वार खोल दिए हैं। यह पहली बार है कि नासा और इसरो ने चांद पर पानी मिलने की पुष्टि की है। बर्फ की वि

चाँद की सतह

चादरें चांद के ध्रुवीय क्षेत्रों में मिली है। यह एक बहुत बड़ी खोज है क्योंकि पहले यह माना जा रहा था कि चाद पर वायुमंडल नहीं है। चांद पर पानी की उपलब्धता कई नये विचारों को जन्म देती है। सूर्य की किरणों की मदद से पानी ऑक्सीजन एवं हाइड्रोजन में विखंडित किये जा सकते हैं। ऑक्सीजन का उपयोग वैज्ञानिक अपने लिए कर सकते हैं जबकि हाइड्रोजन का इस्तेमाल बिजली उत्पादन या वापसी यात्रा के लिए रॉकेट ईंधन के रूप में किया जा सकता है। चांद से मंगल ग्रह के लिए अभियान का प्रयास किया जा सकता है। इससे भावी अंतरिक्ष मिशन के लिए महंगे ऑक्सीजन और अन्य ईंधन ले जाने की आवश्यकता भी कम होगी। चांद पर एक किलोग्राम वजन ले जाने के लिए करीब पांच हजार अमेरिकी डॉलर की लागत आती है। पृथ्वी की परिक्रमा के लिए यही लागत 20 हजार अमेरिकी डॉलर प्रति किलोग्राम पड़ती है। ओबामा प्रशासन ने इसी ऊंची लागत के कारण अमेरिका के चंद्र अन्वेषण कार्यक्रम रद्द कर दिया था। चांद पर मानव भेजने के अपने मिशन को रद्द करने के फैसले को सही ठहराते हुए व्हाइट हाउस ने कहा है कि ओबामा प्रशासन और अधिक महत्वाकांक्षी तथा दीर्घकालिक अंतरिक्ष कार्यक्रम तैयार करने जा रहा है। इसके तहत कई और अंतरिक्ष यात्री अंतरिक्ष में जाएंगे तथा कई और रॉकेट प्रक्षेपित किये जाएंगे। इससे लोगों का अधिक नौकरियां, नई तकनीको में ज़्यादा निवेश तथा अंतरिक्ष में यात्रियों को और भी ज़्यादा समय देना होगा। वैज्ञानिकों को ऐसी प्रौद्योगिकी विकसित करनी चाहिए जिससे अंतरिक्ष अभियान पर आने वाली लागत कम की जा सके। सस्ती रॉकेट प्रणाली और फिर से इस्तेमाल की जा सकने वाली रॉकेट प्रणाली का इस्तेमाल करके ऐसा किया जा सकता है।

अमेरिका की निगाहें मंगल पर टिकीं

अमेरिका की अब निगाह मंगल और दूर के ग्रहों पर हैं। वह अंतरिक्ष अनुसंधान के क्षेत्र में अपना महत्त्वपूर्ण नेतृत्व वाली भूमिका को आगे भी बनाए रखने के लिए वचनबद्ध है। अपने लक्ष्यों को प्राप्त करने में अमेरिका भारत से सहयोग बढ़ाने के लिए काम कर रहा है। ओबामा सरकार का मानना है कि भारत इस क्षेत्र में इतना आगे बढ़ चुका है कि दोनों देशों के बीच साझेदारी दोनों के हित में है। भारत अंतरिक्ष अनुसंधान के क्षेत्र में अमेरिका और अंतरराष्ट्रीय समुदाय के साथ सहयोग को तैयार है। भारत यात्रा के दौरान राष्ट्रपति ओबामा ने इस क्षेत्र में सहयोग को और प्राथमिकता देने का वादा किया था। इसके बाद अमेरिकी सरकार ने आधुनिकतम तकनीक भारत

को उपलब्ध कराने की दिशा में अनेक कदम उठाए हैं। भारत
गए प्रतिबंध समाप्त कर दिए गए हैं। इसरो ने वर्ष 2020 तक
को अपना कर अंतरिक्ष अभियान पर आने वाली अपनी लाग
लक्ष्य रखा है। इसरो चंद्रयान अभियान को एक प्रमुख कार्यक्र
कर रहा है ताकि इससे प्रतिभाशाली भारतीय युवा वैज्ञानि
लाया जा सके। भारत को भी इस सहयोग की आवश्यकता है
के लिए विन–विन सिचुएशन के रूप में देखता है। इस क्षेत्र
लिए धन की तो आवश्यकता है ही, इसके अलावा आधुनिकतम
भी एक चुनौती है। विश्व व्यापक आर्थिक मंदी के इस दौर में
के क्षेत्रों में अनुसंधान के लिए विभिन्न देशों के बीच सामू
रास्ता है। भारत ग्रहीय खोजों में सहयोग करने वाले देशों
शामिल होने का इच्छुक है। इस दिशा में पहला कदम यह है
के बारे में सफलता प्रदर्शित करते हुए अपनी पहचान काय
इसरो ने एक रॉकेट से अंतरिक्ष में एक साथ 10 उपग्रह
किस्म का अनोखा रिकार्ड स्थापित किया। भारत अब तक
में भेज चुका है। देश में निर्मित 46 उपग्रह अंतरिक्ष में स्था
भारत ने अंतरिक्ष अनुसंधान के नये–नये कीर्तिमान स्थापित क
ली है जहां वह विश्व समुदाय के साथ सहयोग के नये क्षेत्र
स्थिति में है। वही वह अंतरिक्ष के शांतिपूर्ण उपयोग की अप
देशों को भी प्रभावित कर सकता है।

अब यहां से कहां

आर्थिक और राजनीतिक शक्ति के उभार के साथ भारत विकासशील से विकसित देशों की कतार में आने की दिशा में कदम बढ़ा रहा है। विभिन्न अंतरिक्ष मिशनों की सफलता और मानवयुक्त अंतरिक्ष मिशन चंद्रयान मिशनों की श्रृंखला मंगल मिशन जैसे भारतीय अंतरिक्ष खोज के कार्यक्रमों की घोषणा अंतरिक्ष में भारत की बढ़ती ताकत का ही परिचायक है। इसलिए आने वाले समय में अंतरिक्ष विज्ञान के क्षेत्र में भारतीय संभावनाएं चमकदार और चुनौतीपूर्ण हैं। भारत के भावी ग्रह अन्वेषण कार्यक्रमों में चंद्रयान–1 के बाद चंद्रयान–2 की भी योजना है जो ऑर्बिटर प्लेटफार्म से उपलब्ध वैश्विक आंकड़ो में सुधार करेगा। चंद्रमा पर पानी की खोज में चंद्रयान–1 ने नासा के एल आर ओ पे लोड के साथ मिल कर अहम भूमिका निभाई है। अब इसरो भी आगे इससे मिले आंकड़ों के विश्लेषण से यह भी पता चला है कि चन्द्रमा पर पानी बनता किस तरह है। इस योजना को 2012 तक पूरा करने का लक्ष्य रखा गया है। चंद्रयान–2 के साथ चंद्रमा हलके लैंडर और रोवर भेजे जाने का प्रस्ताव है। इन उपकरणों की मदद से चांद की सतह अन्वेषण के लिए नमूने लेने आंकड़े व जानकारियां एकत्रित किये जाने की व्यवस्था करने का भी प्रस्ताव है। 2013 तक चन्द्रयान–2 के प्रक्षेपण की योजना है। इस योजना के तहत एक छोटा–सा वाहन उपकरणों के साथ चन्द्रमा की सतह पर उतारा जाएगा जो सतह का अध्ययन करेगा और आंकड़े पृथ्वी पर भेजेगा। चंद्रयान–2 में भेजा जाने वाला रोवर चन्द्रमा की सतह पर चलेगा, मिट्टी व चट्टानों के नमूने उठाएगा और रासायनिक विश्लेषण करके आंकड़े परिक्रमा कर रहे चन्द्रयान–2 तक भेजेगा। फिर चन्द्रयान–2 इन आंकड़ों को पृथ्वी को भेजेगा। इस वाहन को तैयार करने में भारत सोवियत वैज्ञानिक मिल कर काम कर रहे हैं।

चांद के बाद अब मंगल की ओर निशाना

देश के पहले चन्द्र अभियान की सफलता के बाद इसरो अपने दम पर मंगल

पहुंचने की कवायद शुरू कर चुका है। पृथ्वी के बाद मंगल ऐसा ग्रह है जहां की परिस्थितियां और वातावरण पृथ्वी के अनुकूल है। बाह्य अंतरिक्ष की खोज की दिशा में मंगल इसरो का अगला लक्ष्य है। वर्ष 2030 तक मंगल पर मानव कालोनी बसाने का प्रयास विश्व स्तर पर शुरू हो चुका है। इसरो इस योजना में अपनी भागीदारी सुनिश्चित करने के लिए तैयार है। वह इस काम में पीछे नहीं रहेगा क्योंकि इसरो के पास अपने इतने साधन हैं कि वह अपने दम पर मंगल अभियान शुरू कर सके। इसरो का मानना है कि उसने ऐसी तकनीक विकसित की है जिससे कि मंगल मिशन सफलतापूर्वक पूरा किया जा सके। मंगल ग्रह तक यान भेजने के लिए इसरो के पास क्रायोजेनिक इंजन की तकनीक मौजूद है। क्रायोजेनिक इंजन का परीक्षण अंतिम स्तर पर है। उपग्रह प्रक्षेपण यान जीएलवी मार्क–2 में इस तरह के इंजन का इस्तेमाल होगा। इस इंजन को लगाने से स्वदेशी जीएसएलवी रॉकेट की क्षमता कई गुना बढ़ जाएगी। इसरो ने 207 टन वजन ढो सकने वाले दुनिया के तीसरे सबसे बड़ा रॉकेट बनाने में सफलता प्राप्त कर ली है। हाल में मिली असफलताओं से दूसरों की भावी योजनाओं को झटका जरूर लगा हैं लेकिन इससे वैज्ञानिक हताश नहीं हैं। वे गलतियों से सबक लेकर आगे चलने को तैयार हैं। मंगल ग्रह की परिक्रमा करने के लिए 2015 में एक ऑर्बिटर भेजने पर विचार चल रहा है। यह ऑर्बिटर मूल रूप से मंगल ग्रह के मौसम आंधियों वहां के आयनोस्फीयर चुंबकीय क्षेत्र पानी की उपस्थिति आदि के बारे में जानकारी उपलब्ध कराएगा। अंतरिक्ष यान को मंगल ग्रह तक पहुंचाने के लिए अपेक्षाकृत अधिक उर्जा की आवश्यकता होगी। मंगल ग्रह का वातावरण और वहां का तापमान इंसानों के रहने के अनुकूल है। आने वाले समय में मंगल ग्रह पर जीवन की खोज का काम और तेज हो जाएगा।

पहला भारतीय अंतरिक्ष की ओर

2015–16 तक किसी भारतीय को अंतरिक्ष में भेजने और 2025 तक चंद्रमा पर भेजने की योजना पर गंभीरता से विचार चल रहा है। इस योजना के तहत 2013 तक चन्द्रयान–दो और 2015 तक चन्द्रयान–तीन को अंतरिक्ष में छोड़े जाने की योजना पर काम चल रहा है। मैंड मून मिशन योजना के तहत दो या तीन भारतीय अंतरिक्ष यात्रियों को अंतरिक्ष में भेजे जाने का प्रस्ताव है। ये अंतरिक्ष यात्री पृथ्वी की निचली कक्षा में भेजे जाएंगे। वहां सात दिन गुजारने के बाद वे पृथ्वी पर वापस लौटेंगे। इस मिशन पर 124 अरब डॉलर का खर्च होने का अनुमान है। इस योजना के लिए श्री

हरकोटा में एक नया लांच पैड बनाया जा रहा है। इस लांच पैड के निर्माण पर एक हजार करोड़ रुपए से भी अधिक की लागत आने का अनुमान है। श्री हरिकोटा में बनने वाला यह तीसरा लांच पैड होगा। इसी लांच पैड में भारतीयों को अंतरिक्ष में ले जाने वाले रॉकेट को एसेम्बल और प्रक्षेपित किया जाएगा। इसरो के अध्यक्ष के. राधाकृष्णन का विश्वास है कि इसरो खुद मानव रहित अंतरिक्ष यान विकसित करने और उसे अंतरिक्ष में भेजने के लिए अपने ही संसाधनों के इस्तेमाल का प्रयास कर रहा है। इस योजना के तहत एक अन मैण्ड क्रू माड्यूल 2013 में पृथ्वी की कक्षा में स्थापित करने का लक्ष्य रखा गया है। इस माड्यूल की डिजाइन तैयार की जा चुकी है। इस माड्यूल में लाइफ सपोर्ट सिस्टम कैसा होगा? वह कैसे काम करेगा, उसमें थर्मल प्रूफिंग कैसे की जाएगी? किसी दुर्घटना की स्थिति में इस यान से अंतरिक्ष यात्रियों को कैसे निकाला जाएगा? इस बारे में ब्योरों को अंतिम रूप दिया जा चुका है। इसरो अब एक ऐसे वाहन को तैयार करने के काम में लगा है जो सुरक्षित तरीके से अंतरिक्ष यात्रियों को अंतरिक्ष में ले जा सके और वापस पृथ्वी पर ला सके। इसके लिए पूरी तरह विश्वसनीय वाहन की आवश्यकता होगी। इस तरह के रॉकेटों को वैज्ञानिकों की भाषा में ह्यूमन रेटेड व्हीकल्स का नाम दिया गया है। इसके लिए खास तरह के प्रक्षेपण की व्यवस्था की जानी होगी। इस बात का भी प्रबंध किया जाना होगा कि जब वे अंतरिक्ष यात्री पृथ्वी पर वापस आएं तो वे सुरक्षित तरीके से रह सकें। आवश्यक जांच–पड़ताल और परीक्षणों आदि में शामिल हो सकें। इस योजना को विभिन्न चरणों में लागू करने का प्रस्ताव है। पहले चरण में इस प्रकार की तकनीक और वाहन का विकास किया जाएगा जिससे कि अंतरिक्ष यात्रियों को अंतरिक्ष में ले जाने और वापस लाने का काम किया जा सके। दूसरे चरण में ऐसा व्हीकल तैयार किया जाएगा जिसे ह्यूमेन रेटेड व्हीकल कहा जा सके। तीसरे चरण में अंतरिक्ष यात्रियों को प्रशिक्षित किया जाएगा। किसी व्यक्ति को अंतरिक्ष में जाने लायक बनाने के लिए कम से कम तीन साल का प्रशिक्षण देना होता है। माड्यूल को पृथ्वी की कक्षा में पहुंचाने के लिए पोलर सेटेलाइट लांच व्हीकल पीएसलएलवी का उपयोग किया जाएगा। इस योजना के लिए पीएसएलवी में कुछ खास तरह के फेर–बदल किये जा रहे हैं। योजना आयोग ने फरवरी 2009 में ही मानव युक्त अंतरिक्ष उड़ान परियोजना को अपनी सैद्धान्तिक मंजूरी दे दी थी। इस योजना के लिए 11वीं और 12 पंचवर्षीय योजना के दौरान दो चरणों में अतिरिक्त संसाधन उपलब्ध कराए जाने की व्यवस्था की जा रही है। भारत को अपने अंतरिक्ष कार्यक्रम में रूस से अहम मदद मिलने वाली है। इस

अभियान के लिए भारत का प्रयास है कि वह स्वदेशी तकनीक से ही यह काम करे लेकिन इस मामले में सोवियत संघ के साथ हाथ मिलाए जाने का विकल्प भी विचाराधीन है।

रूस से सहयोग का विकल्प

रूस सोयूज़ अंतरिक्ष यान 'इनर्जिया' बनाने में इस्तेमाल हुई तकनीक भारत के साथ बांटने को तैयार है। अब इसी तकनीक के सहारे रूस वर्ष 2020 तक भारत को मानवयुक्त अंतरिक्ष यान बनाने में मदद करेगा। अगर सब कुछ ठीक रहा तो भारत इस अंतरिक्ष यान के सहारे अंतरिक्ष यात्री भेजने में सफल रहेगा। इस सहयोग के लिए भारत के अनुरोध का रूसी अंतरिक्ष एजेंसी रासकासमोस और सोयुज अंतरिक्ष यान 'इनर्जिया' के निर्माताओं ने समर्थन किया है। रॉसकासमोस के प्रमुख एलेक्सी क्रोसनोफ मानते हैं कि भारत मानवयुक्त अंतरिक्ष कार्यक्रम विकसित करने को लेकर काफी उत्सुक है। इसमें कोई आश्चर्य की बात नहीं है कि उसने इस काम के लिए रूस की ओर रुख किया क्योंकि दोनों ही देश सोवियत युग से अंतरिक्ष क्षेत्र में सहयोग करते आए हैं। यह परियोजना अभी शुरुआती दौर में है। इसमें दस साल का समय लगने के आसार हैं। कैप्सूल का डिजाइन सोयुज जैसा ही होगा लेकिन यह छोटा होगा क्योंकि भारत के पास फिलहाल उतना शक्तिशाली प्रक्षेपण यान नहीं है जिससे बड़े अंतरिक्ष यान को अंतरिक्ष में भेजा जा सके।

चन्द्रयान-2 और 3 की भी तैयारियां जारी

यदि निर्धारित समय 2015 तक यह कार्यक्रम साकार हो जाता है तो भारत, रूस, अमेरिका और चीन के बाद अपने बलबूते पर मानवयुक्त अंतरिक्ष अभियान संचालित करने वाला दुनिया का चौथा राष्ट्र बन जाएगा। इस मानव अभियान का मुख्य लक्ष्य तीन टन के एक ऐसे ऑर्बिटल व्हीकल का पूर्णतः स्वदेशी तकनीक से विकास करना है जो दो सदस्यों को ले जा सके। मिशन की समाप्ति के बाद सुरक्षित वापसी भी सुनिश्चित कर सके। यह अभियान दो दिन का होगा। इसे बढ़ा कर सात दिन तक का किया जा सकता है। इसके पहले कदम के रूप में इसरो पहले ही एस आर ई–1 स्पेस कैप्सूल रिकवरी एक्सपेरीमेंट के माध्यम से सूक्ष्म गुरुत्वाकर्षण स्थिति में आकाश से वायुमंडल में प्रवेश करने की प्रौद्योगिकी का सफलतापूर्वक प्रदर्शन कर चुका है। भावी मानवयुक्त अभियानों के लिए एस आई–2 और एस आई–3 की लांचिग की

भी योजना बनाई गई है। देश के पहले चंद्र अभियान के तहत भेजे गए चंद्रयान–1 की सफलता के बाद अब इसरो के चंद्रयान–2 में भी पे लोड भेजने में विश्व की दो प्रमुख अंतरिक्ष एजेंसियों ने दिलचस्पी दिखाई है। अमेरिकी अंतरिक्ष एजेंसी नासा और यूरोपीय अंतरिक्ष एजेंसी ने चंद्रयान–2 के साथ अपने पे लोड भेजने पर बातचीत की जा रही है। अन्य एजेंसियां भी इसी तरह के पे लोड भेजने पर बातचीत कर रही हैं। चंद्रयान–1 में छह विदेशी पे लोड भेजे गए थे।

अब सूर्य पर भी भारत की नज़र : आदित्य

इन अंतरिक्ष खोज अभियानों के अलावा इसरो सोलर प्रोब की डिजाइन भी तैयार कर रहा है जिसका नाम 'आदित्य' रखा गया है। यह एक मिनी उपग्रह होगा जो सूर्य और पृथ्वी के बीच की पारस्परिक क्रियाओं का अध्ययन करेगा। इसे 2012 तक लांच किये जाने की संभावना है। इसरो ने कहा है कि वह सूर्य के करोना के अध्ययन के लिए अपने को तैयार कर रहा है। इस अध्ययन के दौरान सूर्य से निकलने वाली लपटों और चलने वाली आंधियों का अध्ययन करने का प्रस्ताव है। इन दोनों के कारण उपग्रहों द्वारा की जाने वाली संचार व्यवस्था पर बुरा प्रभाव पड़ता है। अक्सर इनके कारण संचार व्यवस्था अस्त–व्यस्त हो जाती है। इलेक्ट्रॉनिक संयंत्र काम करना बंद कर देते हैं या खराब ही हो जाते हैं। सूर्य के कोरोना के कारण बनने वाली जियोमैगनेटिक फील्ड के प्रभाव के कारण मानवनिर्मित उपग्रहों और अंतरिक्षा यान को अक्सर नुकसान पहुंचता है। मिशन आदित्य के द्वारा इसरो यह पता लगाने का प्रयास करेगा कि सूर्य से यह लपटें क्यों निकलती हैं और ये आंधियां क्यों चलती हैं। यदि यह अध्ययन सफल होता है तो इस बात की व्यवस्था की जा सकेगी कि इनके कारण होने वाले नुकसान से इलेक्ट्रानिक संयंत्रों, उपग्रहों और अंतरिक्ष यानों को कैसे बचाया जा सकता है, इनके कारण संचार व्यवस्था में आने वाली बाधाओं को कैसे रोका जा सकता है? फ्रांस के साथ संयुक्त उद्यम के रूप में भारत मेघा ट्रौपिक नाम एक मौसम उपग्रह के प्रक्षेपण की भी योजना बना रहा है।

अब सेटेलाइट फोन भी अपने ही उपग्रह पर

भारत को सेटेलाइट फोन के मामले में आत्मनिर्भर बनाने के लिए एक विशेष उपग्रह छोड़ने की योजना पर काम किया जा रहा है। जल्दी ही इसके परिणाम

सामने आने की आशा है। इस समय अपने देश में सेटेलाइट फोन के इस्तेमाल के लिए दूसरे देशों के उपग्रहों पर निर्भर रहना पड़ता है। इसमें इंडोनेशिया और अन्य देशों के उपग्रह शामिल हैं। सेटेलाइट पर आधारित फोन के लिए खास तरह के उपग्रहों का इस्तेमाल किया जाता हैं। इस समय अधिकतर सैटेलाइट फोन इंटरनेशनल मैरीटाइम सैटेलाइट ऑरगेनाइजेशन इनमारसैट का उपयोग कर रहे हैं। इस क्षेत्र में हो रहे तकनीकी विकास की दृष्टि से भारत दूसरे देशों से पीछे है। इस पिछड़ेपन को दूर करने और दूसरे देशो से आगे निकलने के लक्ष्य को सामने रख कर इसरो में एक विशेष योजना पर काम चल रहा है।

भारत धूमकेतुओं का अध्ययन करेगा

भारत 2017 में उल्कापिंडों और धूमकेतुओं के अध्ययन के लिए अंतरिक्ष में एक ऑर्बिटर भेजने की योजना पर काम कर रहा है। यह ऑर्बिटर धूमकेतुओं और उल्कापिंडों के उद्‌गम एवं विकास के संबंध में जानकारी उपलब्ध कराएगा तथा साथ ही भौतिक व रासायनिक पदार्थों और वस्तुओं का भी अध्ययन करेगा। जैसी कि हम पहले चर्चा कर चुके हैं कि प्राचीन भारतीय खगोल शास्त्री वराहमिहिर ने उल्कापिंडों और धूमकेतुओं के बारे में अनेक तरह की जानकारियां उपलब्ध कराई थीं लेकिन आधुनिक वैज्ञानिकों को अभी उतनी तरह के धूमकेतुओं का पता लगाना बाकी हैं।

इसरो का विजन 2025

इसरो का विजन 2025 भारत के अंतरिक्ष अनुसंधान की आगामी यात्रा का एक संकेत देता है। इस विजन दस्तावेज में कहा गया है कि यह संगठन ग्रामीण क्षेत्रों में संचार की सुविधाएं उपलब्ध कराने, सुरक्षा और मोबाइल सेवाओं की आवश्यकताओं की पूर्ति के लिए सैटेलाइट पर आधारित संचार और नेवीगेशन की सुविधाएं विकसित करने के लिए काम करेगा। प्राकृतिक सम्पदाओं के प्रबंधन और मौसम तथा क्लाइमेट चेंज के बारे में अध्ययन की अपनी योग्यता और क्षमता को बढ़ाएगा। सौर मण्डल और यूनिवर्स के बारे में और बेहतर समझ प्राप्त करने के लिए अंतरिक्ष में और मिशन भेजेगा। दूसरे ग्रहों के बारे में अध्ययन करेगा। अधिक भारी क्षमता वाले रॉकेटों का विकास करेगा और ऐसे लांच व्हीकल्स का विकास करेगा जिनका कि दुबारा उपयोग किया जा सके और मानव को अंतरिक्ष में ले जाने की व्यवस्था करेगा। इसरो की वर्तमान योजना के अनुसार 2013 में चांद पर भेजे जाने वाले चन्द्रयान–2 को भारत

में विकसित क्रायोजेनिक इंजन वाले रॉकेट से ही अंतरिक्ष में भेजे जाने की योजना है। फिलहाल इस योजना पर अनेक सवालिया निशान लगे हुए है। चन्द्रयान–2 से चांद की सतह पर लैंडर कम रोवर को भी पहुंचाए जाने का लक्ष्य रखा गया है।

अपना गगन

अमेरिकन जीपीएस ग्लोबल पोजिशिनिंग सिस्टम की तर्ज पर एक रीजनल पोजिशिनिंग सिस्टम बनाने का भारत का सपना साकार होने को है। इसका नाम 'गगन' रखा गया है। गगन के तहत 4 सैटेलाइट्स छोड़े जाएंगे। किसी भी चीज का लोकेशन जानने के लिए लोकेटिंग सिस्टम चाहिए जो पूरी दुनिया के भौगोलिक इलाके को एक ग्रिड यानी आड़ी–तिरछी रेखाओं के नेटवर्क में देखे। अभी तक सिर्फ कुछ विकसित देश ही ऐसा कर पाए हैं और अब हम ऐसा कर पाने की स्थिति में हैं। पहले क्रायोजेनिक इंजन की परीक्षण उड़ान के साथ गगन की स्थापना के लिए उपग्रह भेजे गए थे। उसकी असफलता के कारण इस कार्यक्रम को भी झटका लगा है। जल्दी ही इन्हें फिर से अंतरिक्ष में पहुंचाने का लक्ष्य रख कर काम किया जा रहा है। 'गगन' के काम शुरू करने के बाद सबसे बड़ा लाभ सिविल एवीएशन क्षेत्र को होगा। इससे विमानों को उड़ान के दौरान अपनी स्थिति का पता लगाने में मदद मिलेगी और वे अधिक सुरक्षित तरीके से आकाश में उड़ान भर सकेंगे। इस विशाल देश के किसी भी दूर–दराज के एयरपोर्ट से आसानी से आ–जा सकेंगे। वे अधिक आसानी से हवाई अड्डों पर उतर सकेंगे और उड़ान भर सकेंगे।

अपना भुवन

'गूगल अर्थ' के जवाब में भारत ने 'भुवन' का विकास किया। गूगल अर्थ से आप घर बैठे दुनिया के किसी भी हिस्से किसी भी देश शहर या उसके किसी हिस्से को आप उपग्रह के माध्यम से घर बैठे देख सकते हैं, उसके बारे में आवश्यक जानकारी प्राप्त कर सकते हैं। भुवन को कई मायने में गूगल अर्थ से बेहतर माना जा सकता है।

और अपना जुगनू

दुनिया के सबसे छोटे सेटेलाइटों में आने वाला जुगनू अंतरिक्ष की यात्रा को कर रहा है। इसे पिछले वर्ष अगस्त में श्री हरिकोटा से छोड़ा गया था। आई आई टी

के माइक्रो सैटेलाइट की लंबाई 34 सेंटीमीटर है इसका वजन तीन किलोग्राम है। इसे विश्व का सबसे छोटा सैटेलाइट माना जा रहा है। इसे पृथ्वी से 700 किलोमीटर की दूरी पर स्थापित किया गया है। यह पूरी दुनिया के बारे में जानकारियां देता है। यह उपग्रह विश्व की मैपिंग करने में व्यस्त है। 24 घंटे में पृथ्वी के 15 चक्कर लगाता है। जुगनू ने कृषि, मौसम, बाढ़, सूखा तथा मिटटी से जुड़ी तस्वीरें भेजी हैं। जुगनू नामकरण के पीछे इसमें लगा रेडियो ट्रांसमिशन है जो टिमटिमाता है और हल्की आवाज करता है।

भारत के प्रमुख अंतरिक्ष वैज्ञानिक

भारत के अंतरिक्ष अनुसंधान क्षेत्र में दुनिया में महत्त्वपूर्ण स्थान प्राप्त करने के पीछे देश के हजारों वैज्ञानिकों और इंजीनियरों की कड़ी मेहनत, उनकी योग्यता और क्षमता है। भारत मां के इन सपूतों ने अत्यंत चुनौतीपूर्ण परिस्थितियों में काम किया। पिछले करीब चार दशकों के इस कार्यकाल के दौरान एक लंबा समय इस तरह का गुजरा जबकि इन वैज्ञानिकों और इंजीनियरों को ऐसी परिस्थितियों में काम करने के लिए मजबूर होना पड़ा जबकि दूसरे देश के वैज्ञानिक उनसे मिलने और बात करने तक के लिए तैयार नहीं होते थे। उनके संगठनों को दुनिया के प्रमुख देशों ने काली सूची में डाल दिया था। उनके अध्ययनों और उपलब्धियों को स्वीकार करने के लिए दुनिया तैयार नहीं थी। उन्हें न तो तकनीक उपलब्ध कराई जाती थी और न ही उनके साथ अनुभवों को बांटा जाता था। आजादी के बाद के तीन दशकों तक हालात ऐसे नहीं थे कि भारी लागत वाली इन परियोजनाओं को क्रियान्वित करने के लिए सरकार अपने बजट से अतिरिक्त संसाधन उपलब्ध करा सके। इन परिस्थितियों में उन्हें कम से कम लागत पर अधिक से अधिक काम कर के दिखाना होता था। इन विपरीत परिस्थितियों में काम करने के बावजूद भारतीय इंजीनियरों और वैज्ञानिकों ने भारत को एक ऐसे मुकाम पर लाकर खड़ा कर दिया है जहां वह दुनिया के उन चंद देशों में शामिल हो गया है जो अपने उपग्रहों का विकास कर सकते हैं। अपने रॉकेटों से उन्हें अंतरिक्ष में भेज और विभिन्न कक्षाओं मे स्थापित कर सकते हैं। भारत अब दूसरे ग्रहों पर जाने के लिए तैयार है। वह दुनिया में अंतरिक्ष अनुसंधान के बाजार का एक प्रमुख खिलाड़ी है। दूसरे देशों को उनके ही खेल में पछाड़ पाने की स्थिति में है। भारत को इस स्थिति में पहुंचाने में देश के वैज्ञानिकों और विशेषज्ञों की एक लंबी सूची हैं। किसी एक पुस्तक में उन सभी के बारे में जानकारी दे पाना संभव ही नहीं है। इसलिए इस पुस्तक के लिए चंद चुनिंदा वैज्ञानिकों का ही चयन किया गया है जिनके बारे में संक्षिप्त जानकारी दी जा रही है। इस पुस्तक में शामिल नहीं

किये जाने का यह अर्थ कदापि नहीं है कि उनका योगदान किसी तरह से कम रहा हो। स्थान की कमी के कारण सिर्फ गिने–चुने वैज्ञानिकों को ही इस पुस्तक में स्थान दे पाना संभव हो पाया है।

डॉ. विक्रम साराभाई

12 अगस्त, 1919 को अहमदाबाद में जन्मे विक्रम इसरो के पहले चेयरमैन थे। भारतीय अंतरिक्ष कार्यक्रम को गति देने का श्रेय स्वर्गीय विक्रम अंबालाल साराभाई को जाता है। भारतीय अंतरिक्ष कार्यक्रम डा. साराभाई की संकल्पना मानी जाती है और उन्हें भारतीय अंतरिक्ष कार्यक्रम का जनक कहा जाता है। अंबालाल साराभाई और श्रीमती सरला साराभाई के पुत्र के रूप में जन्म लेने वाले विक्रम साराभाई जन्म से ही प्रखर बुद्धि के बालक थे। उनकी शिक्षा उनके सभी भाई–बहनों के साथ मांटेसरी पद्धति से प्रारंभ किये गए विद्यालय में यूरोप से बुलाए गए शिक्षकों द्वारा की गई। विक्रम की गणित और विज्ञान में विशेष रुचि थी। वे स्वभाव से साहसी और नई–नई खोजों में लगे रहते थे। पिता अंबालाल के देश के प्रमुख नेताओं से अच्छे संबंध होने के कारण राजनीतिक वातावरण उन्हें परिवार से मिला। गुरुदेव रवीन्द्रनाथ टैगोर, जवाहर लाल नेहरू, सरोजनी नायडू, सी.वी. रमन जैसे व्यक्ति सारा भाई के घर पर ठहरा करते थे। विक्रम साराभाई स्नातक की पढ़ाई के लिए 1937 में कैंब्रिज गए। 1940 में उन्हें प्राकृतिक विज्ञान में ट्राइपोज की डिग्री दी गई। द्वितीय विश्वयुद्ध के कारण वह भारत लौट आए। इंडियन इंस्टीट्यूट ऑफ साइंस जो तब भारत की सबसे बड़ी वैज्ञानिक संस्था थी, में उन्होंने सी. वी. रमन के निर्देशन में अनुसंधान शुरू किया। कॉस्मिक किरणों पर अनुसंधान में उनकी महत्त्वपूर्ण भूमिका रही। उनका पहला लेख साइन्स अकादमी के जर्नल में प्रकाशित हुआ। द्वितीय विश्वयुद्ध की समाप्ति के बाद वे कैम्ब्रिज वापस गए। 1947 में ट्रापिकल लैटीट्यूड्स में कॉस्मिक रेज पर किये गए उनके अनुसंधान के लिए कैम्ब्रिज विश्वविद्यालय ने उन्हें डॉक्ट्रेट की डिग्री प्रदान की। देश के आजाद होने के बाद वे भारत लौटे। उन्होंने अहमदाबाद में फिजिकल रिसर्च लैबोरेटरी की स्थापना की। इसके लिए उन्होंने अपने परिवार और अन्य चैरीटेबल ट्रस्टों से आर्थिक सहायता प्राप्त की। 11 नवम्बर, 1947 को पी आर एल की स्थापना हुई। उस समय डॉ. साराभाई सिर्फ 28 वर्ष की आयु के थे। इसके बाद उन्होंने देश की आज सबसे महत्त्वपूर्ण संगठनों की स्थापना में सक्रिय योगदान किया। इंडियन इन्स्टीट्यूट ऑफ मैनेजमेंट की स्थापना के पीछे उनके ही प्रयास थे। डॉ. साराभाई

द्वारा शुरू की गई अन्य संस्थाओं और संगठनों में कम्युनिटी साइंस सेंटर अहमदाबाद, दर्पण एकेडमी ऑफ परफॉर्मिंग आर्ट्स, विक्रम साराभाई स्पेस सेंटर तिरूअनंतपुरम, फास्ट ब्रीडर टेस्ट रिएक्टर कलपाक्कम, वैरिएबल एनर्जी साइकलोट्रोन प्रोजेक्ट कलकत्ता, इलेक्ट्रॉनिक्स कॉरपोरेशन ऑफ इंडिया हैदराबाद, यूरेनियम कारपोरेशन ऑफ इंडिया लिमिटेड जादूगुडा बिहार, (अब झारखंड) शामिल हैं। कम्युनिटी साइंस सेंटर, अहमदाबाद को अब विक्रम ए साराभाई कम्युनिटी सेंटर के नाम से पुकारा जाता है।

1957 में सोवियत संघ द्वारा स्पुतनिक के प्रक्षेपण के बाद उन्होंने कृत्रिम उपग्रहों की उपयोगिताओं को भांपा। प्रथम प्रधानमंत्री पंडित जवाहर लाल नेहरू ने भारत के भावी विकास में इस उपयोगिता के अहम को स्वीकार किया और उसे कार्यरूप देने में महत्त्वपूर्ण भूमिका निभाई। 1961 में अंतरिक्ष अनुसंधान को परमाणु उर्जा विभाग के तहत रखा गया जो सीधे प्रधानमंत्री के अधीन काम कर रहा था। परमाणु उर्जा विभाग के निदेशक होमी भाभा ने जो भारतीय परमाणु उर्जा कार्यक्रम के जनक माने जाते हैं, ने 1962 में भारतीय अंतरिक्ष अनुसंधान के लिए भारतीय राष्ट्रीय समिति इनकोस्पार का गठन किया तो डा. साराभाई को इसका अध्यक्ष नियुक्त किया गया। 1975 में जो पहला अंतरिक्ष उपग्रह आर्यभट्ट छोड़ा गया उसकी रचना विक्रम साराभाई के अहमदाबाद स्थित केन्द्र में हुई थी। आर्यभट्ट की सफलता के बाद विक्रम साराभाई की लगन, निष्ठा और परिश्रम के कारण आगे और भी उपग्रह अंतरिक्ष में छोड़े गए जिसके लिए साराभाई को हमेशा याद रखा जाएगा। रोहिणी रॉकेट श्रृंखला की शुरुआत और विकास में डा. साराभाई की बेहद महत्त्वपूर्ण भूमिका रही। उन्हें इस परियोजना का जनक माना जाता है। वे अनेक अंतरराष्ट्रीय वैज्ञानिक संस्थाओं के अध्यक्ष सदस्य और प्रमुख रहे। अंतरिक्ष विज्ञान के क्षेत्र में उन्होंने थुंबा स्थित रॉकेट लांचिंग केन्द्र की स्थापना की। बाद में दूसरा रॉकेट प्रक्षेपण केन्द्र चेन्नई स्थित श्री हरिकोटा में बनवाया। डा. साराभाई मानते थे कि वैज्ञानिकों को अनुसंधान कार्यों के साथ सामाजिक दायित्वों को निभाने में पीछे नहीं रहना चाहिए, उन्हें समाज ग्राम और देश के विकास में सक्रिय भागीदारी निभानी चाहिए। 1975–76 में सैटेलाइट इंस्ट्रेक्शनल टेलीविजन एक्सपेरीमेंट साइट कार्यक्रम को शुरू करने का श्रेय भी डा. साराभाई को ही जाता है। इस योजना के तहत देश के 240 गांवों में रहने वाले 50 लाख से अधिक निवासियों को टेलीविजन प्रसारण द्वारा शिक्षा उपलब्ध कराना था। विक्रम साराभाई जब त्रिवेंद्रम के पास थुंबा से अंतरिक्ष में भारत निर्मित उपग्रह को स्थापित करने गए थे तब उन्होंने अंतरिक्ष वैज्ञानिकों की टीम के साथ थुंबा के रॉकेट लांचिंग

स्टेशन का निरीक्षण भी किया। सारी व्यवस्था को चाक–चौबंद देख कर वह रात्रि विश्राम हेतु होटल लौट आए। वहीं 20 दिसम्बर, 1971 को रात्रि में उनका निधन हो गया।

आज हमारे देश को अंतरिक्ष विज्ञान के क्षेत्र में जो महत्त्वपूर्ण स्थान प्राप्त हुआ है उसका श्रेय उस महान वैज्ञानिक को जाता है जिसने वैज्ञानिकों को अनुसंधान कार्य करने के साथ–साथ सामाजिक उत्थान करने की भी प्रेरणा दी। डा. साराभाई और भारत के अंतरिक्ष कार्यक्रम को अलग–अलग कर के देखा जा सकना संभव नहीं है। दुनिया के अंतरिक्ष अनुसंधान के मानचित्र पर भारत को एक महत्त्वपूर्ण स्थान दिलाने में डॉ. साराभाई द्वारा बोए गए बीजों की महत्त्वपूर्ण भूमिका है। उन्होंने केवल अंतरिक्ष ही क्यों टेक्सटाइल, दवा, परमाणु, इलेक्ट्रॉनिक्स सहित अनेक क्षेत्रों में अनुसंधान में व्यापक योगदान किया। उनके व्यक्तित्व का एक महत्त्वपूर्ण पहलू यह भी रहा कि उन्हें 'एक स्वप्न दृष्टा वैज्ञानिक' कहा जाता है। उन्होंने केवल अपने लिए ही अनुसंधान का काम नही किया। अपने व्यस्त कार्यक्रमों के बीच समय निकाल कर दर्जनों विद्यार्थियों को डॉक्ट्रेट की डिग्री दिलाने में एक गाइड की भूमिका निभाई। दर्जनों राष्ट्रीय और अंतरराष्ट्रीय जर्नलों के लिए विशेष लेख लिखे। संगठनों की स्थापना की और उन्हें विकसित होने में सक्रिय भागीदारी निभाई।

डा. सतीश धवन

वे 1972 में इसरो के चेयरमैन बने। उनके लंबे कार्यकाल के दौरान देश के अंतरिक्ष कार्यक्रमों ने विकास के रास्ते में लंबी छलांगें लगाई। श्रीनगर में सन् 1920 में जन्मे प्रोफेसर सतीश धवन भारत के प्रमुख वैज्ञानिक रहे। उन्होंने अंतरिक्ष अनुसंधान के क्षेत्र में महत्त्वपूर्ण भूमिका निभाई। कृत्रिम उपग्रह आर्यभट्ट और रोहिणी का प्रक्षेपण उनके प्रयासों का प्रतिफल कहा जा सकता है। देश के अंतरिक्ष कार्यक्रम को नयी ऊंचाई पर पहुंचाने में अहम भूमिका निभाने वाले महान वैज्ञानिक प्रोफेसर सतीश धवन एक बेहतरीन इंसान और कुशल शिक्षक भी थे। उन्हें भारतीय प्रतिभाओं पर अपार भरोसा था। भारतीय प्रतिभाओं में उनके विश्वास को देखते हुए उनके साथ काम करने वाले लोगों तथा उनके छात्रों ने कठिन मेहनत की ताकि उनकी इस धारणा की पुष्टि हो सके। सतीश धवन को विक्रम साराभाई के निधन के बाद इसरो की जिम्मेदारी सौंपी मई। वे इसरो के अध्यक्ष नियुक्त किये गए। साराभाई ने एक ऐसे भारत की परिकल्पना की थी जो उपग्रहों के निर्माण एवं प्रक्षेपण में सक्षम हो। मई

प्रौद्योगिकी सहित अंतरिक्ष कार्यक्रम का पूरा फायदा उठा सके। प्रोफेसर धवन ने न सिर्फ उनकी परिकल्पनाओं को साकार किया बल्कि भारतीय अंतरिक्ष कार्यक्रम को नई ऊंचाइयों तक ले जाते हुए भारत को दुनिया के उन गिने–चुने देशों में खड़ा कर दिया जहां अंतरिक्ष अनुसंधान में मौलिक काम किया जा रहा है। रॉकेट वैज्ञानिक श्री धवन के बाउंड्री लेयर रिसर्च की दिशा में अहम योगदान के लिए हमेशा याद किया जाएगा। वे इंडियन इंस्टीटयूट ऑफ बंगलूरू के लोकप्रिय अध्यापक थे। उन्हें इस संस्थान में सुपरसोनिक विंग टनेल स्थापित करने का श्रेय जाता है। अपने इस कार्यकाल के दौरान उन्होंने इंडियन इंस्टीटयूट ऑफ साइंस में कई सकारात्मक बदलाव किये। उन्होंने संस्थान में अपने देश के अलावा विदेशों से भी युवा प्रतिभाशाली फैकेल्टी सदस्यों को शामिल किया। उन्होंने कई नये विभाग शुरू किये और छात्रों को विविध विषयों में शोध के लिए प्रेरित किया। उनके प्रयासों से संचार उपग्रह इनसेट दूरसंवेदी उपग्रह आई आर एस और ध्रुवीय उपग्रह प्रक्षेपण यान पी एस एल वी का सपना साकार हो सका। तीन जनवरी, 2002 को उनके निधन के बाद श्री हरिकोटा स्थित उपग्रह प्रक्षेपण केन्द्र का नाम बदल कर प्रो. सतीश धवन अंतरिक्ष केन्द्र कर दिया गया।

प्रोफेसर यू. आर. राव

उडपी रामाचन्द्रन राव का जन्म 10 मार्च, 1932 को अडामारू उडपी में हुआ। उनकी प्रारम्भिक शिक्षा–दीक्षा गांव के स्कूल में हुई। उन्होंने मद्रास विश्वविद्यालय से बी–एस.सी. और बनारस हिंदू विश्वविद्यालय से एम. एस. सी. की डिग्रियां प्राप्त कीं। उन्होंने गुजरात विश्वविद्यालय से पी–एच. डी. की डिग्री प्राप्त की फिर वे अमेरिका चले गए। वहां वे एम आई टी के फैकेल्टी मेम्बर रहे। उन्होंने टेक्सॉस विश्वविद्यालय डलस में सहायक प्रोफेसर के रूप में काम किया। अमेरिका प्रवास के दौरान उन्होंने स्पेस एयरक्राफ्ट के विकास के क्षेत्र में महत्त्वपूर्ण योगदान किया। उन्होंने डॉ. साराभाई के नेतृत्व में कॉस्मिक रे के क्षेत्र में अनुसंधान को विशेष महत्त्व दिया। एम आई टी में कार्य के दौरान वे कास्मिक रेज के क्षेत्र में अग्रिम अध्ययन में संलग्न रहे। 1966 में स्वदेश लौट आए और फिजिकल रिसर्च लेबोरेटरी के प्रोफेसर के रूप में काम करना शुरू किया। डा. साराभाई की तरह ही वे इस बात के सशक्त पक्षधर थे कि अंतरिक्ष अनुसंधान भारत के विकास में महत्त्वपूर्ण भूमिका निभा सकता है। उन्होंने भारत में उपग्रहों के विकास के लिए काम करना शुरू किया। अंतरिक्ष वैज्ञानिक और

इसरो के चेयरमैन रहे प्रोफेसर राव ने आर्यभट्ट एप्पल इनसेट और आई आर एस तंत्र के विकास में अहम भूमिका। इन उपग्रहों ने भारत में दूर संचार रिमोट सेंसिंग और मेट्रोलॉजिकल सर्विसेज के विकास में बहुत महत्त्वपूर्ण भूमिका निभाई। विश्वविख्यात अंतरिक्ष वैज्ञानिक प्रो. राव इंडियन स्पेस कमीशन के अध्यक्ष भी रहे। अंतरिक्ष विभाग के सचिव और स्पेसकमीशन के अध्यक्ष के रूप में प्रोफेसर राव के कार्यकाल के दौरान भारतीय उपग्रहों को अंतरिक्ष में छोड़ने के लिए देश में रॉकेट तकनीक के विकास को सर्वोच्च प्राथमिकता दी गई। इस दौरान किये गए अनुसंधान कार्यों का परिणाम उस समय सामने आया जबकि 1992 में ए एस एल वी रॉकेट का सफलतापूर्वक परीक्षण किया गया। उनके कार्यकाल के दौरान 1995 में पी एस एल वी रॉकेट को लांच किया गया जिसने पोलर ऑर्बिट में 850 किलोग्राम भार के उपग्रह को स्थापित करने में सफलता प्राप्त की।

डॉ. के. कस्तूरीरंगन

इसरो के चेयरमैन, जिन्होंने नौ साल तक देश के अंतरिक्ष कार्यक्रम को संभाला। वे राज्यसभा के सदस्य रहे। डॉ. कस्तूरीरंगन के कार्यकाल में 29 सितम्बर, 1997 को 1200 किलोग्राम भार वाले आई आर एस–1 डी को भारत में ही निर्मित पीएस एल वी–सी एफ के माध्यम से श्री हरिकोटा से अंतरिक्ष में भेजा गया। वे इसरो के सैटेलाइट सेंटर के डायरेक्टर और पहले दो एक्सपेरीमेंटल अर्थ ऑबजर्वेशन सैटेलाइट परियोजना के निदेशक रहे। एस्ट्रोफिजिस्ट के रूप में उन्होंने हाई एनर्जी एक्स–रे और गामा रे एसट्रोनॉमी और ऑप्टिकल एस्ट्रोनॉमी के क्षेत्र में महत्त्वपूर्ण कार्य किया। डॉक्टर कृष्णास्वामी कस्तूरीरंगन मुबई विश्वविद्यालय से भौतिक शास्त्र में एमएससी की डिग्री हासिल की। अहमदाबाद स्थित फिजिकल रिसर्च लैबोरेटरी में काम करते हुए उन्होंने 1971 में डॉक्टरेट की डिग्री प्राप्त की। वे 1976 से 1994 तक बंगलोर स्थित इसरो सैटेलाइट सेंटर के विभिन्न पदों पर रहे। इस दौरान उन्होंने उपग्रह भास्कर–1, भास्कर–2, आई आर एस–1 के विकास में महत्त्वपूर्ण भूमिका निभाई।

प्रोफेसर जी. माधवन नायर

इसरो के चेयरमैन रहे और रॉकेट तंत्रों के मशहूर तकनीकी विशेषज्ञ डॉ. नायर हमेशा हाई टेक्नालॉजी के एरिया में आत्मनिर्भरता प्राप्त करने के लिए कार्यरत

रहे। उनका विश्वास है कि वैज्ञानिक अनुसंधान का लाभ देश के गरीब और दूर-दराज के इलाकों में रहने वालों को प्राप्त हों। प्रोफेसर नायर ने लांच व्हीकल को इस तरह से विकसित करने को प्राथमिकता दी जिससे कि अंतरिक्ष अध्ययन के क्षेत्र में लागत में कमी की जा सके। इसरो के चेयरमैन के रूप में उनके कार्यकाल के दौरान 25 मिशनों को सफलतापूर्वक पूरा किया गया। 31 जनवरी, 1943 को केरल के तिरुअंनतपुरम में जन्मे प्रोफेसर नायर ने 1966 में केरल यूनिवर्सिटी से ग्रेजुएशन की। उन्होंने भाभा एटोमिक रिसर्च सेंटर बाम्बे में एक ट्रेनी के रूप में काम किया। वे 1967 में थुंबा रॉकेट लांचिंग सेंटर में शामिल हो गए। तब से उन्होंने अंतरिक्ष अनुसंधान से जुड़े रह कर विभिन्न पदों पर काम किया। डॉ. नायर को टेलीएजुकेशन और टेलीमेडिसिन जैसे क्षेत्रों में उच्च तकनीक का इस्तेमाल करके इसका लाभ आम लोगों तक पहुंचाने की योजनाएं बनाने और लागू करने के लिए विशेष रूप से जाना जाता है। एजूसेट के माध्यम से आज 31 हजार से भी अधिक कक्षाओं को जोड़ा जा चुका है। टेलीमेडिसिन की सुविधाएं देश के प्रमुख 350 से अधिक अस्पतालों में उपलब्ध हैं। इनमें से करीब पौने तीन सौ दूर-दराज के ग्रामीण और जिला अस्पतालों में है। इसके अलावा मोबाइल इकाइयों के माध्यम से भी टेलीमेडिसिन सुविधाएं उपलब्ध कराई गई है। प्रोफेसर माधवन के कार्यकाल के दौरान शुरू की गई एक और परियोजना है-विलेज रिसोर्स सेंटरर्स की स्थापना। इस योजना के माध्यम से उपग्रहों से जानकारियाँ दूर-दराज के गांवों में रहने वालों को उपलब्ध कराई जाती हैं जिससे कि उनके जीवन स्तर में सुधार लाया जा सके। इस समय इस प्रकार के करीब साढ़े चार सौ केन्द्र काम कर रहे हैं। इन केन्द्रों से लैंड यूज, लैंड कवर स्वाइल वाटर प्रास्पेक्ट्स जैसी जानकारियाँ उपलब्ध कराई जाती हैं जिससे किसान और भूमिधर सूचनाओं के आधार पर महत्त्वपूर्ण निर्णय ले सकें। इन केन्द्रों में किसानों और कृषि वैज्ञानिकों के बीच ऑन लाइन सवाल-जवाब की भी व्यवस्था है। ये केन्द्र जन-कल्याण की विभिन्न सरकारी योजनाओं, खेती-किसानी के नए तौर-तरीकों मौसम की भविष्यवाणी और मिट्टी तथा पानी के संरक्षण आदि के बारे में भी आवश्यक जानकारियाँ उपलब्ध कराते हैं। वीएसएससी के अध्यक्ष के रूप में काम करते हुए प्रोफेसर माधवन ने जीएसएलवी लांच व्हीकल्स के विकास में महत्त्वपूर्ण योगदान किया। इसके अलावा प्रोफेसर ब्रह्म प्रकाश प्रोफेसर वसंत गोवारिकर, प्रोफेसर प्रमोद कामे और डॉक्टर के. राधाकृष्णन जैसे वैज्ञानिकों ने भारत के अंतरिक्ष अनुसंधान के क्षेत्र में प्रभावकारी भूमिका निभाई। प्रोफेसर ब्रह्मप्रकाश को प्रोफेसर सतीश धवन की योजनाओं

को कार्यरूप देने में महत्त्वपूर्ण भूमिका निभाई। थुंबा में डॉ. विक्रम साराभाई केन्द्र की स्थापना प्रो. ब्रह्म प्रकाश के नेतृत्व में ही की गई। प्रोफेसर गोवारिकर को रॉकेट प्रणोदन के क्षेत्र में महत्त्वपूर्ण तकनीकी कार्यों के लिए पहचाना जाता है। प्रोफेसर प्रमोद कामे इनसेट परियोजना के निदेशक थे। बाद में वे उपग्रह उपयोग केन्द्र अहमदाबाद और विक्रम साराभाई अंतरिक्ष केंद्र के अध्यक्ष भी बने।

डॉक्टर के. राधाकृष्णन

इसरो के वर्तमान अध्यक्ष के. राधाकृष्णन का जन्म 29 अगस्त, 1949 को हुआ। वे पिछले करीब चार दशकों से अंतरिक्ष प्रौद्योगिकी और प्रबंधन के विभिन्न पहलुओं से जुड़े रहे। उन्होंने 1970 में केरल विश्वविद्यालय से इलेक्ट्रिकल इंजीनियरिंग में ग्रेजुएशन की। 2000 में आई आई टी खड़गपुर ने उन्हें पी–एच. डी. की डिग्री से सम्मानित किया। उन्होंने 1971 में विक्रम साराभाई स्पेस सेंटर में एविआनिक्स इंजीनियर के रूप में अपना जीवन शुरू किया। अपने लंबे कार्यकाल के दौरान वे स्पेस कमीशन के सदस्य, विक्रम साराभाई केन्द्र के निदेशक, नेशनल रिमोट सेंसिंग एजेंसी के निदेशक सहित अनेक प्रमुख पदों पर कार्यरत रहे। 2004 में आई सुनामी के बाद उन्होंने इंडियन नेशनल सुनामी वॉर्निंग सेंटर के विकास और क्रियान्वयन की योजना का नेतृत्व किया।

इसके अलावा वैज्ञानिकों की एक लंबी सूची ऐसी है जिसमें यदि सभी के योगदान की चर्चा की जाए तो वह अपने आप में एक पुस्तक का विषय होगा।

अंतरिक्ष अनुसंधान से जुड़े प्रमुख संगठन और उनका योगदान

क. विक्रम साराभाई अंतरिक्ष केन्द्र (वीएसएसी)

इस केन्द्र का नाम भारतीय अंतरिक्ष कार्यक्रम के संस्थापक प्रोफेसर विक्रम अंबालाल साराभाई के नाम पर रखा गया है। केरल की राजधानी तिरुअनंतपुरम स्थित यह केन्द्र सैटेलाइट लांच व्हीकल्स और साउंडिंग रॉकेट्स के डिजाइन और विकास के क्षेत्र में काम कर रहा है। यह इसरो का सबसे बड़ा केन्द्र है। इस केन्द्र में रॉकेटों को लांच करने के पहले तैयार किया जाता है। इस केन्द्र में ही पीएसएलवी जीएसएलवी जैसे रॉकेटों का विकास किया गया। अब यह केन्द्र इनके अधिक शक्तिशाली और प्रभावकारी नये रॉकेटों जीएसल मार्क–2 और मार्क–3 के विकास की योजनाओं पर काम कर रहा है। इस केन्द्र के क्रियाकलापों को इन समूहों में विभाजित किया गया है। विमानन वैमानिकी द्रव्य और यांत्रिक प्रणाली, ठोस नोदन और यौगिक प्रणोदक बहुलक और रसायन समाकलित प्रमोचक, रॉकेट कार्यक्रम प्रणाली, विश्वसनीयता, कम्प्यूटर और सूचना समूह। विक्रम साराभाई केन्द्र का अंतरिक्ष विज्ञान एवं प्रौद्योगिकी विभाग अनुसंधान एवं विकास की प्रमुख प्रयोगशाला है। यह केन्द्र थुंबा भूमध्य रेखीय रॉकेट प्रक्षेपण केन्द्र को चलाता है। यह केन्द्र संयुक्त राष्ट्र संघ द्वारा थुंबा के समीप से जानेवाली भू–चुंबकीय भूमध्य रेखा पर मौसम विज्ञान और आयनमंडल संबंधी समस्याओं के अनुसंधान के लिए साउडिंग रॉकेट प्रयोगों तथा अन्य प्रयोगों के लिए एक अंतरराष्ट्रीय सुविधा केन्द्र के रूप में मान्यता प्राप्त है। इसी केन्द्र में स्पेस फिजिक्स लैबोरेटरी काम कर रही है जहाँ एटमासफेरिक साइंस और स्पेस साइंस से जुड़ी अन्य गतिविधियों का संचालन किया जाता है।

ख. इसरो उपग्रह केन्द्र (आईजैक)

इसरो उपग्रह केन्द्र बंगलूरू कर्नाटक में स्थित है। यह केन्द्र उपग्रह के

डिजाइन निर्माण तथा परीक्षण के लिए उत्तरदायी है। इस केन्द्र में आर्यभट्ट, भास्कर, एप्पल, आई आर एस–1 ए आदि उपग्रहों का निर्माण हुआ है। विभिन्न वैज्ञानिक प्रौद्योगिकीकरण और व्यावहारिक उपयोग से संबंधित अभियानों के लिए स्वदेशी उपग्रह परियोजनाओं को लागू करना इस संस्थान का दायित्व है। इस केन्द्र में अब तक 50 से अधिक उपग्रहों का निर्माण किया जा चुका है जिनका उपयोग वैज्ञानिक अनुसंधान, संचार और रिमोट सेंसिंग के लिए किया जा रहा है।

ग. सतीश धवन अंतरिक्ष केन्द्र (शार)

यह केन्द्र चेन्नई के उत्तर में स्थित आंध्र प्रदेश में श्री हरिकोटा द्वीप पर स्थित है। यह भारत का मुख्य प्रक्षेपण आधार स्थल है। यहाँ से उपग्रह प्रक्षेपण यान और साउंडिंग रॉकेट छोड़े जाते है। यहां भारत का सबसे बड़ा ठोस प्रणोदक अंतरिक्ष बूस्टर संयंत्र स्थित है। चेन्नई से करीब 100 किलोमीटर की दूरी पर बने इस केन्द्र में दो लांच पैड हैं। इस केन्द्र में उपग्रहों को लो अर्थ ऑरबिट पोलर आरबिट और जियो स्टेशनरी ऑरबिट में पहुंचाने के लिए आवश्यक संसाधन और सुविधाएं उपलब्ध हैं। यह केन्द्र आंध्र प्रदेश के नेल्लोर जिले में आता है। इस केन्द्र के परिसर में लांच व्हीकल को एसेम्बल करने, उसमें ईंधन भरने, उसकी जांच करने और लांच ऑपरेशन के लिए आवश्यक सभी व्यवस्थाएं की गई हैं। इसके अलावा यहां पर साउंडिंग रॉकेट छोड़ने की भी व्यवस्था है। ये रॉकेट पृथ्वी के एटमॉसफियर के बारे में विभिन्न प्रकार के अध्ययन करते हैं।

घ. लिक्विड प्रोपलशन सिस्टम सेंटर 'द्रव नोदन प्रणाली केन्द्र'

उपग्रह प्रक्षेपण यानों तथा अन्य उपयोगों के लिए द्रव प्रणोदन प्रणाली में अनुसंधान विकास तथा परीक्षण करना इस केन्द्र का मुख्य कार्य है। यह केन्द्र अपने तीन परिसरों से काम करता है। ये परिसर वलियामाला, तिरुअनंतपुरम, महेन्द्रगिरि तथा बंगलूरू में स्थित है। इस सेंटर का मुख्यालय वलियामाला, तिरुअनंतपुरम में स्थित है। इस केन्द्र को अर्थ स्टोरेबल और क्रायोजेनिक प्रोपेलेशन और डिलीवर्स इंजंस, उनकी स्टेजेज, एसोसिएटेड कंट्रोल सिस्टम्स और लांच व्हीकल्स तथा स्पेसक्रॉफ्ट्स के अनुसंधान और विकास की जिम्मेदारी सौंपी गई है। इस केन्द्र ने पीएसएलवी के लिए लिक्विड रॉकेट स्टेजेज और कंट्रोल पावर प्लांट बनाने, जीएसएलवी के लिए लिक्विड स्टेजंज का विकास करने जियोसैट और स्पेसक्रॉफ्ट्स

के लिए प्रॉपल्शन सिस्टम तैयार करने सहित अनेक योजनाओं में महत्त्वपूर्ण भूमिका निभाई है। इस समय इस केन्द्र में जीएसएलवी मार्क–2 के लिए क्रायोजेनिक अपर स्टेज लिक्विड रॉकेट कोर स्टेज और जीएसएलवी मार्क–3 व्हीकल के लिए क्रॉयोजेनिक अपर स्टेज और सेमी क्रॉयोजेनिक के क्षेत्र में विकास और अनुसधान के क्षेत्र में काम किया जा रहा है। इंस केन्द्र के तमिलनाडु के महेन्द्रगिरि स्थित परिसर में लांच व्हीकल्स की एसेम्बली इंटीग्रेशन और टेस्टिंग तथा प्रॉपेलेंट स्टोरेज और लांच व्हीकल्स के इंजन और स्टेजेज की सर्विसिंग की व्यवस्था की गई है। इस केन्द्र के बंगलूरू परिसर में जियो सैट और आई आर एस कार्यक्रमो के सैटेलाइट प्रोपल्शन सिस्टम की जिम्मेदारी है। यह केन्द्र मोनो प्रोपोलेंट प्रॉपल्शन सिस्टम इंजीनियरिंग और ट्रांसड्यूसर और स्पेसक्रॉफ्ट के टैंक्स की डिजाइन और विकास का भी काम करता है। इस केन्द्र ने इन सैट जी सैट और आई आर एस सैटेलाइट्स के प्रोपलशन सिस्टम के इंटीग्रेशन में महत्त्वपूर्ण योगदान किया है। इसके अलावा इस केन्द्र में विकसित किये गए मोनोप्रोपेलैंट थ्रस्टर्स का आई आर एस सैटेलाइट्स में इस्तेमाल किया गया।

च. अंतरिक्ष उपयोग केन्द्र (स्पेस एप्लीकेशन सेंटर) सैक

अंतरिक्ष उपयोग केन्द्र अहमदाबाद इसरो का एक प्रमुख केन्द्र है। यह केन्द्र अंतरिक्ष उपयोग हेतु विभिन्न प्रणालियों की परिकल्पना, संगठन तथा निर्माण के लिए कार्यरत है। इसके प्रमुख कार्यक्षेत्र हैं, उपग्रह आधारित दूर संचार और टेलीविजन, प्राकृतिक संसाधनों का सर्वेक्षण तथा प्रबंधन पर्यावरण निगरानी, मौसम विज्ञान तथा भूमापन आदि। यह केन्द्र अहमदाबाद और दिल्ली स्थित अर्थ स्टेशनों की देखभाल और संचालन की जिम्मेदारी संभालता है। इस केन्द्र में अंतरिक्ष अनुसंधान के दौरान विकसित प्रौद्योगिकी का सामाजिक हित में इस्तेमाल करने लायक बनाने का काम किया जाता है। यह केन्द्र संयुक्त राष्ट्र संघ से संबद्ध प्रशिक्षण के केन्द्र के रूप में भी काम करता है। यहां सैटेलाइट कम्यूनिकेशन, सैटेलाइट मेट्रोलॉजी और ग्लोबल चेंज के बारे में एशिया और पैसिफिक क्षेत्र के देशों के प्रतिनिधियों को शिक्षण–प्रशिक्षण देने की भी व्यवस्था है।

छ. विकास तथा शैक्षिक संचार यूनिट (डेक्यू)

अहमदाबाद में स्थित यह इकाई अंतरिक्ष उपयोग कार्यक्रम की परिकल्पना योजना सामाजिक एवं आर्थिक मूल्यांकन से संबंधित कार्यों का निरूपण करती है।

विकास, शिक्षा एवं संचार से संबंधित शोध तथा प्रशिक्षण प्रदान करना भी इस इकाई के प्रमुख कार्य हैं। इस केन्द्र में इन दिनों उपग्रहों पर आधारित कम्युनिकेशन सिस्टम को विकसित करने और उनके इस्तेमाल में मदद करने के लिए शिक्षण–प्रशिक्षण और सहायता करने का काम कर रहा है। एडूसैट टेलीमेडिसिन, ग्राम सैट सपोर्ट और सैटकॉम एप्लीकेशन के क्षेत्र में यह केन्द्र महत्त्वपूर्ण भूमिका निभा रहा है। इस केन्द्र की प्रमुख जिम्मेदारी यह है कि स्पेस टेक्नालॉजी का आम लोगों के लाभ के लिए किस प्रकार इस्तेमाल किया जा सकता है।

ज. इसरो टेलीमेट्री ट्रैकिंग और कमांड नेटवर्क दूरिमिति अनुवर्तन व नेटवर्क (इस्ट्रैक)

इसरो टेलीमेट्री नियंत्रण तथा निगरानी नेटवर्क, बंगलोर स्थित यह केन्द्र प्रक्षेपण यान एवं उपग्रहों को विभिन्न स्थलीय केन्द्रों के जाल द्वारा ट्रैफिंग टेलीमेट्री एवं नियंत्रण सुविधा प्रदान करता है। यह केन्द्र स्पेस ऑपरेशन की सर्विसेस प्रोवाइड करने के लिए जिम्मेदार है। इन सेवाओं में स्पेसक्राफ्ट कंट्रोल और उससे जुड़ी सेवाओं और सुविधाओं का अनुसंधान और विकास शामिल है। इसके अलावा यह केन्द्र इसरो और दुनिया के अन्य देशों की अंतरिक्ष अनुसंधान से जुड़ी एजेंसियों को लांच व्हीकल्स और लो अर्थ ऑरबिटिंग स्पेसक्राफ्ट्स को आवश्यक सेवाएँ उपलब्ध कराता है। इसके अलावा यह केन्द्र अंतरिक्ष में दूर–दराज के क्षेत्रों जिन्हें डीप स्पेस मिशन कहा जाता है, को भी संचार और नियंत्रण की सुविधाएं उपलब्ध कराता है। एटमासफेयरिक एप्लीकेशन्स की ट्रैकिंग के लिए राडार सिस्टम का विकास करना और इंडियन रीजनल नेवीगेशन सेटेलाइट सिस्टम के लिए ग्राउंड सेगमेंट नेटवर्क की स्थापना का काम इसी केन्द्र का सौंपा गया है। इस केन्द्र ने 2008 में बंगलूरु के निकट ब्यालालू गांव में इंडियन डीप स्पेस नेटवर्क की स्थापना की है। इस केन्द्र ने चन्द्रयान–1 के साथ सम्पर्क बनाए रखने में महत्त्वपूर्ण भूमिका निभाई। आने वाले वर्षों में इस केन्द्र की भूमिका और महत्त्वपूर्ण हो जाएगी क्योंकि चन्द्रयान प्रथम की सफलता के बाद अब भारत दूर–दराज के ग्रहों के बारे में अध्ययन के काम को बढ़ावा देने की तैयारी में है।

झ. मास्टर कंट्रोल फैसेलिटी 'मुख्य नियंत्रण सुविधा' (एमसीएफ)

कर्नाटक के हासन और मध्य प्रदेश की राजधानी भोपाल में स्थित यह केन्द्र

इनसैट उपग्रहों के प्रक्षेपण के बाद उसे कक्षा में स्थापित करने केन्द्र से उससे सम्पर्क बनाए रखने, कक्षा में उपग्रह की अन्य क्रियाओं की देखभाल करने आदि प्रमुख कार्यों के लिए उत्तरदायी है। ये केन्द्र इसरो के सभी जियो स्टेशनरी उपग्रहों पर नियंत्रण और मॉनीटरिंग का काम करते हैं। ये केन्द्र उपग्रहों के इनीशियल ऑरबिट रेजिंग, इन ऑरबिट पे लोड टेस्टिंग और उपग्रहों के पूरे जीवन काल के दौरान ऑन ऑरबिट ऑपरेशन्स की जिम्मेदारी निभाते हैं। इन आपरेशन्स में उपग्रहों की लगातार ट्रैकिंग करना उनसे सूचनाओं का आदान–प्रदान करना, ग्रहण के दौरान उनमें आवश्यकतानुसार फेर–बदल करना, किसी आपातस्थिति में उपग्रहों पर नियंत्रण रखना और उन्हें मदद पहुंचाना इन केन्द्रों का मुख्य कार्य है। ये केन्द्र उन एजेंसियों के लगातार सम्पर्क में रहते हैं जो इन उपग्रहों से प्राप्त होने वाली जानकारी का उपयोग करते हैं। इस बात का प्रयास करते हैं कि किसी खास परिस्थिति में इनसे मिलने वाली जानकारियों में कम से कम रुकावट आए।

त. इसरो इनर्शियल सिस्टमस 'यूनिट जड़त्वीय प्रणाली केन्द्र' (आई आई एस यू)

तिरुअनंतपुरम में स्थित यह इकाई उपग्रह एवं प्रक्षेपण यानों के लिए जड़त्व प्रणाली के डिजाइन एवं विकास के लिए उत्तरदायी है। यह केन्द्र लांच व्हीकल्स और स्पेसक्रॉफ्ट्स के लिए इनर्शियल सिस्टम्स के क्षेत्र में महत्त्वपूर्ण योगदान कर रहा हैं। इस केन्द्र में प्रेसीसन फैब्रीकेशन एसेम्बली, क्लीन रूम और इंटीग्रेशन और टेस्टिंग की सुविधाएं उपलब्ध हैं।

थ. लैबोरेटरी फॉर इलेक्ट्रो ऑप्टिक सिस्टम्स (लियोस)

जैसा कि इस प्रयोगशाला के नाम से ही स्पष्ट है कि इस केन्द्र में सैटेलाइट्स और लांच व्हीकल्स के लिए इलेक्ट्रो ऑप्टिक सेंसरर्स और कैमरा ऑप्टिक्स के डिजाइन विकास और उत्पादन का काम किया जाता है। इन सेंसरों में स्टार ट्रैकर्स, अर्थसेंसरर्स, सन सेंसरर्स और प्रॉसेसिंग इलेक्ट्रानिक्स शामिल हैं। लियोस उसी परिसर से काम कर रहा है जहाँ पर देश के पहले उपग्रह आर्यभट्ट को फैब्रीकेट किया गया था। इन दिनों यह केन्द्र आने वाले समय के सैटेलाइट और लांच व्हीकल्स में इस्तेमाल किये जानेवाले सेंसरों और ट्रैकरों के डिजाइन और विकास के काम में संलग्न है।

द. नेशलन रिमोट सेंसिंग एजेंसी 'राष्ट्रीय सुदूर संवेदन एजेंसी' (एन आर एस सी)

एन आर एस सी हैदराबाद से काम कर रही थी। 1 सितम्बर, 2008 से इस एजेंसी को पूरी तरह से इसरो के एक केन्द्र के रूप में मान्यता दे दी गई है। इससे पहले यह एजेंसी केन्द्र सरकार के अंतरिक्ष विभाग के तहत काम करने वाले एक स्वायत्तशासी संगठन के रूप में काम कर रही थी। अब यह केन्द्र रिमोट सेंसिंग से सैटेलाइट डाटा एकत्रित करने, उनका विश्लेषण करने और उनको संबद्ध एजेंसियों के बीच वितरित करने, ऐरियल रिमोट सेंसिंग करने, आपदा प्रबंधन में निर्णय और मदद करने का काम करता है। एनआरएससी ने हैदराबाद के निकट शादनगर में डेटा रिसेप्शन स्टेशन बनाया है जहां कि वह रिमोट सेंसिंग उपग्रहों और दूसरे स्रोतों से आंकड़े एकत्रित करता है। यह केन्द्र इन आंकड़ों के इस्तेमाल करने वाली एजेंसियों के साथ सहयोग करके रिमोट सेंसिंग एप्लीकेशन की परियोजनाओं को क्रियान्वित करती हैं। इस समय यह केन्द्र कारटोसैट 1, 2, 2 ए, रिसोर्स सैट–1, ओसेन सैट टीइएस आई आर एस–1 डी और आई एम एस–1 से आंकड़ों को एकत्रित करके इसके उपयोगकर्ताओं को उपलब्ध कराता है। इस केन्द्र ने देहरादून में रिमोट सेंसिंग प्रशिक्षण संस्थान की स्थापना की है जहाँ रिमोट सेंसिंग के बारे में प्रशिक्षण देने की व्यवस्था है। इस केन्द्र में डेटा का इस्तेमाल करने वाली एजेंसियों के कर्मचारियों को प्रशिक्षित किया जाता है। यह संस्थान एशिया पैसिफिक क्षेत्र के लिए संयुक्त राष्ट्र संघ के संटर फॉर स्पेस साइंस और टेक्नालॉजी एजूकेशन के रूप में भी काम करता है।

ध. नेशनल रिमोट सेंसिंग सर्विस सेंटर 'प्रादेशिक सुदूर संवेदन सेवा केन्द्र' (आर आर एस एस सी)

केन्द्र सरकार के अंतरिक्ष विभाग के तहत इस प्रकार के पांच केन्द्रों की स्थापना की गई है। ये केन्द्र बंगलूरू, जोधपुर, खड़गपुर, देहरादून और नागपुर में काम कर रहे हैं। ये केन्द्र अपने क्षेत्र विशेष की रिमोट सेंसिंग की आवश्यकताओं की पूर्ति करने के साथ ही उन्हें सौंपे गए राष्ट्रीय स्तर के कार्यों को भी पूरा करते हैं। ये केन्द्र प्राकृतिक आपदा प्रबंधन, साफ्टवेयर डेवलपमेंट, एग्रो क्लाइमेटिक प्लानिंग, नेशनल ड्रिंकिंग वॉटर मिशन, नेशनल रिसोर्स सैंसस, लार्ज स्केल मैपिंग आदि का काम करते हैं। इसके अलावा ये केन्द्र सरकार और उनके मंत्रालयों और विभागों

द्वारा इस क्षेत्र के बारे में सौंपे गए कार्यों को भी करते हैं। इन केन्द्रों से डिजिटल इमेज एनालिसिस और जियोग्राफिकल इन्फॉर्मेशन सिस्टम का उपयोग करने वाली एजेंसियों को उनके काम में मदद मिल सकती है। इसके अलावा उत्तरी पूर्वी राज्यों के लिए अलग से एक नार्थ इस्टर्न स्पेस एप्लीकेशन सेंटर बनाया गया है। यह सेंटर शिलांग के निकट उमियम में स्थित है। यह केन्द्र अंतरिक्ष विभाग और नार्थ ईस्टर्न काउंसिल के सहयोग से संचालित किया जा रहा है। यह केन्द्र उत्तर पूर्वी राज्यों के विकास में अंतरिक्ष विज्ञान और प्रौद्योगिकी के इस्तेमाल को बढ़ावा देने का काम कर रहा है। इस केन्द्र को उत्तर पूर्वी राज्यों के विकास में अंतरिक्ष विज्ञान और प्रौद्योगिकी के इस्तेमाल के लिए हाई टेक्नालॉजी इन्फ्रास्टक्चर का विकास करने की जिम्मेदारी सौंपी गई है।

न. फिजीकल रिसर्च लैबोरेटरी 'भौतिकी अनुसंधान प्रयोगशाला' (पी आर एल)

अहमदाबाद में स्थित यह केन्द्र अंतरिक्ष विभाग के तहत अंतरिक्ष एवं संबंध विज्ञान में अनुसंधान करने वाला प्रमुख केन्द्र है। सौर उपग्रह भौतिकी, इन्फ्रा रेड खगोल शास्त्र, भू ब्रह्मांड भौतिकी, प्लाज़्मा भौतिकी आदि इसके महत्त्वपूर्ण अनुसंधान विषय है। इस प्रयोगशाला की स्थापना 1948 में डॉक्टर साराभाई द्वारा की गई थी। यह प्रयोगशाला एक स्वायत्तशासी संगठन के रूप में काम करती है लेकिन इसको केन्द्र सरकार के अतरिक्ष विभाग से मदद मिलती है। इस केन्द्र में डॉक्टोरल और पोस्ट डॉक्टोरल स्तर पर अनुसंधान की व्यवस्था है। यह केन्द्र उदयपुर स्थित सोलर ऑब्जर्वेटरी का संचालन भी करता है।

प. नेशनल एटमॉस्फेरिक रिसर्च लैबोरेटरी 'राष्ट्रीय वायुमंडलीय अनुसंधान प्रयोगशाला' (एन ए आर एल)

यह प्रयोगशाला तिरुपति के निकट गदानकी में स्थित है। यह संगठन केन्द्र सरकार के अंतरिक्ष विभाग की सहायता से चलने वाले स्वायत्तशासी संगठन के रूप में काम करता है। यह देश का एक प्रमुख अनुसंधान केन्द्र है जिसमें एटमासफेरिक रिसर्च एटमॉसफंयरिक प्रोबिंग के लिए स्वदेश में तकनीकी विकास और अनुसंधान तथा मौसम और क्लाइमेटिक मॉडलिंग के क्षेत्र में काम किया जा रहा है। यह विभिन्न प्रकार के राडारों और गुब्बारों का उपयोग करती है। इस केन्द्र में देश–विदेश

के वैज्ञानिकों को अनुसंधान के अवसर उपलब्ध कराए जाते हैं।

फ. सेमी कंडक्टर लैबोरेटरी (एस सी एल)

चंडीगढ़ स्थित एस सी एल अंतरिक्ष विभाग के तहत काम करने वाली एक सोसायटी के रूप में संचालित होती है। पहले इसे सेमी कंडक्टर कॉम्पलेक्स के रूप में जाना जाता था। इस सोसायटी का काम सेमी कंडक्टर के क्षेत्र में अनुसंधान, विकास, सहायता, तालमेल और सहयोग की जिम्मेदारी है। यह संगठन सेमी कंडक्टर फैब्रिकेशन के क्षेत्र में महत्त्वपूर्ण स्थान अर्जित करने का प्रयास कर रहा है।

ब. इण्डियन इंस्टीट्यूट ऑफ़ स्पेस साइंस एंड टेक्नालॉजी (आई आई एस टी)

देश में अंतरिक्ष अनुसंधान और विकास के साथ इन क्षेत्रों में काम करने वाले इंजीनियरों और अन्य विशेषज्ञों की बढ़ती मांग को पूरा करने के लिए इस संस्थान की स्थापना की थी। इस संस्थान ने 14 सितम्बर, 2007 से काम करना शुरू किया था। यह संस्थान केन्द्र सरकार के अंतरिक्ष विभाग के तहत काम करता है। इस संस्थान की स्थापना का उद्देश्य अंतरिक्ष विज्ञान और प्रौद्योगिकी के क्षेत्र में उच्च स्तर के शिक्षण–प्रशिक्षण की व्यवस्था करना है। यह संस्थान स्पेस टेक्नालॉजी के क्षेत्र में बैचलर की डिग्री उपलब्ध कराता है। इसमें एविआनिकस और एयरो स्पेस इंजीनियरिंग में विशेषज्ञता हासिल करने का अवसर मिलता है। इस केन्द्र में एप्लाइड साइंस के अंतरिक्ष अनुसंधान से जुड़े विषयों में इन्टीग्रेटेड मास्टर्स की डिग्री भी उपलब्ध कराई जाती है। यह केन्द्र केरल की राजधानी तिरुअनंतपुरम में है।

अंतरिक्ष अनुसंधान और विकास का अन्य क्षेत्रों में योगदान

अब तक की चर्चा के आधार पर हम कह सकते हैं कि भारत का अंतरिक्ष कार्यक्रम वास्तव में एक समग्र और विशाल कार्यक्रम है। आमतौर पर इसे आत्मनिर्भर कहा जा सकता है। इसे देश की विकास की आवश्यकताओं को पूरा करने के एक माध्यम के रूप में विकसित किया गया है और किया जा रहा है। आज भारत खुद ही अपनी जरूरतों के अनुरूप अपने उपग्रह बनाने में सक्षम ह। वह इन उपग्रहों को अंतरिक्ष में भेज सकता है। आवश्यकता के अनुरूप पृथ्वी की उपयोगी कक्षाओं में स्थापित कर सकता है। भारत के उपग्रहों को उपयोग के अनुसार दो हिस्सों में विभक्त किया जा सकता है। पहला इंडियन नेशनल सेटेलाइट सिस्टम इनसेट। दूसरा इंडियन रिमोट सेंसिंग सिस्टम। इंडियन नेशनल सेटेलाइट सिस्टम में इस समय 9 उपग्रह काम कर रहे हैं। यह सिस्टम घरेलू संचार सुविधाएँ उपलब्ध कराने वाले दुनिया के सबसे बड़े सिस्टमों में से एक है। भारतीय रिमोट सेंसिंग सिस्टम दुनिया के सबसे अच्छे सिस्टमों में से एक है। वह लगातार शस्य श्यामला भारत की भूमि और उसमें उपलब्ध प्राकृतिक स्रोतों और संसाधनों के बारे में जानकारी उपलब्ध कराता रहता है। इस समय इस सिस्टम में सात उपग्रह शामिल है। इन उपग्रहों को अंतरिक्ष में छोड़ने, उन्हें आवश्यक पृथ्वी की कक्षाओं में स्थापित करने और उनसे जानकारियाँ हासिल करके उनका विश्लेषण और उपयोग करने की भारत के पास पर्याप्त वैज्ञानिक और अन्य सुविधाएँ उपलब्ध हैं। उपग्रहों को छोड़ने के लिए वाहकों का भारत ने स्वयं ही विकास कर लिया है और इस मामले में वह आत्मनिर्भर हो चुका है। इसका प्रमाण इस बात से मिलता है कि भारतीय उपग्रह ही नहीं, दूसरे विकसित और विकासशील देश इन सुविधाओं का लाभ उठा कर अपने उपग्रहों को अंतरिक्ष में प्रेक्षण करवाने और उनको पृथ्वी की कक्षा में उपलब्ध करा रहे हैं। वह न केवल अपनी आवश्यकताओं के लिए उपग्रहों के माध्यम से आवश्यक जानकारी

उपलब्ध करा रहा है बल्कि वह दुनिया के दूसरे देशों को भी इस तरह की जानकारी उपलब्ध कराता है।

दूर संचार और सुदूर संवेदन

मौसम विज्ञान और संचार एवं सुदूर संवेदन के क्षेत्र में तो उपग्रहों ने तकनीकी क्रांति ही ला दी है। इन उपग्रहों द्वारा उपलब्ध कराई जा रही जानकारियां देश के समग्र विकास में महत्त्वपूर्ण योगदान कर रही हैं। इनसेट सेटेलाइट देश में काम कर रहे 1100 से भी अधिक टेलीविजन केन्द्रों को जोड़ने और उनके कार्यक्रमों का प्रसारण करने में योगदान कर रहे हैं। वे रेडियो स्टेशनों के नेटवर्क को जोड़ने के अलावा दूर–दराज के गांवों में संचार सुविधाएं उपलब्ध कराने, कल–कारखानों और उनके मुख्यालयों के बीच सूचनाओं के आदान–प्रदान में सक्रिय रूप से भागीदार हैं। इनके माध्यम से टेली एजूकेशन उपलब्ध कराई जा रही है। इन सुविधाओं का लाभ यह हो रहा है कि दूर–दराज और अगम्य स्थानों पर रहने वाले बच्चों को दूर संचार के माध्यम से शिक्षा के आधुनिकतम तौर–तरीके और जानकारियां उपलब्ध हैं। दूर–दराज के गांवों में रहने वाले बच्चे अब स्थिति में है कि उन्हें भी वे जानकारियां और सूचनाएं मिल सकती हैं जो महानगरों और बड़े शहरों में रहने वाले बच्चों को मिल पाती हैं। इससे डिजिटल डिवाइड को कम करने में भी मदद मिल रही है। ये उपग्रह टेलीमेडिसिन द्वारा इलाज की सुविधाएं उपलब्ध करा कर लोगों की मदद कर रहे हैं। टेलीमेडीसिन के माध्यम से दूर–दराज के गांवों और छोटे शहरों में रहने वालों को भी देश के सबसे बड़े और प्रमुख अस्पतालों के डॉक्टरों और अन्य विशेषज्ञों की सेवाएं उपलब्ध हो पा रही है। इस व्यवस्था के तहत डॉक्टर न केवल दूर–दराज के मरीजों इन उपग्रहो द्वारा शहरों में काम करने वाले इन उपग्रहों के माध्यम से ही दूर–दराज के गांवों में रहने वाले अपने परिजनों से सतत सम्पर्क में रह पाते हैं।

मनीऑर्डर और चिट्ठी-पत्री

काम–काज की तलाश में घर–बार छोड़कर दूसरे शहरों में रोजी–रोटी कमाने के लिए निकले लोग अपनी कमाई का एक हिस्सा तत्काल मनीऑर्डर द्वारा घर–गांवों तक पहुंचा पाते हैं। सीमाओं पर तैनात सैनिकों और अर्धसैनिक बलों के जवानों को अपने प्रियजनों से सम्पर्क करने के लिए अब किसी का इंतजार नहीं करना पड़ता।

अब 'डाकिया डाक लाया डाकिया डाक लाया' और 'चिट्ठी आई है' जैसे गीत गुजरे कल का हिस्सा बन गए हैं। छोटे शहरों और गांवों तक टेलीफोन और इंटरनेट की सुविधाएं उपलब्ध हैं। इन सुविधाओं के रीढ़ संचार उपग्रह ही तो है। संचार माध्यमो में असाधारण तकनीकी विकास जो आज जन साधारण द्वारा अनुभव किया जा रहा है, अंतरिक्ष कार्यक्रमों की ही देन है। ऊंची पहाड़ी चोटियों पर जहां तारो का जाल नहीं बिछाया जा सकता वहां रहने वाला ग्रामीण भी आज उपग्रहों के माध्यम से देश–विदेश में टेलीफोन पर अपने प्रियजनों से बातचीत कर सकता है। इंटरनेट के माध्यम से सूचनाओं का आदान–प्रदान कर सकता है।

सेटेलाइट कम्युनिकेशन पॉलिसी

1997 में सेटेलाइट कम्युनिकेशन पालिसी बनाई गई थी जिसके तहत इनसेट की क्षमता के उपयोग में प्राइवेट कंपनियों को भी भागीदार बनाने की व्यवस्था की गई थी। इस नीति में यह भी व्यवस्था की गई थी कि प्राइवेट सेक्टर भी संचार उपग्रहों में भागीदार बनाया जा सकता है। इसी प्रकार रिमोट सेंसिंग डाटा पालिसी में रिमोट सेंसिंग से मिलने वाली जानकारियों को प्राप्त करने और उनका वितरण करने की भी व्यवस्था की गई थी। इन जानकारियो का केवल नागरिक उपयोग के लिए ही इस्तेमाल किया जा सकता है। इनके सैनिक इस्तेमाल के लिए उपलब्ध कराने की कोई व्यवस्था नहीं है। इनसेट सेटेलाइट के तहत की गई व्यवस्थाओं के जरिये हजारों मील दूर होने वाली घटनाओं के बारे में घर बैठे टेलीविजन के पर्दे पर देखा जा सकता है। व्यापक सूचना प्रसारण, आपात–राहत, साक्षरता–अभियान, प्रौढ़ शिक्षा, स्वास्थ्य और परिवार कल्याण कार्यक्रम, सामान्य ज्ञान प्रसार आदि अनेक महत्त्वपूर्ण क्षेत्रों में उपग्रहों पर आधारित संचार माध्यम महत्त्वपूर्ण भूमिका का निर्वहन कर रहे हैं। इस समय देश में सड़कों हाईवेज के विकास और विस्तार की जिन योजनाओं पर काम चल रहा है और जिन्हें बनाने की तैयारी है उनके बारे में रास्तों की तलाश और सर्वेक्षणों में उपग्रहों से उपलब्ध जानकारी बहुत उपयोगी साबित हो रही हैं। इन उपग्रहों में लगे कैमरों से मिली तस्वीरें यह बताने के लिए पर्याप्त हैं कि कोई सड़क किन रास्तों से होकर गुजरे जिससे कि उसकी लागत कम आए। पर्यावरण को कम से कम क्षति पहुंचे और मार्ग लंबे समय तक उपयोग के लायक बना रह सके। अनेक राज्यों के कानून में इस तरह की व्यवस्थाएं की जा चुकी हैं कि रिमोट सेंसिंग से उपलब्ध जानकारियों को कानूनन सबूत माना। जाता है। इन जानकारियो का

उपयोग किसी परियोजना का जहां वह लागू की जा रही है, पर्यावरण पर क्या प्रभाव पड़ेगा या जंगलों में कहां पर अवैध कब्जा किया जा रहा है या कहां पर अवैध तरीके से खनन किया जा रहा है आदि मामलों में इन आंकड़ों का इस्तेमाल किया जा सकता है।

मौसम और मानसून

मौसम संबंधी जानकारी उपलब्ध कराने में तो उपग्रहों की भूमिका की चर्चा की कोई सीमा ही नहीं है। ये उपग्रह हमें पहले से यह बता देते हैं कि साइक्लोन कब, कहां और किस रफ्तार से पहुंचेगा और कब समुद्र तक पर बसे लोगों को प्रभावित कर सकता है। इन जानकारियों के आधार पर पहले से ही मछुआरों, विमानों, नौसेना के बेड़ों को इस बात की जानकारी रहती है कि उन्हें गहरे समुद्र में कब कहां नहीं जाना है और अपने को कैसे सुरक्षित कर लेना है। समुद्र के किनारों पर रहने वाली बस्तियों के लोगों को हटा कर सुरक्षित स्थानों पर ले जाया जा सकता है। पहले से ही उनके रहने, भोजन आदि की व्यवस्था की जा सकती है। आपात स्थिति में ये उपग्रह सहायता दलों को जानकारियों के आदान–प्रदान की सुविधाएं उपलब्ध कराते हैं। मौसम के भविष्य के बारे में इन उपग्रहों से उपलब्ध जानकारियो के आधार पर ही भविष्यवाणियां की जाती हैं। आई आर एस उपग्रहों से मिली जानकारियों और आंकड़ों के आधार पर मानसून की भविष्यवाणी तो की ही जाती है। ये उपग्रह यह भी जानकारी दे सकते है कि किस इलाके में कहां पर जमीन के अंदर पानी मिल सकता है। इस जानकारी के आधार पर उन रिहायशी इलाकों को पानी की सुविधा उपलबध कराई जा सकती है जहां सामान्य तरीके से पानी की उपलब्धता का पता नहीं चल सकता है। इस समय देश में खेती की पैदावार कब, कहां और कैसी हो रही है इसकी जानकारी भी उपलब्ध कराने में इन उपग्रहों का महत्त्वपूर्ण योगदान रहता है।

कहां मछली और कहां पानी

यही नहीं, इन जानकारियों के आधार पर समुद्र में मछली पकड़ने के लिए जाने वालो को यह बताया जाता है कि समुद्र के किस इलाके में कहां पर अधिक मछलियां उपलब्ध हैं। मछली पकड़ कर तट की ओर लौट रहे मछुआरे यह जानकारी प्राप्त कर पाने की स्थिति में हैं कि उनके माल की कहां बेहतर दरों पर बिक्री हो सकती है। कहां उनको उत्पादन की पूरी कीमत नही मिल पाएगी। इस प्रकार वे यह

तय कर पाने की स्थिति में होते हैं कि वे किस जगह के बाजार में अपना उत्पादन पहुंचाएं और कहां नहीं। इन उपग्रहों से मिली जानकारियां रेगिस्तानी और सूखाग्रस्त इलाकों में रहने वालों को अंतरिक्ष से देख कर यह बता सकने की स्थिति में हैं कि बरसातो पानी को कहां और कैसे आसानी से एकत्रित किया जा सकता है और साल के बाकी दिनों में उसका उपयोग किया जा सकता हैं। उपग्रहों से उपलब्ध जानकारियों और सूचनाओं का उपयोग कर के वाटर शेड योजनाओं को बेहतर तरीके से क्रियान्वित किया जा सकता है। गांवों में उसर, बंजर और बेकार पड़ी जमीन का उपयोग किया जा सकता है और उसका पुनर्विकास किया जा सकता है। इन उपग्रहों से शहरों में चलने वाली बस सेवाओं पर नियंत्रण और संचालन किया जा सकता है वहीं पुलिस फायर और अन्य सहायता एजेंसियां किसी आपात स्थिति में हताहतों को आसानी से बेहतर सुविधाएं उपलब्ध करा सकती हैं। खाद्य सुरक्षा, उर्जा सुरक्षा, पर्यावरण सुरक्षा, संसाधन सुरक्षा, अंतरिक्ष सुरक्षा, अंतरिक्ष परिवहन, जीवन की खोज, ब्रह्मांड का अन्वेषण तथा मंगल पर आवास अंतरिक्ष विज्ञान की प्रमुख चुनौतियां हैं। देश में बढ़ती खाद्यान्न की आवश्यकता एक बड़ी चुनौती है। इस समय खाद्य उत्पादकता को 1 दशमलव सात टन से बढ़ा कर 2050 तक चार टन प्रति हेक्टेयर करनी होगी। इसके लिए जीव विज्ञान के साथ अंतरिक्ष प्रौद्योगिकी की मदद से दूसरी हरित क्रांति लानी होगी। अंतरिक्ष प्रौद्योगिकी मौसम पूर्वानुमान और आपदा प्रबंधन में महत्त्वपूर्ण भूमिका निभा सकता है।

रेल सेवाओं के लिए उपग्रहों का उपयोग

रेलवे ने हाल ही में इसरो के एक सेटेलाइट का एक–चौथाई ट्रांसपोंडर किराए पर लिया है। वह 9 मेगाहर्ट्ज क्षमता के इस उपग्रह का इस्तेमाल दूर–दराज के स्टेशनों से जानकारियों के आदान–प्रदान के लिए कर रही है। इस जानकारी का उपयोग कामर्शियल और ऑपरेशनल, दोनों ही तरह की जानकारियों के आदान–प्रदान के लिए किया जा रहा है। इस संसाधन का उपयोग रेलगाड़ियां के मूवमेंट पर नजर रखने के लिए भी किया जा रहा है। रेल दुर्घटना होने पर दुर्घटना स्थल पर मदद पहुंचाने के लिए संचार व्यवस्था करने के लिए भी उपग्रहों से जानकारियों के आदान–प्रदान में उपयोग किया जा रहा है। हरिद्वार में इस वर्ष समाप्त हुए कुंभ मेले का इसरो के राष्ट्रीय रिमोट सेसिंग एजेंसी द्वारा अध्ययन किया गया। उसके बारे में विभिन्न प्रकार की जानकारियां एकत्रित की गईं। इन जानकारियों का इस्तेमाल

इस महत्त्वपूर्ण स्थल पर भविष्य में आयोजित किये जाने वाले विभिन्न स्नानों के दौरान बेहतर सुरक्षा और परिवहन व्यवस्था करने में उपयोग किया जाएगा। पर्यावरण और वन मंत्रालय ने इसरो के साथ मिल कर एक अलग उपग्रह अंतरिक्ष में छोड़ने की योजना बनाई है। इसका उपयोग देश से ग्रीन हाउस गैस इमीशन पर नज़र रखने के लिए किया जाएगा। इस उपग्रह से इस बात का भी पता लगाया जाएगा कि ग्लोबल स्तर पर किस तरह से ग्रीन हाउस गैस इमीशन हो रहा है। इस उपग्रह से प्राप्त होने वाले आंकड़ों का इस्तेमाल भारत विकसित देशों द्वारा विकासशील देशों पर दबाव डालने के प्रयासों का जवाब देने के लिए भी किया जा सकेगा। इस काम के लिए एक अलग से इंस्टीट्यूट खोलने का भी प्रस्ताव है। इसका नाम नेशनल इंस्टीट्यूट ऑफ क्लाइमेट एंड एनवायरमेंट स्टडीज़ रखा जाएगा। इसमें अंतरिक्ष विभाग के अलावा पर्यावरण और वन मंत्रालय, विज्ञान और प्रौद्योगिकी मंत्रालय, भूविज्ञान मंत्रालय सहित अन्य विभागों की भी भागीदारी होगी। इस परियोजना के लिए भारत–फ्रांसीसी अंतरिक्ष सहयोग समझौते के तहत उपलब्ध सुविधाओं की भी भागीदारी सुनिश्चित करने का प्रयास किया जा रहा है। इस काम के लिए अलग से छोड़े जाने वाले मेघाट्रॉपिक उपग्रह पृथ्वी की पोलर ऑर्बिट कक्षा में स्थापित किया जाएगा।

भारत और विश्व : सहयोग और प्रतिद्वन्द्विता

सोवियत संघ द्वारा 1957 में स्पुतनिक–1 के अंतरिक्ष में छोड़े जाने के साथ विश्व में अंतरिक्ष अनुसंधान के युग की शुरुआत हुई। इस युग ने हमें अपने यूनिवर्स और हमारी पृथ्वी की यूनिवर्स में स्थिति को बेहतर समझ पाने में मदद की। तब से अब तक दुनिया के विभिन्न देशों ने सैकड़ों उपग्रह पृथ्वी की कक्षा में स्थापित किये हैं जो मौसम और प्राकृतिक आपदाओं के बारे में जानकारियां उपलब्ध करा रहे हैं। इन उपग्रहों के माध्यम से हमें अपनी प्राकृतिक सम्पदाओं और पर्यावरण के बारे में ऐसी जानकारियां मिल रही हैं जिससे कि यदि हम चाहें तो इनका बेहतर प्रबंध कर सकते हैं। यह अलग बात है कि निजी स्वार्थों के चलते इन जानकारियों का उतना प्रभावकारी इस्तेमाल नहीं हो पा रहा है जितना कि किया जाना चाहिए। संचार उपग्रहों के नियमित उपग्रहों ने अपने ही देश में और दुनिया के विभिन्न देशों के बीच सूचनाओं के आदान–प्रदान को इतना आसान बना दिया है कि अब वास्तव में 'वसुधैव कुटुम्बकम' की हमारी प्राचीन भावना को व्यावहारिक रूप में देख और महसूस कर पाना आसान हो गया है। अब दुनिया भर में दूर–दराज के किसी भी हिस्से में रहने वाले लोग लगातार एक–दूसरे के साथ वास्तव में जुड़े रह सकते हैं। संचार के इन्हीं माध्यमों के कारण दूर–दराज के इलाकों में भी विकास के अवसर और शिक्षा व स्वास्थ्य जैसी सुविधाएं उपलब्ध करा पाना संभव हो पा रहा है।

अंतरिक्ष को शांति क्षेत्र रहने दिया जाए

अंतरिक्ष अनुसंधान और विकास से निकलने वाली तकनीकी ज्ञान के सामाजिक आर्थिक विकास की अपार संभावनाओं को देखते हुए संयुक्त राष्ट्र संघ ने इस क्षेत्र में विभिन्न देशों के बीच बेहतर तालमेल और सहयोग को बढ़ावा देने का प्रयास किया। बाह्य अंतरिक्ष के शांति पूर्ण उपयोग के लिए 1959 में संयुक्त राष्ट्र संघ ने एक कमेटी का गठन किया। इसका नाम था–कमेटी ऑन पीसफुल यूजेज ऑफ

आउटर स्पेस। इसका उद्देश्य था–स्पेस टेक्नॉलाजी के विकास और उपयोग में बेहतर तारतम्य और सहयोग को बढ़ावा देना। 1961 में पहली बार भारत ने अंतरिक्ष के शांतिपूर्ण इस्तेमाल के लिए विश्व समुदाय के साथ सहयोग का भागीदार बना। इस कमेटी ने पहली बार 1968 में यूनीस्पेस कांफ्रेंस का आयोजन किया। इस बैठक में पहली बार दुनिया भर के देशों को अंतरिक्ष अनुसंधान और विकास के लाभों को बेहतर समझ विकसित करने में मदद मिली। सत्तर के दशक में स्पेस टेक्नालॉजी का उपयोग कर के संचार व मौसम प्राकृतिक सम्पदा के बेहतर प्रबंधन आदि के बारे में विकास को गति मिली। विभिन्न देशों के बीच बेहतर सहयोग से इसका लाभ दूसरे देशों को भी मिला। इस प्रगति को देखते हुए अब तक की प्रगति और भविष्य में सहयोग के बारे में विचार करने के लिए 1982 में वियना में एक और सम्मेलन का आयोजन किया गया। इस सम्मेलन से विभिन्न देशों के बीच सहयोग के कार्यक्रम को और सशक्त बनाने तथा शिक्षण और प्रशिक्षण के क्षेत्र में स्पेस टेक्नालॉजी के उपयोग को बढ़ावा देने के रास्ते तलाशे गए।

भारत अपने अंतरिक्ष के संसाधनों की सुरक्षा में सक्षम है

दुनिगा के विभिन्न देश अपनी सुरक्षा के नाम पर अंतरिक्ष के सैनिक उपयोग के नए–नए रास्तों की तलाश करते रहे हैं और कर भी रहे हैं। चीन ने कुछ समय पहले अंतरिक्ष में अपने ही एक अनुपयोगी हो गए उपग्रह को पृथ्वी पर से निशाना बना कर इस क्षेत्र में अपनी क्षमता का प्रदर्शन किया है। भारत ही नहीं, दुनिया के अन्य विकसित देश भी चीन की इस बढ़ती क्षमता से चिंतित हैं। भारत के लिए यह चिंता स्वाभाविक है। भारत ने भी इस दिशा में आवश्यक कदम उठाए हैं लेकिन सुरक्षा आदि के कारणों से इस बारे में अधिक जानकारी उपलब्ध नहीं कराई जा रही हैं। इसरो के प्रमुख ने इस बारे में पूछे गए अपने एक सवाल के जवाब में इस दिशा में भारत की उपलब्धियों का संकेत मात्र किया है। उनका कहना है कि भारत अंतरिक्ष में अपनी सम्पत्तियों की रक्षा कर पाने में सक्षम है। ऐसा नहीं है कि भारत अपनी सुरक्षा के लिए उपग्रहों का इस्तेनाल नहीं कर रहा है। फिलहाल उसका प्रयास उपग्रहों का इस्तेमाल अपनी सीमाओं की रक्षा करने के लिए किया जा रहा है। वह अंतरिक्ष में अपने सैनिक संसाधन तैनात करने का पक्षधर नहीं है। वह साफ तौर पर इस बात का समर्थन कर रहा है कि किसी भी देश को ऐसा नही करना चाहिए लेकिन वह अपने संसाधनों को दुनिया में होने वाली घटनाओं और विकास के कारण होने वाले

किसी भी खतरे की आशंका की ओर आंखें तो मूंदे नहीं रख सकता है। इसलिए मिसाइल परियोजनाओं के विकास के दायरे में अपने अंतरिक्ष के संसाधनों की सुरक्षा के लिए प्रबंध करने के बारे में आवश्यक कदम उठाए जा रहे हैं। इसके अलावा अन्य तकनीकी संसाधनों के विकल्प भी तैयार किये जा रहे हैं और तैयार किये गए हैं। सुरक्षा कारणों से इस पर ज़्यादा चर्चा नहीं की जा रही है।

अंतरिक्ष अनुसंधान और सहयोग

इस बैठक के बाद दुनिया के विभिन्न देशों में रीजनल सेंटर फॉर स्पेस साइन्स और टेक्नालॉजी एजूकेशन खोले गए। एशिया पैसिफिक क्षेत्र के लिए यह केन्द्र देहरादून में बनाया गया। इस केन्द्र ने 1955 में काम करना शुरू किया। फ्रांसीसी भाषा बोलने वाले अफ्रीकी देशों के लिए 1998 में मोरक्को में केन्द्र ने काम करना शुरू किया। लातीनी, अमरीकी और कैरेबियायी देशों के लिए इस तरह के केन्द्रों ने ब्राजील और मैक्सिको में 2003 में काम करना शुरू किया। कोल्ड वार के समापन के बाद की अंतरराष्ट्रीय परिस्थितियों ने इस तरह के सहयोग को और बढ़ावा मिला। अंतरिक्ष अनुसंधान के व्यावसायिक इस्तेमाल को बढ़ावा मिला। इसके पहले तक यह कार्यक्रम आमतौर पर सरकारों के अधीन ही था क्योंकि इसका सैनिक उपयोग किया जा रहा था। इस तकनीक के व्यावसायिक क्षेत्र में आ जाने के बाद इसके लाभ तीसरी दुनिया के अन्य गरीब देशों तक पहुंचने भी शुरू हुए। स्पेस टेक्नालॉजी के बढ़ते उपयोग ने ग्लोबल वार्मिंग और इसके पर्यावरण पर पड़ रहे बुरे प्रभावों के बारे में अधिक जानकारियों को सामने लाने और इस समस्या के विश्वव्यापी प्रभावों और उनके समाधान के लिए बेहतर विश्व सहयोग की आवश्यकता के महत्त्व को उजागर करने में महत्त्वपूर्ण भूमिका निभाई। अंतरिक्ष मे उपस्थित स्पेस सेंटरों और उपग्रहों ने पृथ्वी के संसाधनों, कृषि पर्यावरण पर नजर रखने, आपदा प्रबंधन और संचार प्रौद्योगिकी के विकास में महत्त्वपूर्ण भूमिका निभाई। इससे पृथ्वी और उसके पर्यावरण पर पड़ रहे कुप्रभावों को नियंत्रण में लाने के लिए सस्टेनेबिल डेवलपमेंट जैसी अवधारणाओं का विकास हुआ। उनके कुप्रभावों को कम करने के लिए प्रयासों की ओर विश्व का ध्यान गया।

अंतरिक्ष अनुसंधान और पर्यावरण संरक्षण

इन अध्ययनों से यह भी पता चला कि बढ़ती आबादी और बढ़ते उपभोग तथा

पिछले दशकों में पृथ्वी के संसाधनों के बेतरतीब और व्यापक उपभोग के कारण पृथ्वी के पर्यावरण पर बुरा प्रभाव पड़ रहा है। प्राकृतिक संसाधनों की कमी हो रही है। लोगों की बढ़ती जरूरतों के साथ प्राकृतिक संसाधनों का उपयोग दुरुपयोग बढ़ता जा रहा है। इससे प्राकृतिक आपदाएं बढ़ रही हैं जिसका कि प्रकृति और पर्यावरण पर बुरा प्रभाव पड़ रहा है। तटवर्ती इलाकों में कटाव हो रहा है। पहाड़ धसक रहे हैं। जमीन अनुपजाऊ होती जा रही है। वायु और जल प्रदूषण बढ़ रहा है। जंगल समाप्त हो रहे हैं, बायोडायबरसिटी लुप्त हो रही है। इससे लोगों का जीवन स्तर खराब हो रहा है। इसका विकसित देशों में रहने वालों का सबसे ज्यादा नुकसान हो रहा है। उनके पास पहले ही जमीन सीमित है। उस पर भी साल–दर साल दबाव बढ़ता जा रहा है। गरीबी और पर्यावरण की खराबो का सबसे ज़्यादा नुकसान उन्हें ही उठाना पड़ रहा है। इन समस्याओं के समाधान के लिए दुनिया के विभिन्न देशों के बीच बेहतर सहयोग की आवश्यकता है। इस स्थिति पर विचार करने के लिए संयुक्त राष्ट्र महासभा में 1996 में एक प्रस्ताव पारित किया गया। इससे अंतरिक्ष अनुसंधान के क्षेत्र में दुनिया के विभिन्न देशों के बीच और व्यापक सहयोग का रास्ता खुला।

अमेरिका और अन्य देशों के साथ भारत की अंतरिक्ष में भागीदारी

अमेरिका और सोवियत संघ ने विश्व में अंतरिक्ष अनुसंधान और विकास के क्षेत्र में पहले कदम बढ़ाए। दोनो ने एक–दूसरे को और दुनिया को यह दिखाने का प्रयास किया कि कौन सर्वश्रेष्ठ है। भारत का प्रयास यह रहा कि वह अंतरिक्ष अनुसंधान के उन क्षेत्रों में काम करे जिससे कि इस अनुसंधान का लाभ उसके देशवासियों को मिल सके। डॉ. साराभाई ने अंतरिक्ष अनुसंधान के क्षेत्र में भारत के आगे बढ़ने के आलोचकों को जवाब देने के लिए एक अमेरिकी उपग्रह किराए पर लेकर उसके माध्यम से यह दिखाने का प्रयास किया कि किस प्रकार भारत के दूर–दराज के गांवों में रहने वालों को स्वास्थ्य और शिक्षा जैसी जानकारियां देने के लिए इस तकनीक का उपयोग किया जा सकता है। इस समय भारत दुनिया के बीस से अधिक देशों के साथ अंतरिक्ष अनुसंधान के क्षेत्र में सहयोग और भागीदारी कर रहा है। इनमें आस्ट्रेलिया, चीन, जर्मनी, रशिया और अमेरिका जैसे देश शामिल हैं। यह सहयोग बहुआयामी है। इसमें संयुक्त रूप से अनुसंधान मिशनों की स्थापना और संचालन, भारतीय उपग्रहों में दूसरे देशों के उपकरणों का ले जाना, मौसम और मानसून से संबंधित जानकारियों का आदान–प्रदान, अंतरिक्ष अनुसंधान के क्षेत्र में दूसरे देशों के वैज्ञानिकों और

इंजीनियरों को शिक्षण प्रशिक्षण के अवसर उपलब्ध कराना जैसे आयाम शामिल हैं। यहां यह उल्लेख करना असामयिक नहीं होगा कि भारत अपने पहले चन्द्रयान में अमेरिका और यूरोपीय देशों के छह उपकरण अंतरिक्ष में ले गया था। भारत और अमेरिका के बीच बढ़ते सामरिक सहयोग के साथ ही अंतरिक्ष में सहयोग को विशेष प्राथमिकता दी जा रही है। हाल के महीनों में दोनों देशों की अंतरिक्ष से जुड़े संगठनों के बीच सहयोग के नये–नये समझौतों पर हस्ताक्षर किये गए हैं।

अंतरिक्ष कॉरपोरेशन

इसरो ने अपने अनुभवों और संसाधनों को व्यावसायिक आधार पर दूसरे देशों को उपलब्ध कराने के लिए अंतरिक्ष कॉर्पोरेशन नाम की कंपनी बनाई है। यह निगम उपग्रहों से उपलब्ध आंकडों और जानकारियों को दूसरे देशों और कंपनियो को उपलब्ध कराने का काम करता है। वह अपने रॉकेटों, रॉकेटो द्वारा दूसरे देशों के उपग्रहों को अंतरिक्ष में पहुंचाने और उनकी कक्षा में स्थापित करने के कारोबार का आयोजन करता है। इनसेट उपग्रहों में उपलब्ध ट्रांसपांडरों की सुविधाओं की वाणिज्यिक बिक्री की व्यवस्था करता है। स्पेसक्रॉफ्ट्स के सब सिस्टम की आपूर्ति और इंडियन ग्राउंड स्टेशनों को सपोर्ट सर्विसेज उपलब्ध कराता है। अंतरिक्ष कार्पोरेशन यूरोपीय कंपनी इएडीएस एसट्रियम के साथ मिल कर संचार उपग्रहों के निर्माण की योजना पर भी काम कर रहा है। इसरो और देश–विदेश में फैले विश्वविद्यालयों, कॉलेजों और अन्य शिक्षण संस्थाओं के बीच लंबे समय से सहयोग और भागीदारी के संबंध हैं। 80 से ज़्यादा विश्वविद्यालयों और अन्य शिक्षण संस्थाओं में अंतरिक्ष विज्ञान तकनीक और उसके उपयोग के बारे में अनुसंधान और विकास की परियोजनाओं पर काम चल रहा है। आने वाले समय में नानो और पीको सैटेलाइटस का उपयोग तेजी से बढ़ने का अनुमान लगाया गया है। इन उपग्रहों को पृथ्वी की नजदीकी कक्षा में ही स्थापित किया जाता है। भारत द्वारा विकसित पी एस एल वी लांच व्हीकल से इस तरह के उपग्रहों को आसानी से और कम लागत पर उनकी कक्षा में स्थापित किया जा सकता है। दूसरे देशों की तुलना में इस मामले में भारत की क्षमता कहीं बेहतर है, इसलिए भारत के लिए यह एक बड़ा अवसर है। एक अनुमान के अनुसार 2014 तक 416 नानो और पीको किस्म के उपग्रह पृथ्वी की कक्षा में स्थापित किये जाने की योजनाओं को कार्यरूप देने की तैयारी की जा रही है। भारत इस व्यापार का एक प्रमुख खिलाड़ी बनने की क्षमता रखता है। देखना यह होगा कि भारत इस अवसर का किस

तरह से इस्तेमाल करता है।

सबसे सस्ता, सबसे सफल

भारत का अंतरिक्ष अनुसंधान और विकास का कार्यक्रम दुनिया का सबसे सस्ता लेकिन सबसे सफल कार्यक्रम माना जाता है। इसरो सबसे सस्ता और सबसे सफल संस्थान बने रहने के लिए इस क्षेत्र में नये–नये इंजनों को विकसित करने का प्रयास कर रहा है। वह इस बात का प्रयास कर रहा है कि किस प्रकार से अपने रॉकेटों को इस तरह का बनाया जाए कि उनका अपना वजन कम से कम हो सके। वे ज़्यादा से ज़्यादा भार अंतरिक्ष में ले जाने लायक बन सके। इस तरह के एक इंजन का परीक्षण किये जाने की दिशा में काम किया जा रहा है जो वातावरण में उपलब्ध ऑक्सीजन का उपयोग एक ईंधन के रूप में कर सके। जैसे–जैसे इस इंजन का इस्तेमाल करने वाला यान अंतरिक्ष की ओर बढ़ेगा और वातावरण में उपलब्ध ऑक्सीजन समाप्त होती जाएगी, वह अपने भंडार में उपलब्ध दूसरे ईंधन पर स्वतः ही शिफ्ट हो सकेगा। इस तकनीक के जमीन पर परीक्षण किये जा रहे हैं। इस समय भारत इतना सक्षम बन चुका है कि वह केवल पृथ्वी की विभिन्न कक्षाओं में ही नहीं, दूसरे ग्रहों तक अपने उपग्रहों को अपने ही साधनों से भेज सकता है। वहां से आवश्यक जानकारियां प्राप्त करके उनका विश्लेषण और अपेक्षित उपयोग कर सकता है। हां, अमेरिका जैसे विकसित देशों से तुलना करने पर हमारे प्रयास बहुत छोटे लग सकते हैं लेकिन हमें यह नहीं भूलना चाहिए कि सीमित संसाधनों और दुनिया द्वारा बार–बार लगातार बाधाएं खड़ी करते रहने के बाद भी हम यहां तक पहुंच सके हैं। दुनिया के गिने–चुने देश ही ऐसे हैं जो अब तक ऐसा कर पाने में सफल हो पाए हैं। हमें इन सफलताओं को महसूस करना चाहिए। हमारे अंदर यह भावना और विश्वास होना चाहिए कि हम कर सकते हैं। आने वाली बाधाओं का मुकाबला करने के लिए हमें तैयार रहना चाहिए। एशिया में भारत के अलावा चीन और जापान ऐसे देश हैं जो अंतरिक्ष के कारोबार पर अपनी पकड़ मजबूत बनाने के लिए काम कर रहे हैं।

अंतरिक्ष अनुसंधान का कारोबार

आजादी के साठ सालों के दौरान भारत ने अंतरिक्ष कार्यक्रम के क्षेत्र में बेहतरीन प्रगति की है। कई मायनों में वह इस क्षेत्र के सर्वाधिक विकसित देशों की कतार में खड़ा हो गया है। भारत ने इसी साल अप्रैल में अपने पहले व्यावसायिक रॉकेट ध्रुवीय

उपग्रह प्रक्षेपण यान पी एस एल वी के जरिये इटली के एक उपग्रह का सफलता पूर्वक प्रक्षेपण किया। इसी के साथ भारत अरबों डॉलर के वैश्विक बाजार में शामिल हो गया। भारत अब अमेरिका, रूस, चीन, उक्रेन तथा यूरोपीय अंतरिक्ष एजेंसी के साथ प्रतिस्पर्धा के लिए तैयार है। माना जाता है कि वैश्विक प्रक्षेपण बाजार सालाना ढाई अरब डॉलर का है। जल्दी ही इसके एक हिस्से पर भारत का कब्जा हो जाएगा। दुनिया में स्पेस का कारोबार 257 बिलियन डॉलर का माना जाता है। अमेरिका के स्पेस फाउंडेशन की एक ताजा रिपोर्ट में कहा गया है कि पिछले पांच वर्षों में अंतरिक्ष के कारोबार में चालीस प्रतिशत की बढ़ोतरी हुई है। इसका अर्थ यह है कि विश्वव्यापक आर्थिक मंदी का इस कारोबार के क्षेत्र में कोई खास प्रभाव नहीं पड़ा है। इससे यह भी अनुमान लगाया जा रहा है कि वास्तव में दुनिया में वैश्वीकरण और व्यावसायीकरण बढ़ रहा है और अंतरिक्ष के सैनिक और नागरिक उपयोग में बढ़ोतरी हो रही है। अंतरिक्ष के क्षेत्र में बढ रहे इस कारोबार पर भारत की नज़र रहेगी।

एशिया : विकास का केन्द्र

अंतरिक्ष अनुसंधान क्षेत्र के इस कारोबार का 67 प्रतिशत हिस्सा इन्हीं तीनों देशों–भारत, चीन और जापान के बीच हो रहा है। ऐसा इसलिए हो रहा है क्योंकि ये तीनों ही देश अपने सैटेलाइट और उससे जुड़े आधारभूत ढांचे के विकास के लिए काम कर रहे हैं। एक अनुमान के अनुसार, आने वाले समय में इस कारोबार के और अधिक बढ़ने के आसार हैं। अगले एक दशक मे एक हजार नये उपग्रहों के छोड़े जाने का अनुमान लगाया जा रहा है। उधर बराक ओबामा इस कारोबार को नासा से लेकर प्राइवेट कंपनियों के हवाले करने के प्रस्ताव के संकेत दे चुके हैं। नासा मुख्य रूप से मंगल और दूर के अन्य ग्रहों के अध्ययन आदि का काम करेगा जब कि प्राइवेट सेक्टर को अंतरिक्ष में साज़ो–सामान पहुंचाने, आधारभूत ढांचा आदि स्थापित करने में मदद करने की भूमिका सौंपे जाने की प्रक्रिया शुरू कर दी गई है। नासा इन कंपनियों को अपने अनुभव तकनीक उपलब्ध कराने को तैयार होगी जबकि प्राइवेट कंपनियों से इस कारोबार में पूंजी लगाने और मुनाफे में भागीदार बनने का अवसर उपलब्ध कराए जाने की संभावना है। भारत के लिए अमेरिका में इन बदलती परिस्थितियों में उपलब्ध बाजार और उसके विकास में भागीदारी करने की संभावनाओं से इंकार नहीं किया जा सकता। अमेरिकी रक्षा विभाग की ओर से पेंटिगन ने अमेरिकी संसद को गत मार्च में भेजी गई अपनी रिपोर्ट में अंतरिक्ष अनुसंधान के क्षेत्र में

अमेरिका के घटते महत्त्व पर चिंता व्यक्त करते हुए कहा था कि अब उसे अन्य देशों के साथ लेवेल प्लेयिंग फील्ड में काम करने के लिए तैयार होना होगा क्योंकि दुनिया के अन्य देश इस दिशा में तेजी से आगे बढ़ रहे हैं। मिसाइल टेक्नोलॉजी के क्षेत्र में अन्य देशों के आगे आने से उसके भावी सुरक्षा कार्यक्रमों पर भी असर पड़ने की संभावना इस रिपोर्ट में व्यक्त की गई थी।

अंतरिक्ष अनुसंधान के क्षेत्र में अध्ययन और रोज़गार के अवसर

अंतरिक्ष विज्ञान के क्षेत्र में कैरियर के अवसर तो हैं लेकिन उन तक पहुंचने के लिए अभी तक सीधे रास्ते उपलब्ध नही थे। इसरो ने इसी साल से अंतरिक्ष विज्ञान के क्षेत्र में बी–टेक. कराने की घोषणा करके इसके लिए नया रास्ता खोल दिया है। इसरो ने इंडियन इन्स्टीट्यूट ऑफ़ स्पेस साइंस एंड टेक्नोलॉजी (आई आई एस टी) के नाम से एशिया की पहली स्पेस यूनिवर्सिटी स्थापित की है। एशिया में यह अपने किस्म की पहली यूनिवर्सिटी है। अंतरिक्ष विज्ञान और टेक्नोलॉजी के क्षेत्र में ग्रेजुएट, पोस्ट ग्रेजुएट और डॉक्टोरल स्तर के कोर्स संचालित करने वाली यह दुनिया की पहली यूनिवर्सिटी भी कही जा सकती है। इस यूनिवर्सिटी की खासियत यह होगी कि यहां पढ़ने वालों को इसरो में काम करने का अवसर भी मिल सकेगा। इसमें प्रवेश पाने के लिए आई सैट की परीक्षा पास करना होगा। इस क्षेत्र में अध्ययन और अध्यापन और रिसर्च के अधिकाधिक अवसर उपलब्ध कराए जाने की आवश्यकता है। नये दशक में इस क्षेत्र में रोज़गार के अवसर उपलब्ध कराए जाने की संभावनाएं बढ़ती जाएंगी लेकिन विशेषज्ञों की उपलब्धता एक बड़ी चुनौती के रूप में उभरेगी। इसलिए अब जबकि भारत उच्च शिक्षा का क्षेत्र विदेशी शिक्षण संस्थानों के लिए खोलने की तैयारी कर रहा हैं तो उच्च तकनीक के क्षेत्र में सहयोग और विकास को सर्वोच्च प्राथमिकता दिये जाने की आवश्यकता है। संसद की एक समिति इस बारे में बनाए जाने वाले कानून पर विचार कर रही है। इसमें कोई दो राय नहीं है कि भारत में उच्चशिक्षा के क्षेत्र में पर्याप्त अवसर उपलब्ध नहीं हैं। 12वीं पास करने वाले दस प्रतिशत बच्चों को भी उच्च शिक्षा में दाखिला पाने का मौका नहीं मिल पाता। इस कमी को सिर्फ अपने संसाधनों से पूरा किया जा सकना संभव नही है।

शिक्षा के क्षेत्र में विदेशी सहयोग ज़रूरी

इसलिए इस क्षेत्र में विदेशी सहयोग को अवसर दिया जाना उचित कहा जा

सकता है। लेकिन ऐसा किये जाते समय यह सुनिश्चित करना आवश्यक होगा कि मौके का लाभ उठा कर मुनाफा कमाने वाले शिक्षा की दुकानें मैदान में न उतरें। शिक्षा का स्तर एक महत्त्वपूर्ण आधार होना चाहिए। अब तक का कानून देश में शिक्षा के नाम पर दुकानें चलाने और मुनाफा कमाने वालों को रोक पाने में असफल रहा है। इसलिए आवश्यकता इस बात की होगी कि कानून और नियम–कायदे इस प्रकार के हों जो शिक्षा के उच्च स्तर के अवसर उपलब्ध कराने वालों के लिए मददगार हों और फ्लाई बाई नाइट ऑपरेटर्स को बाहर रखने में सफल हो सकें। अब तक होता उल्टा रहा है। अच्छे शिक्षण संस्थाओं की तुलना में ऐसे स्कूल, कॉलेज और विश्वविद्यालय ज्यादा सफल हुए हैं जो मुनाफा कमाने के लिए मैदान में आए। कानून और उनको लागू करने वालो ने ऐसे संस्थानो को मदद पहुंचाने में कितनी सक्रिय भूमिका निभाई, इसका पता इस बारे में अदालतों में चल रहे मुकदमों से बहुत कुछ सामने आ रहा है। इस बार ऐसा न हो पाए, यह सुनिश्चित करना केन्द्र और राज्य सरकारों की जिम्मेदारी होगी क्योंकि यह देश के भविष्य का सवाल है। उसके साथ खिलवाड़ करने वालों के साथ वही कार्रवाई होनी चाहिए जो देशद्रोहियों के साथ होती है।

अंतरिक्ष अनुसंधान के प्रमुख पड़ाव : एक नज़र में

देश में

1962

परमाणु उर्जा विभाग द्वारा अंतरिक्ष शोध पर राष्ट्रीय समिति का गठन और थुंबा इक्वेटेरियल रॉकेट लांचिंग स्टेशन पर काम शुरू।

1963

21 नवम्बर

टी ई आर एल एस से पहला साउण्डिंग रॉकेट प्रक्षेपित।

1965

थुंबा में अंतरिक्ष विज्ञान व प्रौद्योगिकी केन्द्र (एस एस टी सी) की स्थापना।

1967

अहमदाबाद में प्रयोगात्मक उपग्रह दूर संचार स्टेशन पृथ्वी की स्थापना।

1968

2 फरवरी

टी ई आर एल एस को संयुक्त राष्ट्र को समर्पित किया गया।

1969

15 अगस्त

परमाणु उर्जा विभाग के तहत भारतीय अनुसंधान संगठन (इसरो) का गठन–

1972

1 जून

अंतरिक्ष आयोग और अंतरिक्ष विभाग की स्थापना । इसरो को अंतरिक्ष विभाग के तहत लाया गया।

1972-1976

हवा में रिमोट सेंसिंग प्रयोग।

1975

19 अप्रैल

पहला भारतीय उपग्रह 'आर्यभट्ट' प्रक्षेपित । इसरो को सरकारी संगठन बनाया गया।

1977-1979

उपग्रह निर्देशित टेलीविजन प्रयोग साइट को क्रियान्वित किया गया।

1979

10 अगस्त

रोहिणी टेक्नोलॉजी के पे लोड सहित एस एल वी–3 का पहला प्रयोगात्मक प्रक्षेपण उपग्रह कक्षा में स्थापित नहीं किया जा सका।

7 जून

पृथ्वी का सर्वेक्षण करने वाले प्रयोगात्मक उपग्रह 'भास्कर–1' का प्रक्षेपण किया गया।

1980

18 जुलाई

एस एल वी–3 का प्रयोगात्मक प्रक्षेपण। रोहिणी उपग्रह को सफलतापूर्वक कक्षा में स्थापित किया गया।

1981

10 अप्रैल

'भास्कर-2' का प्रक्षेपण ।

19 जून

प्रयोगात्मक जियो स्टेशनरी संचार उपग्रह 'एप्पल' का प्रक्षेपण।

31 मई

एस एल वी-3 के पहले विकासात्मक प्रक्षेपण द्वारा आरस डी-1 को कक्षा में स्थापित किया गया।

1982

10 अप्रैल

इनसेट-1 ए का प्रक्षेपण।

6 सितम्बर

इनसेट-1 ए को निष्क्रिय किया गया।

1983

30 अगस्त

इनसेट-1 बी का प्रक्षेपण।

17 अप्रैल

एस एल वी-3 का दूसरा विकासात्मक प्रक्षेपण। आर. एस. डी-2 को कक्षा में स्थापित किया गया।

1984

भारत सोवियत मानवयुक्त अभियान।

1987

24 मार्च

स्रोस–1 उपग्रह के साथ ए एस एल वी का पहला विकासात्मक प्रक्षेपण। उपग्रह कक्षा में स्थापित नहीं हो पाया।

1988

22 जुलाई

इनसेट–ए सी प्रक्षेपित । नवम्बर 1989 में इससे काम लेना बंद कर दिया गया।

13 जुलाई

स्रोस–2 के साथ ए एस एल वी का दूसरा विकासात्मक प्रक्षेपण उपग्रह कक्षा में स्थापित नहीं हो पाया।

17 मार्च

पहले भारतीय रिमोट सेंसिंग उपग्रह 'आई आर एस–1 ए' का प्रक्षेपण।

1990

12 जून

इनसेट–वन डी का प्रक्षेपण।

1991

29 अगस्त

दूसरा रिमोट सेंसिंग उपग्रह आई आर एस–1 बी प्रक्षेपित ।

1992

10 जुलाई

दूसरी पीढ़ी की इनसेट शृंखला के पहले उपग्रह इन सैट–2 ए का प्रक्षेपण।

20 मई

स्रोस सी के साथ ए एस एल वी का तीसरा विकासात्मक प्रक्षेपण। उपग्रह को कक्षा में स्थापित किया गया।

1993

20 सितम्बर

आई आर एस–1 ई के साथ पी एस एल वी का पहला विकासात्मक प्रक्षेपण। उपग्रह को कक्षा में स्थापित नहीं किया जा सका।

23 जुलाई

इनसेट–2 श्रृंखला में दूसरे उपग्रह इनसेट–2 बी का प्रक्षेपण ।

1994

15 अक्तूबर

आई आर एस पी–2 के साथ पी एस एल वी का दूसरा सफल प्रक्षेपण। उपग्रह को सफलतापूर्वक ध्रुवीय सौर तुल्यकालिक कक्षा में स्थापित किया गया।

4 मई

स्रोस सी–2 को लेकर ए एस एल वी का चौथा सफल विकासात्मक प्रक्षेपण। उपग्रह को कक्षा में स्थापित किया गया।

1995

28 दिसम्बर

तीसरे सक्रिय भारतीय रिमोट सेंसिंग उपग्रह आई आ एस–1 सी का सफल प्रक्षेपण।

7 दिसम्बर

इनसेट–2 श्रृंखला के तीसरे उपग्रह इनसेट–2 सी का सफल प्रक्षेपण।

1996

आई आर एस पी को अंतरिक्ष में ले जाने के लिए पी एस एल वी का तीसरा

विकासात्मक प्रक्षेपण। उपग्रह को ध्रुवीय सौर तुल्यकालिक कक्षा में स्थापित किया गया।

1997

4 जून

इनसेट शृंखला के चौथे उपग्रह इनसेट–2 डी का प्रक्षेपण।

अक्तूबर 4

इनसेट–2 डी ने काम करना बंद कर दिया। अंतरिक्ष कक्षा में पहले से मौजूद अरब सैट ए सी नाम के उपग्रह को अधिगृहीत कर उसका नामकरण इनसेट–2 डीटी के रूप में किया गया।

29 सितम्बर

पी एस एल वी का आई आरएस–1 डी को लेकर पहला ऑपरेशनल प्रक्षेपण। उपग्रह को कक्षा में स्थापित किया गया।

1998

जनवरी

अरबसेट से लिये गए इनसेट–2 डीटी की मदद से इनसेट प्रणाली की क्षमता और मजबूत की जा सकी।

1999

26 मई

श्री हरिकोटा से भारतीय रिमोट सेंसिंग उपग्रह आई आर एस पी–4 ओशनसैट, कोरियाई उपग्रह किटसैट–3 और जर्मन उपग्रह डी एल आर टब सैट का पी एस एल वी सी–2 से सफल प्रक्षेपण।

3 अप्रैल

बहुउद्देश्यीय इनसेट–2 शृंखला के आखिरी उपग्रह इनसेट–2 ई का एरियन द्वारा सफल परीक्षण।

मिशन मून की प्रस्तावना

2000

22 मार्च

कोरू, फ्रेंच, गुयाना से तीसरी पीढ़ी की इनसेट श्रृंखला के पहले उपग्रह इनसेट–3 बी का प्रक्षेपण।

2001

22 अक्तूबर

पी एस एल वी सी–3 द्वारा तीन उपग्रहों का सफल परीक्षण।

2002

12 सितम्बर

श्री हरिकोटा से पी एल एल वी सी–4 द्वारा 'कल्पना–1' का सफल प्रक्षेपण।

24 जनवरी

कोरू, फ्रेंच गुयाना से एरियन द्वारा इनसेट–3 सी का सफल प्रक्षेपण।

2003

17 अक्तूबर

श्री हरिकोटा से पी एस एल वी सी–5 ने रिसोर्ससैट–1 आई आर एस पी–6 उपग्रह का सफल प्रक्षेपण।

28 सितम्बर

कोरू, फ्रेंच, गुयाना से एरियन द्वारा इनसेट–3 ई का सफल प्रक्षेपण।

8 मई

श्री हरिकोटा से जी एस एल वी डी–2 का डेवलपमेंटल लांच। इस प्रक्षेपण यान पर जी सैट–2 मौजूद था।

10 अप्रैल

कोरू, फ्रेंच गुयाना से एरियन द्वारा इनसेट–3 ए का सफल प्रक्षेपण।

2004

20 सितम्बर

श्री हरिकोटा में एस डी एस एस शार से जी एस एल वी एफ–1 की पहली ऑपरेशनल उड़ान द्वारा एजूसैट का सफल प्रक्षेपण।

2005

22 दिसम्बर

कोरू, फ्रेंच गुयाना से इन सैट–4 ए का एरियन द्वारा सफल प्रक्षेपण।

5 मई

श्री हरिकोटा से पी एल एल वी सी–6 द्वारा कार्टोसेट 1 और इनसेट उपग्रहों का सफल प्रक्षेपण।

2006

10 जुलाई

जी एस एल वी एफ 2 की एस डी एस सी शार से इनसेट–4 सी को लेकर उड़ान। उपग्रह को कक्षा में स्थापित नहीं किया जा सका।

2007

23 अप्रैल

इटली के उपग्रह 'एजाइल' का पी एस एल वी सी–8 द्वारा श्री हरिकोटा से सफल प्रक्षेपण।

12 मार्च

कोरू, फ्रेंच, गुयाना से इनसेट 4 बी का सफल प्रक्षेपण।

22 जनवरी

सैटेलाइट रिकवरी एक्सपेरीमेंट एस आर ई–1 को पृथ्वी की कक्षा से सफलतापूर्वक

वापस ला कर श्री हरिकोटा से 140 किलोमीटर पूर्व में बंगाल की खाड़ी में लाया गया।

10 जनवरी

पी एस एल वी सी–7 ने सफलतापूर्वक चार उपग्रहों का प्रक्षेपण किया।

2008

21 जनवरी

पी एस एल वी सी–10 ने टेकसार उपग्रह का प्रक्षेपण किया।

28 अप्रैल

इसरो के पोलर सेटेलाइट लांच व्हीकल पी एस एल वी सी–9 ने एक साथ दस उपग्रहों का प्रक्षेपण किया।

21 जनवरी

इजरायली उपग्रह 'टेकसार' का पी एल ए वी सी 10 द्वारा सफल प्रक्षेपण।

2008

22 अक्तूबर

पी एस एल वी सी–11 ने चन्द्रयान का सफलतापूर्वक प्रक्षेपण किया।

21 दिसम्बर

अंतरिक्ष कॉर्पोरेशन और इसरो तथा इ ए डी एस एसट्रियम द्वारा संयुक्त रूप से विकसित किये गए एक व्यावसायिक सैटेलाइट डब्लयू–2 एम का यूरोपीय एरियन–5 रॉकेट से प्रक्षेपण।

2009

20 अप्रैल

पी एस एल वी सी–12 ने आर आई सैट–2 और अनुसेट का सफलतापूर्वक प्रक्षेपण किया।

20 अप्रैल

पी एस एल वी सी–14 ने सफलतापूर्वक ओसेन सैट–2 और छह नैनो सैटेलाइट का प्रक्षेपण किया।

2010

15 अप्रैल

भारत के पहले क्रायोजेनिक इंजन से सेटेलाइट भेजने की योजना असफल हो गई जबकि उसका रॉकेट उड़ान भरने के कुछ ही मिनटों मे रास्ते से भटक कर समुद्र में जा गिरा।

12 जुलाई

पांच उपग्रह एक साथ अंतरिक्ष में छोड़े गए।

25 दिसम्बर

जी एम एल बी एफ 06 श्री हरिकोटा से छोड़ा गया। उड़ान के कुछ ही सेकेंडों में यह निशान ध्वस्त हो गया। मिशन असफल रहा। जी सैट पाँच पी को पृथ्वी की कक्षा में स्थापित नहीं किया जा सका।

31 दिसम्बर

इस मिशन की असफलता की जाँच के लिए गठित उच्चस्तरीय समिति ने अपनी प्राथमिक रिपोर्ट जारी की। इस रिपोर्ट में कहा गया कि उड़ान भरने के 47.8 सेकेंड के बाद गड़बड़ियों की शुरुआत हुई और 53.8 सेकेंड पर यह वाहन टूटने लगा। इस प्रकार पहले ही चरण में इस परियोजना को समाप्त कर दिया गया। इस प्राथमिक रिपोर्ट के आने के बाद असफलता की विस्तृत जाँच के लिए इसरो के पूर्व अध्यक्ष डॉ. जी. माधवन की अध्यक्षता में 11 सदस्यों की एक और समिति गठित की गई।

2011 जनवरी

अंतरिक्ष और देवास के बीच एस बैंड को लेकर हुए समझौते को लेकर विवाद उठ खड़ा हुआ।

इस समझौते को रद्द कर दिया गया।

20 अप्रैल

पी एस एल बी–सी–6 का श्री हरिकोटा से सफलतापूर्वक प्रक्षेपण/तीन उपग्रहों रिसोर्स सैट–2, यूथ सैट और एक्स–सैट की अंतरिक्ष में स्थापना।

21 मई

कोस फ्रेंच गुयाना से एरियन–5 वी ए 202 से जी सैट–8 सफलतापूर्वक अंतरिक्ष में भेजा गया।

15 जुलाई

पी एस एल वी सी–17 का श्री हरिकोटा से सफलतापूर्वक प्रक्षेपण। जी सैट–12 को अंतरिक्ष में पहुंचाया गया।

13 अक्तूबर

पी एस एल वी–सी 18 का श्री हरिकोटा से सफलतापूर्वक प्रक्षेपण भारत और फ्रांस के सहयोग से बने मेघा ट्रापिक्स और आई आई टी कानपुर के उपग्रह जुगनू सहित चार उपग्रहों को अंतरिक्ष में पहुंचाया गया।

विदेश में

1600

सर आइजैक न्यूटन की पुस्तक 'फिलॉस्फी नेचुरलिस प्रिंसिपल्स' का प्रकाशन।

1813

ब्रिटेन के गणितज्ञ विलियम मूर्स की पुस्तक ट्रीटाइज आन मोशन ऑफ रॉकेट्स, का प्रकाशन। इस पुस्तक में न्यूटन के तीसरे नियम के आधार पर रॉकेट मेकेनिक्स का पहली बार विवेचन किया गया।

03

सोवियत रॉकेट साइंटिस्ट कॉन्सटेंटिन सिलोवस्की की पुस्तक 'द एक्सप्लोरेशन ɦ कॉस्मिक स्पेस बाई मीन्स ऑफ रिएक्शन डिवाइसेस का प्रकाशन। इस पुस्तक ताया गया कि सिद्धान्त के रूप में अंतरिक्ष अनुसंधान संभव।

14

अमेरिकी रॉकेट वैज्ञानिक रॉबर्ट एच गोडडार्ड को रॉकेट के क्षेत्र में दो पेटेंट ो किये गए।

19

रॉबर्ट गोडडार्ड की पुस्तक 'ए मेथड ऑफ रीचिंग एक्सट्रीम ऑल्टीटयूड' का ाशन। इस पुस्तक में रॉकेट के फ्लाइट की मैथमेटिकल थ्योरीज़ की जानकारी गई।

24

सोवियत यूनियन में सोसायटी ऑफ इंटरप्लेनेटरी ट्रेवेल की स्थापना।

26

मार्च

अमेरिकी रॉकेट साइंटिस्ट राबर्ट गेडडार्ड पहला लिक्विड फ्यूलड रॉकेट का ाण।

27

जर्मनी में सोसायटी फार स्पेस ट्रैवेल वी एफ आर का गठन।

33

जर्मनी में एग्रीगेट सीरीज ऑफ रॉकेट्स पर काम शुरू। आगे चल कर यही 2 रॉकेट विकसित करने का आधार बना। वो 2 रॉकेट को नाजी जर्मनी का सबसे वंसक हथियार साबित हुआ।

1942

दो बार असफल रहने के बावजूद जर्मनी ने वी–2 रॉकेट की मदद से पहली सब ऑर्बिटल फ्लाइट छोड़ी। वी–2 अमेरिका के अपोलो अभियान के दौरान इस्तेमाल किये गए सैटर्न–5 रॉकेट का अग्रज माना जाता है।

1946

10 मई

अमेरिकी सेना ने पहली हाई ऑल्टीट्यूड फ्लाइट की। इसके लिए जर्मनी के वी टू रॉकेट के संशोधित रूप का उपयोग किया।

22 मई

पहले अमरीकी रॉकेट वैक कॉरपोरल का प्रक्षेपण किया गया।

1947

फ्रूट फ्लाइज और राई सीड्स तथा कॉटन सीड्स ने रॉकेट में यात्रा की।

1957

सोवियत संघ द्वारा पहले इंटर काण्टिनेंटल बैलिस्टिक मिसाइल का परीक्षण किया। इसी मिसाइल के संशोधित रूप का उपयोग अंतरिक्ष में पहले मानव निर्मित उपग्रह को छोड़ने के लिए किया गया।

4 अक्तूबर

रूस ने अमेरिका को पीछे छोड़ते हुए अंतरिक्ष मे पहला उपग्रह 'स्पुतनिक' छोड़ा। 184 पाउंड भार वाला यह पहला मानव निर्मित उपग्रह था।

3 नवम्बर

स्पुतनिक–1 की सफलता के बाद सोवियत संघ ने उसी वर्ष तीन नवम्बर को स्पुतनिक–दो छोड़ा। इस स्पेसक्राफ्ट के प्रेसराइज्ड चेम्बर में लाइका नाम की एक कुतिया भी थी।

1958

31 जनवरी

अमेरिका ने अपना पहला उपग्रह अंतरिक्ष में छोड़ा।

1 अक्तूबर

अमेरिका के नेशनल एयरोनाटिक्स एंड स्पेस एडमिनिस्ट्रेशन (नासा) की स्थापना की गई।

1959

2 जनवरी

सोवियत संघ ने ल्यूना–1 नाम का उपग्रह छोड़ा। इसका मकसद चांद से जाकर टकराना था।

12 सितम्बर

सेवियत संघ ने ल्यूना–2 का प्रक्षेपण किया जो 13 सितम्बर को चांद से जा टकराया। मानव द्वारा निर्मित यह पहला यान था जो चन्द्रमा से जाकर टकराने में सफल हुआ था।

4 अक्तूबर

सोवियत संघ ने ल्यूना–3 का प्रक्षेपण किया जो चांद की कक्षा में जाकर घूमने लगा और उसने चांद की सतह के दूर वाले हिस्से के 70 प्रतिशत हिस्से के चित्र खींचने में सफलता हासिल की।

1960

1 अप्रैल

अमेरिका ने मौसम का अध्ययन करने के लिए अपने पहले उपग्रह 'टिरोस–1' का प्रक्षेपण किया।

1961

12 अप्रैल

रूसी अंतरिक्ष यात्री यूरी गागारिन अंतरिक्ष यात्रा करने वाले पहले यात्री बने।

5 अप्रैल

पहला अमेरिकी नागरिक अंतरिक्ष में पहुंचा। एलेन शेफर्ड मरकरी कैप्सूल में बैठकर अंतरिक्ष में पहुंचे।

25 मई

राष्ट्रपति जॉन एफ कैनेडी का अमेरिकी कांग्रेस में ऐतिहासिक भाषण। उन्होंने अमेरिकियों को चुनौती देते हुए कहा कि वे इस दशाब्दी के अंत होने के पहले आदमी को चांद पर ले जाने और वहां से सुरक्षित पृथ्वी पर वापस लौटा लाने का लक्ष्य हासिल करने के लिए काम करें।

1962

पहला अमेरिकी पृथ्वी की कक्षा में पहुंचा।

1965

18 मार्च 1965

अंतरिक्ष में मानव की पहली चहलकदमी। कमांडर पावेल एल. बेलयायू और पायलेट एलेकस ए. लेवोनाव वोस्कोड 2 में पृथ्वी की कक्षा में पहुंचे। पायलेट लेवोनाव पृथ्वी की कक्षा में परिक्रमा के दौरान अपने स्पेस क्राफ्ट से बाहर निकले। उन्होंने रस्सी से बंधे रह कर अंतरिक्ष में चहलकदमी की।

14 जुलाई

मंगल के ग्रह के नजदीक से खींची गई पहली तस्वीरें पृथ्वी पर पहुंचीं।

1966

3 फरवरी

चन्द्रमा की सतह पर पहली बार कोई स्पेसक्राफ्ट उतरा।

2 जून

अमेरिका का पहला स्पेसयान 'सर्वेयर–1' चांद की सतह पर पहुंचा।

1967

27 जनवरी

पहली अमेरिकी अंतरिक्ष दुर्घटना। लांच पैड की जांच के दौरान एक तार में चिंगारी निकलने से कमांड माड्यूल के क्रू कम्पार्टमेंट में अचानक आग लग गई। गेस ग्रीसोम, एड व्हाइट और रोज चैफी इस दुर्घटना में मारे गए।

23 अप्रैल

पहली स्पेस फ़्लाइट दुर्घटना : सोवियत संघ का सोयूज–1 दुर्घटनाग्रस्त हुआ। इसमें अंतरिक्षयात्री ब्लादीमीर एम कोमारोव मारे गए।

18 अक्तूबर

पहला वीनस प्रोब सोवियत संघ द्वारा निर्मित प्रोब वेनेरा–4 ने वीनस के वातावरण में एक कैपसूल भेजा जिसने वहां के वातावरण के बारे में जानकारियां भेजीं।

1968

15 सितम्बर

चन्द्रमा की कक्षा में पहली यात्रा सोवियत संघ के जोंड 5 छोड़ा गया जिसने जाकर चांद की कक्षा में परिक्रमा की और फिर वापस लौट आया।

11 अक्तूबर

पहला मैंड अपोलो मिशन। अपोलो 7 पहला मिशन था जिसमें तीन अंतरिक्ष यात्रियों ने एक बार पृथ्वी की कक्षा में परिक्रमा की।

21 दिसम्बर

अपोलो 8 के तीन अंतरिक्ष यात्रियों ने चन्द्रमा की कक्षा में परिक्रमा की। यह पहला मौका था कि अंतरिक्षयात्रियों को लेकर गए किसी यान ने चन्द्रमा की कक्षा में परिक्रमा की।

1969

20 जुलाई

अपोलो–11 ने पहली बार सफलतापूर्वक चांद की सतह पर सॉफ़्ट लैंडिंग की। नील आर्मस्ट्रांग और एडविन एलड्रिन जूनियर पहले मानव थे जिन्होंने किसी अन्य ग्रह की सतह पर पांव रखे थे।

1970

11 अप्रैल

अपोलो–13 अंतरिक्ष में भेजा गया। इस यान के एस एम ऑक्सीजन टैंक में धमाका हो गया। इसके चांद पर उतरने का कार्यक्रम रद्द कर दिया गया। अंतरिक्ष में विभिन्न दिक्कतों के बीच छह दिन गुजारने के बाद वे जैसे–तैसे सुरक्षित पृथ्वी पर लाए जा सके। इस मिशन पर एक चर्चित फिल्म भी बनाई गई है।

12 सितम्बर

पहली बार आटोमेटिक तरीके से इकट्ठी की गई चांद से मिट्टी धरती पर लाई गई।

17 नवम्बर

ल्यूना–17 चांद की सतह पर उतरा। उसमें गये पहले स्वचालित रोबो लूनोखोद–1 का संचालन पृथ्वी पर से किया गया।

15 दिसम्बर

सोवियत संघ के वेनेरा–7 ने वीनस की सतह पर सॉफ़्ट लैंडिंग की और वहां से संदेश और तस्वीरें पृथ्वी पर भेजीं।

1971

19 अप्रैल

पहला अंतरिक्ष स्टेशन : सोवियत संघ द्वारा निर्मित सेल्यूट–1 पहला अंतरिक्ष स्टेशन बना।

6 जून

पहले अंतरिक्ष यात्री सोयूज–1 द्वारा इस स्टेशन पर पहुंचे। सोयूज–11 के लौटते समय पृथ्वी की कक्षा में प्रवेश करते समय आग लग जाने से इन अंतरिक्ष यात्रियों की मौत हो जाती है।

30 जुलाई

अपोलो–15 के अंतरिक्ष यात्री डेविड स्कॉट और जेम्स इर्विन अपने साथ 'मून रोवर' नाम का वाहन चांद पर ले गए और इस वाहन पर बैठकर चांद की सतह पर भ्रमण किया।

13 नवम्बर

अमेरिकी स्पेस प्रोब किसी अन्य ग्रह की परिक्रमा करने वाला पहला अंतरिक्ष यान बना।

1973

14 मई

पहला अमेरिकी अंतरिक्ष स्टेशन 'स्काईलैब' अंतरिक्ष में भेजा गया।

25 मई

अमेरिका ने स्काईलैब–2 अंतरिक्ष में भेजा।

1975

अंतरिक्ष में पहली अंतरराष्ट्रीय मुलाकात।

अमेरिकी अंतरिक्ष यान अपोलो–18 और सोवियत अंतरिक्ष यान सोयुज–19 पहली बार अंतरिक्ष में मिले। इसे अपोलो सोयूज परीक्षण परियोजना का नाम दिया गया।

अक्तूबर

सोवियत अंतरिक्ष यान वेनेरा–9 और 10 ने वीनस की सतह की तस्वीरें पृथ्वी पर पहुंचाईं।

1976

मंगल की सतह पर सफलतापूर्वक उतरने वाले पहले अमेरिकी अंतरिक्ष यान वाइकिंग–1 ने मंगल के सतह की तस्वीरें पृथ्वी पर भेजीं।

सितम्बर

वाइकिंग–2 मंगल की सतह पर उस स्थान पर उतरा जिसे उटोपिया के प्लेन का नाम दिया गया था।

1977

अगस्त सितम्बर

वॉयजर–1 और वॉयजर–2 अंतरिक्ष की यात्रा पर रवाना हुए। इन्हें 1979 में ज्युपिटर और 1980 में सैटर्न से मिलने का काम सौंपा गया।

1978

अमेरिकी प्रोब वीनस पर पहुंचे।

1979

5 मार्च

अमेरिकी अंतरिक्ष यान वॉयजर–1 ज्युपिटर पहुंचा और उसने इस विशालकाय ग्रह और उसके चन्द्रमाओं की तस्वीरें पृथ्वी पर भेजीं। यह यान 1977 में पृथ्वी पर से रवाना हुआ था।

9 जुलाई

वॉयजर–2 ज्युपिटर पर पहुंचा और उसने ज्युपिटर और उसके चन्द्रमाओं की तस्वीरें पृथ्वी पर भेजनी शुरू कीं।

1 सितम्बर

सैटर्न की पहली तस्वीरें

अमेरिकी अंतरिक्ष यान पायनियर–11 सैटर्न के पास पहुंचा। उससे 13,000 किलोमीटर की कम दूरी पर उड़ान भरते हुए उसने तस्वीरें खींचीं। यह पहला मौका था जब कि इस ग्रह की इतने नजदीक से फोटो खींचे गए थे।

जुलाई 9

वॉयेजर–1 अंतरिक्ष यान सैटर्न पर पहुंचा और इस रिंड प्लेनेट और उसके चन्द्रमाओं की तस्वीरें पृथ्वी पर भेजीं।

1981

12 अप्रैल

पहली स्पेस शटल की रवानगी।

स्पेस ट्रांस्पोर्टेशन सिस्टम एस टीएस–1 कोलम्बिया का पहला मैंड मिशन अंतरिक्ष में भेजा गया।

25 अगस्त

वॉयेजर–2 अंतरिक्ष सैटर्न पर पहुंचा और इस ग्रह और इसके चन्द्रमाओं की तस्वीरें भेजीं।

1982

1 मार्च

वीनस की मिट्टी के पहले नमूने। सोवियत संघ का अंतरिक्ष यान वेनेरा–13 वीनस पर उतरा और उसने वीनस की धरती की मिट्टी के नमूनों के पहले विश्लेषण भेजे।

13 मई

अंतरिक्ष मे निवास का पहला रिकार्ड।

सोवियत संघ के अंतरिक्ष यात्रियों एनाटोली बेरेजोवोई और वेलेंटाइन वी लेबेदेव ने 211 दिन अंतरिक्ष में बिताने का रिकार्ड कायम किया।

11 नवम्बर

पहला ऑपरेशनल शटल मिशन अंतरिक्ष में भेजा गया।

1983

4 अप्रैल

स्पेस शटल 'चैलेंजर' अपनी पहली अंतरिक्ष यात्रा पर रवाना हुआ।

19 जून

पहली अमरीकी महिला अंतरिक्ष यात्री सेली के राइड बनी जो चैलेंजर मिशन एसटीएस–7 में अंतरिक्ष में गयीं।

1984

3 फरवरी

किसी अंतरिक्ष यात्री ने बिना रस्सी से बंधे पहली बार अंतरिक्ष में चहलकदमी (वॉक) की। इसके लिए अंतरिक्ष यात्री ब्रूस मैकेंडलेस ने न्यू मैनड मैनयूवरिंग यूनिट एम एम यू का इस्तेमाल किया।

30 अगस्त

डिस्कवरी की पहली यात्रा : अमेरिकी स्पेस शटल बेड़े के तीसरे ऑरबिटर डिस्कवरी अपनी पहली अंतरिक्ष यात्रा पर रवाना हुआ।

1985

3 अक्तूबर

अटलांटिस अपनी पहली यात्रा पर रवाना। अमेरिकी स्पेस शटल बेड़े के चौथे ऑरबिटर अटलांटिस अपनी पहली अंतरिक्ष यात्रा पर रवाना हुआ।

1986

24 जनवरी

वॉयजर–2 स्पेसक्राफ्ट यूरेनस पर पहुंचा और उसने नीले रंग के इस ग्रह और उसके चन्द्रमाओं की पहली तस्वीरें उपलब्ध कराईं।

28 जनवरी

स्पेस शटल 'चैलेंजर' के मिशन एसटीएस–51 एल पर रवाना होने के बाद उसमें विस्फोट हो गया और उसमें सवार अंतरिक्ष यात्री मारे गए।

20 फरवरी

अंतरिक्ष स्टेशन मीर का प्रक्षेपण।

1987

दिसम्बर

सोवियत अंतरिक्ष यात्री यूरी आर रोमाननेको अंतरिक्ष स्टेशन मीर में 326 दिन रहने का नया रिकार्ड बना कर पृथ्वी पर लौटे।

1989

25 अगस्त

वॉयजर–2 नेप्चयून पर पहुंचा। उसने इस नीले रंग वाले ग्रह और उसके चन्द्रमाओं के पहली बार नजदीक से खींचे गए चित्र उपलब्ध कराए।

1990

24 अप्रैल

हबल अंतरिक्ष दूरबीन अंतरिक्ष में भेजी गई।

10 अगस्त

अमेरिकी अंतरिक्ष यान मगेलान एमएजीई एल एल ए एन वीनस पर पहुंचा और उसने राडार का उपयोग करके इस ग्रह के बादल से ढकी सतह की मैपिंग करने का काम किया।

1991

2 मई

अमेरिकी अंतरिक्ष शटल एंडेवर अपनी पहली उड़ान पर रवाना हुई।

1993

2 दिसम्बर

स्पेस शटल एडेंवर हबल दूरबीन की मरम्मत के लिए अंतरिक्ष में भेजी गई। यह पहला मौका था जबकि अंतरिक्ष में परिक्रमा कर रहे किसी यान की मरम्मत का काम किया जाना था।

1994

3 फरवरी

किसी सोवियत अंतरिक्ष यात्री ने पहली बार अमेरिकी अंतरिक्ष शटल में यात्रा की। ऐसा डिस्कवरी के मिशन एसटीएस 60 के उड़ान के दौरान किया गया।

1995

6 फरवरी

पहली महिला शटल पायलेट। एलीन एम कालिन्स स्पेस शटल उड़ाने वाली पहली महिला बनी।

22 मार्च

अंतरिक्ष यात्री वेलेरी पॉलियाकोव मीर अंतरिक्ष स्टेशन में 438 दिन रहने का रिकार्ड बना कर पृथ्वी पर लौटे।

25 जून

पहली शटल मीर से जाकर जुड़ी। स्पेस शटल एटलांटिस दस दिन के अपने मिशन के दौरान मीर से जाकर जुड़ी। इस दौरान अंतरिक्ष यात्री शटल से मीर और मीर से शटल में आए गए।

7 दिसम्बर

गैलीलियो ज्युपिटर पर पहुंचा।

गैलीलियो अंतरिक्ष यान ज्युपिटर पर पहुंचा और उसने इस ग्रह के वातावरण में प्रोब छोड़ा।

1996

26 सितम्बर

स्पेस शटल एटलांटिस अमेरिकी अंतरिक्ष यात्री शैनॉनन ल्युसिड को लेकर पृथ्वी पर लौटी। ल्युसिड ने अंतरिक्ष स्टेशन मीर में 188 दिन रहने का अमेरिकी रिकार्ड बनाया।

1997

4 जुलाई

मार्स पाथफाइंडर मंगल पर उतरा।

1998

20 नवम्बर

अंतरराष्ट्रीय अंतरिक्ष स्टेशन के पहले मॉड्यूल का प्रक्षेपण।

4 दिसम्बर

अंतरराष्ट्रीय अंतरिक्ष स्टेशन का पहला अमेरिकी हिस्सा रवाना।

2000

फरवरी 14

किसी एस्ट्रॉइड का पहली बार व्यापक अध्ययन। अमेरिका के नियर अर्थ एस्ट्रॉइड रेंडेजवस नियर अंतरिक्ष यान एस्टराइड इरोज़ पर पहुंचा।

2001

12 फरवरी

अंतरिक्ष यान नियर इरोज़ की सतह पर उतरने में सफल।

14 फरवरी

100वीं स्पेस वॉक : अमेरिकी अंतरिक्ष यात्रियों–थॉमस जोनस और रॉबर्ट करबीम जूनियर ने उस समय इतिहास रचा जबकि दोनों ने अमरीकी अंतरिक्ष कार्यक्रम के दौरान अंतरिक्ष में चहलकदमी की।

11 मार्च

अमेरिकी शटल के यात्रियों सूसन हेल्मस और जिम वॉस ने उस समय अंतरिक्ष में काम करने का एक नया रिकार्ड बनाया। उन्होंने 8 घंटे और 56 मिनट अंतरिक्ष में गुजारे।

28 अप्रैल

अमेरिकी व्यापारी डेनिस टीटो को पहला अंतरिक्ष पर्यटक बनने का मौका मिला, इसके लिए उन्होंने 20 मिलियन डॉलर खर्च किये।

1 फरवरी, 2003

स्पेस शटल कोलम्बिया कैनेडी स्पेस सेंटर पर वापस लौटते हुए टेकसास के ऊपर दुर्घटनाग्रस्त हो गई।

3 जनवरी, 2004

रोवर स्पिरिट मंगल ग्रह पर उतरा।

25 जनवरी

अपारच्युनिटी रोवर मंगल ग्रह पर उतरा।

1 जुलाई

कैसिनी प्रोब सैटर्न पर पहुंचा।

14 जनवरी, 2005

ह्यूजेन्स दो घंटे और 28 मिनट की पैराशूट यात्रा के बाद टाइटन पर उतरा। कुछ तकनीकी समस्याओं के बावजूद यह प्रोब टाइटन की तस्वीरें भेजने में सफल हो गया।

26 जुलाई

कोलम्बिया दुर्घटना के बाद करीब ढाई साल तक इंतजार करने के बाद स्पेस शटल फिर से एक बार अपने काम पर लग गई।

27 जनवरी, 2007

शार्ट सर्किटिंग के कारण हबल का एडवांस कैमरा सर्वे असफल रहा।

4 अगस्त

अमेरिका ने मंगल ग्रह के अध्ययन के लिए स्मॉल स्काउट लेंटर अंतरिक्ष में

भेजा।

2 जून, 2008

मानव ने स्पेस स्टेशन के उपयोग के पांच साल पूरे किये।

27 सितम्बर

हबल की मेन साइंस इन्सट्रूयूमेंट कमांड एंड डेटा हैंडलिंग यूनिट ने काम करना बंद कर दिया।

11 मई, 2009

हबल सर्विसिंग मिशन के लिए स्पेस शटल अटलांटिस रवाना।

18 जून

अमेरिका ने ल्यूनर आरबिटर रवाना किया।

13 अप्रैल, 2010

स्पेस फाउंडेशन द्वारा जारी एक रिपोर्ट के अनुसार पिछले पांच साल में अंतरिक्ष के कारोबार में 40 प्रतिशत की बढ़ोतरी दर्ज की गई।

सितम्बर

अमेरिकी वैज्ञानिकों ने एक नये प्लेनेट ग्लीसी 581 जी का पता लगाया।

2011 सितम्बर

अंतरिक्ष शटल एटलांटिस ने अपनी अंतिम यात्रा पूरी की।

नासा द्वारा 15 सितम्बर 1991 को छोड़ा गया उपग्रह अपर एटमासफियर रिसर्च सेटेलाइट पृथ्वी पर आकर गिरा।

अंतरराष्ट्रीय स्पेस स्टेशन का निर्माण कार्य पूरा।

□□

www.ingramcontent.com/pod-product-compliance
Lightning Source LLC
LaVergne TN
LVHW010920051026
849532LV00003B/784